# “独角鲸”号的远航

# The Voyage of the Narwhal

# “独角鲸”号的远航

# The Voyage of the Narwhal

Andrea Barrett

[美]安德烈娅·巴雷特 著　马绯璠 译

南京大学出版社

**图书在版编目(CIP)数据**

"独角鲸"号的远航 /(美)巴雷特(Barrett,A.)著;马绯璠译.—南京:南京大学出版社,2013.1
(精典文库)
ISBN 978-7-305-10314-8

Ⅰ.①独… Ⅱ.①巴… ②马… Ⅲ.①长篇小说—美国—现代 Ⅳ.①I712.45

中国版本图书馆CIP数据核字(2012)第167879号

Andrea Barrett
**The Voyage of the Narwhal**


江苏省版权局著作权合同登记 图字:10-2008-410号

出版发行 南京大学出版社
社　　址 南京市汉口路22号　　邮　编 210093
网　　址 http://www.NjupCo.com
出 版 人 左　健

丛 书 名 精典文库
**书　　名 "独角鲸"号的远航**
著　　者 [美]安德烈娅·巴雷特
译　　者 马绯璠
责任编辑 芮逸敏
照　　排 南京紫藤制版印务中心
印　　刷 江苏凤凰通达印刷有限公司
开　　本 880×1230mm 印张13.125 字数305千
版　　次 2013年1月第1版 2013年1月第1次印刷
ISBN 978-7-305-10314-8
定　　价 35.00元

发行热线 025-83594756
电子邮箱 Press@NjupCo.com
　　　　 Sales@NjupCo.com(市场部)

# 目　录

# 插　图

我讨厌旅行，讨厌探险家……书店里满是各种关于亚马逊运河、西藏和非洲的游记，里面不过是对探险旅程的描述和各种照片的集合，这些书千方百计想要给读者留下深刻印象，以至于读者已经不可能知道摆在他们的面前的证据究竟有什么价值和有多大价值了。这些书并不会激发他们的批判性思维，反而可能让他们想要读更多这类东西。在我们当今社会，做探险家是谋生的一种手段，这种营生并不像人们想象的那样，是要经过多年的研究之后做出什么发现，而不过是要旅行很远的路程，然后做成像幻灯片或者电影一样的东西(而且最好是彩色的)，这样便能连续数天吸引大批观众到来。对于观众来说，陈词滥调和老生常谈的东西在这里奇迹般地消失了，这要归功于作者不是在家里偷偷抄袭，而是借他旅行了几千英里的经历让他的抄袭变得合法化了……旅行，是那些充满了像梦一样美好承诺的箱子，探险家们永远不会放弃他们碰到的财宝，不会让它们继续纯净地躺在那里。我们的文明无处不在，兴奋发狂，打扰了海的平静，这种平静就再难恢复了。我们奔忙着，不确定奔忙的意义是什么，却破坏了热带的馨香还有人类原始状态下的新鲜，这种奔忙导致了我们的各种欲望，让我们的记忆注定是肮脏的……因此，我能理解那些旅行游记的疯狂和欺骗。他们造成了一种根本不存在的幻觉；不过，要避免承认那个必然的结论——人类过去两千年的历史是无法改变的，那这样的幻觉就必须存在。

——克劳德·李维-史陀《忧郁的热带》(1955年)

# 第一部分

# 第一章
# 清　单
## （1855 年 5 月）

我努力地说服自己，让自己相信极地不过是冰霜和荒凉之所在；但似乎我的努力并不成功。在我的想象中，它是一个美丽而快乐的地方。那里……太阳永不消失。这个宽阔的圆盘围绕着地平线，将永无止境的绚烂到处传播。那里……没有白雪和冰霜，在宁静的海面上航行，我们可能会飘到一块陆地上；在这个星球上，我们发现过很多可居住的陆地，但是这个地方却更美，更辉煌……在这样一个光明永恒的国界，有什么不可能发生的呢？

——玛丽·雪莱《弗兰肯斯坦》（1818 年）

他站在码头，向下凝视着特拉华河。阳光直射在他的肩上，温柔的和风拂过，他闻到了一阵焦油和铜的味道，几公里外便停泊着“独角鲸”号。他注视着船身和围栏在水面上投下的阴影。船体摇来晃去，栏杆时不时地靠向水面，轰鸣声时断时续，水面上倒映出各种形象，但水下各种生物仍然清晰可见。他的父亲曾经告诉过他许多关于这些生物的事情。他能看见成群的小银鱼、鳗鱼，还有硅藻、海藻，以及在淤泥中打洞的贻贝。他记得父亲曾经说过，露珠可以让牡蛎怀孕，生出珍珠来。如果露珠清澈透明，生出来的珍珠就光彩夺目；如果露珠浑浊不清，珍珠就色泽暗淡。一缕缕云彩飘过天空，海鸥迎着云飞去，他欣赏着天空的美景，又不时低下头，看看这景色在水中的倒影。

“独角鲸”号仍然泊在水中，周围是各种各样的其他船只。伊拉斯莫斯心想，人们都有各自要去的地方，可能是英国、非洲或加州，也能是能找到海豹的某个岛屿，或者是佛罗里达州的海岸，但他们之中他却找不到个能够给自己出个主意的人。想到这儿，他觉得自己得回去工作了。这些供给物资该怎么分配呢？在一个不算干净的包裹里用防水布包着十几个梅子布丁，看到这些他几乎落下泪来。他一整理这些东西，种种回忆便涌上心头。他记得有一竹篮的蜜汁梅子，这是一位住在康索霍肯的老太太在报纸上了解到他们的航行之后寄过来的。他还记得威明顿的一位银行家寄来了一箱白兰地，多勒斯镇的一个小学校长寄来了好几本萨克雷的书，还有成堆的手工缝制的袜子。他手里拿着清单，上面列的只备好了一部分，还差不少东西，似乎眼前这些布丁只是杯水车薪。从哪儿能够弄到两百磅的牛肉糜压缩饼呢？还有一半的鲜肉饼干总不能用蜡烛或者灯油来烤吧？而且船队的人也还没有凑齐，去哪儿找剩下的人呢？他口袋里有一份名单：

指挥官：齐克阿伊·沃利斯

航海官：埃莫斯·泰勒

大副：克林·泰格伯

二副：乔治·弗朗西斯

随船医生：简·博尔哈维

自然学家：伊拉斯莫斯·D.威尔斯

厨师：弗拉特里克·舒艾斯勒

木匠：托马斯·福布斯

水手：艾萨克·邦德，尼尔斯·简森，罗伯特·凯利，巴顿·戴舒扎，伊万·罗斯卡，弗莱切·兰姆，肖恩·汉密尔顿

一共十五个人。泰勒船长，泰格伯先生，还有弗朗西斯先生会共同掌管航行的日常事务，他们都是经验丰富的捕鲸手；博尔哈维医生曾求学于爱丁堡，获得了医学博士学位；舒艾斯勒曾在纽约一家包装工厂做厨师；福布斯以前在俄亥俄州的一个农场里干活，他从来没有出过海，不过他的木匠手艺十分高超，随便给他几块木头，他什么都能做出来；七个水手，有的已经是老手，有的则相对缺乏经验，邦德曾经在工作时酗酒，而罗斯卡和汉密尔顿现在还不知他们人在那里。

他现在看不到他的同伴们，但他知道，他们在等着指示，伊拉斯莫斯甚至觉得，他们在等着看他失败。他已到而立之年，却一事无成。他从少年时就开始航行，但却最终无功而返，成了大家的笑柄。他一生追求的事业烟消云散。现在他没有妻子，没有孩子，也没有什么真正贴心的朋友，唯一的一个妹妹生活处境十分艰难。他所有的

就是眼前这些航海物资，以及再试一次的机会。

他正想着那些布丁，这时听到了一阵笑声，循声望去，原来是齐克，他像一面旗子似的高高地挂在船帆的绳索上，长长的手臂举过像个茅草堆似的满头金发，笑起来的时候可以看到他发亮的牙齿。他只有 26 岁，相比之下，伊拉斯莫斯觉得自己老得像个古董。现在的一切实际上都是齐克的。他们以后将依靠的这艘双桅船以前是齐克家的包装生产线，齐克还自己花钱给船身加上覆材来保护它不受冰的侵蚀，用铁板包了船头，还在两层船舱之间加了一层油毡。正是齐克让伊拉斯莫斯来置办各种设备和物资，这些东西现在像小山似的堆在这儿。

有咸牛肉、咸猪肉、几桶麦芽威士忌酒、一些刀具和针（这是用来和爱斯基摩人交换的）、枪支和弹药、煤和木头、帐篷、做饭用的灯、毛外套、水牛皮、书以及应急时用的木板。此外还有酒精温度计、经度计、显微镜，再加上他用来做标本的各种东西，包括酒精、棉纱、标签条、玻璃罐、含砷肥皂（用来保护鸟类皮肤不变质）、樟脑丸、小药盒（用来保存昆虫）、解剖剪刀、观测眼镜、别针、线、玻璃管、密封蜡、塞子、钩子、吹管等等。

还有一些狼皮，是他弟弟以前从犹他州的山区寄给他的。他轻轻地用手抚摸着这些狼皮。记得那时，他多么希望能够和哥白尼对话呀，即使是一小时也行，他愿意为了这一小时付出任何代价，因为他认为只有哥白尼才知道生活的意义所在，但哥白尼却已经不在身边了。这些狼皮颜色鲜亮，质量上乘，但问题是，它们应该放在什么地方呢。齐克自己设计了雪橇，两周后这些雪橇就会拉来好些东西，但伊拉斯莫斯却没有地方放那些东西，他连这些科学仪器该放哪儿还不清楚呢。船舱已经满得没有一寸多余的地方了，但是现在还有好些东西没有放进去。

齐克脚松开绳索，只用一只手支撑着身体，停顿了一秒钟后就轻轻地滑到地面上。然后他来到伊拉斯莫斯旁边，推开经纬仪，发现有一个装满洋葱的篮子，说："这个看起来不错呀，我们需要的东西都全了吗？"

他们正看物品清单的时候，泰格伯先生走了过来，告诉他们厨子跑掉了，他说两天前还有人见过他们的厨子，当时他正和一个满头红发的女人在一起，她经常到船上来。

齐克只是笑了笑，手还放在那篮子洋葱里面，说："我见过那女人，她那双眼睛真是亮极了。不过我觉得应该不是她勾引走了舒艾斯勒，而是舒艾斯勒把她搞定了，因为，我们厨子的胡子真是妙极了……"

突然起了一阵风把伊拉斯莫斯手里的清单刮跑了，清单飞出去老远，绕着桅杆打起转来。伊拉斯莫斯喊道："我们三天就要走了！只有三天！我们到底到哪儿找个厨师来呢？"当时他颇有点失态，以后每想起这一幕来他都觉得有几分尴尬。

"没什么大不了的，"齐克说，"世界上厨子多的是。泰格伯先生，如果你方便的话不妨到周围的酒店或者客栈里转转，看能不能雇个人来……"

"好极了，"伊拉斯莫斯说，"可一定要雇个前科累累的，或者整天醉得不省人事的来。"

他们几乎要吵起来了，幸好这时来了几个年轻人，穿着绿色大衣，白色马裤，戴着一顶草帽，上面有几根鸵鸟毛。这些人是弓术爱好者联合俱乐部的成员，他们是向齐克来道别的。看到这个情景，伊拉斯莫斯不由得叹了口气。以前他也很喜欢弓术，也曾是这个俱乐部的一员，他们让这个古老的运动焕发了新生。他少年时代曾经去过一次俱乐部的聚会，当时有两千人参加。但经过那次失败的探险旅行之后，他对弓术逐渐失去了兴趣，和俱乐部也渐渐失去了联系，现在俱乐部都是像齐克这样的年轻人了。

"沃利斯！沃利斯！"那些年轻人喊起来，其他船上的人不少人都朝这边看过来。

他们接连向齐克祝贺，又把他拉到码头上，围拢在他旁边。当然，年轻的人们也很礼节性地和伊拉斯莫斯打了个招呼，但仅此而已，然后他们便把所有注意力都集中到齐克身上了。伊拉斯莫斯在一旁听着他们的谈话，充满调侃，妙趣横生；齐克看起来就像是一位要去猎野牛的印第安部落首领。一个满头红发的年轻人给了齐克一个高脚杯，另一个看起来古灵精怪的男孩子则送了他一条皮带子，上面挂着滑脂盒，还垂着一个流苏。齐克微笑着接受了他们的礼物，和他们一一握手并道谢，很有一副领导的派头，伊拉斯莫斯的妹妹也曾这么说过。

但齐克究竟做过什么呢？他几乎没做过什么呀。伊拉斯莫斯一边看着那个滑脂盒一边想。他不过是乘着他父亲用做包装线的船从费城到都柏林和赫尔城航行了那么几年，顺带考察了一下洋流和海洋生物；齐克自己也承认，他自己容易晕船，根本就无法进行太多的工作，因而除了上面所说的经历之外，他的知识都是来自书本的。齐克小时候就和伊拉斯莫斯一家熟识了，因为他父亲对自然历史很感兴趣，且他父亲和伊拉斯莫斯的父亲有着颇深的友谊。现在伊拉斯莫斯的妹妹，拉薇妮亚将他们更紧密地联系在了一起。但现在伊拉斯莫斯却远没有齐克那么风光，得在他这个毛头小伙子的指挥下向北极航行，想到这儿，他又奇怪，自己怎么会做这样一个决定。

齐克这时好像知道了伊拉斯莫斯心里在想什么，他从围着他的一圈人中走出来，抓起伊拉斯莫斯的胳膊把他拖到人群中来，大声说："如果不是伊拉斯莫斯·达尔文·威尔斯，我根本做不成这件事。为我们的首席自然学家欢呼吧！"

伊拉斯莫斯脸红了。这是他想要的吗，这似乎是某种崇拜，却又夹杂着些许鄙夷，似乎齐克想要模仿他，超越他。他忽然又觉得，正是这种不应有的谨慎让他的人生无法前进，于是他决定抛开这样的想法。年轻人们展开了他们绿色和金色相间的信号旗，他抓住一个角，上面绘着一个兴致勃勃的弓箭手，然后朝齐克笑了笑。齐克说了一番感谢的话，伊拉斯莫斯也简短地说了几句，并没有提到他认识他们俱乐部创办人这件事，也没有说这些年轻人还是小孩子的时候他已经学会射箭了。正说着，他忽然仰头看见泰勒船长坐在"独角鲸"号的栏杆上盯着他们看，表情中带着几分好奇。

弓术爱好者联合俱乐部的年轻人走了，齐克又回到"独角鲸"号上，只剩下了伊拉斯莫斯一个人。他把他们送的信号旗折起来，塞到狼皮里，然后又开始考虑如何储存雪橇要拉来的东西，是在船舱中从前到后放成一列，还是全部堆在船头？他担心货品出什么差错，就不断地对照着清单查看各种物品，这样不声不响地干了一个小时。这时，泰格伯先生走了过来，还带着一个男孩子，看起来涉世未深，深色头发，蓝色眼睛。

"他叫耐德·科德，"泰格伯先生说，"今年二十岁。"齐克听到声音从船上跳下来想看个究竟。泰格伯先生接着介绍了耐德各方面的情况，又补充说："他想加入我们的航行。"

齐克便走了过来，看着耐德，问道："你做过厨师吗？"

男孩子有些腼腆地答道："在三个地方做过。"他接着便说了具体是哪些地方，都是码头上一些比较艰苦的环境，伊拉斯莫斯注意到他有浓重的爱尔兰口音。

齐克又问道："你出过海吗？"

耐德脸红了："只出过一次，就是我来这儿的时候。"

"那你觉得你适合出海吗？"

"我……我上次出海时情况很差，估计没有几个人能够受得了。不过我相信，如果我能够在船上有份工作，能够有个吃饭和睡觉的地方，我是可以适应在船上工作的。我很喜欢待在甲板上，还很喜欢看水鸟和鱼。"

"你能同时做十五个人的饭吗？"伊拉斯莫斯问道。

"我这人不喜欢吹嘘自己，不过我以前做厨师的时候供应的饭量比这个多两三倍呢。我在到这个城市以前曾经在阿迪伦达克山区的一个伐木厂做过一段时间，你知道，伐木工人很能吃。"

齐克把一只手搭在伊拉斯莫斯肩膀上，说："如果他能喂饱伐木工，喂饱我们肯定没有问题了。"

"你得睡在甲板上，"伊拉斯莫斯说，"得和水手们一起睡，那些人不是太好相处。"

"我想应该和伐木工比起来还好些吧。"

"那就这样定了吧，"齐克说，"欢迎你加入。收拾下东西，和家人朋友道个别，我们三天后就要出发了。"耐德便离开了，像只羚羊似的跳下码头。

耐德就这样匆匆忙忙地加入了航行的船队，替补了舒艾斯勒留下的空缺。后来伊拉斯莫斯常常会想耐德加入船队是件多么巧合的事情呀。如果泰格伯先生没有偶然间看到他站在杂货商的遮阳棚下，那他就不会来；如果他再来早一点，准被那些戴着鸵鸟毛帽子的弓术爱好者联合俱乐部的年轻人给吓跑了，而如果再来迟一点，可能就不会见到齐克，没人来给他面试。总之，耐德的加入的确是一个极大的巧合。

那天晚上，躺在储藏室，也就是他家的小型自然历史博物馆里，伊拉斯莫斯又失眠了。他从床上起来，在地板上踱来踱去，努力思考着自己现在所做的一切有何意义。他已在这里工作了十二年，他的世界变得越来越小，现在似乎已经只剩下这里的陈列柜了，里面堆满了动物标本、装种子的盒子和放着化石的托盘，偶尔会有几束光线射进来，似乎在传达着来自另一个星球的信息。书架上高高摆着著名自然学家的雕像，他们温和地看着他，以前当他在这里整日努力工作而一无所获时，他们也是这样看着他。那样的生活究竟如何理解呢？当时是什么让他做出决定改变那种生活方式的呢？

花园的对面的那所房子，他已经都十多年没在里面睡过了。里面的一切，包括壁带上雕刻的蕨类植物的图案，都会使他联想到父亲，甚至他自己的名字都能让他想到父亲，弗兰克·威尔斯。父亲给他起名叫伊拉斯莫斯·达尔文，是根据英国自然学家达尔文的名字命名的，他曾经跟随"小猎犬"号环绕世界进行考察。他的三个兄弟分别以哥白尼、林奈和亚历山大·万·洪堡的名字命名。四个男孩一直都想方设法从父亲那里了解更多的自然知识，就像是四只等待着吃虫子的雏鸟。威尔斯先生的职业是雕刻家和印刷商，但他的主要兴趣却在自然历史上，他最好的朋友是皮尔夫妇、巴特拉姆夫妇、托马斯·那托尔和托马斯·塞伊，还有喜爱鸟类的奥特朋和奇怪的拉菲奈斯鸠（他已经在市中心一个阁楼上去世了）。

一个夏日的晚上，在一条小河边，威尔斯先生给他的孩子们读了老普林尼写的《博物志》。他说老普林尼是死于他对科学的好奇，他停留在维苏威火山边想要观察火山喷发时的浓烟和熔岩，最后被烟熏死了。但他去世以前已经根据他所认为的事实编写了一本很有价值的书。虽然其中有的是事实，有的则不是，但这并不会对这本书的价值造成太大影响，因为即使是那些不符合事实的部分，由于老普林尼非凡的表现手段和该书表现出的人理解他人和世界的方式，也充满了美感。伊拉斯莫斯的父亲便是这样向儿子们讲解老普林尼是如何描写那些生活在他们的世界之外的奇特人物的，有时是一边踱步一边讲给他们听，有时则是坐在一块草地上向他们娓娓道来。他曾经说过，

> 腿长得像蛇一样的游牧人，跑起来飞快、双脚向后伸的森林定居者，还有单腿人，走起来一跳一跳的，休息的时候就仰面躺在地上，把仅有的一条腿高高地竖起来，看起来像是把雨伞。

这些都不过是些故事，并不是真正的科学，但至少可以说明人类这一物种的多样性和易变性。父亲曾经说过，只要一点点小小的变化，我们就可能不存在，或者是一个完全不同的样子。

他说我们应当从这些古老的故事中吸取教训，不能轻易相信流言和想象，不直接观察世界是很危险的。不过尽管父亲收集了很多探险家们的故事，但是自己却很少去旅行，伊拉斯莫斯不知道父亲最想看的东西是什么。为了不像老普林尼那样，他从他的朋友那里为孩子们带来了活生生的科学。他的朋友们帮他建立了小型家庭博物馆，这个小博物馆让伊拉斯莫斯和他的兄弟们十分开心。女儿出生以后，威尔斯先生便给她取名为拉薇妮亚，和他们去世的母亲的名字

一样。为了让朋友们不再担心他为了妻子去世而伤心过度，他把精力都投入到研究这些骨头和羽毛上来。

现在他走上了和父亲的朋友们一样的道路。想着想着，他停在了一个木箱子前，里面装着几个放有牙齿化石的托盘。第三个托盘的下面是空的，这个只有伊拉斯莫斯知道。在这个秘密地方放着一只女人的短靴，是他妈妈的，以前是一双，现在只有一只了。他家的仆人们把她的衣服拿走去一件一件送人了，他赶忙悄悄拿了一双他妈妈最常穿的靴子。多年来这双靴子一直藏在他的房间里，有时他会用手在扣子上来来回回地抚摸着，就像是男孩子抚摸念珠一样。后来，在开始那次最后惨遭失败的航行之前，他把其中一只靴子送给了拉薇妮亚，并让她发誓不告诉任何人，而另一只他则藏了起来。这靴子本来就是这么小吗？鞋底差不多只有他的手掌大，皮已经裂开了，扣子也松了。至于拉薇妮亚的那只藏在什么地方，他就不得而知了。

四年前他父亲去世了，他得到了这个房子、家庭博物馆以及不多的钱，还得到了拉薇妮亚的照顾，当然是在她出嫁以前。他觉得他继承了家庭所有的责任，却没有得到自由，甚至没有得到家庭的产业。他那时没有明确的目标，这是他自己的错吗？父亲的公司给了林奈和洪堡，他们就在市中心定居下来，彼此住得很近，离公司也很近，像是两颗卫星绕着一颗恒星，不过伊拉斯莫斯对这个恒星并不是怎么感兴趣。而哥白尼一拿到他的那份财产，他就去了西部，在那儿他和印第安人住在一起，画捕猎野牛的场景，画那里广阔的风景；伊拉斯莫斯和拉薇妮亚则留了下来，两个人相依为命。

哥白尼曾经寄过一些画作回来，其中的一些已经在美术学院展出。有时当他有空或者正好想起来的时候，他会寄回几包种子，都是他从随便看到的树上摇下来的，而接下来要做的事情就是伊拉斯莫斯的主要工作了。他查看每一种种子，给它们分类，贴上标签，列成目录，放到他的清单里。他会把这些种子放在木质小抽屉里，这些小抽屉叠在一起，已有了相当的高度，旁边放着他父亲的朋友从中国、犹加敦和马来群岛带回的各式种子，还有一些则是他从“探索之旅”中挽救出来的——当然也许说是他偷来的更准确。当他在室内待得太久，觉得眼睛涨得厉害，皮肤也像发了霉似的，他就会到室外，到房子和小河之间的那片空地去，就在家庭博物馆对面，将这些种子样品种在长方形的小块田地里，然后仔细观察每种种子长出的植物的特征。

但那样的生活已经结束了。他把靴子放回去，又回到床上躺下来。他父亲曾经说过，在非洲有一个部落，里面的人没有头，嘴和眼睛是长在胸部的。他还是睡不着，他看到那些盖子后面清单被风吹得飘了起来。人们从日耳曼敦，从维萨伊康河沿岸，纷纷给他寄来了袜子和果酱等，他们对这次远航充满了憧憬。他们在这个让他无眠的夜晚睡得很香，想象着一个充满异域情调的地方，无论是哪儿，在他们脑海中都会浮现出同一幅画面。拉薇妮亚的一些朋友便是这样，他们把达尔文的火地岛、库克船长的塔希提岛与帕里的伊格芦利克还有迪威尔的南极洲都混合在了一起，想象着在某个地方，冰原边就是好几公里的大草原，鸵鸟追赶着骆驼，而汤加野人则追赶着鸵鸟，他们分不清南北，他们觉得企鹅和爱斯基摩人是生活在同一块土地上的，大陆被硬塞入了结冰的海洋中。

他们都不能理解这样一次旅程是个多么大的苦差事。这其中的辛苦并不仅仅来自要对航行制定一套严密的计划，要购买物资，要对物资进行合理的储存，还在于要好几个月无所事事地坐在甲板上，忍受很长一段时间里一点新鲜事都没有，生活一成不变，唯一能感到的变化是和家里的联系越来越少，人自己都无法理解自己的生活了。这时，没有人能理解他是多么恐惧，也没有人知道他脑子里有多少东西让他感到烦恼和害怕。只有一些荒唐的事，一些鸡毛蒜皮的事。铺位往往太小、太短或是太潮湿，或者风太大，让人难以入睡，有时同伴们还会打呼噜、抽搐或者呻吟；有时会因为渴望得到异性带来的快感而备感煎熬；也可能出现根本睡不着的情况。一失眠，他就变得脾气暴躁；脾气暴躁时，他可能就会对齐克说些不该说的话，从而彼此心生芥蒂。糟糕的食物可能让他胃不舒服，由此引发的消化不良则可能影响到大脑的功能，让他无法正常思考。他的手可能变得很冷，实际上他的双手一直都很冷，在这种情况下他还得逼着自己去切割标本。他的关节会痛，他的背也会痛，他们可能会最后一点咖啡都不剩了，没有咖啡他活不了。暴风雨可能会让桅杆断成两半，鲸鱼可能撞上船只。他们可能迷路，可能最后什么都找不到，一无所获地回来。

他怎么也睡不着了，于是点燃蜡烛，打开自己的日记本。以前他航行的时候，日记本是他可信赖的朋友，甚至是唯一的朋友。但今晚，这位朋友却让他失望了。笔，墨水瓶，白纸上的字，大拇指上的墨水渍。他怎么也无法将码头上发生的事情表达出来。他看着自己已经写下的一些乱七八糟的东西，又补充道：

为什么表达清楚码头上的事情会这么难呢？可能是那个老问题吧，又想让事情按顺序一一呈现出来，又想让事情同时呈现，这很难办到。如果我把那个场景画成画，我会让所有事情同时发生，所有人都同时在场，所有地方，从河底到云端，都清晰可见。但如果要用文字来表达，那只能一件事情接着另一件事情，只能通过我自己的眼睛和我自己的声音来表达。我希望我能够从所有人的角度来说明那个场景，让事情不限于我一个人的观点和角度，这样人们就能看到这个画面，就像我根本不存在似的。让人们像鱼儿一样看小河，像其他人一样看船只，像年轻的耐德一样看齐克，想泰勒船长一样看弓术爱好者联合俱乐部的年轻人，所有这些都是同时的，这样每个人都能身临其境地感受到这些事件。

但他做不到，心里难免生出几分气愤，于是便放下笔。他想，即使是现在纸上的东西也不过是他个人眼光的产物，他也不是完全诚实的。他没有讲大副走路时是多么趾高气扬，目中无人，也没讲他看到自己的手在洋葱堆里的时候大吃了一惊，因为这时他的手看起来和他父亲的手并无两样，他也没有讲白天他和人们在一起时是多么惺惺作态，可能是因为那些弓术爱好者联合俱乐部的年轻人吧。他擦了擦手上的墨水渍。说他想要以自己似乎完全不存在的方式描绘场景，这同样不是事实，至少不完全是事实。尽管他想要自己隐身其中，但却也想要自己的个人观点能够得以表达。真是个谎言家，他心想。尽管他基本都是向自己撒谎。他已经把自己包在了一朵云彩里。世界在跳动着，涌动着，但是他却与世隔绝，人们的爱和悲伤都和他无关。什么时候那朵云才能到达某个终点？

过了好几天，他们还是没能为出发做好准备。泰勒船长第二天下午让齐克和伊拉斯莫斯离开船只，因为他们要把船舱上的隔板拆掉重修。雪橇大小根本不符合；木头占的体积比设想的大多了，齐克的测量显然有误。伊拉斯莫斯的心里开始打鼓，过去了两天，又过去了两天，又过去了两天。他们不能再耽搁了，因为他们已经迟了，北极地区适合航行的时间并不长，报社记者们和航行赞助人们已经准备好星期四为他们送行了。袜子带够了吗？有没有带对航海图？铅笔足够吗？

伊拉斯莫斯焦急万分，整天和齐克、拉薇妮亚还有他的朋友亚历山德拉·科普兰待在家里哪儿也去不了，四个人在前厅一直工作着，地图、航海图还有各种图画堆得到处都是。伊拉斯莫斯忽然一声不响地站起来奔向家庭博物馆，翻来翻去地找斯特斯比对极地冰川的描述。

他顺着书架滑动着梯子，书却怎么也找不到，他实在不记得这本书是不是已经打包起来了。一想到要向别人解释为什么找到这本书突然变得那么重要，他也觉得不胜其烦。他跑出来的时候亚历山德拉皱了皱眉，这让他有几分尴尬。不过让亚历山德拉过来是他的主意，因为他觉得拉薇妮亚不应该仅由仆人们陪伴着，她又不想去和林奈、洪堡待在一起。“找个伴吧，”伊拉斯莫斯提议说，“可以和我们一起住，得到免费的食宿和一点报酬。”

于是拉薇妮亚选择了亚历山德拉，她愿意住在二楼的两个房间里。林奈和洪堡这次异常慷慨，他们正巧在为一本昆虫方面的书的雕版进行手工上色，因而同意和她们分享绘画所需的材料和工具。亚历山德拉也同意留下来，把这儿当成自己的家。现在哪里也少不了她的身影，有时她还会跟着伊拉斯莫斯到家庭博物馆去。不过至少她对拉薇妮亚很有用，他这样提醒自己，她可以让拉薇妮亚工作起来，这点很不错。想到这儿，他吸了口气往回走。

在客厅门口，他停下来看着自己的妹妹，这时她正皱着眉，全神贯注地工作着，先是盯着固定在她桌子上的原始图，然后目光转向她和亚历山德拉正在上色的雕版。他想，这次她真是坐住了，以前她从来没有帮他整理过种子呢。雕版上是四个热带甲虫。阳光照在笔刷、水罐和皱起的围裙上，给它们染上了金色、锈色或蓝色，像是那些甲虫从雕版上跳到了女人们的腿上。“谁看到那本斯特斯比的书了？”他问道。

“我最近一直在楼上读这本书，”亚历山德拉说。她的笔刷碰到了纸，留下了三个金色的小点。“我不知道你要看它。”

伊拉斯莫斯不得不承认他自己很笨，他说：“好像我那里连多放一件东西的地方都没有似的。”

“我这就去拿。”亚历山德拉放下刷子离开了，拉薇妮亚要了一杯茶，来到伊拉斯莫斯和齐克的桌子前俯下身子看着上面堆满的纸。伊拉斯莫斯想，她这样离齐克的肩膀也太近了吧。好像她被齐克皮肤的香味所吸引，好像她不知道应该避开齐克的那种能让街上的女人目不转睛、能让男人们嫉妒得直哼哼的魅力。看着妹妹受到身体内的渴望的驱使而做了不该做的事情，伊拉斯莫斯心里很不好受。他觉得妹妹很可爱，大大的红褐色眼睛，圆圆的下巴，现在上面有了一些蓝色的墨迹，反而显得更迷人了。但是他觉得可能在别人看来妹妹长相并不出众。似乎她自己也明白这点，以前每个月一群兴致勃勃的女青年都会聚集在一起讨论歌德、斯威登伯格和傅里叶，在这群女人中她的优势在于她敏锐的感受能力而不是她有出众的外表。那些女人们很快一个接一个地结了婚，不再到这样的聚会上来了，最后只剩下了她和亚历山德拉。一次，当他说到他对齐克的事情很关心时，拉薇妮亚说：“我知道我爱他比他爱我要多。但这没关系，我无所谓。”然后她的脸悄悄地红了，他当时真想把她抱起来在地上走来走去地安慰她，就像她还是个婴儿时需要安慰时那样。

拉薇妮亚用食指指着他们计划好的路线，从德文郡到康沃利斯，再到毕切岛，曾经有人在那里发现了富兰克林船队的帐篷，然后又向南到布希亚半岛和威廉国王岛。伊拉斯莫斯想，地图总是只显示两种东西，陆地和海洋，好像没有其他东西存在一样。没有航行过的人看了北极圈的地图，往往以为在那里航行并不困难，也就是向左转弯，再向右转弯，向北或者向南航行一段时间，在海岬或海湾处转个弯就可以了。而他和齐克研究过前辈们的记录之后已经明白，事情完全不是这样的。那里有或流动或固化的冰，一会儿出现，一会儿消失，让人无从把握，似乎它们唯一不变的就是它们从来不会一成不变：前一年某个海峡可能还能进入，第二年可能就不通了。拉薇妮亚可不知道这些，她手指顺着原来的路线回到起点，很满意地说："好像不算很远。十月前你们可能就能回来了。"

"我也希望是这样吧"，齐克说，"不过如果我们那时没回来的话也不用担心。航行的时候经常得在那儿过冬。我们带了十八个月的口粮，以免我们过冬的时候没有吃的。"

拉薇妮亚看着地图，好像是它说了谎似的。这时，亚历山德拉拿着伊拉斯莫斯的书回来了。她然后又问了一个问题，这个问题实际上也已经在拉薇妮亚的脑海里盘桓了很久了。"我用了整个春天的时间都没弄明白一个问题，就是如果你们走这条路线，也就是这条你们说最有可能找到富兰克林船队踪迹的地方，那你还如何找到无冰封的极地海域[①]呢？哈文和彭尼不是说过他们在琼斯海峡被冰给卡

① 16 世纪曾有航海家提出存在无冰封的极地海，这样人们便可以从海路进入北极，还可以穿过北极找到一条欧洲和太平洋国家之间的航线，这一理论在 19 世纪再度流行，现已证明其实是错误的。——译注

住了吗?"她整理了一下她的衣服,上面已经沾染上了墨迹,接着说:"罗斯已经发现巴罗海峡和皮尔海峡基本上都冻住了。即使你能够穿过这些地方到达它们的南面,找到约翰·雷当初发现的地方,可你们这时还怎么向北航行呢?"

伊拉斯莫斯惊奇地抬起头。实际上这个问题也困扰他许久了,他现在只是尽量回避这一问题。现在他们所做的一切都开始于一个晚上,以前齐克曾经说要寻找无冰封的极地海域,但是后来却没有再提起过。那是拉薇妮亚的二十六岁生日,还是在十一月的时候,当时亚历山德拉也在,尽管当时伊拉斯莫斯几乎没有注意到她。他当时想的全是希望拉薇妮亚能够得到她自己想要的东西。

他毫不吝啬地精心布置了这次生日聚会,用绿枝装饰了储藏室的窗户,窗台上则摆着一排蜡烛,他将解剖台擦拭干净后铺上了一层清爽的亚麻布,摆上了饼干、烤火腿、火鸡和大马哈鱼肉冻。拉薇妮亚已经拒绝了三个追求者,她解释说,第一个太木讷了,第二个不够强壮,而第三个则不够聪明。她的朋友们纷纷结了婚生了小孩,而她则开始接近齐克并最终算是赢得了他。在这一过程中,伊拉斯莫斯不断警告她不要和齐克在一起,后来又觉得就算他们在一起也没什么,但接着又开始担心起来,感觉都是自己的错。齐克虽然牵了她的手,但是具体下一步如何发展却态度暧昧,任凭伊拉斯莫斯怎么给他压力也没用。要是父亲在的话就知道怎样办更好了,他想,父亲肯定不会允许她这么长时间地纠缠于一段不确定的感情之中。但是现在事已至此,伊拉斯莫斯当时心里还是觉得也许齐克会在这个聚会上宣布和拉薇妮亚的婚事。

在柔和的烛光里,拉薇妮亚穿着一件丝绸做的白色衣服,衣服闪闪发光,上面带着几根蓝色缎带,仿佛也成了一个蜡烛。她一动不动地站在那里，这时，伊拉斯莫斯一直希望的场面出现了，齐克站了起来，说："我要宣布一个决定！"

伊拉斯莫斯松了一口气，没有注意到拉薇妮亚困惑的表情。齐克把胳膊肘放在一个摆着天堂鸟花的箱子上，说："约翰·雷这个月初说的消息大家应该都知道了。"他站在那里，下巴抬得高高的，上身从箱子后面探出来，一只手在空中比划着。"富兰克林的航行遇到这样的不幸，我们大家无疑都十分悲痛，让我稍感宽慰的是，现在已经有了一些消息，尽管还比较零碎，有的甚至可能还不是十分可靠。"

他便滔滔不绝地讲起富兰克林和他的船员如何在北极失踪，人们进行了多少次援救行动，还有雷发现的东西的具体情况。这些伊拉斯莫斯都是再熟悉不过了，因为他每天都会关注相关的新闻报道。客人们手里拿着酒杯倾听者，那些女人表现出对齐克讲述这些故事非常感兴趣的样子，就像是他讲的是中国的农产品。伊拉斯莫斯觉得她们只不过是找个机会能够盯着齐克看而不显得十分尴尬而已。但是齐克选择的女朋友不是别人，是他的妹妹。"也许你们的感受和我是一样的，"齐克又补充说，"现在既然已经锁定了这个区域，那么就应当有人去搜寻更多的幸存者。"

有一个客人往旁边挪了挪，伊拉斯莫斯能够看到拉薇妮亚的脸了，她看起来像伊拉斯莫斯一样十分困惑。

齐克接着说："为了达到这一目的，我已经得到了几个富商的支持，我们可以再进行一次航行。凯恩博士虽然勇敢，但是寻找富兰克林的地方却不对。尽管我们都为他十分担心，尽管如果这次救援行动得以实现，我将是第一个去寻找凯恩博士的人，但实际上我们要做的还有更多。我提议我们这个春天就出发，在兰开斯特海湾对富兰克林进行更加彻底的搜寻。而且我还想在这儿提议对该地区进行深入研究，进一步调查是否存在没有被冰封的极地海域。”

大家都欢呼起来。伊拉斯莫斯张了张嘴，做了个微笑的动作，希望别人不会发现他的吃惊。什么商人？什么时候？怎么去？……难道除了他别人都已经知道这个事情了？拉薇妮亚可能也是已经知道了没有告诉他。不过她现在的笑容也是十分勉强。齐克一定是悄悄地做了这个安排，等到计划完成的时候再展示出来，觉得这样能给他带来快乐。

于是大家先是接连不断地祝贺，接着又七嘴八舌地问齐克要去什么地方，怎么去，打算乘什么样的船，选择哪些船员等等。齐克拉着拉薇妮亚的手。她脸上堆满笑容，就像是说，齐克宣布的消息是她最好的生日礼物。一个客人坐下开始弹钢琴，她和齐克便带着人们开始跳舞。

伊拉斯莫斯从房间里走了出来，点上一支雪茄，极力让自己平静下来。他看着烟慢慢上升，消失在安静的黑夜的空气里。这时，齐克过来了，拿着两个玻璃杯和一瓶酒。伊拉斯莫斯想，自己必须把问题搞明白了。他似乎在担当着一个父亲的角色，尽管这让他感觉挺别扭，但是他还是得问齐克这个难道能算是订婚，他是不是打算在出发以前娶拉薇妮亚，还是在回来之前给拉薇妮亚自由？

齐克依靠着门廊里一个带凹槽的柱子，将酒杯倒满酒，然后又给自己点了一支雪茄。伊拉斯莫斯刚要张嘴，齐克就说话了：“伊拉斯莫斯——你必须和我一起去。什么时候你还能找到这样一个好机会呢？”

伊拉斯莫斯一下被呛到了，不由得咳嗽起来，整个人都弯了下去。他错过了那么多次远征，难道就是为了等这一次？和一群费城的还没他聪明的年轻人一起远征，估计连埃利萨·肯特·凯恩都要笑话他了。齐克可能看出来了他不是很想去，也看出来他自尊心受到了一些打击。

“你真的很适合这次远征，”齐克说，“像你这样对北极地区自然历史如此熟悉的人，我去哪儿还能找到第二个呢？还有像你这样对此次航行的艰难如此明了的人，我也没法找到呀。”

一想到要在一个比他年轻这么多的人的手下做事，伊拉斯莫斯就觉得很好笑。但是他又觉得，齐克是在找一个合作者而非下属。显然，如果齐克没有平等地看待他，是不可能请他帮忙的，甚至可以说齐克是一种低姿态在请求他。伊拉斯莫斯说：“真谢谢你能想到我。但是你应该早点问我，现在我在这儿有很多责任要承担，当然另外还有我的工作……”

齐克从门廊里跳到下面的草地上。“当然啦！”他一边说一边在柱子前踱着步，“这个担子可不轻。如果不是你的工作价值如此之高，我也不会想到要问你的…… 可你正是我要找的人。前面我没有为这次旅行找到物质支持，因此不敢贸然和你说。想想我们将会看到的景象吧！”

也许在某一个地方的冰水里，富兰克林和他的船员们正被困在“幽冥”号和“恐怖”号里等待着援救。还有许多新的物种，甚至是新的地方等待着人们去发现，尽管富兰克林没有能够发现它们。伊拉斯莫斯想自由地进行考察，不会再受那害人不浅的海军纪律的约束。他又想，北极的景色应该不会比他在南极的短暂考察中看到的景色逊色。他还想，也许他能做出自然史方面的伟大发现。他又想到了自己的妹妹，恰巧这时她就出现了，白色的裙子让她看起来像是一朵花。

她对齐克说：“你该进去了，客人都在等你和你说话呢。”

齐克跳上台阶，她就拉着他走了进去。然后只见她裙摆一转，朝着伊拉斯莫斯说："你不来吗？"

他想，妹妹一定又偷听刚才他和齐克说的话了。她从还是个小孩子的时候就是这样，好像除此之外没有其他的办法来知道哥哥们在做什么似的。

"请吧！你得和齐克一起进去。"

是去还是留，我也有自己的理由，伊拉斯莫斯想。"他是不是没有把这个秘密告诉过你？"

"他是没办法才这样的，他说他得……"

"这难道你不担心？"

"好像你会把什么都告诉我似的，"她说，"你凭什么批评他呢？自从父亲过世之后，你整天百无聊赖，郁郁寡欢，就知道摆弄你那些种子。你以为我没有见过你上午十一点钟还赖在床上不起来？林奈和洪堡可以不用你管，可以自己经营生意，你呢，莎拉·路易斯之后你就再也没有对谁动过感情。"

莎拉·路易斯，现在光是听到她的名字他就会感觉像吞下了一块石头，堵得难受，心里隐隐作痛，这种感觉从来没有离开过他。这个拉薇妮亚是知道的。

"哥白尼不是也没有结婚，"她接着说，"但他就不会整天混日子，你从来不会看到哥白尼浪费自己的时间……我需要你。"

伊拉斯莫斯心里感到一阵愧疚，又感到心里柔软的部分被触动了。还是小孩子的时候，他和弟弟们常常会跑到树林里去玩，回来后发现拉薇妮亚在窗边等了他们几个小时，膝盖上放着一本书，却没有读过。他是拉薇妮亚依靠的人，他会帮她系鞋带，教她读书。有时，他的弟弟们不在家，他想到虽然拉薇妮亚的出生夺走了母亲的生命，但拉薇妮亚也很可怜，从来没有得到母亲的关怀，他就会和拉薇妮亚很亲近。他的弟弟们回来之后，他就又不理拉薇妮亚去和他们玩耍了。就这样来来回回，有时和拉薇妮亚在一起，有时和他们在一起。他已经让她失望过很多次了，不应该再让她失望了。

拉薇妮亚把他拉到房间里一箱子金丝雀标本后面的一个角落里。"我爱的人就是他，"她激动地说，"你明白吗？你还记得这样感觉吗？如果他出了什么事我可怎么办？你必须替我照顾好他。"

"拉薇妮亚，"伊拉斯莫斯说。她的手捏着他的左臂，他感觉她的手很烫。记得有一次，齐克向人们兴致勃勃地描述一次海上事故，他因这个事故简直成了当地的英雄；而伊拉斯莫斯发现，拉薇妮亚却在花园里悄悄哭泣。伊拉斯莫斯明白，她会这样，不是对这个事故感到后怕，也不是因为齐克逃过灾难而狂喜，而是源自一种渴望，一种得到齐克的渴望，一种没有止境的渴望。他曾经试图提醒拉薇妮亚，齐克并不完美，他有好的一面，也有不好的一面。她说："我知道，我知道。但是这没什么关系。重要的是他碰到我的手时的那种感觉，还有我们跳舞时我闻到他脖子上皮肤的那种味道。"这种强烈的感觉让伊拉斯莫斯有几分尴尬。

"你知道这样的话你就要等得更久了，"他说，"他有没有提到究竟什么时候结婚？"是我自己的错，伊拉斯莫斯想，为什么自己不去直接问齐克呢？

"没说具体的时间。但是他回来的时候，我想他会想要安顿下来的。"

当然，伊拉斯莫斯希望妹妹能够嫁给齐克，这不仅是为了减轻自己的责任，也是因为他希望妹妹能够幸福。不是吗？她先是照顾父亲，后来又照顾他。"你确定……"伊拉斯莫斯说，"你确定他对你也有感情？”

“他是爱我的，”她言语中充满了柔情，“只是他爱我的方式与众不同罢了。我知道他爱我。”

他感到一阵头疼，那次聚会上其他的事情都想不起来了。不知怎么回事，究竟是被一种什么样的力量牵引着，他就到了现在这张桌子上，听着亚历山德拉提出的问题，面临着这样一个现实，就是两天后他就要出发去北极，同行的是一个他已经认识多年的年轻人，以前他却从来没有想到会要服从他的命令。

一个女仆拿着托盘走了进来，是艾格尼丝还是艾伦？仆人们一直都是拉薇妮亚管的，只要饭菜按时准备好就行了，伊拉斯莫斯从来不关心是谁做的。他知道别人并不知道他是这样的，只有拉薇妮亚因此责备过他。他曾经有一次无意中听到厨房里仆人们提到他，说他是个“种子人”[①]，然后就是一阵狂笑。现在，他尽力避免看端着托盘的女仆的眼睛，吸了一口气，等着听齐克怎么来解释这个无冰封极地海域的问题。

“你读过的东西不少，”齐克说。也许他还惊奇亚历山德拉还记得他在那次聚会上说的话，但是并没有表现出来。“我也注意到了这点。那你应该也知道，有几段开阔的水域整个冬天都存在，而且每年这个时候都会在同一地点出现。俄罗斯人把这个叫做冰穴。英格尔菲尔德在史密斯海峡发现过无冰封的极地海域。有人看见过有鸟从加拿大向北部迁徙。有不少人发现，一股暖流在水面之下向北流动。也许这股暖流会通往没有冰的温暖海域，保卫着北极，使其与阻碍我

---

① 在英语中，seedy 一词意为“寒酸的，肮脏的”，而这个词如果从构词法来看也可理解为 seed（种子）加上 y（形容词后缀），当然这个意思在其他情况下并不存在，是女仆们为了调侃总是摆弄种子的伊拉斯莫斯而故意这样说的。——译注

们的冰层隔开。”

“也许吧，”亚历山德拉说。她右手在空中划了个弧线，就好像她手里还拿着画笔似的。

“凯恩博士离开的时候，”齐克接着说，“他说他要去寻找相关的证据。我也想找到这样的证据，这没什么奇怪的。”

从那次聚会以后，伊拉斯莫斯就常和齐克到富商们的办公室去，齐克向他们提出要去寻找富兰克林。“独角鲸”号的储藏室挂着一幅富兰克林穿着整套制服的肖像。富兰克林，富兰克林，齐克一直在说着这个名字，目的是希望那些人能给他钱。他如此强调航行的这一目的是有道理的，要是能够对这一伟大的事业做出贡献，商人们该多自豪呀！伊拉斯莫斯想，富翁们在齐克身上看到了一个无往不胜的年轻人的形象。商人们梦想能成为齐克这样的人，希望自己的儿子成为这样的人。也许其他的远征会失败，但是齐克的肯定不会。

“这是一个理论，”齐克告诉亚历山德拉，“一个很有趣的理论。在北极，人们根本没法预测冰的情况，是不是能通得过去，能以多大的速度通过，究竟是向着哪个方向。我计划按照这条路线走去寻找富兰克林。但如果很顺利的话，比如说背面的某个通道畅通的话，那我们就可以做些考察了。”

“可能是吧。”亚历山德拉说，“所以你就预备了十八个月的给养物资？”

“为了安全起见，”齐克说。他抚摸了一下自己的眉毛，将他那金色的有弹性的眉毛抚平。他可能发现了拉薇妮亚注意到了他这个动作，而且被吸引了，而亚历山德拉则没有注意到，伊拉斯莫斯觉得齐克似乎因此有些不快。亚历山德拉真是一个理智的女人，她似乎对齐克的魅力有种免疫力。

拉薇妮亚把自己的眼光从齐克的手上移开，说道："从地图上我似乎看不出来你们从哪儿开始是往北走了。"

"他只有被迫不得不往北走的时候才会往北走，"亚历山德拉说，"如果他募集资金的时候说是为了去找富兰克林，然后却故意走了另外一个方向，这样肯定是不对的。"

齐克默默盯着她，她也一直盯着他。"从地图上我们永远不会得到需要的东西，"他一边说着，一边转向了拉薇妮亚，"这正是我们要去航行的原因。"

后来伊拉兹马斯才意识到，虽然他一直对齐克的动作还有女人们的反应很关注，但是显然他关注的还远远不够。太阳已经下山，屋子里灯火通明，大家大口吃着美味的巧克力蛋糕；地图在召唤着他们，他梦想着将会有的荣耀。他自己的荣耀，自己的渴望。他们可能会找到富兰克林考察队的幸存者，即使找不到，至少也能带回证据，比起约翰·雷那些让人丧气的故事来更加能说明究竟发生了什么。如果运气好的话他们还会发现别的东西。各种标本，不仅是植物，还会有海藻、鱼类和鸟类。他可以写本书。他会把标本画下来，用文字对它们进行描述。他很善于根据自然物作画，他是一个训练有素的观察者，可以迅速捕捉到自然物的主要特征。哥白尼则善于运用色彩和明暗，他会将伊拉斯莫斯的速写变成一幅幅油画，而林奈和洪堡则会制作出雕版来。他们会一起做出一些很漂亮的东西来。多年以来，伊拉斯莫斯由于经历了多次打击，于是便会假装自己并没有什么雄心壮志，但是他是一个充满了抱负的人，他的确是这样。而且他觉得他们的航行会有好运的。想到这儿，一阵兴奋几乎冲昏了他的头脑。

"你呢，伊拉斯莫斯？"亚历山德拉问，"你怎么看待这些问题？"

"在北极，"他说，"我们肯定得灵活机动地做事，抓住一切机会。"

他低下头看了看亚历山德拉拿过来的书，他想把这本书带走，毕竟一本书的空间还是有的。"齐克和我将会根据发现的东西做出合理的决定。"

那天晚上，亚历山德拉在日记里这样写道：

拉薇妮亚的哥哥们低估了她，这并不是她的错。我知道，一旦男人们离开后，只剩下我们自己了，她就会不一样了。只要齐克在，她的心就深深陷在了里面。等到就剩下我们的时候我会很开心。这个房子太漂亮，太宽敞了；如果我父母还活着，能看到我住在这么两间漂亮的屋子里，而且我还能说他们是"我的屋子"，不知他们会怎么想呀。我的卧室里，从床边的窗户下面望下去，可以看到一排低矮的树。我的被单每周都会更换一次，而且还不用我自己动手。画画真是一件有趣的事情，比做针线活给人带来的满足感多多了。而且我还可以得到不低的报酬。现在在我的针线盒下面一层我已经塞了一笔数目不小的钱。很快我就能自己买几本书了，现在我只能趁他们不在的时候浏览一下那个家庭博物馆里面的书，我一直觉得买书是一件很奢侈的事情。我简直等不及他们赶快走了。真的。而且希望我能像伊拉斯莫斯一样到博物馆那边去睡，那可真是一件奢侈的事情。

他知不知道，只要齐克一说话，他就会抖动自己的靴子尖？我真想知道伊拉斯莫斯小时候是个什么样子。那时他应该还不像现在这么对人冷淡，还不会像现在这样坐下的时候就把下巴缩进领子里，像现在这样右手老是拧着左手，让人感觉快要拧断了。拉薇妮亚说她还是个小女孩的时候，伊拉斯莫斯就很喜欢甲虫和蛾子，他会嘲笑拉薇妮亚的那些家庭女教师。真想象不出来他嘲笑人的时候是个什么样子。

“独角鲸”号五月二十八号起航。一切都很匆忙，以至于伊拉斯莫斯觉得很多重要的事情都还没做，很多该说的也还没说。他和齐克站在甲板上，穿着新做的灰色制服，挥舞着手帕。他们头顶上，弓术爱好者联合俱乐部的信号旗在风中飘扬着，一会儿展开，一会儿垂了下去，一会儿又展开。燕鸥挂在他们头顶，在高高的浪花上似乎一动也不动，伊拉斯莫斯觉得他自己好像是站在两个世界的分界线上。

“独角鲸”号船员的亲人和朋友聚集在岸上，穿着整套绿色制服的弓术爱好者联合俱乐部的年轻人们在欢呼着。齐克和伊拉斯莫斯的亲戚和朋友一堆一堆地聚集在码头上，衣服都被河上的风吹得大大地张开了。亚历山德拉把她全家人都带来了，她的妹妹们，艾米丽和简；她的哥哥勃朗宁和妻子还有他们的小宝宝，他们挤在一起，靠得那么紧密；自从他们父母去世以后，他们一直挤在一个小小的房子里，现在似乎到了户外他们还是习惯了像在房子里似的紧紧挨着。他们身材小巧，模样精干，但是却不是脾气和顺的人，他们是废奴主义者，是些做起事来总是很一本正经的年轻人。他们穿的衣服颜色看起来像是麻雀和鸽子，不过伊拉斯莫斯觉得似乎他们看起来更像是磨锯猫头鹰。勃朗宁手里拿着一本《圣经》。

后来亚历山德拉在日记里记下了她和勃朗宁的争吵，起因是他大声读出的那段《圣经》。后来她还把此时伊拉斯莫斯的样子给画了下来，画上伊拉斯莫斯手紧张地握着一根柱子，帽子下一头卷曲的头发，让他看起来很奇怪，像个男孩子，又长又瘦的鼻子嗅着风中的味道。她只是安静地站着，注视着他，而他则注视着所有的人。在木桩周围油腻的海水里，木头刨花打着圈旋转着。

亚历山德拉一家左边站着雕版厂的员工们，还有沃利斯包装线派来的代表们；再往左边是林奈和洪堡，长得像海狸般富态圆润。然后就是拉薇妮亚，靠着他们，外面套着一件蓝绿相间的外套，闪闪发亮，像太阳下的鳟鱼。在码头的一端则站着齐克的家人，来对他这次航行表示支持。他的父亲显得彬彬有礼，神情里充满自豪，红色头发还十分浓密，前面的刘海被风吹起来，露出了粗粗的眉毛，耳朵旁的一缕头发让他看起来像个猞猁。齐克的妈妈则因为刚刚去世了一位婶婶而穿着黑色的衣服，在哭泣着。这不奇怪，伊拉斯莫斯想，她溺爱自己的独子是很出名的。她旁边是齐克的姐妹们，瓦奥莱特和劳雷尔，穿得很漂亮，似乎很庆幸自己的商人丈夫没有去北极考察。

他们挥着手，海水渐渐将码头和船分割开来。弓术爱好者联合俱乐部成员们的短笛声飘荡在微风中，慢慢地与海鸥的叫声混成了一体。伊拉斯莫斯的父亲曾经给他读过，大山的后面，北风的那一面，穿过了寒冷的山洞，住着一种叫做“冷人”的人。这里是世界旋转的轴，是群星环形运行时的最远处。这里只有和谐，没有悲伤。码头上的人影越来越小了。除了那些已经去世了的，伊拉斯莫斯曾经爱过的每一个人都站在那里，那些为他骄傲、敬佩他的勇气或者为他的命运担心的人，都站在那里。那些脸渐渐地变得模糊，消失了。

## 第二章
# 穿过寒冷之源
（1855年6月至7月）

在寸草不生的格陵兰岛，可能没有什么能比冰更能让初次到这里的人觉得有趣而兴奋的了。这里的冰不仅多，而且形状千奇百怪。那种体积很大的一般称为冰岛、浮动山或者冰山，在戴维斯海峡很常见，在这儿有时也可以看得到，它们的高度、形状和水下的深度都足以让看到的人惊叹不已。而冰原则为格陵兰岛所特有，同样也十分令人惊叹。虽然它们往往并不高，但是在海面上的所占的面积却惊人的庞大。有人见过有一个一百多英里长、五十多英里宽的冰原。每个冰原都仅由一层冰组成，一般高出海平面四到六英尺，而水下则有大约二十英尺深。

这些冰根据大小、组成的冰块的数量、结合方式、厚度、透明度等可以分成很多类。要解释清楚，就要用捕鲸人常用的那些说法，就从冰原的断裂说起吧。即使是最厚、最强大的冰原也无法抵挡住下面某块强大的隆起带来的冲击力量，实际上，冰原越大越厚，抵挡冲击的能力就越弱，一旦稍有弯折就会破裂，较薄的冰反而比较柔软，抵抗力冲击的能力较强。当冰原在洋流的推动下向南漂浮，一些附着较为松散的冰就会从大冰原上脱离出去。冰原当受到某个隆起的作用时，就会断裂成许多块，这些碎片直径一般都不会超过四十或者五十码。如果好几块这样的碎片聚集到一起，从船的桅杆上一般都看不到它们，这样的冰块被称为“冰包”。

如果冰原碎片的结合体能够被看清楚，而且它的形状看起来是圆形或者多边形的，那么便将其称为“冰片”，如果形状狭长，更接近长方形则称为“冰条”，无论其是多么窄，只要中间没有断裂开，就还是称为一个冰条。

那些体积较大但仍小于冰原的冰块则称为“浮冰”。我们可以说，从大小和外部形式来看，冰原类似于冰包，而浮冰则类似于冰片。由于侵蚀作用，小块的冰会脱落下来，称为“碎冰”，这些碎冰以后可能成为冰条或者冰片的一部分。有的冰中间的缝隙很大，可以容得船只自由通过，这样的冰被称为“漂浮冰”。“冰丘”则是冰块表面上的突起，往往是在一块冰挤压另一块冰时的压力作用下形成的，冰丘往往形成在冰块的边缘那些被霜彻底固化的部分。冰丘还可能是几块冰相撞的时候形成的，相撞产生的碎片凝聚到了一起。这些冰丘使得冰块有了奇特的造型，看起来像图画一般美丽。冰丘在厚重的冰包边缘部分很常见，在冰原和浮冰的边缘有时也可以见到，一般有三十英尺或者更高。

“冰圈”一般和海湾或者转弯处有关，一般在大块冰的边缘。据说它之所以被称为“冰圈”是因为这个地方像个圈套，船只有时会因为风的转向而被困在这里，船两边的冰都很难清除掉，这带来的后果常常是灾难性的。

——威廉·斯科斯比《极地冰川》(1815 年)

船还没离开海湾齐克就开始趴在船的栏杆上呕吐。伊拉斯莫斯记得齐克曾经说过他在父亲的船上会有点晕船。但现在却不是那么简单，不是仅仅发作一阵，难受几个小时，睡一觉就好了；而是没完没了的呕吐，脸色苍白，头疼得话都说不出来。船穿过了纽约港，伊拉斯莫斯本来是应该兴高采烈的，但是想到齐克的状况，便担心起来。

"你怎么没有早告诉我？"伊拉斯莫斯说。船员们在他周围来回走动，看到他船稍微晃动一下都会有明显的反应，露出了不屑的神情。

"我以为这次会不同的，"齐克小声说。

伊拉斯莫斯想齐克是错了，他记起了一个他似乎早已忘却的一幕：一个脸色苍白、身体羸弱、长着黄色头发的男孩子读着像小山似的关于自然历史的书和探险家们的日志，桌子对他来说还太高了，于是在椅子上面垫了好几个枕头。这个男孩子就是齐克，那时大概十三或者十四岁。

伊拉斯莫斯记得，当齐克的父亲，沃利斯先生，出去做生意的时候（这其实常常是他躲避一屋子女人的手段），自己的父亲就像叔叔一样照顾齐克，齐克得伤寒卧床的那年，伊拉斯莫斯的父亲抱来很多书，后来又欢迎齐克到家庭博物馆去参观。伊拉斯莫斯那时刚从那次航行回来，隐约地感到齐克把他看成了某种英雄。但是齐克读完了富兰克林第一次航行的日志的时候，伊拉斯莫斯听到他和父亲说："我想要过这样的生活，威尔斯先生，就像富兰克林和他的船员那样，就像伊拉斯莫斯那样。我想要去探险。人怎么能忍受一辈子都不做出一点伟大的事情呢？"

伊拉斯莫斯那时觉得，齐克的那些话不过是一个男孩子天真的幻想罢了，因而后来齐克集中精力做自己家族的生意时，伊拉斯莫斯一点也没觉得奇怪。他在仓库里工作，处理办公室事务，乘包装线的船只旅行。他抱怨没有时间做自己的研究，不过他还是成了父亲的左右手。后来，一个闪电击中了他乘坐的一艘船，将其完全烧毁，夺去了一些船员的生命。当时正值晚上，火光冲天，船桅的碎片落得到处都是，人们的哭喊声回荡在夜空中。齐克救了二十六个乘客，把他们带到漂浮着的船只碎片上，照顾他们，直到救援的人赶到。伊拉斯莫斯觉得，就是他对这场事故的叙述让拉薇妮亚爱上了他。后来沃利斯先生，作为对此事的奖赏，同意齐克每次旅行的时候花一些时间去做他的科学研究。

伊拉斯莫斯觉得那些研究不过是齐克的爱好而已，觉得他将来肯定会成为一个商船船长。但是齐克却还是不断地读书，不断地制订计划，不断地做笔记。没有人注意到，他一直梦想着要进行一次足以成就他名声的探险。直到最后，在拉薇妮亚的生日聚会上，他才宣布了自己的决定，让大家都大吃一惊。

“在水里，”齐克曾经对伊拉斯莫斯这样说，“当我漂浮着的时候，我知道我很可能会死，但我知道我不会死的。我不会感到难受，我很强壮。我在紧急情况下仍然可以保持一个清醒的头脑。我注定要做一些伟大的事情，以前是这样，现在也是这样。人要变得伟大，就要掌握一些别人看来并不重要的知识。而我已经掌握了关于北极科考的知识。”

他掌握的那些知识在航行的头十天里似乎没有什么用处，他一直躺在甲板上，面色苍白，他的手耷拉在床铺旁边，手掌看起来又大又粗，看起来有点怪。伊拉斯莫斯尽可能地照顾他，一方面是因为他对妹妹有过承诺，另一方面是因为他觉得以前是自己误导了齐克。照顾人的事情并不是那么舒服。不过尽管有很多事情让他担心，但是又一次来到了海上，伊拉斯莫斯还是感到巨大的喜悦。风将云撕成了一缕缕的细条，也将他沉闷的生活撕碎了。他在日记里写道：

> 我怎么会忘记这种感觉？离我上一次航行已经过去了十三年。每天伴着升降索撞击桅杆的声音醒来，水冲击着船体，每一天，时间就像这宽阔无际的海洋一样延伸着。我又想起了那些被我多年以来似乎已经忘却了的事情。从表面来看，这很像我上一次航行，表针转动着，铃声敲响了，每天吃饭，做着同样的事情。但是从其他方面来说又是不同的，这里没有了军人，没有军队的纪律，只有我们这一小队人，为了一个共同的事业而走到了一起。我终于可以晚上站在甲板上，看着星星在头顶的夜空中旋转。

雨连续下了四天。伊拉斯莫斯就在船舱里待了四天，完全沉醉在他的新住处里。隔板将船舱和水手仓分隔开来，装设备的架子围绕在通往甲板的折梯四周，所有东西都挤在隔板和设备架之间：折叠桌、木凳、带锁的箱子、挂灯和炉子；还有两个三层床，共六个铺位。泰格伯先生，泰勒船长还有弗朗西斯睡在靠右舷的铺位上，另一边博尔哈维医生睡在最下层，中间是齐克，最上面是伊拉斯莫斯，他的床位用印度橡胶布做成的帘子遮挡了起来。那些晚上跑上来的老鼠可能会觉得这几个人像是摆在架子上的奶酪。在隔板的另一边，水手们则睡在他们网状的铺位上。

物质条件的不足似乎并不是什么大事。只要把床上的帘子拉下来，伊拉斯莫斯就觉得自己像是一个人似的，他几乎可以忘记齐克就在他下面几英寸的地方，泰格伯先生则就在他对面，离他只有区区几英尺。两个木头架子放着他的书，他的航海日志，一盏阅读时用的灯，笔和绘图工具。这里还有指南针，袖珍六分仪，手表挂在一个特制的小钉子上，来复枪，火药桶和子弹袋，这些是别人给的。一切井然有序，让人感觉是多么舒心。现在的一切都在他的控制之下，这个空间比一个棺材大不了多少，但是暖和、干燥又明亮。第四天雨逐渐小了，他在自己的床上读读书，写写日志，甚是惬意，直到听到了齐克呕吐的声音。

由于胃里缺少食物，齐克神经有些错乱，抽噎着，喊着他妈妈，有时喊着拉薇妮亚的名字。他坐在病号位上，身体很虚弱，似乎还是个孩子，从他的眼睛就能看出来，但是他却非常明确地表示，谁来帮他他就恨谁。伊拉斯莫斯打开帘子，拿出一个干净的盆子来，用一块湿布给齐克擦了擦脸。他想，齐克可能不会记得这一天或者不会记恨他现在所做的事情吧。博尔哈维医生，现在仍然和他彼此比较陌生，过来说："让我看看我能做点什么吧。"博尔哈维医生打开了自己的药箱，伊拉姆斯就让他来照看齐克，自己则出去呼吸点新鲜空气。外面的浪很小，只吹着微风，雨水刚刚冲刷过的船帆还在滴水，天上的云彩像是刚梳理过的羊毛。甲板上人们三三两两地在捡麻絮。哪个是艾萨克？哪个是伊万？自从见到亚历山德拉才来了那么短的时间就和仆人们融洽相处，而他自己现在还不记得他们的名字，他就暗暗下了一个决心。在"独角鲸"号上，他向自己保证要关注每一个人，而不仅仅是光记得那些高级船员。

那个应该是罗伯特，他想，就在那个绳子线圈那儿。巨大的绞车旁的应该是肖恩。在厨房里像跳舞一样做饭的是耐德·科德。看一眼炖着的胡萝卜，翻一翻鸡肉丁，然后在沾满面粉的案板上快速地揉几下用来做饼干的面团。

伊拉斯莫斯把勺子蘸进炖锅里，尝了尝肉汁。“很美味呀，”他说，想到还有活鸡圈养在甲板上就很高兴。还能吃好几个星期的新鲜食物，齐克不知道，可能连耐德也不知道，能够吃上新鲜的食物是一个多么大的享受。“你干得真不错，”伊拉斯莫斯说。

“很高兴能为你们效劳，”耐德说，“能够有个干净的做饭的地方也是一件很让人高兴的事情。还有能看到海，真美呀，不是吗？”

“是呀，”伊拉斯莫斯说。他们随便聊了几句话，说了说菜单和补给的情况，又聊到耐德对这份工作感觉怎么样。耐德说他很好，不会晕船，心情一直很不错，干起活来动作麻利，已经完全适应了船上的生活。他已经戴上了船员们闪亮的围巾，留起了胡须。后面又聊了几分钟天气，接着沉默了一会儿，不过这种沉默并不让人觉得尴尬。然后，耐德说道：“我可以问个问题吗？”

“当然，”伊拉斯莫斯说，心里祈祷他不会问关于齐克的事情。

“能告诉我关于富兰克林的事情吗？就是那个我们要寻找的富兰克林，他究竟是谁呢？”

伊拉斯莫斯盯着他，一块胡萝卜还在嘴里塞着。“你来的时候沃利斯指挥官没有把这一切都告诉你吗？”

耐德一边切饼干一边说：“他告诉我，富兰克林迷路了，我们要去寻找他……但是也就这些了，别的他没有和我说。”

前面的几年耐德会是在什么地方度过的呢？耐德将饼干轻轻放到马口铁制成的盘子上，伊拉斯莫斯靠着水缸，努力将这个引起了所有人关注的故事整理起来。

“富兰克林曾是，是，英国人，”他说，“他是一个著名的探险家，有三次北极探险的经历。”

伊拉斯莫斯接着又解释了富兰克林是如何与一百多名海军精锐

部队的成员出发，这时鸡块正炖在火上。他有詹姆士·罗斯曾经用过的“幽冥”号和“恐怖”号，这两艘船安装有热水加热系统和螺旋推进系统，黑色的船身，白色的桅杆。他的船队于1845年春天离开英国，带了三年的物资储备。每艘船带了大约一百二十本书，还带了一个手风琴，可以演奏五十个音。那年夏天天气出奇的好，人们都觉得他们航行速度肯定会很快。那年七月有捕鲸人看到他们的船停泊在兰开斯特海峡入口处的一座冰山旁边，后来就不见了。

“不见了？”耐德说。他用手把猪油拌进面粉里，来做馅饼的外皮。

“是的，消失了，”伊拉斯莫斯回应道。每个人都知道故事是这样的，他想，不仅仅是他和齐克，还有拉薇妮亚，还有所有他们认识的人，甚至包括他的厨师和马夫。“你怎么会不知道这些？”

“爱尔兰在闹饥荒，”耐德尖刻地说，“我怎么会不知道这些？我要关心的事情还多呢。”

这两件事便从时间上理清了。伊拉斯莫斯想，耐德一定是那些为了躲避饥荒而逃离家园的众多爱尔兰人中的一个。他还仅仅是个孩子，几乎可以做伊拉斯莫斯的儿子了。“原谅我，”伊拉斯莫斯说，“我真是太笨了。”他对耐德的过去一无所知，就好像他对他家的仆人的生活一无所知一样。显然对于耐德来说，真正影响耐德人生的是爱尔兰发生的那些事，而不是高贵的、神秘消失了的富兰克林的故事，也不是高贵的富兰克林夫人的故事，在齐克提出要进行本次航行之前，她已经组织了十余次航行去寻找她的丈夫。

耐德快速地切着苹果，苹果像是一片片从刀上跳了出来似的。伊拉斯莫斯尴尬地停顿了一会儿，又开始解释各个地方的船只是如何集中到富兰克林可能出事的地方，还有一些人则跨越了大陆。所有这些人都做出了重要的地理发现，但是尽管他们发射了火箭，向空中放飞了风筝和气球，还在狐狸身上绑上信号纸条然后放生，却还是没有找到富兰克林的下落。伊拉斯莫斯的费城老乡，凯恩博士，曾和舰队于 1851 年夏天一起到达了比奇岛，在那里找到了一个很有价值的证据，就是冬季营地的遗迹。

伊拉斯莫斯叙述了舰队看到的东西，当然他并不想把耐德吓坏。富兰克林的三个水手躺在三个土堆下面，还有船帆布、纸片、坛子和六百个腌肉罐，里面的肉已经没了，装满了小石块。但是根据这些却丝毫看不出来他们是向着哪个方向行进的。后面的船队也没有找到富兰克林的踪迹。海军部一年前就放弃了对富兰克林等人的寻找，认为他们已经遇难了。

“那为什么沃利斯指挥官还想寻找富兰克林呢?”耐德问，“既然他们已经都死了?”

正如齐克在拉薇妮亚的生日聚会上说的那样，秋天的时候，休斯敦海湾公司的约翰·雷的发现震惊了所有人。他们考察了浅水湾西面的极地海岸线，当时根本不是在寻找富兰克林，而是仅仅为了进行地理考察。他们遇到了一些爱斯基摩人，他们说几年以前，大概三四十个白人饿死在这里，死在了一条大河的河口处。他们不肯带约翰·雷去寻找那些尸体。约翰·雷认为，当时的季节还不适合深入极地进行搜寻工作。但爱斯基摩人留下来了那些白人的一些遗物，他就买了下来，包括一块金表，一把手术刀，一块汗衫布，一些银叉子和汤匙，上面还有富兰克林的徽章，还有从一顶帽子上取下来的金色缎带。

“真正在人们中间掀起了轩然大波的，”伊拉斯莫斯说，“是爱斯基摩人最后告诉凯恩博士的事情。”

这时三个馅饼已经成形了，伊拉斯莫斯偷偷地拿了几片苹果。他想，是不是不应该和一个真的经历过饥荒的孩子谈饥荒的问题呢？和一个下属这么随便地谈话是不是有些不妥？而耐德一边把馅饼皮弄出些褶皱，一边说："嗯，告诉我吧。"

伊拉斯莫斯尽量避免讲那些最可怕的部分，爱斯基摩人说，在做饭用的水壶中发现了尸体和残肢。约翰·雷说，我们同胞们显然是在万般无奈的绝望中开始人吃人了。

"约翰·雷简直给人们带来了天大的震动！"伊拉斯莫斯说。他发现耐德脸色有几分苍白，但是此时他正说到兴头上。"从公众的反应来看，显然是认为富兰克林杀死并吃了他的船员。而海军部却不认同这一发现，说英国人是绝对不会吃英国人的。但海军部又说不再去寻找富兰克林他们了，尽管约翰·雷所说的情况只是适用于富兰克林船队的三分之一的船员。"

"那你们是要寻找剩下的人了？"耐德问。

"是的，我们是要这么做。"

他最后说，促使他们在海军部已经放弃的情况下自己寻找富兰克林一行人的原因是富兰克林夫人不断在媒体上呼吁人们去寻找她的丈夫。

"只有两只船都找到了，"伊拉斯莫斯说，"才能够有证据说所有的人都死了。凯恩博士还在寻找他们，但是在约翰·雷回国之前他就去了史密斯海峡。富兰克林如果通过惠灵顿航道向北航行，就可能到达史密斯海峡。但现在我们根据约翰·雷的信息已经知道，富兰克林的船队是向西南方向行进的，凯恩博士搜寻的地方和富兰克林实际到过的地方差了几千英里。我们已经掌握很多凯恩博士不知道的信息，我们的任务就是到约翰·雷还未来得及彻底搜索的地方寻找富兰克林的踪迹。”

耐德做好了馅饼，抬起头来。“沃利斯指挥官说的话让我们感觉我们是要去拯救幸存者，”他说，“但按照你说的似乎我们只是去找尸体。”

“其实也不是。”伊拉斯莫斯听到这话有几分慌乱了。“可能会有幸存者的，我们希望还有幸存者。我们去寻找他们，发现新的情况。”

他离开了厨房，觉得很不自在，手上拿着一块饼干。他以前以为船员们的想法和他的，和齐克的是一样的，以为他们都对富兰克林的事情一清二楚，清楚地知道此行的目的，知道他们自己的职责。而现在他想，是不是船上的人都像齐克这样，参加这次航行都是出于各自的目的，而对航行的真正目的则毫无概念。可能有人想着一只在高高的山上一边散步一边哞哞叫着的母牛，有人想着一个池塘还有它旁边的四棵洋槐树，想着喝威士忌，想着拿到工资之后买匹马，给马钉个马掌，想着一个年轻的姑娘，想着以前的一次争吵，想着雪橇在雪地上划出的痕迹。

耐德上次出海的时候出现了晕船的症状，一直是头昏脑涨的，根本就没法读书，更没法写什么东西。这次好多了，他便开始做些记录。在离开费城之前他买了个本子，上面印有横道，就是那种学生用的本子。那天晚上他写道：

苹果馅饼味道挺不错的，但是沃利斯指挥官却还是一口都不吃，不管我做什么吃的他都没有胃口。今天我看到了一大群蓝鱼。我做晚饭的时候威尔斯先生过来了，他告诉了我我们在寻找的是什么。虽然他没有说富兰克林已经死了，但是我觉得不仅是他,应该所有的人都已经遇难了。可能不仅是被冻死的,也可能是被饿死的。他告诉我说出现了人吃人的情况,这让我想到了家乡。今天整晚我都在想丹尼斯和诺拉,想我们这次航行,想家乡那些死去的人,想威克沙姆,是他教会了我读书和写字,想所有的人。我和船员们相处的还可以,但是却没有一个处得特别好的朋友,希望我以后能有那么几个。我听到威尔斯先生曾经向其他船员问起过他们的情况,但是他却没有问过我那场饥荒是什么样子的,也没有问过我是怎么来到这个国家的,也没有问,泰格伯先生找人接替以前的厨师的时候,我为什么正好有空,当时我口袋里的钱还不到一美元。他似乎仅仅是因为发现我对富兰克林这么有名的英国人一无所知而感到十分惊奇。如果那天下午我没有去阻止那两个西班牙人打架,如果不是我被开除了还被扣除了最后一个星期的工资,我就不会正好能够接替这个厨师的位置。如果我们能在十月返回费城,不知他能不能帮我在其他地方找个活干,比如在日耳曼敦的某个小酒馆里什么的。

过了圣约翰海湾,便可以看到四处都是散落的冰山,洁白得不含一点杂质,体积大到令人难以置信的程度,齐克马上像吃了灵丹妙药似的精神了起来。泰勒船长、泰格伯先生和弗朗西斯先生则很平静,他们出海捕鲸的时候这些冰山已经见得很多了。伊拉斯莫斯在南极洲附近见过类似的冰川,此时尽管他内心也很激动,但很矜持地没有表现出来。不过其他没有见过这一景象的人则惊叹不已,连连吸气,齐克则是完全惊呆了。

“快看! 快看!”他一边喊一边在甲板上到处奔跑,然后又飞奔到船舱里拿出他的日记本，记下了他的第一篇日记，时间是1855年6月15日，接着潦草地画了几幅速写，下面用文字大概描述了下冰山的实际大小。尼尔斯·简森虽不识字，但他却很会计算，他俯下身子看着齐克画素描，不时地小声说着冰山的大致体积和面积。旁边还有些人也格外激动。但也许只有伊拉斯莫斯从肖恩·汉密尔顿宽大的肩膀后面看到那些对这些景象已经司空见惯了的人互相看了几眼，脸上露出几分讥笑的神情。

那天晚上因为齐克一直在甲板上，没有在盆边呕吐，因而伊拉斯莫斯睡得格外香甜，以至于没有亲眼见到船如何撞上冰山。从船的某个地方传来了一个巨大的撞击声。等到伊拉斯莫斯惊醒过来跑到甲板上的时候，船已经开始倒退。船撞上了一座侧面是斜坡的冰山，撞坏了小帆桅和第二斜桅下面的支索。弗朗西斯先生和泰格伯先生从他身边跑过去，紧跟着过去的是托马斯·福布斯。到处是喊声、呼叫声和简短干脆的指令；人们在检查船的什么地方出了问题，什么地方还完好。还有一个黑影在检查船首斜桅的情况，他的脚踝已经固定住，腰上还拴着根绳子。伊拉斯莫斯揉了揉自己惺忪的睡眼，自己往旁边站了站，尽量不挡着他们的道。船员们在工作着，泰勒船长站在齐克旁边，他把头转过来看着齐克说："要是你按我说的路线走的话……"

"路线没有问题！"齐克大喊道。"桅杆瞭望台上的人一定是睡着了。你看那儿！"他把头转回来，朝着桅顶上的那个人喊道："巴顿·戴舒扎！"伊拉斯莫斯也看到了有个人影，那是巴顿吗？"你好好看看那个地方！"

那天正好是个满月，船头边冰山发出银色的光芒。巴顿说了点什么，但伊拉斯莫斯听不清楚。托马斯和助手们开始对船的破损处进行修补，用锤子叮叮当当地敲着双层船体。泰格伯先生从远处喊道："没啥严重的！"

齐克说："已经很迟了。他们可以明天再修。"

"还是现在修的好，"泰勒船长说，"如果过几个小时又有暴风袭击怎么办？"

他转过身，开始发号施令，只见船上一个个人影按照他的指令做这做那。齐克退到一边，不过伊拉斯莫斯觉得，这应该是他展现自己权威的时候。齐克生病的时候，全船的人自然都听泰勒船长的；这样他们又回到了以前的情况，他们以前在渔船和捕鲸船上的时候，船长是唯一的权威。而现在，他们又有了一个指挥官，一个不知道如何扬起船帆的指挥官。伊拉斯莫斯曾多次无意间听到人们对他议论纷纷，这其中包括肖恩·汉密尔顿，伊万·罗斯卡，弗莱切·兰姆，说他"连纽约北部都没有去过"，"甚至不知道怎么把吊床卷起来"，"他两周就要换一次衬衫"。每次齐克命令人做事，对方总要先得到泰勒船长的首肯才会按照齐克的指示去做。

这些伊拉斯莫斯都看在眼里，但也无能为力。接下来的几天他则将注意力集中在疏浚船和牵引网上。他已经看出来，齐克并不会和他一起做他的科学研究工作；他得自己一个人做，就像他第一次旅行时那样。他一边打结，调整锚链，更换系索栓，一边想，自己年轻的时候太过腼腆，不敢和同伴们交往；后来他渐渐鼓起勇气来，想对别人尽量友好些，但是这时大家都已经三三两两地各自聚在一起，只将他排除在外。他们对他颇为客气，但是他却没有个很好的朋友；有时他想，自己也许要这样孤独地死去了。

现在年纪大了一些，也就习惯了。不过尽管如此，当刚才还在厨房看书的博尔哈维医生凑过来，打破了他的孤独的时候，他还是十分感激。博尔哈维医生问道:“看那些紫色的小虾,是不是就是北风褐虾?”

伊拉斯莫斯发现博尔哈维医生思维非常敏捷且思考颇为深入,他能够在思维的海洋中像巨大的银色三文鱼一样游来游去,想到这儿,他又仔细地看了看博尔哈维医生的脸庞。伊拉斯莫斯发现博尔哈维医生对自然历史的了解并不逊于他。尽管他在植物学方面可能更胜一筹,博尔哈维医生则在动物学方面有优势,且对海洋无脊椎动物非常了解。

他们一边研究他们抓到的东西时,博尔哈维医生一边说,他出生在哥德堡,上学却在巴黎和爱丁堡,自己英语还不错是因为在海上待过几年。他们又用牵引网捕到了一群模样很好看的小水母。“这是极地水母,”博尔哈维医生说。他又讲了讲他作为医生随同苏格兰捕鲸人和挪威海象猎人一起出海的经历。

“我这个人总是充满了好奇心,”他说,“我很喜欢爱丁堡,但是却不想满足于在那儿开个诊所,然后接下来的四十年每天都看着一样的面孔。至于回瑞典永久定居嘛……”他耸了耸肩膀。

伊拉斯莫斯一边给一只水母涂防腐香料一边说:“沃利斯指挥官和我说你曾经两次深入到极地地区,是你和捕鲸人一起的那次旅行吗?还是更早的旅行?”

“是更早时候的,”博尔哈维医生说,“我曾经参与过一次瑞典考察活动,到达了斯匹茨卑尔根岛到哈克路特岬的西岸,虽然走得没有帕里那么远,不过还是看到了富兰克林和比齐乘坐‘多罗西亚’号和‘特伦特’号旅行时考察过的几个地方。”

富兰克林的第一次旅行,感觉这已经是很久很久以前的事情了。伊拉斯莫斯想,不知是多少个互相联系的事件让自己和博尔哈维医生聚到一起，参与到他们这次旅行中来。

“后来我参加了一次俄国组织的航行，到达了卡姆查卡半岛、普利比洛夫群岛和阿留申群岛，后来进入了白令海峡。我们本来打算考察兰格耳岛，但是波福海的浮冰群挡住了我们的去路。”

他照着他们面前的水母画了一个上下对称的图形，可以清楚地看到它八个胃襞中回旋状的边缘。他的铅笔真不错，伊拉斯莫斯发现。博尔哈维医生的线比他自己的铅笔画出的线要更深，也更细。

“你呢？”博尔哈维医生问，“你自己以前的旅行呢？威克斯克有五卷描写‘探索之旅’的书，我全都读过了，这些书刚在欧洲上市的时候可谓风靡一时。但是里面却没有提到你，这么会这样呢？”

伊拉斯莫斯脸红了，他赶紧对标本保存罐中一些标识提出了疑问，想转移博尔哈维医生的注意力。“那件事情说来话长了，”伊拉斯莫斯说，“下次我再告诉你吧。你为什么会参加这次旅行呢？”

“我想更加深入地了解极地内陆地区，”博尔哈维医生说，“这里有着不一样的冰层，不一样的植物和动物。反正不管怎么说我已经到这儿了。我几年前到了美国，来拜访你们新英格兰地区的哲学家，爱默生和布朗森等，我很感兴趣他们是如何发展康德和黑格尔的思想的。你认识亨利·梭罗吗，他挺年轻的。”

“不认识，”伊拉斯莫斯说。

“我在波士顿碰见了他和他的几个朋友，这真是一次愉快的经历。不过一直以来我都想对西部或者是极地地区做些考察。一次晚宴的时候我恰好碰到了艾格西教授，以前我在苏格兰就碰见过他，我们都对鱼化石很感兴趣。通过他我联系上了一些你们科学院的成员，了解到你们这次旅行需要一个随行医生，这正是我想找的职位。”

“是吗？”伊拉斯莫斯若有所思地说，“如果你连我的工作一起做的话也会做得得心应手的，你受过良好的教育。我觉得你在其他旅行中应该是身兼两职的。”

博尔哈维医生低头看看自己画的东西。“只是受到的教育不同而已。如果自己只负责船员们的健康，由别人来管动物和植物报告的事情，这些会轻松很多。我一直觉得这两份工作如果由一个人来做的话就太累了，哪个也做不好。”

“那我们就是合作者了，”伊拉斯莫斯说，“真正的同事。是吗？”

“那当然，”博尔哈维医生说。他又用笔画了一条精致的触角。

博尔哈维医生医生给威廉姆·格林斯通写了一封信，格林斯通是他在爱丁堡读书时的同学，现在已经是个小有名气的地质学家。

> 尽管还没到格陵兰岛，我们却也没有闲着。我对船上每个人都进行了检查，这样以后我就能准确知道如何评价他们的健康状况。这次旅行时间不长，且船员们有足够机会吃到新鲜食物，因而他们应该不会得坏血病，但随着白昼时间变化，再加上睡眠不足，情况可能会有所变化。
>
> 对我来说，这个情况真是不同寻常，现在船上有一位专门的自然学家。我担心—— 他叫伊拉斯莫斯·威尔斯——他可能会很在意自己的位置和设备，如果这样的话我就几乎没有机会采集和考察标本了。不过事实并非如我所想，他是个很好的人，似乎很愿意让我参与他的调查工作。到目前为止还没有什么让人十分振奋的发现，不过毕竟这里已经有很多人来过，这里我们捕捉到的都是很熟悉的动物。不过昨天我们捕捉到了圆鳍刺鱼，和在斯匹茨卑尔根岛附近看到的那种非常相似，不到两英寸

长，有典型的圆锥状脊椎；居然这么靠南的地方都还能发现这种鱼，真让我惊奇不已。

我想我会很喜欢这位新伙伴的。他有点喜欢小题大做，有点忧郁，不过他很有智慧，旅行经验很丰富。在我们一般的标准看来他并没有受过系统的教育，但是他读的东西很多，甚至可以说是更多，我也说不好，他比一般美国人经历的事情更复杂，不盲目乐观，也不那么相信一个人可以按照自己的愿望来改造世界。也许是因为他年纪稍长吧。这个船上，除了他和我还有船长，其他人都还只能算是孩子。我已经小心地包装好了你给我的采样器，到了巴芬湾我会竭尽全力为你采集海床的标本。

船驶过大卫斯海峡，夜色慢慢散去，这就是极地，伊拉斯莫斯想。或者至少极地之旅真正开始了：从这里，这里，还有这里。

他眼睛闪着光亮，似乎想把一切都收入眼中。鲸鱼用布满鲸须的嘴冲破水面，有时一天能看到四十只。白鲸轻巧地游过，又白又闪亮，天空到处都是鸟儿。第一次看到独角鲸时人们欢呼了起来，觉得它就是船只的守护神，都围在伊拉斯莫斯周围看他画独角鲸。伊拉斯莫斯用的是博尔哈维医生的优质铅笔，他尽量体现出雄性独角鲸上嘴唇突出来的角，还有它们背上圆滑的深色曲线。尼尔斯·简森则在斜桅上注视着每个冲出水面呼吸的独角鲸，大声告诉伊拉斯莫斯它们的长度——10 英尺长，12.5 英尺长——伊拉斯莫斯把他报出的长度标在画上。

一天，格陵兰岛的海岸出现了，他们的船经过迪斯科岛时可以看到苏克彭托山峰在雾中慢慢显露出来，熠熠生辉。一群海鸠飞过索具，罗伯特·凯利用弹弓将其中一只击落到了甲板上，伊拉斯莫斯想到在家乡的河边曾经也见过三只这样的小鸟。刚刚过去的一阵剧烈的东北风已经让它们筋疲力尽了。他把这只鸟从甲板上拿起来放在手里，它看起来像是一只黑白相间的鹌鹑。他将手伸向护栏外将鸟放飞了。从这里能看到十英寻深的水底，可以看到水下海草的叶状体。他们将船停泊在戈德港，博尔哈维医生在浅滩处采样，找到了些珊瑚藻、贻贝还有小型的甲壳类动物。水面上浮着一些小船，里面的人不时回过头看看他们。

他们的船很小，上面覆盖着皮革，在冰山间快速驶来驶去。他们的腿藏在小船里，手握两柄光滑的船桨，胳膊伸出船外很长。船桨在阳光下一闪，又一闪，进入了海洋，然后又出来，桨上的水发出银色的光芒。船桨连着他们紧身的上衣，上衣上有帽子，与椭圆形的裙子相接，他们的腰部和船似乎连在了一起。像是希腊神话中半人半马的怪物，伊拉斯莫斯想。船人，人船。不过看得并不是十分分明，他看不到他们的脸庞。

肖恩·汉密尔顿扔给了他们几片饼干，伊拉斯莫斯改变了先前的想法，觉得现在才算是旅程真正开始，因为他第一次亲眼见到了在极地地区生活的人们，很久以前他就从书里知道有这些人了。捕鲸人和这些格陵兰岛的居民做生意已有两个世纪的历史，后来他们受到了丹麦人的殖民统治，被摩拉维亚教徒和路德教派教徒的传教士说服皈依了基督教，这使得他们不是那么陌生了，但是对伊拉斯莫斯来说见到他们还是很新鲜的。记得在港口度过的第一个晚上，他曾经到一个丹麦巡官的家里吃饭，他家的房子烟囱很高，那天吃的是绒鸭肉，他看到一幅制作并不精美的版画，看看上面四个从哥特哈布被带到哥本哈根的格陵兰岛人，又从版画旁边的窗户看到几个神秘的陌生人消失在木头小屋和海豹皮帐篷里。

在“独角鲸”号上，船员们做着最后的准备工作。伊拉斯莫斯看到托马斯·福布斯将他的木工工具箱整理得无可挑剔；伊万·罗斯卡则修好了吊床上的一个洞；弗朗西斯把水手长储物箱看成了一个藏宝箱，每一个经他的手发出去的穿索针和细油麻绳他都要搞清它们的去向。看到人们都在忙碌，伊拉斯莫斯感觉很好，他想，这是最后一次机会来让我们的双桅船做好准备迎接可能遇到的浮冰群，人们终于也有了些紧迫感了，他自己的这种紧迫感已经持续了好几个月了。

他和齐克也有不少事情要做，他们买了十六条爱斯基摩狗，这些狗脾气不是很好。他们还买了一些干鳕鱼、几大包海豹皮和驯鹿皮，为每个船员买了全套爱斯基摩人的装备，还找到了一位翻译，叫乔·瑞尼史瓦兹伯格。伊拉斯莫斯和乔一起散了一小会步。伊拉斯莫斯后来在他的日记中写道：

> 他是一个摩拉维亚传教士，是一个非常非常有趣的人。他在这儿还有在拉布拉多都曾经和爱斯基摩人住在一起，对爱斯基摩人的语言非常熟悉，还会说丹麦语、英语和德语。如果在威廉国王岛遇到爱斯基摩人，那么他肯定会发挥很大作用。齐克去找他的时候发现他一直在密切关注富兰克林的探险，也已经听说了约翰·雷的发现。似乎他为能够加入我们感到非常兴奋。人们都叫他乔，现在我就能看出来他是个通情达理的人，脾气好，和蔼可亲，而且手很巧。

决定应该用多少刀、针还有铁棒去换鱼和皮的是乔，乔检查了每个人的爱斯基摩装备是不是合适。齐克让泰格伯先生和弗朗西斯先生与狗一起工作;他们却乱作一团,弄翻了雪橇,笨手笨脚地不知该如何处理,是乔给他们示范如何控制雪橇和狗。这些狗有的是米色,有时的是棕色,也有黑白相间的,毛很长,脾气暴躁,尾巴卷曲,与齐克家里养的那些脾气温和的猎犬完全不一样。乔不知怎么转了转手腕,用鞭子指向了那条最不听话的狗,打下了它一小块耳朵。

齐克和伊拉斯莫斯在旁边看着,不由得抽了一口气,齐克说:"啊,这太残忍了!"

弗朗西斯先生回头鄙夷地看了他一眼,说:"你还想和它讲道理?"伊拉斯莫斯觉得他长得有点像只黄鼠狼。胸部窄窄的,厚厚的头发在额前几乎覆盖住了他深陷的眼睛。"也许你能说服它们,"弗朗西斯先生补充道。

"你能照看下这里吗?"齐克问乔。然后他把伊拉斯莫斯拉到一边。"一个好的指挥官能够清楚地知道哪些事情让他厌恶,哪些事情他做得不好,应该交由别人来做,"他说,"你不这样认为吗?乔是个不错的老师,而泰格伯先生和弗朗西斯先生则有些粗鲁,不是合格的雪橇驾驶员。"

乔还知道如何建造雪屋,如何修理雪橇。一开始伊拉斯莫斯对那些爱斯基摩人很看不惯,他们个子矮,头发光滑,有一双让人琢磨不透的眼睛,是乔让改变了他这种最初的想法。他们就是希腊神话中的北方净土之人吧,他想起了父亲给他曾经讲过的故事。老普林尼是不是曾经讲过,他们会活到很大年纪,有很多绝妙的故事流传下来?但他对他们没有好感不是因为神话,而是他自己的亲身经历。在斐济岛西部的马洛洛,他曾经见到两个野蛮人杀害了"探索之旅"的两名成员,而这两名成员并没有什么过分的挑衅行为。在那罗阿海湾,他看到一个土著人平静地啃着一个煮熟了的人头盖骨上面的肉,后来威尔克斯买了下来,作为收藏。

但爱斯基摩人并不暴力,他们只是不是十分热情。乔说:“你该明白,他们是在帮我们的忙,今年他们猎到的海豹并不多,因而他们没有多少多余的海豹皮。他们愿意和我们做交易是因为丹麦巡官很赞同沃利斯指挥官的行动,因此要求他们和我们做交易。如果有人拿来的海豹皮质量上佳的话,你不妨给他们多些交换的东西。”

伊拉斯莫斯给了他们一些金属镜子,他们微笑着表示感谢,这让伊拉斯莫斯感觉很舒服。他们有的从皮帐篷里面出来,在周围活动着,有的把他们精致的小船翻转过来并用船桨进行调整,他给这些陌生人画了些素描,这些整齐的线条让他感觉更好了一点。

最后一次在丹麦巡官家里吃过晚饭,船员们早早睡了,第二天早上一早便扬帆起航。他们那些脾气暴躁的狗狂吠着,岸上也听到有狗在叫。即使是这样的声音都让伊拉斯莫斯感到很愉快。到现在为止,一切都很顺利。现在是七月的第一天,他们终于一切准备就绪了。他的清单看来整理的还不错,以前所有担心看来都是庸人自扰。

后来,有人问起他这段故事时,他竭力想叙述清楚,但他是实在不知道应当如何描绘接下来这几周发生的事情。这些事情乱得没有一点逻辑,他想。这简直就只是些偶然事件,一个接着一个,不过是都与船上的一群人有关,他们间歇地从一块水域到一块水域。在栏杆边,伊拉斯莫斯和博尔哈维医生看到断裂的片状浮冰漂浮在水面上,不由得目瞪口呆,泰勒船长把这种浮冰叫做“中型浮冰”。它们有的几英寸厚,有的则有十二英尺厚,有的只有一只船那么大,有的则有费城的市中心那么大;浮冰之间是水面,水的浮力支撑着它们。水是沿着浮冰块流过的，如果不认识到这一点，那么后面发生的事情就很难理解。

船上的狗把他们折磨得够呛，它们整天狂吠，让他们无法睡觉，甚至无法正常谈话。没有人知道怎样才能让它们停下来，也没有人知道怎样才能满足它们无止境的食欲。它们三三两两奔向一桶海豹肉大吃起来，直到两只吃得撑死了。只要有它们存在，就没有什么是安全的，除了乔，没有人能够控制它们。整天噪声不断，又缺少睡眠，这让所有人都神经焦躁不安。在这个狭小的高级船员仓里，伊拉斯莫斯觉得他们已经分成了两派，也许一直就是这样吧。他和博尔哈维医生还有齐克是一派，而弗朗西斯先生和泰格伯先生则与泰勒船长是另一派，感觉船舱里位置的区分也成了他们感情亲疏上的分界。乔和水手们一起睡在船首楼，他尽量保持中立。那些爱斯基摩犬曾经想吃掉一窝小狗，被乔救了下来，齐克拿去了一只，乔没有说话，只是扬了扬眉毛。

“就叫它威西吧，”齐克说。他拎着小狗的脖子，小狗扭动着身体。“这个名字源于威西伊康。”他用手抚摸着小狗长满绒毛的、黄褐色的头，它长着白色的前爪，背上有褐色斑点，小狗转过头来想咬他，他就把手往回缩了缩。

“是一条河的名字，”伊拉斯莫斯给乔解释，“我们家乡那边的。”然后他又对齐克说：“你真的要养它吗？这可不是宠物狗。”

“我觉得泰勒船长如果在船舱里看到这只狗，肯定会不高兴的。”乔补充说。

但齐克却很坚定，耐心地改变它喜欢见什么东西或者什么人都要咬的坏习惯，到乌佩纳维克的时候，小狗已经能陪伴他左右了。尼尔斯・简森数着冰山的数量，有的有裂缝，有的中空，有的是蓝绿色的，有的则像水晶一般；而泰勒船长和齐克则在航行路线这个问题上出现了分歧。在浮冰之间有段锯齿形的水面，朝西边延伸，齐克认为应当直接向西行进，就像帕里以前那样。

“传统的路线是要经过梅尔维尔海湾，到达北部海域，这条路线距离比较长，”泰勒船长一边说一边把威西从他脚边踢开，“但是实际上这条路线花的时间更短。你怎么就不能管管这个玩意儿？”

浮冰间的水面越来越窄，最后消失了，这时齐克不得不同意泰勒船长的意见。他们穿过越来越浓的雾，进入了梅尔维尔海湾长而缓的曲折海岸线。后来，伊拉斯莫斯希望以后能给哥白尼更加形象地描述这个地方究竟是个什么样子，于是他就从他腰部的高度扔下一面重重的镜子，镜子背面平平地落在地上，镜子碎了，但是却没有四散开来。一边是大块的浮冰群互相挤压着；另一边，在陆地对面，是一大块隆起的障碍物，是由被困在这里的冰山和颠倒过来的浮冰块组成的。而这些东西之间，就是他们不堪一击的船。

就是在这个伊拉斯莫斯把镜子扔下去的地方，他们被困住了。瞭望员报告说附近没有看到任何船只。“这不奇怪，”泰勒船长生气地说，“捕鲸船都是五月或者六月才出来，那个时候风险比较小，不会被提早到来的冬天给困住。”

“我们已经是尽快离开费城了，”齐克说，“你知道的，这不是我的问题。”

这时水手们说以前风会把浮冰猛烈地向海岸方向吹去，船强烈地撞上海岸就被毁了。他们说，这就是梅尔维尔海湾之所以被叫做“破碎园”的原因。他们说，船只会像颗榛子似的被敲碎，或者几个月都被困在浮冰之间，这样倒是不会被敲碎了，不过也好不到哪里去。我们应该早点出发的，我们根本不应到到这儿来，我知道有四个人就死在这里——艾萨克·邦德、罗伯特·凯利和巴顿·戴舒扎等人纷纷议论起来。他们嘟嘟囔囔地说着，知道伊拉斯莫斯可能是在听他们讲话，正当这时，开阔水面完全不见了。

泰勒船长让大家把船帆卷起来，让一人到桅杆顶端，告诉下面的人冰的位置。一连两天，只要风停下来，浮冰间出现了一点水面，他们就让船沿着水面行进。他们站在陆地上坚固的冰层上，将帆布带绕过自己的肩膀和胸部，并将挽具系在拖曳缆绳上。他们拖着双桅帆船艰难地行走着，就像是一队马拖着沉重的设备。伊拉斯莫斯自愿帮忙，不过如果他感到筋疲力尽了，或者手冻僵了，脚上起泡了，就可以停下来，这时他才第一次发现，他比船上所有人，除了泰勒船长，都要年纪大了。齐克要年轻很多，他一般都能拖得时间久些，但是却比不上其他人。他们连续工作，直到再也看不到能够行进的水面了，齐克一般不能坚持这么久。即使他们这样连续工作，在运气好的日子里也只能走六英里。

有时则运气十分不好，完全看不到水道。他们就在厚厚的浮冰块之间拖曳着船，两个人用铁凿在冰上的裂缝那里凿一个洞，将锚扔进去，用一根粗绳一端连着锚，另一端则连接到船上的绞车上。每个人轮流用身体抵着绞盘杆，让绞车动起来，粗绳开始晃动，冰块开始发出吱吱呀呀的声音，如果粗绳不断，而且锚没有松了的话，船就能沿着小小的裂缝前进几英寸。这样几个小时下来，他们几乎都没有挪多少地方，船只前进了一英寸或者一英尺，也就是说顶多是前进了船身的长度。

伊拉斯莫斯已经记不清那些日子发生的事情了。巨大的悬崖高耸在头顶，冰山漂浮着，冰变化着各种花样。船每次只能前进很短的时间，偶尔才能够顺着冰间的水面行驶较长的时间；浓雾，大风，难以忍受的劳动强度，好不容易才能睡个觉，却又睡不安稳，他们的衣服成天都是湿的，只能快速地扒几口饭，泰勒船长铁青着脸，朝每个人大喊，有时还要会用拳头或者绳子打他们。泰格伯先生对水手们稍微好些，而弗朗西斯先生与泰勒船长比起来则是有过之而无不及。

“现在这个样子，你得做点什么，”一天伊拉斯莫斯对齐克说。他出汗出得可怕，身上穿的毛衣接触到皮肤的地方痒得难受，从自己的感受他就知道其他人是什么样子了，他们的工作量有他的三倍。弗莱切·兰姆手腕那里的皮肤被划破了，就不想拉拖曳绳了，弗朗西斯先生就狠狠地打了他的头，把他给追了回来。

齐克耸了耸肩膀，说：“我能做什么呢？我们得走出这个地方，只能让这些人拼命工作，没有其他办法。我保证，等到我们到了北部水域，情况就大不同了。”

这段时间简直整个就是个噩梦，时间过得很快，然而当他们在绞盘杆前的时候，时间却好像停止了。极昼让情况变得更糟，而不是更好，因为他们成天被日光晒着：白色，白色，白色，夹杂着些许蓝色、金色和绿色；白色，还是白色。他们的眼睛简直要烧焦了，太阳在天空转着圈，早上在东边，然后北边，然后西边，晚上到了南边，他们一直在工作，被太阳晒得快受不了了。他们开始渴望看那些现在他们根本看不到的颜色：甜蜜而饱满的红色，还有绿叶的颜色。他们意识不清，昏昏欲睡，极度疲劳，浑身疼痛，他们早已无暇顾及究竟是为什么来到这么一个地方，伊拉斯莫斯对此并不感到奇怪。但走出这个危险的地方，必须要全体船员的努力才行。

齐克尽力让大家不要忘记此行的目的，他不断讲着富兰克林的故事，希望以此来激励船员们。不值班的时候，人们会伸展开身体躺在舱门盖上，或者靠在小船边，齐克就在他们之间走来走去，向他们描述着富兰克林三次旅行时的情景。富兰克林还是个年轻的海军中尉的时候就经过斯匹茨卑尔根岛探索到北极的路线，但被冰给挡了回来，回到英格兰的时候船已经破烂不堪了。富兰克林又组织了一次航行，他们通过鲁珀特地，穿过了冻原，到达了科珀曼河的河口处，然后乘小独木舟考察东面的海岸线的情况。后来富兰克林又来了北极，沿着马更歇河向下，开始考察西面的海岸线，差不多到了科策布湾。齐克说，他们在大熊湖扎下来冬营，富兰克林教人们怎么读书，林查森，也就是和他一起来的自然学家，告诉人们这个地方的自然历史。这最后一次航行之后，富兰克林就被封为了爵士。

齐克说得就好像他在向人们讲述北极探险的伟大传统，而且现在他们都已经是这一伟大传统的一部分；就好像这么一说人们的伤口就会立刻痊愈，就能平息人们的怒气。但伊拉斯莫斯注意到，齐克从来不当着泰勒船长和他的两个伙伴的面说这些事情。而伊拉斯莫斯也小心地不去提到他做的那些让人不安的梦。在梦里，他坐在父亲的腿上，周围是他的弟弟们，齐克这时也变成了一个和他们年纪相仿的男孩子，在门口徘徊着，羡慕地看着他们一家人。父亲总是给他们讲一些非常有趣的东西。父亲说，根据记载，在古代的时候曾经下过牛奶雨、血雨、肉雨和铁雨；据说还有下过羊毛和砖块。无论何时，最好都通过自己的观察来了解世界。

伊拉斯莫斯竭力不去想那些梦究竟是什么含义，也不去想那些随时可能爆发的争吵。他射下了几只北极鸥，两种潜鸟，贪吃的狗几乎要把他们都给吃掉。当他们的船暂时被困住不能前进的时候，乔就会解开狗的缰绳，让他们自由地在冰上奔跑，希望这样能让他们平静下来。他们疯了似的狂叫，要想把他们捉回来可不是一件容易的事情。有一次，由于冰山突然离开了船只，这时还有两条狗还未找回，为了尽快趁机离开，齐克不得不放弃它们，后来齐克就不让威西和其他狗一起到处乱跑了，而是用一条破旧的缰绳将威西拴在身边。

伊万·罗斯卡差点被淹死了。他正在修理一个冰锚的时候，一块浮冰破了，他被扔进了汹涌的水流中。不过可能事实并不是这样，伊拉斯莫斯以前一直觉得，如果被卷入这么寒冷的水中，一个人是会马上毙命的。伊万被救了回来，四肢僵硬，脸色发青，几乎没了呼吸，但还活着。他的手指被栏杆的裂缝夹了一下，肋骨撞在了绞盘杆上，手掌处的皮肤划破了，脚趾头则被落下来的凿子砸伤了。博尔哈维医生一直忙着照顾受伤的人，记录每日伤病情况，但齐克和泰勒船长却无暇顾及船员们的这些伤病。博尔哈维医生在笔记本上写道：

水手邦德：两处远节指骨摩擦伤，左边

水手凯利：肋骨骨折两处

水手戴舒扎：哮喘，由于劳累过度有加重的倾向

水手罗斯卡：右手食指指尖裂开

水手兰姆：说自己腹痛（不知是否是早期肝病的症状？）

水手汉密尔顿：皮炎，出现了化脓症状，左右大腿内侧

齐克的故事中是不会包括这些无关紧要的小病小伤的。这时，乔想振奋一下大家的精神。伊拉斯莫斯听说，在格陵兰岛乔曾经为爱斯基摩人中的基督徒主持过宗教仪式，他会用齐特琴伴奏和大家一起唱歌。而现在，他弹奏着琴教人们唱歌，大家在拉船的时候就一起唱。

已经到了梅尔维尔海湾一周了，他们刚吃完晚饭，冰就开始向他们聚拢过来。

“如果我们在这儿切开个码头，”泰勒船长一边说一边用手指着他们旁边一座巨大冰山锯齿交错的部分，“我们就安全了，即使漂浮的冰完全靠近了海岸线。”

“我们没那个时间，”齐克说，“假如我们在冰山里建个港湾，那如果飘过来的浮冰堵塞了我们的出口怎么办呢？我们可能会连续几个星期被困在这儿了。而且至少现在有风呢。”

他们继续向前航行，人们紧张地等着命令。甲板上，就在被拴着的几条狗旁边，伊拉斯莫斯和齐克一句话也不说地注视着水面。很快冰上水面就完全消失了，他们不得不将船与一块浮冰固定在一起，以保护船只不受更多浮冰的破坏。接着又来了一块浮冰，尼尔斯·简森说这块浮冰直径大概有四分之三英里，五英尺深，从他们船连着的这块浮冰旁边经过，将其撞下了二分之一，但没有伤到船只，然后又平静地继续向前。等到撞上了陆地上的冰层，它就扬起了巨大的浪，随着一声雷一样响亮的声音，摔碎了。

“你能不能让开点？”弗朗西斯一边说，一边愤怒地把伊拉斯莫斯推开。伊拉斯莫斯缩了缩身体，紧靠着栏杆。

泰勒船长和弗朗西斯先生大喊着，人们拿着船钩和木头跑来跑去，这时，第三块浮冰压着“独角鲸”号移了过来。耐德·科德的脸早已白得像冰块一样了：“我们要被撞碎了！”

他站在伊拉斯莫斯旁边，把身体朝栏杆靠了靠，伊拉斯莫斯默默地承认了这一点。一边是漂过来的浮冰，另一边是陆地上的冰，两面的冰夹击着船，船发出了吱吱呀呀的声音，然后慢慢变成了尖叫声；船边似乎开始变形了，甲板开始扭曲。甲板上木板间的裂缝开始扩大。齐克朝耐德那边斜了斜身子：两个年轻人，一个金色头发，一个深色头发；一个非常平静，一个则惊恐万分。

“不用这么担心，”齐克说。他拍拍耐德的肩膀，朝伊拉斯莫斯笑了笑。“我不会让我们出什么事情的。我们的船身足够坚固，足以抵抗这样的压力。”

他的话就像是有魔力一般，船开始上升，倾斜，然后粗绳断了。他们在浮冰间向后倒退，就好像一粒种子被两只巨大的手指捏了一下。一连几个小时，他们都处在一层层像蛋糕似的堆叠起来的冰层上，后来，风转向了，将浮冰吹离，只见水花四溅，他们终于又漂浮在水上了。

齐克请所有人吃了朗姆酒，对他们的辛劳表示感谢。他对泰勒船长说：“你不知道我们这条船设计得有多好，它能够抵御这样的冰。这不是你们那种普通的捕鲸船。”

“如果我们挖个码头的话，”泰勒船长厌烦地说。他的脸上有些不干净，肥肥的鼻孔上有些红色的东西，他宽大的额头和高高的鼻梁则有些白色的污渍。伊拉斯莫斯发现他关节处的隆起特别突出。“如果我们……”他突然不说了，让泰格伯先生代为监视，然后下到了船舱里，用一条毯子蒙住了头。

后来，博尔哈维医生和伊拉斯莫斯一起在舱口盖的地方休息的时候，博尔哈维医生告诉他说自己非常担心船长得了中风。他们看着冰块，心情激动得无法入睡，很想谈话，不是谈论刚刚发生的事情。而是其他任何事情。他们彼此之间仍然不是特别熟悉。博尔哈维医生说：“这与我参加过的其他旅行不同。你有没有发现呢？我很好奇你以前的旅行是什么样子的。”

“我上一次参加这样的旅行的时候是二十三岁，”伊拉斯莫斯一边说，一边注视着几块冰在波浪中打转。才二十三岁，几乎不比耐德·科德的年纪大，那时他常常被吓个半死。那时什么时候他的指挥官肯花一分钟来安慰他呢？现在天空很亮，像是早上一样，实际上现在已经过了晚上十点了。能够活着，看着天空闪闪发亮的云彩是一件多么惬意的事情呀。如果船被击碎了，那么现在，一些船员可能已经死了，而另一些则可能靠着几块残片飘在海面上。而现在，他还活着，很安全，很温暖。这个时候还不肯把"探索之旅"的经历告诉别人，还有什么意义呢？

"你曾经问过我为什么在威尔克斯的书里从来没有看到我的名字，"他说，"这是因为，有九个非军人被列为'科学家参与者'，其他人则都是海军；我是第十个。威尔克斯没有把我列入是因为我最后一刻才加入旅行，而且我是不领工资的。"

他吞了下口水。两块浮冰接触到一起然后又分开了，就好像是跳完了一段舞蹈。"这是我父亲的安排，"他说，"我曾和一个年轻的姑娘订了婚。"莎拉·路易斯·贝特斯曼，他想，他还能看到她的脸庞，记得她触摸自己的感觉。"她的肺不好，我们结婚前六个月她就去世了。我无法从悲痛中挣脱出来，父亲为此非常担心。他动用了自己的关系，又答应威尔克斯我航行时所有的费用都由他来出，于是威尔克斯就同意给我找个位置，做提香·皮尔的助手。"

"真的很抱歉让你提到这些，"博尔哈维轻轻地说，"但我肯定，你能参加航行，威尔克斯肯定感到十分幸运。"

冰像跳华尔兹似的在船身周围旋转，云彩在头顶欢腾跳跃。伊拉斯莫斯把剩下的故事一一道来。一直以来，他分类和筛选种子的时候，这些事情一直在他的脑海里盘桓。

"探索之旅"的六艘船于1833年离开了维吉尼亚。接下来的四年中，他们在太平洋海域巡游，从南美到斐济岛，新西兰，新荷兰，夏威夷群岛，俄勒冈地区等等。伊拉斯莫斯很孤独，感觉和其他人格格不入，常常不知所措，尽管这样，他还是看到了很多他根本想象不到的东西：食人族，火山喷火山口，六十磅重的类似水母的东西，还看到斐济土著人跳的舞蹈，一些自然奇观，还有就是一直会看到威尔克斯对他的部下的残忍暴虐，而且他从来不会考虑到科学工作者的需求。海军们将科学工作者叫做“逮虫子的”，“挖蛤的”，科学工作者无论想做点什么，威尔克斯都要想方设法设置点障碍。

由于海军规定，而且要很麻烦地升起船帆，科学工作者们不能在甲板上工作。甲板以下光线不足且通风不畅，威尔克斯不允许解剖，因为他觉得那样会有不好的气味，坚信他们这样会传播疾病。威尔克斯说，他们的首要任务就是调查，他不会让别的事情来干扰他们的主要任务的。伊拉斯莫斯和其他科学工作者看着黄金般的时间一点点溜走，而海军们则忙着遇到一个岛屿或者海岸线就对其进行地形学测量。那些令人惊叹的植物和动物，他们没有机会去研究。如果可以的话他们会下捞网，会捞到一些很有价值的无脊椎动物，以此来自我安慰。有时他们觉得炙热的天气和难平的怒气简直让他们快要断气了，他们就会翻过栏杆，跳到一个游泳池里，这个游泳池是人们将一面船帆悬挂在水中形成的。19 世纪 40 年代初，他们出发去南极海域，去寻找冰层下的大陆，威尔克斯决定不让任何科学工作者随行，让他们留在新西兰和新荷兰，这样所有的地理发现的功劳就都归于海军，而无需与那些科学工作者分享了。

威尔克斯却还是带上了伊拉斯莫斯，因为觉得他太微不足道了，根本无需担心什么。在一艘又破、设备又不齐全的船上，伊拉斯莫斯和水手们差点被冻死。但他们看到了几百英尺高、半英里宽的冰岛，上面有巨大的拱顶，连着带有悬崖和裂缝的冰洞。有一些冰筏，有的上面的大冰块有一座房子那么大。海洋像银子一般闪闪发亮，船走过的地方划开了海水，像是一道闪电。他们的靴子进水进得厉害，以至于他们得用毯子包着脚；他们的厚呢短大衣像是平纹细布做的，一点也不暖和；伊拉斯莫斯被恐惧和寒冷包围着。两个海军少尉的候补军官一天晚上第一次看见了南极大陆。伊拉斯莫斯和他们一起通过索具上到陆地，亲眼看到了大山和冰墙，这些差点儿把他们的船给击碎了。这次旅行结束后，威尔克斯就画出了他那张非常有名的南极海岸地图。

其他的事情就很污秽、很卑鄙了，他如何和博尔哈维医生讲呢？威尔克斯和其他高级军官发生了争吵，一艘船被毁了，另一艘则沉没了，上面所有的船员都牺牲了；在斐济岛，船员们被屠杀，然后威尔克斯对当地居民进行了报复性的抢掠；鞭打，暴动，因而许多标本都丢失了。他沉默了一分钟。“真正的问题，”他最后说，“并不是我们发现了什么，而是返航之后发生的事情。所有的人要么无视我们，要么嘲笑我们。”

“威尔克斯的书里可不是这么讲的，”博尔哈维医生说。

“是的，”伊拉斯莫斯表示同意，“谁会写自己失败的事情呢？”

虽然这些事情威尔克斯不会写进他的书里去，但伊拉斯莫斯却永远无法忘记，这些事情这么多年来一直折磨着他。威尔克斯经历了十一次军事法庭控诉，威尔克斯感觉自己的自尊受到了极大的伤害，愤怒不已，于是扣押了所有的日记、航海记录本、日志和航海图，还有所有的标本。

“他拿走了我们所有的笔记，”伊拉斯莫斯说，“我们绘的简图，我们的图画，所有的，他都拿走了。”

而在华盛顿，那些没有弄丢的标本消失了，就像冰融化了似的。威尔克斯强迫科学工作者们靠那些留在华盛顿的标本工作，而所有有价值的、可以进行比较研究的收藏品和图书馆却都在费城。他毁掉了科学工作者好不容易完成的工作。科学工作者们来到了一个正处在大萧条的国家，国会议员们对科学毫无兴趣，他们想开拓新的可以猎捕海豹和鲸鱼的海域，因而他们想要的是相关的地图和指南。威尔克斯能够带来无穷无尽的航海图，正好满足了这些政客的需求。但同时，他一再推迟“探索之旅”科学报告的发布时间。

“而且那时，”伊拉斯莫斯说，“提香・皮尔和我已经花了好几年时间研究哺乳动物和鸟类，已经写好了我们的书，威尔克斯却说书写得不行，不让我们的书出版。”

他停了下来，他不知道该怎么告诉博尔哈维医生，他离开了华盛顿，回到了安全的家庭博物馆，最终选择了和那些种子打交道。一半时间是待在家中，另一半时间不是，他没有去折腾自己建立一个独立的家庭。如果想和一些人待一段时间，又不想让他的家人见到，他就会去市里面的一些地方，或者回到华盛顿住几天。虽然和他们见面带来的只是一些小小的快乐，但他们都是陪他度过青年的黄金时光的人。尽管有时他会骗自己，认为自己仍然可以抢救一些那些航行中的与科学有关的东西，但最终胜利的是威尔克斯。尽管他旅途上遭遇无数，他的书最终获得了巨大的成功。连大洋彼岸的博尔哈维医生都读过了他的书。

“这本书实在是太糟了，”伊拉斯莫斯大声说，“只要认识书中涉及的任何一个人，就能看出这本书混合了各种风格，这完全是抄袭了他下属的日记和航海日记的结果。威尔克斯基本上是使用剪刀和胶水写成这本书的，而且在其中完全没有提到任何一部作品的真正作者。他偷来了书，把著作权归为己有，偷偷地进行出版印刷，并因此赚了大钱。”

“的确感觉书里写作风格不一致，”博尔哈维医生表示同意。他拨弄了一下一条绳子磨损了的边缘。“真抱歉。以前我不知道，这里面有这样的故事。”绳子被他解开了。“你能够抛开那段旅游经历，和沃利斯指挥官一起进行这次航行，的确是值得称赞呀。”

“这倒没什么可称赞的，”伊拉斯莫斯说。尽管听到这些话，他也为自己能够摆脱过去的事情而自我感觉颇为良好。“其实——我只是想有个机会能好好地旅行一次。我想发现一些东西，一些威尔克斯无法毁掉的东西。而且——你知道的，应该是吧？我的妹妹和齐克订婚了。”

“还不，”博尔哈维医生说，“这个我还不清楚。沃利斯船长从来没有提到这个……那你是他的大舅子了？”

“算是吧，”伊拉斯莫斯说，“当然是。”他拾起一段绳子，不知自己是不是应该讲这么私人的事情。“我和妹妹很亲，”他说，“尽管她比我小很多——我母亲生她的时候去世了，是我帮着抚养她长大的。我来参加这次航行也是因为他想让我看好齐克。他还太年轻，有时还有点……有点太冲动。”

“的确是，”博尔哈维医生说，“你真是个好哥哥。”

这是一种仁慈吗？他失去了自己最爱的人，但是他并不因此怪拉薇妮亚。照顾她是他的责任。他问：“你呢，你有兄弟姐妹吗？”

博尔哈维医生苦笑了一下，说：“各有一个。他们两个都在瑞典，都结婚了，很优秀，但都是普通人。他们从来都无法理解为什么我想去旅行，也无法理解为什么我这么喜欢北极。我们会通信，但是却几乎没有机会见面。他们人很好，会照看我的父母。”

他和家人应该是几乎完全不联系了，伊拉斯莫斯想，和家人的联系完全隔绝，或者说完全不受家庭的牵绊。那样是什么感觉呢？“在爱丁堡，”他问，“那里有没有人在等你？比如一位女性朋友？”

“那里有我一些朋友，”博尔哈维医生说，他的语气中既没有自我吹嘘，也没有其他任何失礼的地方。“每次旅行之间的空隙，我都会交上一些朋友，我和他们都保持联系。但每过几年我都会参加这样的旅行，如果我和某个女人走得太近，让她等我，似乎怎么说都是不公平的。我一直都是一个人，已经习惯了，现在觉得一个人才是正常。”

一对海鸦闪亮地飞过船身，黑白相间，他的头随着他们转过去。“我爱这些鸟儿，”他说，“爱他们翅膀发出的声音。你呢？你……家里是不是有人等你？”

“除了家人就没有别人了——自从我未婚妻过世了以后。”

“还真是两个单身汉呢，”博尔哈维医生说。

那群海鸦不断地飞过船身，这个氛围下，似乎什么样的问题都可以问，什么样的问题都可以回答。伊拉斯莫斯也许会问博尔哈维医生所谓的“一个人”是什么样的感觉，他会和谁分享这个感觉，如何去分享。博尔哈维医生也许会问伊拉斯莫斯在莎拉·路易斯去世了之后是不是还有什么爱情故事，总不会完全不曾对某个女人再次动心了吧。不过海鸦都飞过去了，两个性格都有些腼腆的人便不再彼此问更加深入的问题。这样伊拉斯莫斯便不用告诉博尔哈维医生，他现在过着修道士一样的生活，除了那段短暂的感情纠葛，让他感觉比以前更为孤独。也不用告诉博尔哈维医生，他一直都觉得，如果没有莎拉·路易斯，他谁也不想要。他也不用讲，尽管他爱他的家人，但他住在家里的时候还是觉得受到了莫大的束缚，但是却无法从家里搬出去住。他能搬到哪儿去呢？似乎每个地方都可能，却又都不可能。他的父亲一直都尽力对他保持耐心，但是有一次却因生气而话说得十分尖刻。他说，伊拉斯莫斯简直就是牛顿第一运动定律。让他运动起来，他就一直运动到有外力让他停下来为止；一停下来，他就不动了，直到有外力再去推他。就像你一样，伊拉斯莫斯很想这么说。但没真的说出来。

那天晚上，伊拉斯莫斯躺在自己的铺上，想着自己和博尔哈维医生说过的话。也许他根本不该提到那次旅行，但是如果博尔哈维医生连他人生中最重要的一部分都不清楚，又怎么会了解他呢？那些日子完全被浪费了。当他无所事事的时候，许多比他更加年轻的人们已经踏上了寻找富兰克林的旅途，而现在他也加入了这一行列。

在家里的时候他尽量不和周围那些狂热的人提起富兰克林的名字。街上有人在兜售用富兰克林肖像做的版画，因为富兰克林他和齐克多次接受了报纸的采访，不断有礼物塞到他们的手中，这些似乎都和自己无关。一位迈尔斯夫人寄来了几封热情洋溢的信，说尽管她生活十分拮据，但还是想为他们的旅行捐出三个鹅绒枕头；同样，他在一个商店里买袜子的时候，店员们从柜台里面急匆匆地跑出来，上气不接下气地问各种问题，就好像不仅富兰克林和他的部下是英雄，连他和齐克也是英雄似的，这种过于夸张的吹捧让他感觉很不舒服。他尽量将自己的注意力放在那些实际的、每天必须要完成的事情上。可能还是有人活着，可能现在正待在大路边的某个浮冰上，或者和爱斯基摩人暂时居住在一起；他和齐克要寻找他们所有人，不仅仅是富兰克林。

他和博尔哈维医生讲述他以前航行的时候，他忽然发现目前这次旅行和以前旅行的不同。这次旅行有价值。后来，他终于睡着了，梦到一队人从船上走出来，那艘船正在慢慢地、静悄悄地沉没；人们背对着船。伊拉斯莫斯能够看到他们的脸。一个金发男人，鼻子破了，另个则一头短发，眼睛黑黑的，下巴上有一颗痣。但他们不是富兰克林，也不是他的高级船员们，不是那些报纸上印着肖像的人。他们都是陌生人，一群等待救援的陌生人。

这个梦既让他感到有些尴尬，却也有几分愉快。从第一次航行开始，他就不允许自己去崇拜任何人，也不愿意改变自己的生活去做任何看来更为伟大的事情。但是他醒来了，重新焕发了生机，感觉好像有一只巨大的手掌从上面伸下来，将他从漩涡中又送回了洋流中。

他们拼命地想走出梅尔维尔海湾，齐克则把他们经过的海岬的名字一一报出来，然后充满渴望地说："难道你们就不想这里也有一处地方是以你们的名字命名的?"在他的床铺旁边，他堆了一大堆的地图和文章。"如果能够发现一些过去完全不知道的东西，那岂不棒极了?"

晚上，齐克会仔细研究帕里、罗斯和斯科兹比的叙述，当人们在甲板上踱步或者工作的时候，他有时会为他们大声朗读一些段落。他对伊拉斯莫斯发现的钩在曳船绳上的片脚类动物一点也不感兴趣，也不关心那些俯冲下来又从头顶飞过的雪雁、燕鸥和象牙海鸥。由于奇妙的反射作用，太阳旁边的天空出现了各种奇异的景象，他对此却也没有什么兴趣。有时整座冰山看起来似乎离开了地平线，似乎下面毫无支撑物似的悬空起来，但即使是这样的情景也无法吸引齐克了。而且伊拉斯莫斯注意到齐克的日记本只断断续续地写了几行字，这是一本漂亮的日记本，用绿色丝绸束着，是临行前拉薇妮亚给他的。

“你这么忙吗?”伊拉斯莫斯问道。

齐克摇了摇头。“我一直想写点儿什么的,”他说,“拉薇妮亚让我答应她在这上面写些日记,这样我们回去的时候她就可以读了。但是这个日记本太大了,而且上面还沾了些水渍。而且我还有这个呢。”

他给伊拉斯莫斯看了另外一本笔记本;他说他已经珍藏了好几年了,晚上睡觉时放在枕头下面,白天则放在口袋里。伊拉斯莫斯看着这本已经有些破损的黑皮本,想到以前根本不知道还有这个,心里有点儿不安。

“当我想做些事情来寻找富兰克林的时候,我就开始用这个本子记日记了,”齐克说,“我就是在这个本子上记些读书笔记,一些要提醒自己或者其他之类的东西。”

齐克把本子递给伊拉斯莫斯,他就看了看正好翻开的那页。四本齐克想读的书的名字,七本还刚读过的书的名字,一封给费城当地报纸的信,赞扬简·富兰克林坚持不懈,从不放弃寻找她丈夫的努力,对坏血病的一些看法和防治(“鲜肉”这个词下面画了两道横线。注意牙龈或其他部位出血,下肢肿大,旧疮口或伤口的裂开),肉糜压缩饼做法,雪橇滑行装置的图画,费城商人的香烟报价(报出的量能够满足所有船员十八个月的需求)。

“有趣,”伊拉斯莫斯说,尽管他对这里的庞杂感到十分吃惊和不解。但是哪里提到了这次航行的紧迫性呢?“从这里我可以看出,你在尽力想把一直以来我们筹划旅行的事情记下来。但是为什么却没有现在呢?你不——对事情进行描绘吗?不把你每天看到的东西记下来,还有我们的进展?”

“那些不重要，”齐克说。在船舱里的桌子上，一支蜡烛燃烧着，影子若有若无。“至少不比我们接下来要做的事情更重要。我想用这个来记录我的思考，记录那些真正有用的东西。泰勒船长可能会只是以天为单位来看我们的航行，但是我却有着更高的眼光。我就是要让我们能够认识到我们旅行宏观上的意义所在。”

“那就由我来记录那些平常的事情吧，”伊拉斯莫斯主动请缨，“我的意思是，记下那些我们的日常生活。这样你就可以写一些更加私人的话了。”

“那你为什么不把这本拿去呢?”他指了指拉薇妮亚送给他的礼物，“这个大小正好，你需要的空间比较大。”他拿起一摞纸，用大拇指拨弄着，一阵呼呼的声音，就像风吹过。“等我们到家了，可以告诉拉薇妮亚这个是我们一起完成的。”

风渐渐又大了起来。距离约克角已经不远了，齐克不得不屈从泰勒船长，命令船员在牢牢附着于陆地的冰层上开凿一个码头，这样他们可以躲在里面，直到风慢慢停下来。在他们头顶上，两个悬崖之间，有一条冰河，悬崖上到处都是海鸦的巢穴。黑色的石头上点缀着些河水流下时冲出的条纹；有些是石头上有些土壤，里面含有植物生长所需要的氨，还传来了奇怪的嘎嘎的叫声。鸟儿离开自己的蛋到浮冰的裂缝间去抓鱼，人们就它们射了下来。博尔哈维医生待在一个大冰块上，留下来去取被射杀的鸟儿翅膀上的寄生生物。齐克和伊拉斯莫斯还有乔则打算爬到冰川的狭长地带。

他们连在一个长绳子上向上爬，乔把绳子拴在他们腰上，以保护大家不会掉到冰川的缝隙中。齐克用另外一条绳子系着威西，在前面带路；威西后面是齐克，再后面是伊拉斯莫斯，如果冰川挨着悬崖，或者有植物生长在岩石空洞里，伊拉斯莫斯就会向冰川边倾斜过去。鸡草，酸模，虎耳草，还有很小的柳树，还没有他的手掌大。但齐克一直拉着他，就像是农民用力拖着一头不肯走的牛。乔在后面，一看到冰上有不结实的地方就大声喊着提醒大家注意。伊拉斯莫斯想，光这些地衣就够再来看一星期的了，但现在他连一分钟时间也没有。他带来了一大堆信封用来装种子，却发现一点儿用也没有。极地石楠的白色铃铛像是山谷中小小的百合花，根茎有一英寸高。这个季节里，一切都繁茂地生长着，这是个适合植物生长的季节，只是太过短暂，它们根本来不及孕育出种子。他应该记笔记的，记很多很多笔记，但是他们走得太快了。

齐克把他往什么地方拉呢？是一个粗糙的岩石样的东西，一般都埋在冰层下面；就为了这么块石头，他错过了观察悬崖边那些石头的机会。他一赶上齐克，正要抱怨几句，齐克却已经开始挖他看上的那块石头了，威西也用它的爪子胡乱地帮忙。“这个有什么意思？”伊拉斯莫斯问。

“我也不知道。”齐克说，“我一眼就看到了它，它看起来和这个地方不是很协调——这个为什么会出现在这儿呢？”

伊拉斯莫斯俯下身子，看到在他手对的另一边有着被切割过的痕迹，像是曾经受到了人工的作用，在另一个地方他找到了一个石外壳。“这是块陨石，”他告诉齐克，心里很懊恼他自己没有发现这个东西。

乔气喘吁吁地赶上他们，仔细地看了看有切割痕迹的一面。“是一块铁石！”他大声说。

“为什么叫它铁石呢？”他感觉这块石头掉了手指甲盖大小的一块。

“附近有爱斯基摩人，”乔说，“就是罗斯称为北极高地居民的那些人。即使在戈德港这么靠南的地方我们都听说过，他们会使用这种陷在冰川里的奇怪石头来做鱼叉的尖头。”

伊拉斯莫斯更仔细地看着这些石头，用他的小刀不时试探一下：应该是个铁陨星，含有铁和镍。1835 年的时候曾经有这么一小块掉在格洛斯特郡，但是能够在这个地方发现这个东西是一件多么了不起的事情呀！再加上乔的了解，很多事情就清楚了。“从罗斯探索这个地方以来，人们一直奇怪北方部落的铁是从什么地方来的，”他对齐克说：“他们肯定是从这些石头，或者其他类似的石头上找到铁的。”

乔点了点头。“这儿附近应该还有三块更大的这种石头，爱斯基摩人还给他们起了名字。也许还有些像这样的小点儿的石头。”

齐克拍了拍这块凹凸不平、颜色灰暗的大石头。“我们不能把这么一个重要的发现留在这儿。”

“你不能带走它，”乔大声说：“当地人需要这些石头。他们把这些石头称为萨维科苏，因为他们觉得这些石头是有灵魂的。”

伊拉斯莫斯看看乔，看看齐克，再看看这块石头。他无法控制自己，他很想得到这块石头。

“它们，”齐克说，“你自己说过还有很多其他大石头，我就拿这块小的。”

尽管乔一直反对，齐克和伊拉斯莫斯还是用小刀把石头周围的冰一点点地除掉，直到石头可以取出来。这块石头有一个人的重量。“帮我们把它滚到船上去吧，”齐克请求道。乔最后同意了。

在诡异的粉色光线下，他们大汗淋漓，拼命地推着，一直可以听到远处传来的枪炮的声音，还有鸟儿们的怒号。冰川越来越陡峭，有一片冰有些融化，他滑了一下，掉了下来。他身上两边的绳子拴在乔和齐克身上，他们也跌倒了。陨石脱离了他们的手，跌跌撞撞地向下滚去。它滚得越来越快，越来越斜，过了冰川的最后一个隆起处，跳进了冰川和悬崖的一个空隙中。

伊拉斯莫斯听到石头破碎的声音，他马上蹦了起来，跟着跑过去，但是要救那块石头已经来不及了，他跌跌撞撞，不时地滑倒在地，却仍一心想着设法捡回哪怕石头的一片。他几乎一直都是站立着向冰川下面走的，却在最后一个，也是最低的一个隆起处被滑了一下。他像是飞了起来，睁着眼睛，以一个弧线飞过了布满石头的河岸，头朝着冰撞上去，心里祈祷自己快点死好了。他看到一块深色的东西，大概有一个餐桌那么大，是冰中间一个池塘；他感到自己到了水下，然后到了冰下。

冰冷的水让火一样燃烧着他，冲刷着他的嘴唇，他手脚乱动，拼命挣扎，感觉自己四肢已经僵硬，即使这个时候，他还是看到了鱼儿成群地在他的腿周围游动，水母也像鱼儿一样安静地游着，冰的下面则有寒冷的绿色，看上去闪闪发亮。他想，他还有几分钟，想起了伊万曾经快被淹死的经历。眼前出现了一个白色的、闪亮的东西：白鲸吗？他晕过去了或者是冻僵了，或者是淹死了。当他又醒过来的时候，他看到了博尔哈维医生焦急的脸庞。

“我还活着？”他问。

“勉强说是吧，”博尔哈维医生说，“是耐德把你拉上来的。”

“你看到那块陨石了吗？”

博尔哈维医生摇了摇头。

最后，他们那个石头连一个碎片都没有捡到，泰勒船长发现冰间突然出现了一块水面，于是赶紧将“独角鲸”号驶了过去。伊拉斯莫斯从冰水里被救了出来以后躺在自己的床铺上休息调养。他感觉好点以后就去向耐德道谢。

“没事的，”耐德说，“我当时正在捕鱼，正好看着你掉落下去的那个冰洞。我也就是拿着船钩跑过去而已，也没做什么别的。”

在博尔哈维医生的帮助下，伊拉斯莫斯将对陨石的描述整理成了一篇文字，准备寄给爱丁堡博尔哈维医生的一位朋友。天气逐渐好起来，白天变得很暖和；而晚上，在北极光下，温度也不过刚刚零下。伊拉斯莫斯给博尔哈维医生的朋友的信中特别提到，这里似乎同时是夏天和冬天：凉爽的温度，炙热的太阳，深色的悬崖和白色的冰。他们到达了北部水域，在无云的白天，这里看起来就像是家乡收割时的样子。

温暖的空气，像钢铁一样闪亮的水面，冰山从地平线上升起。男人们已经脱掉了身上大部分衣服。泰格伯先生催促着绞盘杆那里的人赶快工作，这时，瞭望员喊道：“我们出来了！”只见船已经到了开阔的水面上。所有的人都停止了工作，大声地欢呼了三次。泰格伯先生和泰勒船长拥抱在一起，然后与齐克握了握手，这让伊拉斯莫斯很吃惊。乔拿出了他的齐特琴，演奏出了欢快的旋律；泰勒船长命令把帆扬起来。

## 第三章

# 鼎沸的反对之声

（1855年7月至8月）

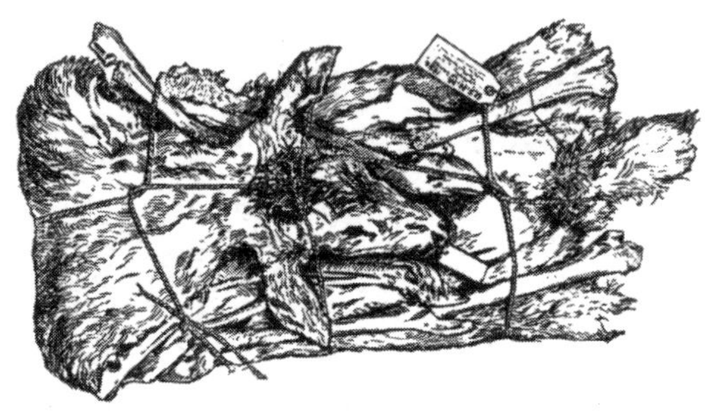

那是一个归家途中的晚上，
我睡在摇摆不定的吊床上。
我做了梦，梦中的事情像是真的，
梦到了富兰克林和他勇敢的船员们。

他带着一百名船员出海，
在五月到了那冰封的海洋，
去寻找极地附近的通路，
我们这些可怜的海员有时也会路过极地。

巴芬湾，鲸鱼吐水的地方，
富兰克林生死未卜。

富兰克林，没人知道他在何处，
没人知道他命运如何。

面对残酷和艰辛，他们徒劳地挣扎，
他们的船驶向了冰山，
那里只有爱斯基摩人的皮质独木舟，
曾经到过这个地方。

现在，我的艰辛，给了我多少痛苦，
我久已失去的富兰克林，我会追寻每个路线。
我愿拿出几千英镑，
只为了知道，富兰克林还在人世否。

——《富兰克林夫人的哀伤》
（传统歌谣形式）

在日记里，亚历山德拉写道：

拉薇妮亚在我们的书桌上放了一个日历，她不仅过一天会划掉一天，而且还会计算离十月还剩多少天。那次她这么做时正好被我撞见了，她显得有些尴尬。我们去齐克家玩时，她搂着齐克的几条黑色的狗，把她的鼻子埋在它们的毛里，她说，这些狗的味道让她想起了齐克，他的衣服常常会有轻微的狗的味道。但其他时候，她会在人前故作坚强，尽力不和别人谈起她的忧愁。

尽管如此，我还是可以看出来她做事是多么心不在焉，她一定发现要集中注意力实在是太难了。她似乎无法长时间内专注地做任何一件事情。我想，可能是我至少童年的时候还有父母陪伴，而她连妈妈的面都没见到，这显然决定了她现在的性格，以及她的生活。星期二的时候，我们想调出一种略带有蓝色的绿色，这真的很难。她和我说，父亲给她的哥哥们念书的时候，如果她没有绘画课或钢琴课，也不需要学如何烹饪或者如何管理家务，大家就会邀请她一起来听，不过她听得并不是很用心，因为她觉得她肯定用不到那些知识。伊拉斯莫斯和哥白尼以后会出去旅行，林奈和洪堡以后会专门学习如何根据人们航行的成果来进行雕刻或者印刷书籍。但是，她说，我肯定是要被留在家里的。所以，干吗还要麻烦好好学那些东西呢？

我想要说点什么。因为，就学习这件事情而言，我们可以在过程中有所收获，因为，说不定我们什么时候就真的需要这些知识了。但是，我没有这么说，而是指了指我们现在的画，说，当你上绘画课的时候，你想到过我们现在会做这个吗？我希望能够用我们绘画时的快乐让她暂时忘却忧愁。

我们制作好了环节动物的薄板，拉薇妮亚便开始接着做她的嫁妆，一大堆有刺绣的白色薄纱衣服，上面装饰着丝带。罩衫，短裤，睡袍还有衬裙，大部分都是两个年轻的女孩子帮忙做的，两个人都有一半法国血统，来自切斯特。她自己缝的地方比较蹩脚，不过至少她还是可以不用我帮忙自己做，尽管她知道我有时会靠缝纫来维持生活。我告诉了她一些关于我自己的事情，这些她以前并不知道。她收藏了几本《女性之书》，我告诉她在后面的几期中，后面的几个版面是我替戈迪先生手工上色的。其中有一件长袍，颜色是绿黄相间，和甲壳虫翅膀的颜色差不多，她看了不由得微笑起来。“你也可以做这个的，”我说，“如果你不喜欢画植物和动物，那等我们画完了这本，我可以帮你找一些给时尚版面上色的事情来做。”她说她的哥哥们肯定觉得这样的工作太肤浅了，特别是她并不需要赚钱维生。

在我们窗边的山梅花那儿，住着两对美洲红雀。伊拉斯莫斯留在窗沿上的茧中出来了一只惜古比天蚕蛾。昨天晚上，我家人过来吃晚饭，后来我们聊天中谈到了艾米丽在日耳曼敦听到的关于反对奴隶制的演讲，哈丽特把我拉到一边，悄悄地告诉我她又有孩子了。后来，勃朗宁很不合时宜地问齐克他们有没有什么消息，这让拉薇妮亚很难过。还没有收到信，我很快回答。还没有。但是可能现在还为时过早，船可能要穿过一些道路才能回到港口。

他们走后，我们便交替大声朗读，我们大部分晚上都会这么做。拉薇妮亚读的是玛丽·雪莱的故事，是关于弗兰肯斯坦和他的怪物的；我读的是帕里的日记。这是他第一次航行，那时帕里几乎不比齐克大多少，他的船员们都才二十岁刚出头；那次航行中，一切都很顺利。天气适宜，他们获得了惊人的发现，捕猎收获颇丰。我说，齐克和伊拉斯莫斯碰到的肯定也是这样的情况。

但后来，我们回到各自的房间去睡觉后，我自己又读了读帕里第二次航行的日记。我从来没有和拉薇妮亚提过冬天岛和伊格卢利克的爱斯基摩人；日记中提到船员们和他们的女人的故事，如果拉薇妮亚真的明白这些话是什么意思，那她肯定会很担心的。我静静地躺着，脑子里想象那个地方，那些人，会是个怎么样的情景。如果能够和齐克，和伊拉斯莫斯到北极去，让我付出什么代价我都愿意。真的。我很满意现在的生活，很知足，但有时我又会有几分困惑，为什么我的生命不能大一些呢？在我的想象中，帕里和他的船员们会和爱斯基摩人交朋友，我脑海里出现了这些：宴会，游戏，皮衣，女人们互相画着文身，神情严肃，线和针从一个人传递到另一个人，针线上布满了她们脸和胸口皮下的油脂。我脑海里一直浮现着这些场景。我不断地想着，冰，雪，冰，雪。

由于被冰雪包围着，伊拉斯莫斯会想家，不过随着船闯过兰开斯特海峡，想家的时候就越来越少了。他到处都能看到燕鸥、海鸥、雪雁、海鸦、绒鸭和海鸽。海水中到处都是鲸鱼和海豹，还有一片片的浮冰。天空中，海鸟像箭一样射下来，划破了海的肌肤。有时，几只独角鲸刺破了船边的水面，好像要闻一闻这艘孤独的船。除了一些庞德海湾的捕鲸船之外，他们应该没有看到过其他船了。不过伊拉斯莫斯可不会因为没有看到其他船只而感到孤单。他看到岸边的悬崖觉得一阵阵眩晕，他知道，博尔哈维医生和他情况差不多。

“靠岸吧，”他央求齐克，“我们在那儿稍微待一会吧。”

但是齐克说，行程中一分钟多余的时间都没有。不过，最后伊拉斯莫斯还是有了四个小时时间上岸，因为他们要从一座冰山上取淡水。耐德和汉密尔顿划着船把他和博尔哈维医生带到了一个三趾鸥的栖息地。

“我们爬上去，”伊拉斯莫斯对博尔哈维医生说。他激动地颤抖起来，恨不得分身成一百个，这样他能够同时看到一百种风景。“打起精神来，尽量多搜集点东西。”耐德和汉密尔顿在布满石块的岸边漫无目的地走着，伊拉斯莫斯给了他们两人一个小布袋，说：“如果你们走着的时候能发现什么有趣的植物，就放到这个袋子里。”他和博尔哈维医生则爬上了岩石，背着枪和捕鸟网，准备捕捉岩石上栖息的鸟。

四个小时短得就像是打了个喷嚏。他们带回了鸟、鸟蛋、死去的鸡，还有鸟巢。到了船上，耐德又把布袋给了他们，他们的宝藏变得更多了。他说：“我们往西边稍微走了一点，发现了一小片地。”他把手伸进标本袋，将一些植物摆在甲板上。“我给你们带回了这些，”他说，“也不知是不是你们想要的。”

伊拉斯莫斯翻了翻，耐德带回了叶片、枝干和花，都是分离的，而不是带着根的完整植株。在家的时候，如果家里的女仆敢动他正在晒干的植物标本，他肯定会大发雷霆的；但现在，看着这一堆乱七八糟的东西，他只能怪自己。他以前都没有意识到，有人连怎么采集标本都不知道。但他和博尔哈维医生找到了一些金色花瓣的罂粟，还有四种虎耳草。伊拉斯莫斯有几分灰心，看着耐德。耐德找到了极地草地，而伊拉斯莫斯自己却没有找到。

“你干得不错，”伊拉斯莫斯说，“谢谢你给我们找到了这些。现在我给你展示一下，科学家是怎样搜集植物的。”

他简单地向耐德介绍了植物的根、茎、叶、花和果实。后来，耐德几乎将伊拉斯莫斯的话一字不差地记了下来，还配了一幅插图来说明如何恰当地采集标本，还有一些定义：

> 植物标本集就是搜集的晒干的植物标本，这些标本经过了系统的整理。那个带有平板和带子的东西是用来压板的。威尔斯先生想要保存所有有趣的植物，将其与他书中的植物对比后来命名，列成一个清单，这就是他的工作。博尔哈维医生会帮他。他们说，如果他们教的我能学会，我就也能帮忙。简直像是学了一种新的语言：雌蕊、雄蕊、羽状叶和掌状叶。这些并不算难，但谁能想到，有人一辈子都在研究这个呢？我用一种长着红色叶子的植物做了色拉，这种植物像是我们在家乡会看到的绵羊草，他管这个叫做山蓼。他没想到山蓼做的色拉尝起来味道居然很不错。

之前船所在的海域都是泰勒船长和他的水手们熟悉的，齐克就处于不利地位。而现在情况则大不一样了，除了齐克，没有人了解这个地方。齐克有之前探险家们绘制的地图，齐克又认真研读很多相关的书籍。伊拉斯莫斯看得出来，这让齐克有了威信。其他船员都要依靠齐克，这是前所未有的，尽管齐克从未到过北极，尽管齐克了解的情况都不过是来源于书本，但这都不重要了。冰山和岛屿都在图中清楚地标了出来；齐克根据地图，成功地预测了海峡会在什么地方。现在，他们所有知道的东西都只是来源于书籍。泰勒船长和船员们都对他毕恭毕敬，因为他们现在对周围的情况一无所知。没人能对齐克的命令提出什么异议。

船驶入了布满冰雪的海峡，旁边跟着几千只独角鲸，空气中到处都是它们沉重的、让人毛骨悚然的呼吸声，伊拉斯莫斯感觉就像海在呼吸。现在和他们相伴的只有动物了。四年前，凯恩博士第一次航行中，海峡中满是庞大舰队的身影；而现在，这里可以随处看到的只有长着长牙的小鲸鱼、海豹、海象和白鲸。白鲸真是太美了，伊拉斯莫斯想。白鲸比他想象的要小一点，满是肌肉的身体隆起来，皮肤完全是光滑的乳白色，行动迅速，就像是白色的鸟儿刺破了昏暗的海水。

巴罗海峡也看不到人迹。寂寥而又灿烂的景色飞快地从船边掠过，斯拉斯马斯做着奇怪的动作，似乎是想把这美景抓在手里，但却无能为力。他们到了赖利海角的石堆纪念碑，又到了比奇岛，这里有富兰克林三个水手的墓地，还有他们第一次过冬的营地的遗址，不过他们也只做了短暂的停留。伊拉斯莫斯和齐克都认为，这里就是凯恩博士和其他人在航行时发现的地方。灰色的砾石从水面开始缓慢上升，一直到锯齿状的悬崖为止。坟堆和墓石在这悬崖的映衬下显得那么不起眼。伊拉斯莫斯、博尔哈维医生和齐克，还有耐德，一起查看了两个墓碑上镶嵌的石灰石板，周围还有一排平平的石头，就像是在墓地周围修了一个栅栏。

“如果我们把他们挖出来，”博尔哈维医生说，“即使只挖一个，就能够确定他们的死因，我们就能够找到线索，知道富兰克林航行中究竟发生了什么事情。”

齐克往后退了几步，离坟堆稍微远了一些。只感到从手，到胳膊，到肩膀，然后到脸，一阵战栗。“我们不是盗墓的，”他说，“也不是掘尸的。他们都是英国人，是像我们一样的英国人。他们应当在这里得到安息，这是他们应该得到的。我们这样打扰他们，能得到什么？”

“难道就认为他们肯定是饿死的？”博尔哈维医生说，“你看，第一个冬天已经过去了。这里这么冷，他们的遗体肯定还保存比较完整，我们就可以从中推断出他们的死因。”

“如果里面躺着的是我呢？”齐克说，“如果里面是你呢？他们被孤单地留在这儿，已经够可怜的了。你根本不可能找到什么有用的东西。”

他盯着墓地，又回过头去看看博尔哈维医生。“你在医学院的时候，”齐克说，“你有没有……”

“那是当然，”博尔哈维医生说。齐克摇了摇头，走开了。博尔哈维医生笑着看看伊拉斯莫斯，伊拉斯莫斯也朝他笑了笑。

三个人走后，耐德在这里多逗留了一分钟，在每个坟墓上加上了一块石头，念了一句祷告。他说后来那些奇怪的幻觉没有出现在他的身上。有一条溪水正好冲墓地流过，他在溪水里冲洗咸肉，想着这些溪水会渗进棺材中，缓缓地滋润着水手们的身体，这些水手曾经是那么年轻，那么有活力，就像他一样。砂石下面的第一层从来未曾融化过，他似乎看到死去的水手们的身体也冻住了，被永远地保存了下来，被永远珍藏，得到了永远的荣耀。想到这个，他心中有了几许安慰，却又有了几许气愤。在爱尔兰的时候，他看到尸体就像木材一样被堆在一起，或者被随便地扔进了地洞里。而在这里，尽管也许没有人曾经看到过这些坟墓，但至少这三个英国人，有人为他们精心建起了单独的墓地，墓石上用凿子刻上了诗句，周围还搭起了围栏。

这是他们第一次找到富兰克林航行的些许蛛丝马迹，这之后，时间变得更加紧迫。船帆在风中被撑得鼓鼓的，齐克说："富兰克林的两艘船，'幽冥'号和'恐怖'号，离开比奇岛后肯定是驶过了皮尔海峡。西边的冰层太厚了，而且你想想约翰·雷的报告，他还能往哪边去呢？之后皮尔海峡这边以前的搜索船只都没有去过。他们认为既然往西边的路不能走，那富兰克林肯定是往北面走了。但是，如果他们不经过皮尔海峡，那他怎么能够接近威廉国王岛周围的地区呢？"

这个逻辑很简单，伊拉斯莫斯想。而且应该也有道理。连泰勒船长都耸了耸肩膀，表示赞同齐克的说法。他们驶向了南方，非常确信他们是沿着富兰克林的路线在走。他们又大约行驶了三十五英里，船周围都是冰层，船在冰层中艰难地前进着，最后，冰实在是太厚了，他们不得不返回。已经没有时间后悔了，齐克说。他查看了路线，绕过了北萨默塞特的屏障和峡谷，沿着北海岸驶到了贝勒海峡，齐克希望过了贝勒海峡他们就能再回到皮尔海峡。

贝勒海峡到处都是冰。人们三三两两地站在船头，失望地抱怨着。"这该死的冰！"泰勒船长咒骂了一句，然后就下到了船舱里面。伊拉斯莫斯明白，他们最后一个从水路进入威廉国王岛的机会已经消失了，找到富兰克林船只的机会也消失了。但他们仍然能够通过陆路找到富兰克林他们的蛛丝马迹，约翰·雷也是这么做的。按照齐克的命令，他们继续往南行驶，绕过座座小山，进入了布希亚海湾。

齐克变得越来越少言寡语，除了发号施令之外很少说话，对待泰勒船长的态度就像对待一个渡船的船长。他不允许轮船停下来，无论是水手想打猎还是伊拉斯莫斯想采集标本。这儿的风和洋流似乎能将冰聚集起来，从北面都堆到了海湾中，呈涡旋状地越积越多，几次甚至都快要撞上船身了。水手们越来越紧张，互相嘀咕着什么。这里，他们已经远离了传统的捕鲸之地，他们一群人似乎刚刚从一场梦中醒过来。为什么他们要到这里来？伊拉斯莫斯忽然醒悟过来，他们是为了有个工作才来的，而不是受到了这次航行伟大目标的鼓舞。他们到这里来，只是因为，春天齐克招人的时候他们需要份工作。他们愿意来，是因为这份工作的薪水不错，也是因为，尽管齐克和他们讲了很多，他们那时根本不知道自己要做什么。一些人根本没有出过海，根本无从知道将要面对什么样的艰难；而那些曾经出海捕过鲸的人则想当然地认为寻找富兰克林和他们寻找鲸群没有什么两样。

伊拉斯莫斯想，现在似乎船是在为了前进而前进。船朝着冰层的深处走去，越走越深，没人能肯定这么做会有什么用处，这实在是太奇怪了，就像是要从北极露脊鲸身上刮下油脂。齐克一发命令，弗朗西斯先生，耐德，还有泰格伯先生，经常会发出怨言：我们应该在克雷斯韦尔海湾停船，人们需要新鲜的肉，而且浮冰还刮坏了船身的两侧。

兰姆正在磨剃须刀，这时候船正好撞上一座巨大的冰山，他手震动了一下，左手无名指尖被切了下来。两只狗摔倒了，互相打了起来，搞得地上到处是狗毛和血。一只水壶从船上掉了下去。船终于停了下来，与威廉国王岛还隔着布希亚海湾。船刚将锚抛下，水手们开始喧闹起来，要求返回去。

伊拉斯莫斯也感觉十分灰心，他盯着地图。他们连一小段新的海岸线都没有发现，这地图真可谓妙不可言，把每个他们看到的小海湾都给详细地标注出来了。但这里，无论船员们怎么想，他们可能都要开始寻找富兰克林和他的船员的踪迹了。应该就是从这个地方开始吧，伊拉斯莫斯想。但实际情况是，这不是寻找富兰克林的开始，而是狗大量死亡的开始。

自从两只狗打架之后，船上的狗都不断地上下摇着脑袋和尾巴，在船上疯狂地跑来跑去，朝着某种看不到的威胁狂吠着。领头的狗又大又黑，是第一个倒下的，它倒在了主桅杆的下面，接着是它的一个伙伴，长着白色的脚，然后是乔曾经救下来的两条小狗，死的时候两眼通红，发着高烧，口吐白沫。齐克、伊拉斯莫斯和博尔哈维医生拼命地想帮助这些狗，这些狗却朝着他们狂叫起来。博尔哈维医生写道：

> 为什么我就不能抽出点时间来学习点兽医知识呢？我解剖时只发现它们的肝脏比正常的略微大了一点，但是我根本就不确定健康的狗的肝脏究竟应该是多大。在戈德港，我们听传闻说在格陵兰岛南部狗患上了一种神秘的疾病，传染到了兰开斯特海峡。我真是应该多留几分心的。我不知道在狗群中狂犬病是怎么传播的，但是现在我必须考虑这个问题。四条狗侧躺在地上用爪子抓自己的下巴，我让别人枪毙了这四条狗，以避免疾病继续蔓延。沃利斯指挥官对动物感情很深，他对我的行为十分生气，我们两个人吵了起来；他似乎怎么都不明白，狗染了病会威胁到船上人们的生命。我这样做也是希望能够挽救其他狗的性命，但却无济于事，船上的狗一条接着一条死去，只有威西和另一条小狗活了下来。庆幸的是我们都没被狗咬。解剖的时候，我发现狗的脑部并没有明显的炎症，脊髓和神经也没有异常。为什么我以前就没想到应该带一本兽医学的书来呢？
>
> 我给弗莱切·兰姆手指上的伤口上了绷带，但他的伤口还是出现了坏死迹象，我给他的伤口做了清洗处理，但是还是很担心。

齐克一直让威西待在船舱里不许它出去，希望它在这里能安全。但另外一条小狗死了后他就开始到处乱跑，朝着床铺和墙到处乱撞。齐克把它抱在怀里，任凭它像发疯似的使劲挣扎。齐克想喂它点好吃的，坚决不让博尔哈维医生碰它一下。它局促不安地扭动着身体，撕咬着，后来就慢慢地不动了，脑袋低垂，目光呆滞。头顶上一只燕鸥飞过支桅索，又飞回来，绕着绳索来来去去地不停地飞。

“你知道我们该做什么，”博尔哈维医生说。

齐克把它递给罗伯特·凯利，凯利的枪法特别好，在比奇岛上时他打到了无数只鸟。威西死了，齐克再也不想看到博尔哈维医生了，无论伊拉斯莫斯说什么都安慰不了他。博尔哈维医生回到了船舱的一个角落，用一根手指转着个头盖骨，眼睛则盯着笔记，好像这样就能让被杀了的狗都复活似的。伊拉斯莫斯被陷在这两个人之间左右为难，不知该怎么办，心里琢磨着狗的死究竟意味着什么。

伊拉斯莫斯心想，现在，他们被困在这里，因为冰而无法在水上航行，又没有陆地可走。陆地上基本已经没有雪了，只有山顶上和隐蔽的峡谷里还剩下一些，陆地旁边的冰则已经破碎，一片片地浮在水面上。即使他们能通过布希亚海湾，布希亚海湾和威廉国王岛之间的海峡那时肯定不会还是冻得结结实实的，但肯定到处都是悬浮的冰块。雪橇现在也用不上，用雪橇得等到春天，那时又有太阳了，而冰还都是又光滑又结实的。那，为什么他们还要带上狗和雪橇呢?

不过，他知道原因。买这些狗的时候，伊拉斯莫斯就担心，如果船没有到达目的地，齐克就打算在这里过冬了。船上其他人可能也感觉到了，但他们都希望这些狗不会真的派上用场。现在，他们想走的路线都被堵住了，耐德拉着伊拉斯莫斯的胳膊，说：“有人说这个夏天我们不回去。那我们是要整个冬天都待在这里了？这是真的?”

伊拉斯莫斯不知道该说什么。他曾经看见齐克拿出了另外一套地图，在他黑色的小本上写着什么。但现在，狗都已经没有了。曾经有一次，当然也就这么唯一的一次，齐克把头靠在桅杆上，说:“我猜，会不会是有人给狗下了毒?”

“你也知道这是不可能的，”伊拉斯莫斯缓缓地说。其他人则假装没有听到齐克讲了什么。

乔可能想转移一下大家的注意力，别再想着狗的事情，也让齐克心情好一点，于是就讲起了故事，却让大家陷入了另一种不自在。他曾经和西英格兰岛人住在一起，他们的鱼叉设计十分巧妙，还用石头和泥炭做房子来过冬，窗户是海豹肠做的，灯则是海豹油脂做的。这些房子冬天温暖极了，所以女人们如果屋里没有外人，就只穿一件灯笼短裤。

人们一片沉默，脑海里浮现出女人们弧线优美的肌肉，短裤镶着十分挑逗的花边。在梅尔维尔海湾，他们和一些女人做交易，让她们讲讲帕里和富兰克林以前航行的情况。伊万・罗斯卡和罗伯特・凯利曾经说过，有船经过的时候，爱斯基摩人会带着他们的妻子到船上去，想用这些女人换刀子和木头。也许西英格兰岛的人也是这么想的吧。

“当然，我们信教的人是不会这么干的，”乔说，“我们告诉他们，女人不应当裸露自己的身体，男人不能拿妻子来交换东西。”

大家都很累，都很想吃到新鲜的肉，齐克还在为狗的事情闷闷不乐，伊拉斯莫斯便做起了自己的事情，七月二十八号和艾萨克・邦德一起上了岸。他第一次看到一群北美驯鹿穿过沼泽地，逃过了成群的昆虫围攻，又想从艾萨克面前逃走，艾萨克开了四枪，杀死了两只驯鹿。他们将鹿仔细地剥了皮。伊拉斯莫斯发现鹿后腿靠近臀部的地方有皮瘤蝇刚刚产下的卵，皮肤上几百个小洞，这是以前感染的昆虫的幼虫啃噬出来的。艾萨克挥着一把长长的刀子，看着这些被剥了皮的紫色尸体，说他少年时曾经打过鹿，这些和鹿没什么区别。他把驯鹿的头切下来，取出舌头和肉，把头盖骨丢在一边。

这些不要的东西都被堆在石头上，白色的头骨上还留着鹿角。在众人的注视下，伊拉斯莫斯蹲下来告诉他们什么地方最好切割。于是，只见刀子先向右，然后向左，然后再向左，然后向下，便取出了还冒着热气的肠子，一个又大又光滑的肝，还有一个躺着绿色液体的胃。另一个地方则堆着肋骨、锁骨、腰子还有舌头。他们用皮把肉包了起来，伊拉斯莫斯用手举起了这些血糊糊的东西的一段，他忽然在动物眼睛的倒影中看到自己的样子，把自己都吓呆了。他心想，他们这趟旅程已经没有了主线，来到这里所为何事已经没人知道了。现在剩下的，只有每个时刻，每个单独的时刻，他只感到自己的灵魂，多年来似乎都在一个黑色的小匣子中，而现在终于展开了。

"你怎么了？"艾萨克说，"是不是太重了？"

这些驯鹿眼睁睁地瞅着自己被抬走。"要不我们试试把这个拖到船上去？"伊拉斯莫斯说。

他脑子里一直响着一个奇怪的嗡嗡的响声。他和艾萨克上了船，看到齐克还有乔正站在后甲板上和三个爱斯基摩人讲话，而其他船员站在船头上呆呆地看着他们，开始伊拉斯莫斯都以为他们被催眠了。

"这些爱斯基摩人长得真矮，"艾萨克小声说。

艾萨克朝着栏杆向后退了几步，伊拉斯莫斯不由得将抓着肉的手握得更紧了。这些人会不会对我们有威胁？船员们会不会做什么事情惹怒他们？齐克和乔都没有带武器。伊拉斯莫斯让艾萨克一个人去管那些血糊糊的东西，他自己则赶快跑到齐克身边。

乔和爱斯基摩人说了好一会儿话。然后等到爱斯基摩人不说话了，乔解释说，这些人和他们在戈德港碰到的那些不一样，无论是衣着还是习惯都有差别；每年夏天，他们会以家庭为单位在内陆活动，寻找驯鹿。乔说，他们这群人的营地在几英里之外，我们在船上根本看不到。他们看到了你们在打猎，就派人来查看。“他们邀请我们的头儿去营地，”乔说，“让我们去三个人，跟着他们走。”

齐克说：“你和我当然要去。”他顿了一分钟，补充道，“还有泰勒船长。”

伊拉斯莫斯没想到他蹲在头盖骨边的样子居然吸引了爱斯基摩人，不由得心中有几分激动，但想到齐克居然没有让他去，又不由得感到非常失望。他抓着齐克的胳膊，要求让他去。齐克甩开他的手，说他不能无视泰勒船长的头衔。

船员们看着他们六个人从船边降下去，划到岸边，消失在小山的另一边。他们六个人，其中三个人的打扮和其他三个人完全不一样，齐克灰色的头发在他的脑后看起来亮闪闪的。船员们，手上扎着绷带的弗莱切·兰姆，还有巴顿·戴舒扎和罗伯特·凯利，小声嘀咕着：如果他们对他们行凶怎么办？如果他们吃人呢？他们会不会带来一大群人，抢了我们的船？

博尔哈维医生说话比较大声，在人们的低语中显得十分突兀：“他们不回来的话可怎么办？”

“根本就不能，完全没有必要为这个担心，”伊拉斯莫斯说。尽管实际上他自己心里也有几分担心，如果齐克出了点什么事情，而他自己则安然无恙地待在船上，他怎么向拉薇妮亚交代呢。

“我们看看秋沙鸭的骨头去吧？”博尔哈维医生说，“你们去打猎的时候我又完成了一组骨架。”

他从海里提上来一个还滴着水的袋子，里面有很多小虾，拼命地动着。他和伊拉斯莫斯已经学会如何利用这些小虾来做骨架标本了。他们把清理得差不多的骨头用很密的网挂在船外，这样就能吸引饥饿的小虾。伊拉斯莫斯心不在焉地打开袋子，发现这些贪婪的小东西已经把骨头上的肉啃食得干干净净了，看到这他心里平静了一些。

博尔哈维医生一边记笔记一边说：“我也不知道这样说合不合适……不过，你觉不觉得，有时候，找富兰克林这件事真是有点分心。要是我们就是来观察这块奇妙的土地，还有这土地上的生物，那该多好。”他柔软的棕色的头发中夹杂着几缕灰白，被风吹起来，露出了额头，落下去，又起来，看起来像鹧鸪的羽毛。

“但问题是实际不是这样，”伊拉斯莫斯手里抓着一把翼骨说。他看着手中这些骨头上美丽的平面，美丽的骨节。齐克不会有事情的，有乔帮他呢，而且爱斯基摩人看起来颇为友好。“不过我知道你说的是什么意思。你能不能把那根电线递给我？”

他低头忙起来。一抬头，便看到齐克、乔还有泰勒船长跳上了甲板，他们毫发无损地回来了。伊拉斯莫斯跟着齐克来到船舱，手里还拿着个颚骨，船舱里没有其他人。

“和我说一下，”他说，“把发生的一切都告诉我吧。”

“一切进展十分顺利，”齐克说，“乔做起翻译来真是得心应手，他说这里的方言和西格陵兰岛的方言大同小异。那些人很喜欢我们送的礼物。”

甲板上，泰勒船长把每个能拿得走的东西都捆得紧紧的。伊拉斯莫斯听到他和船员讲："爱斯基摩人会把这些都偷走的，他们什么都会拿。他们知道我们的船在这儿，肯定会来找我们的。"

"但他们是什么样子呢？"伊拉斯莫斯问齐克，"他们衣着是什么样的？他们吃什么东西？他们房子里面是什么样子？"

"很有意思，"齐克说，"完全不一样。我主要集中精力和招待我们的主人谈话。你不想知道我听到什么关于富兰克林的消息吗？"他的嘴唇龇开，露出了一个很明显的微笑。"我等这个已经等了很多年了，"他说，"你不明白？从我还是个孩子，读你父亲的书时，我就在梦想这个时刻了。"

他似乎又变回了儿时的样子。伊拉斯莫斯想起，拉薇妮亚在她生日聚会几天后曾经和他说的话。"我怎么能不让他去？"拉薇妮亚说，"我们是在谈论富兰克林的时候相爱的，你不知道，有多长时间，我听着他的故事，听着他的计划。他很欣赏我这点，他说他爱我倾听的样子。"伊拉斯莫斯问她，她是不是真的像齐克一样对寻找富兰克林充满热情，她发誓说她是这样，至少部分是这样吧。"我很欣赏富兰克林夫人，"她说，"她很坚定。"

"当然，我当然知道。"伊拉斯莫斯有点不好意思，连忙答道。

"我直截了当地问他们中最年长的人有没有看到一艘被冰困住的船，或者有没有看到有白人从附近经过，"齐克说，"他说没有，但我观察到，他和旁边的人交换了个眼色。他们让我们明天再去。你去吗？"

伊拉斯莫斯当然要去了，同去的还有耐德、泰格伯先生、福布斯，还有其他几个人，乔作为唯一的翻译，当然也不能不去。尽管齐克花了好几个晚上，让他把爱斯基摩人对各种东西的表达方法都写在他的黑色本子上，但翻译的事情仍然要靠乔。这次，泰勒船长、弗朗西斯先生，还有一小队人则负责守卫船只。博尔哈维医生本来也要待在船上的。兰姆已经回到自己的吊铺上，他常常抱怨自己的四肢和脸疼痛难忍，博尔哈维医生很担心，却爱莫能助，只能给他几滴鸦片酊，因而便也和伊拉斯莫斯他们同去了。

他们带了水果布丁和干苹果作为礼物，还有刀、针、锉刀和珠子来与他们交换。他们翻过小山，来到一个崎岖不平、灌木丛生的地方，到处都看不到树木，四周被笼罩在毛毛雨中。他们一边走，乔一边告诉齐克一些关于这个称为奈茨利克的爱斯基摩人分支的事情，伊拉斯莫斯在旁边听着，又不时俯下身子捡起一些圆圆的石头；他觉得自己一直都没有认真地对这个地方的地理结构进行考察。

"可能你要更加……更加严谨，"乔对齐克说，"至于是不是可以直截了当地向他们问问题，我觉得这些人从天性上来说不喜欢问题太直接，这样给他们一种是在被盘问的感觉。我是不是可以和他们说，他们如果告诉我们他们知道的事情，他们就能得到好处？"

"好吧，"齐克不耐烦地说，"好吧，就这样吧，就这样吧。"

伊拉斯莫斯和其他人几乎跟不上他的脚步了。这里四下没有树木，也几乎没有什么很显眼的东西，因此六个帐篷组成的营地很容易就找到了。一群狗被拴在帐篷外面，像狼一般狂叫着。

"他们要是没被拴着，估计一下就能把帐篷吃个精光，"乔说。这里崎岖不平，石块密布，到处是狗的尸体，腐烂的肉，鲸油，还有断裂的骨头。福布斯被什么东西不小心绊了一下，博尔哈维医生俯下身子看了看，说："我肯定这是人的大腿骨。"骨头外面还包着些许未角质化的皮。

福布斯朝后面跳了几步，又被后面的一个浅坑给弄得趔趄了几步，原来这些骨头就是被埋在这个坑里面的。伊拉斯莫斯看了看，用来掩埋骨头的石灰石又小又轻，肯定是被某个饥饿的狐狸或者狗给弄开了。托马斯骂了几句，弯下身子，脸色苍白。

乔说："不是你想的那样。不是他们不尊重死去的人。他们认为，如果在尸体上覆盖过重的东西，灵魂就没有办法升天。当然，是狗把尸体挖出来的，狗总是怎么吃都吃不够。"

"野蛮人，"托马斯说。他此时对这些习惯的各种不快显然后来很快就克服了，因为他和一个刚死去丈夫的奈茨利克女人在一起整整待了一天。但此时，伊拉斯莫斯只见托马斯用厌恶的眼神看着那个从充满刺鼻味道的帐篷里走出来和他们打招呼的人。这个人长着稀疏的八字胡，下巴和下嘴唇还长着一缕胡须，他鼻子下端弯向一边，好像刚被打过还没来得及纠正似的。他开始说话，伊拉斯莫斯听到了"卡布鲁纳"这个词。

"意思是白人，"乔翻译道。天空下着小雨，他们互相盯了一阵。伊拉斯莫斯发现帐篷根本不够容纳他们所有人，他们就坐在帐篷门口的石头上。

似乎从这里每件东西上都能闻到驯鹿的味道。伊拉斯莫斯看到挂在杆子上的兽皮慢慢地被雨浸湿，他看到雨水从皮上的一个个小洞中漏下来，这些洞是这些动物还活着的时候皮蝇在他们身上留下的。到处都是动物头骨，很多，石头和青苔上还可以看到不少动物的颚骨和眼窝。来的这个人自称欧那利，只有齐克在和他说话，乔做翻译，其他人都默不作声。齐克给了他一些折刀和烟草，还告诉欧那利他很想看看他们打猎用的装备，于是欧那利就拿出了一把弓和几根箭，齐克看了很感兴趣。

“我想把这个带给弓术爱好者联合协会的同伴们，”齐克对伊拉斯莫斯说，“这个很不同寻常，是吧？”

伊拉斯莫斯在拉薇妮亚给的日记本上潦草地记录着，他根本来不及把所有的细节都记下来。他把那把弓的样子速写下来：弓是用杉木做的，用骨头进行了加固；编起来的动物肌腱让弓更加灵活而有弹性。他没来得及画缠绕在一起的弓绳，也没来得及画出箭的样子，因为他还没来得及画，齐克就用一堆斧头交换了这套装备。博尔哈维医生也潦草地写着，而耐德则站在吊门下面，看看这个，再看看那个。这里有用鲸鱼骨做成的容器，用海象牙制成的刀，还有一些勺子看起来像是将骨头挖空了做成的。

那天下午营地上几乎没有什么人，乔解释说：“大家都出去打猎了。”不过很快，三个女人聚集在欧那利的帐篷周围，害羞地打量着伊拉斯莫斯等人。伊拉斯莫斯想，尽管脸上和手上有文身，她们还是挺好看的。她们身高不足五英尺，身材丰满，手很小，头发光滑。他想把她们两臂上对称的黑色图案画出来，这时女人们就围拢在他周围，开始笑他。齐克站起来，送给每个人一根钢针。

女人们说了些什么，听起来很高兴，她们迅速把钢针放到她们屁股后面的一个小袋子里。这种袋子是用鸟脚部的皮肤做的，还能看到鸟的爪子；这袋子看起来真不错，伊拉斯莫斯想。他转过身去，想让齐克用东西交换一个，这时女人们朝齐克走去，用手指拨弄着他的铜纽扣。

齐克朝后退了几步，女人们就朝还坐在石头上的伊拉斯莫斯弯下身来，她们用手抚弄着他的胸膛，他几乎不能动了。她们轻轻地拉着他，比他年轻时在斐济岛时围在周围的人拉他的动作还要轻柔得多。他意识到，比起钢针，她们更想要的是扣子。船上还有一罐头扣子备用的呢，亏得他在列清单的时候准备了这些。于是，他用刀把他衣服上最下面的三个拿下来，递给她们每人一个。

齐克冲他皱了皱眉头。不过伊拉斯拉斯认为，恰恰是这些扣子让整个下午的情况出现了转机。四个小男孩朝他奔过来，想要拿他的日记本。他们不断地用手抚摸着光滑的白色封面，最后他不得不从本子后面撕下两页，递给他们。孩子们咧开嘴笑了，拿着这两张纸，像得了珍宝似的跑开了。伊拉斯莫斯从眼角看到他们围在一个离帐篷有一点距离的石冢旁边，把撕成碎片的纸抛在空中，碎纸屑被风吹得像蝴蝶一样旋转起来。

女人们酿了几大桶茶，用碗盛出来。博尔哈维医生说："我敢肯定这是用麝香牛牛角下面那部分做的。"他弯下身来，用他那长长的、方头的鼻子嗅了嗅，这时，一些毛发从帐篷那边飘过来，飘进了茶碗里，他们喝的时候就进了他们的牙缝。一个年长的女人走了过来，她手上密密麻麻地布满了文身，端来了一盘子煮过的鹿肉。她用一个金属勺子给了伊拉斯莫斯一份什么东西，伊拉斯莫斯不由得叫了一声，喉咙像是被卡住了似的。

"安静点，"齐克说。

他用手拿起勺子，仔细地观看起来。这是一把银勺子，形状很奇怪，像个棕榈树，这很奇怪，因为这个地方是没有棕榈树的。他对乔说："告诉欧那利，昨天我问他他是否看见过白人的船只，他说没有。问问他，他是不是有什么东西忘记和我说了？"

欧那利开始什么都没说。乔站在一边翻译，齐克不断飞快地问问题，他的气愤谁都看得出来。他们有没有见过白人？有没有见过两只船？这些勺子从哪里来的？他们还有没有其他这样的东西？他们有没有见过一个叫约翰·雷的白人，几年前他应该从这里的东面经过，给一些爱斯基摩人带来了勺子等白人用的东西。

乔拼命赶上齐克说话的速度，而且，伊拉斯莫斯觉得，他在翻译的时候努力让语气尽量缓和一点。欧那利一直在平静地吃饭，然后，他这才开始说话。

“我们没有见过这样的船，”他说，或者更确切地，乔翻译他的话说，“但是我们前几年的一个冬天，在猎海豹的时候遇到了几个人，听到了这么一个故事。他们说，上一个冬天时，他们发现一艘船被抛弃在冰里。他们就爬上船，但是什么人也没看到，只在甲板上看到一具死尸。他们想看看下面的空间里有什么，但是到下面的通道……”这里乔停顿了一下，看看齐克，说：“舱口？应该叫舱口吧。”接着，他继续说：“被封住了。他们告诉我们，船的一侧受到了损坏，他们把木头抽出来，弄出了一个洞。在里面他们找到了很多有用的工具，有铁器，他们把这些东西拿走了，不然这些东西在那里就是个浪费。他们有很多像这样的勺子，我拿两张上好的兽皮交换的这个。”

“但你没有亲眼见过这艘船是吗？”齐克问。

“没见过，”欧那利回答。

“你没有亲眼见过白人？”

“我从来没见过，只是听说过。你是我第一个讲过话的白人。”

齐克兴奋起来，从外套里拿出罗斯的地图，用手指着他们停泊的海湾，说：“我们在这儿，这是大鱼河，”——他问了问乔知不知道爱斯基摩人怎么称呼这条河，乔告诉他他知道——“这是西岸。你能不能指一下船是在什么地方看到的？”

伊拉斯莫斯等人围在齐克和乔周围，形成了一个圈。他们都知道，帕里和罗斯曾经说过，有人能够十分精确地说出很长的一段海岸线的情况。爱斯基摩人将布满大雪的地绘成地图，将地图雕刻在木头上，或者用很多的小石头堆成。有笔和纸的时候地图会被画出来。“如果你能指出些有价值的东西的话，”齐克说，“我就给你把刀。”

欧那利眼睛盯着纸。“这里海豹质量很好，”欧那利手指指着一个海湾说道，乔给他翻译。

欧那利手触到一个水湾，然后又移到河口处。“这里是我朋友遇难的地方。这里鱼儿会被困在岩石之间。”

欧那利用大拇指压着地图的边，这里显示的是威廉国王岛的东海岸。他将大拇指慢慢地离开地图，朝着空中移动了几英寸，如果地图稍微大一点儿，西海岸就会画在这里。

“这就是船沉没的地方。”

“你确定吗？”齐克问。

伊拉斯莫斯不知道是应该看欧那利还是应该看乔，乔惊讶极了，都不知道该怎么说话了。

“在水下，”乔翻译欧那利的话，“他们开始并没有把所有的货物都拿走，而是堆在甲板上，等以后再来拿。然后他们就去打猎了。那年冬天打猎的收获很可观。他们回来后，冰已经开始融化了，船不见了，只能看见三根高高的杆子的顶端插在水面上。甲板上的东西找不到了。可能是由于船受损的地方的木板被拿走了，海水才灌了进来。”

“有没有剩下什么东西？”齐克说，“有没有什么能让我们看看的。”

“什么也没有了，”欧那利说：“这故事是那些人告诉我们，他们拿走了岸边漂浮的所有东西，一件不剩。”

那晚，他们回到了“独角鲸”号，带回了弓箭、博尔哈维医生交换的麝香牛碗，还有那宝贵的银勺子。齐克召集起全体船员，把他刚了解到的事情告诉他们。伊拉斯莫斯想，他是想给每个人以深深的触动，因为他们已经离富兰克林的至少其中一只船很近了。但是肖恩·汉密尔顿说："那个叫欧那利的，他没有真的看见船？船消失了？难道这个故事唯一的证据就是一把勺子不成？"

"这个勺子上有一个饰章，"齐克生气地说，"我们肯定能够准确知道它具体是属于船上哪位长官的。"

肖恩耸了耸肩："我看不出来，这和约翰·雷博士带回国的东西相比没有什么了不起。我们折腾了这么半天，得到的就是一个爱斯基摩人编造的故事。"

"我们什么时候回去？"艾萨克·邦德问道。

伊拉斯莫斯伸过手去，生气地拿起勺子，责备了几句。"你们难道一点好奇心都没有吗？难道你们一点都不想知道我们是怎么搞到这个东西的？"

"我们想知道的是我们怎么回家，"巴顿·戴舒扎低声说，"还有什么时候能回去。"

这件事过后，耐德一个人在厨房里给一个住在纽约北部山里的朋友写信。伊拉斯莫斯进来拿热水，这时恰好耐德去卫生间，伊拉斯莫斯便低下头看了看桌子上的这张纸。

沃利斯指挥官现在处境很不妙。他似乎被厄运缠上了。今天我想我们终于发现了真正有价值的东西，但现在，似乎爱斯基摩人告诉我们的故事没什么意义。可能两艘船中有一艘沉没了，但是他们人到哪里去了呢？大家似乎都反对指挥官，甚至包括泰勒船长在内。别人都说他年轻幼稚，涉世不深，容易被人蒙骗，但人们越是这样说，我就越欣赏他的热情。我想他也就比我大几岁，但是他却知道怎么给那个叫欧那利的施加压力，让他说出和富兰克林相关的事情。也许我们能期盼的也就这样吧，毕竟，富兰克林的船只离开英格兰已经有十年了。

这孩子心地不错，伊拉斯莫斯想。从他听到富兰克林故事的第一反应，到他对齐克的忠诚，他们运气越糟糕，要做的事情似乎就越多，耐德在这一过程中经历了很多事情。他很高兴看到接下来的几天，耐德离齐克很近，齐克查看地图或者欣赏弓箭的时候，他都在身边。不工作的时候，其他人会在爱斯基摩人营地随便走走，不难看出来他们是想找个女人陪陪自己。

假如没有发生这个事情（当然显然齐克也没办法控制），伊拉斯莫斯想，是不是他们就能够阻止发生这种明目张胆的叛乱。船员们想马上就回去，显然他们没法到达威廉国王岛，现在不是一年中适合去那个地方的时候，而且，即便是到了那里，也找不到船只。但是齐克却没有回去的打算。他一次又一次地告诉伊拉斯莫斯，他觉得那次航行肯定还留下了其他踪迹，尽管他现在还没有线索，但不会回去。他们走不了的另一个原因则是弗莱切・兰姆。他们从爱斯基摩人营地回来以后，弗莱切就开始出现了十分严重的痉挛，下巴僵硬，而且情况越来越糟。

"这是牙关紧闭症，是破伤风的一种，"博尔哈维医生告诉齐克，"我无能为力，只能尽量让他少些痛苦。"

其他人便不再理会这个受伤的同伴，到外面去抢掠，然后兴高采烈地回来。伊拉斯莫斯猜他们肯定私藏了白酒，他们可能正在和新朋友们分享呢。罗伯特・凯利和伊万・罗斯卡则十分陶醉，吹嘘年轻女人怎么看上了他们。齐克所能做的，就是朝着泰勒船长大声咆哮，让他好好管束一下他的船员。

齐克，还有博尔哈维医生，每个小时都会去看看弗莱切·兰姆。不久，弗莱切就去世了，齐克给他念了祝词，之后，他爬到树上乌鸦窝里不肯下来，伊拉斯莫斯想，也许他是在从上面看弗莱切的坟冢。托马斯·福布斯打了一口棺材，但是由于地上石头太多，他们用镐头和铁铲挖了好几个小时，但是仍然没有打到让他们满意的深度，而这周围又到处都是狐狸。耐德在坟墓旁用手掌大小的平整石头搭起了一圈围墙，觉得这可能能够保护弗莱切在此安息。

他们见过爱斯基摩人九天之后，巴顿·戴舒扎看到了一群爱斯基摩人猎手正往营地走。他们的狗驮着肉，一些狗驮着驯鹿的上半身，肋骨弯下来垂在狗的两边，还有一些狗背着好几堆肉，绑在几根棍子上面。后来，两个猎人来到船上，邀请船员们去参加宴会。伊拉斯莫斯知道，爱斯基摩人很讨厌他们。船员们猎杀了他们的驯鹿，打搅了他们的孩子，拐跑了他们的女人，他自己也不喜欢这些船员。他觉得博尔哈维医生和他想法一样，尽管博尔哈维医生没有说出来。这些人做的事情让伊拉斯莫斯觉得很不自在。他回到船舱，齐克却在那里莫名其妙地闷闷不乐，什么都不做，他不得不又换个地方。尽管猎人们没说，不过伊拉斯莫斯知道，他们希望这能够是个告别宴。他希望齐克也能如此看待这个宴会的性质。

只有弗朗西斯留下来看守船只。在去宴会的路上，大家一边走一边聊天，拿着饼干和茶叶作为礼物送给爱斯基摩人，齐克则一个人走着，什么都不说，连伊拉斯莫斯和他说有旅鼠跳过地面，他都没有作声。他们到那里，便看到一大罐一大罐的食物在火上烧煮着，但是奇怪的是，气氛并不是十分欢快，按理说人们打猎回来不应该是这样的。猎人们的家属坐在他们周围，目不转睛地看着“独角鲸”号的船员们；船员们和女人，和小孩子，很容易打成一片，这会儿却不行。乔弹起他的齐特琴。一些人想跳跳舞活跃下气氛，但是被一双双眼睛盯着，也没法跳得自在，爱斯基摩人根本就不肯跳舞，乔的琴声很快也就停下来了。

伊拉斯莫斯他们吃了一会就吃饱了，他们看看爱斯基摩人，他们还在吃。饭后，乔仍设法想让两方面的关系融洽一点，于是他让几个猎人表演一下弓箭。他们箭法惊人的准确，只见箭射向远处，穿透靶子，靶子是伊拉斯莫斯从笔记本上撕下来的一张纸做的，但唯一面露喜色的是那些男孩子，表演一结束，他们马上就把靶子撕下来一把拿走了。还和上一次一样，他们一边走一边撕纸。伊拉斯莫斯看到，他们又像上次一样，围在石冢旁边，把纸屑洒向空中，似乎想要制造出昆虫或者白鸟飞舞的样子。他正在琢磨孩子们玩的这是什么游戏，这时几个女人走了过来，把煮饭的锅倒过来，开始刮上面厚厚的烟灰。耐德看到了铜器的影子。

“你们看，”他一边说，一边拿过女人手中的一把嫩枝，用力地摩擦起来。是金属，是铜。伊拉斯莫斯赶忙跑过来看其他容器：是铜，是铜，都是铜。他眼里闪过了一个画面，他朝四周看看，看到用来盛肉的托盘，这些木托盘不可能是使用这里低矮的灌木做的；实际上，这个看起来像是一张写字桌的一部分。支撑帐篷的杆子似乎是船桨，木勺子似乎是船舷，矛和刀似乎是用枪筒做的。

“他们发现了船！”齐克大喜，“这些东西都是用船做的。”他抓住乔的手，说：“告诉他们，我们知道了。”

“知道了什么？”

“就这么和他们说就行了。”

乔翻译的时候，齐克一手抓起一把铜壶，另一只手抓起一根搅拌棍，这个搅拌棍似乎是用白蜡木船桨做的。爱斯基摩人一阵嘘声，欧那利向前走了几步。

“这些事情都是卡布鲁纳船上的，”齐克说，“为什么以前你不告诉我真相？”

乔把齐克的问题翻译给他们，欧那利耸了耸肩。“你问的是大船，”他通过乔和齐克说。乔看起来像是受到侮辱似的，就像是他被发现说了谎。“而且你问的是海岸那边的大陆。你有没有问岛上，没有问小船。”

“什么岛上？”

欧那利说了点什么，齐克不知道该怎么翻译。齐克又拿出一张地图，欧那利把大拇指压在大鱼河河口的一个面积较大的岛屿上。

“这里有人吗？”齐克问，“你和我们说过，除了我们，你们从来没有和白人见过面。”

“我没有遇到他们，”欧那利平静地说，“我只是看见了他们，而不能说是和他们见了面。因为，他们已经死了。”

现在，所有的爱斯基摩人和所有的船员都围成一个圈，聚在齐克、欧那利和乔的周围。齐克拿出了斧头、木桶板、珠子和刀，爱斯基摩人从船上发现的任何东西，他都愿意交换，如果他们愿意讲讲他们是怎么发现这艘船的，他也肯拿出更多东西来交换。

欧那利说：“这发生在几个冬天之前。在岛上，我们发现了一个木制的小船，船身用这种金属包着。还发现了大约三十具尸体。”

有枪，乔翻译道，不过只有一两把，还有一个金属箱子，里面装着几张纸，几件衣服，还有一些他们叫不上来名字的东西。他们从里面取走了不少东西，觉得以后肯定会用得着的。

“让我看看，”齐克用命令的口气说。伊拉斯莫斯听到齐克说话的口气，觉得大事不妙。不过事情没那么糟，显然，乔翻译的时候故意将齐克的话缓和了很多，用一种礼貌的语气表达了出来。欧那利想了想，和围在旁边的爱斯基摩人商量了一下，一些人回到帐篷里，双手满满地回来了。

一本祷告书，一篇论述蒸汽发动机的文章，一只雪地鞋，两把剪刀，还有一些银勺子和叉子。博尔哈维医生伸出手，拿了一个桃花心木做的气压计盒，伊拉斯莫斯则拿起了凿子、链钩，还有几段绳子。齐克站在那里，吃惊得嘴都合不上了，他把一个手锯柄拿在手里翻来覆去地看。“这是你说的那艘小船的？”他说，“船还在你说的那个地方吗？”

“我们把船给切开了，”欧那利说，“那些人显然已经用不上这只船了。我们把船切开，取走了木头，还有其他有用的东西。还有一些东西储存在我们其他营地里。”

“那尸体呢？”齐克问。

“尸体都被沙子掩埋了。那大约是——”他停下来询问了一下周围两个中年人，“那是六年前的一个冬天。也可能是七年前吧。我们后来也去过那个岛，那些人已经毫无踪迹了。”

伊拉斯莫斯把他们讲的话都记下来，他的笔飞快地动着，想尽可能地把故事完整地整理出来。三十个人，至少有一艘船，1848 年或者 1849 年的冬天，地点是一个岛，距离很可能是富兰克林被困的地方大约两百英里。一定是船员将船拖行了两百英里，也许是用他们的雪橇。他们究竟是谁？还有没有幸存者？为什么他们要沿着湍急的水流将船向上行驶？匆忙中伊拉斯莫斯不小心在纸上沾上了鹿油。

有人打了个喷嚏，声音很轻柔。他抬起头来看看欧那利的妻子。他第一次来的时候有三个女孩子给他上茶，原来那三个女孩子是欧那利的女儿。她们的妈妈现在则站在旁边，直到乔指出来的时候他才注意到她。她脸上有个白色的伤疤，从她左眼角一直延伸到太阳穴处头发的地方，她牙齿已有些枯黄，看人时眼神十分害羞。她伸手递给他一样东西，手紧紧握着，不知道什么。

“是给我的?”伊拉斯莫斯问。她当然听不懂他的话。她背对着其他人，动作很小心，似乎怕被别人看见。他把自己外套上其他的扣子都撕下来，放在手中，伸到她面前。她用一只手抓起扣子，另一只手则放到伊拉斯莫斯展开的手掌上，松开。扔到他手中的是一片干燥硬化的皮子，中间穿着几块金属。

他向她道了声谢，把皮子放下，继续写。几分钟后又把这块皮子拿了起来。眼前出现了一个画面。他看到，这块皮子是靴子底的一部分，是前面那个部分，从拇趾到脚掌下面近拇趾根的球形部分。七个大头的短螺丝钉从里面穿出来，靠近拇趾的地方是第一排，有两个螺丝钉，第二排三个，第三排又是两个。他认出这是用来固定木头的螺丝钉，可以用来把楔子或者桨架固定在船上，螺丝钉的头上有埋头孔，它们所在的地方一般与船的内层平行；螺丝钉的尖大约伸出四分之一英寸长。

他看着这些已经不能用了的锈钉尖，想象着鞋底其他部分的样子，这个人的脚后跟一定已经被磨出了老茧，脚的上面，他整个人肯定已经疲惫不堪。这个累到极点的人，行走着，想穿过冰面，可能他后面还拖着雪橇或者船。他把螺丝钉钉在鞋上，可能是为了能够抓牢冰面。想到这里，他把这块皮子悄悄放进了自己外套的口袋里。

另一边，齐克把所有拿给他看的东西都买了下来，给每样东西命名，好让伊拉斯莫斯记到日记里。东西简直太多了，毫无顺序可言，就这么杂乱地堆在一起。博尔哈维医生弯下腰拿起一个褐色的笔记本。他把笔记本打开，伊拉斯莫斯看到里面几乎只剩下了封皮，很多页都被撕掉了。“这可能是本日记，”博尔哈维医生说，“说不定，就是富兰克林的。”但笔记本里仅剩的几页是空白的。伊拉斯莫斯可以想象到日记本里其他部分的去向：这个笔记本肯定是给孩子们当玩具，他们把日记本一页一页撕了下来。这些纸上可能记载着富兰克林某个船员的话，却被一页页撕碎，抛在了风中。他盯着看了一会儿，然后又扭头看了看自己的日记：记得很清楚，两行长长的、平行的分栏。除了那块靴子皮，其他都记下来了。

所有东西都堆到了一起，并记在了本子上。欧那利这时说：“好像现在你可以回自己的地方去了吧。我们把能给你们的都给你们了。”

“我想买你们几条狗，”齐克说，“如果你们愿意的话，我就把它们都买下来。”

从这儿到河边要经过一个十分危险的地方，这里浓雾弥漫，水池随处皆是，一年中的这个时间几乎没有办法从这里穿过去到河边。伊拉斯莫斯看到，齐克心里只想着一件事情，也就是，如果能买到狗，他就打算，如果现在不去威廉国王岛，就留在这里过冬，之后再继续旅行，穿过冰封的海峡，到达那个岛。伊拉斯莫斯眼见出现这么一个画面：他和齐克并肩走进科学院，带来了他们找到的遗物，还带来了许多故事。要是能够说：我们找到了富兰克林船上的人们，我们安葬了他们，让他们能够安息，这该是多么伟大的荣耀呀。好一会儿，伊拉斯莫斯都沉浸在这样的幻想里。

“那不可能，”欧那利说，“这些狗要用来给我们驮帐篷还有其他东西。我们明天就要走了,我们得整理行装了。”

一个女人开始把皮和衣服放在一条狗身上,好像是为了做给齐克他们看的。重压下,狗脸扭曲了一下,尾巴垂了下来,然后它朝一只渡鸦叫了几声,这只渡鸦正在偷几块肥肉。

“卖给我们几条吧,”齐克央求道。

“不可能,”欧那利说。

接下来的一整天,齐克似乎在和自己较劲,拼命想要找到方法去探索更多的地方,找有关富兰克林航行失败原因的更清晰的线索。他不停地在他的黑色笔记本上写东西,和伊拉斯莫斯、博尔哈维医生不停地谈话。第二天早晨,他早早起来,盯着咖啡,然后对黑黑的船舱里说:“如果从这所有的事情上看不到上帝之手,那这个人一定是瞎了。”

泰勒船长和泰格伯先生交换了个眼神,博尔哈维医生和伊拉斯莫斯也互相看了看。齐克扭过头,脸冲着他的铺位,双手展开伸过头顶,手抓着固定床铺用的绳子。他一边说话,身子一边朝着床铺来回摇晃着。一个白色的东西缩在墙角一个装着冰块的盆子后面叫了几声,这是耐德捉住的一只白色小狐狸,齐克没了威西,就拿这只小狐狸当了宠物。齐克自己给它吃的,给它起名叫做塞宾。

“我以为狗死亡是一个凶兆,”齐克说,“甚至可能是有人蓄意破坏,特别是威西的死。但实际上不是的,它们的死因很简单,就是疾病。我们无法穿过皮尔海峡,巴罗海峡也过不去,这似乎预示着我们航行要失败了。弗莱切·兰姆去世了,这是我们谁也不想看到的事情,因为这件事情,我们不得不把出发时间向后拖延。但正是由于这些事情,才让我们恰好在这个时间,在这个地方,碰到了这群爱斯基摩人。我们的确是非常幸运。我们的发现比约翰·雷的多多了。现在我们无法继续前进了，这说明我们的发现已经足够了，甚至可以说我们发现的不仅仅是个足够的问题，我们实在是收获颇丰。我们的耐心和毅力让我们两次揭穿了爱斯基摩人的谎言，最后终于发现了事实真相。我很想在这里过冬，但是富兰克林那些人已经死了，而且我们已经知道了他们去世的地方。船准备好后我们就动身返程。”

听到齐克的决定，人们欢呼起来。伊拉斯莫斯听着人们忙乱地做返程准备，想着他们这次航行都有哪些收获。尽管他们没有看到船的残骸，但他们得到的证据比约翰·雷博士的证据要直接得多。他们找到了见过富兰克林船员们的尸体的人们，他们曾经把富兰克林的一只船切割了，还用富兰克林的银勺子喝汤。他们这次航行中和这些人一起吃了饭。整个航行中，只损失了一名船员。他盼望着能够胜利回国，穿着绿色的绸缎衣服，手里拿着自己写得整整齐齐的日记本。他用盐把本子上鹿油斑点清洗掉，然后写道：

> 我努力放下个人情绪的干扰，努力客观地记下我的所见所闻，记下发生的事情。但我不得不承认，这些事情实在让我心情难以平静。这些爱斯基摩人和格陵兰岛南部那些文明部落的人完全不一样。能够揭穿他们的谎言，找到事实真相，我感到无比兴奋。我的职责是微不足道的，只不过是保证齐克安全，耐心地听他讲话，并负责做所有的科学观察记录，但似乎我做的这些不值一提的事情，对我们的成功起了很大作用。我能不能希望，自己像个英雄似的回国，一个自然学家，坚定，成熟，为指挥官提供了不可估量的帮助，负责了所有重要的科学观察，这样想是不是有些可笑呢？拉薇妮亚会为齐克骄傲的，会为我们骄傲的。

尽管几周之内都不可能寄信，博尔哈维医生还是给他在英国的朋友托马斯·丘蒙得列写了一封信：

你还记得我曾经给你讲过的一个故事吗，是关于梭罗先生到法尔岛朝圣的，玛格丽特·富勒被淹死了，他想把她的遗物都搜集起来。我一直在想，他是怎么找到上面绣着她名字首字母的连衣裙，还找到了她丈夫的外套（还从上面拿了一颗扣子）和她宝宝的小衣服。我信中附上了一个列表，上面列出了我们这次找到的遗物，可能会让你看了有几分难过。这些遗物让我想到了那次海难。这些都是非常私人的小东西，让人看了觉得很难受。

我们船上也有一个人去世，是一个很好的年轻人，名叫弗莱切·兰姆，他不小心用剃刀割伤了自己，得了牙关紧闭症。这只是一件很小的事情，本身并没有太大的意义。但是就是因为这件小事，我们中少了一员。我尽力让他舒服点，但是却无法改变最终的结局。他念了祷告，向母亲和姐姐做了最后的告别，平静地去世了。以前我也碰到过病人去世，但是他的死，本来是可以避免的，因而让我感到最为痛心。而我们的指挥官，觉得因为兰姆去世，耽搁了几天行程，这是神的旨意，让我们最终能够得到惊人的发现，这真让人感到不舒服。你身体还好吧？

他们八月九号出发了。支桅索上挂着六只驯鹿，索具上还悬着好几只鸟，“独角鲸”号看起来就像是个肉铺。塞宾被拴在盆上，好奇地看着忙乱的人们，盆里放着冰块，冰块上是野物。

“你觉得我和它相处得还行吧?”齐克问伊拉斯莫斯。齐克给塞宾切了一小块面包,这时,泰勒船长又下了一系列命令,人们又忙了起来。“耐德把它带过来的时候,它害羞极了,但我想它现在越来越有灵性了。”

它大概长成一半了,也许多于一半,有四磅重,皮毛看起来像一只漂亮的猫咪。人们做事的时候,它就站在那里,朝着岸上的同类吼叫了几声。

# 第四章

# 绕路而行

## (1855年8月至9月)

我并不幻想船上会有平等。平等是不可能的,至少在人类的这种状态下是不可能的。我从来没听说过有船员敢对上面下达的命令表示不满,也没有听说过哪个船员敢对级别制度有何异议。如果还想余生能够做个水手,就不会想要限制船长的权力。要有一个人来掌控所有的事情,负责大大小小各种事务,这是完全必要的。在紧急情况下,就需要拥有绝对权力的人马上行使权力。在紧急情况下,根本不允许人们协商。船长任命的顾问的作用可能恰恰是替船长行使他的绝对权力。即使是最民主的政府,也需要赋予它非常的权力,虽然这样的权力初看起来并不让人十分放心。政府应当拥有公众的信任,并有责任对行使权力的方式进行修正。这是用来应对紧急情况的,当然人们希望这样的紧急情况永远不要出现,但这种可能性仍然存在。一旦出现了紧急情况,如果没有人有权力去马上采取措施应对,那么政府就会被即刻解散。对船长来说道理也是一样的。

——理查德·达纳《两年水手生涯》(1840年)

开始，返程和来的时候情况基本一样，只是这时出现了极光，到处都可以看到，包围着他们。极光像是银子发出的光芒，又像水晶，像油，但又什么都不像。伊拉斯莫斯想找到类似的东西来比喻，但是怎么都找不到。这光是独一无二的。极光下是兰开斯特海湾，巴芬湾应该也不远了。那时就可以看到很多船，可以寄信，可以看到公司，再过几周，就到家了。开始天气很好，人们的心情也很好。

伊拉斯莫斯每次睡眠都很短，但是他每次都睡得很香，醒来的时候感觉精神焕发。醒着的时候，他就和博尔哈维医生一起研究他们的标本。他列出了清单和时间表，把做完的事情划掉：鸟皮已经烘干并包装了起来，并且贴上了标签，采集到的植物的确认工作已经完成。所有的事情都让人十二分满意。一天，他醒来的时候有一种感觉，这种感觉很陌生，既有盼望，又有身体上的舒适，既有前一天完成事情所带来的成就感，又有明天有事要做带来的希冀。这就是快乐，他惊奇地想。他头上，天空像一个巨大的碗，发出耀眼的光芒。

这里晚上也是阳光普照，这时睡觉似乎简直就是在浪费时间。伊拉斯莫斯就翻翻胡克写的《1839 到 1843 年“幽冥”号和“恐怖”号大西洋航行的植物学》，这本书早已被他翻烂了。他看这本书，不仅是因为这两艘船后来也是富兰克林用的船，也是因为这本书让他想起来，要不是威尔克斯的阻拦，他第一次航行后也能够做点什么。他相信，他能够整理一本极地植物学的书，可以和胡克的书媲美。他旁边，博尔哈维医生又读了帕里的日记，里面有对爱斯基摩人的描写。他一边欣赏这些描写，一边整理自己的笔记，他想自己写一篇关于爱斯基摩人的文章，可以匹敌帕里这篇声名卓著的文章。

“极地的人都会在有食物来源的地方建立起一个养殖地，”他说，“每个养殖地之间差别很大。但是这些人有着共同的种族特征。各个极地地区有很多类似的植物和动物，人们也是一样，只是他们为了适应当地发生了一些微小变化。我越来越觉得，他们就是在这里起源的……”

“为什么他们一定是在这里起源的呢?”伊拉斯莫斯对他说的话很感兴趣，便问道。他很喜欢博尔哈维医生说话的方式。博尔哈维医生说话很理智，一个句子和下一个句子连接的方式稍微有点夸张，用这样的方式来搭建整个段落。他觉得自己永远不会问博尔哈维医生他是不是还用瑞典语思考，然后说话的时候翻译成英语，还是直接用英语思考。也不会问博尔哈维医生的法语和德语是什么时候学会的，他怎么能够同时应付这些不同语言。他曾经提到他的祖父母是荷兰人。“这个说不通呀。”

“你太落伍了，”博尔哈维医生说，“所有顶级的自然学家，还有大多数前卫的哲学家，都倾向于接受这种观点，也就是物种产生是单独且连续的，你为什么这么排斥呢？为什么你觉得人就不可能和其他动物一样，就不能在单独的动物学范畴内繁衍成不同的种群?”

“我就是不相信，”伊拉斯莫斯说。然后，他像投降似的把手举过头顶，笑了起来。他们讨论植物和动物的地理分布时，总是在最后进行假设时无法达成一致意见，例如，极地出产白熊而不是黑熊和灰熊，出产海鸠和扁脚海雀而不是企鹅，它们在物种上是不同的，同理，爱斯基摩人在物种上和其他地方的人种也不一样。

伊拉斯莫斯则觉得这种观点不对，不仅不符合神学，就是科学上也站不住脚。对物种的一个实用定义是存在生殖隔离。我们都知道，所有的人，无论来自什么种族，都能够交配并产下可育后代。加拿大的船夫和科伯曼河的印第安人，帕里的船员们和爱斯基摩人，种植园主和他们的奴隶，他们都是这样，虽然人们不愿意将这前后两类人放到一起，但是这不能否认事实存在。伊拉斯莫斯想到植物学家阿萨·格雷，他很喜欢格雷的著作，格雷认为，物种是不断向上进化的，人是自然的一部分，和其他有机生物一样，要受到物质规律的支配。

"单独的，"博尔哈维医生说，"并不意味着就是低级的。"

"分化总是会带来等级上的差别，"伊拉斯莫斯说。他们笑了笑，不谈论这个问题了，话题又转到他们面前的几本书上。耐德在一旁听着他们谈话，有时会问几个自己感兴趣的问题，有时会根据伊拉斯莫斯和博尔哈维医生教他的东西制作一些标本。他首先做的是鸟标本。他在自己画有横线的复写簿上写道：

> 在去皮之前要记得完成所有的测量；记录眼睛和其他柔软部分的颜色；如果条件允许，去皮之前当在一张大纸上画出整只鸟的样子，如果做不到则将它的形状和站姿大致速写下来。折断鸟的翅膀时要选择离身体最近的地方，然后将皮从胸部正中心到肛门之间扯下来。在处理头部时，要慢慢地拉开皮肤，到耳朵的地方停下来；用刀将靠近骨头的皮肤切开来，然后再慢慢切开眼睛周围的皮肤，注意不要切到眼睑。将头和身子割开，用钩子取出大脑，从眼窝中取出眼睛，割掉舌头，去掉颅腔中所有的肌肉。用砒霜和明矾或用砷皂等处理皮肤。
>
> 威尔斯先生说，制作仔细的话，我们回国的时候这些标本的皮肤都能保持良好的状态，那样它们对科学家来说会有很大价值。他们还能将皮肤软化，重新还原出这些鸟活着时的样子，这样其他人也就能分享我们的所见了。自从我把威尔斯先生从悬崖底的冰水中拉出来，他就一直对我很好，谁能想到我还能找到

一个人对我这么好呢？他说我做这方面事情很有天赋。他还说，如果我想的话，也许我能靠这个谋生，在博物馆工作的那些助手接受过的正规教育并不比我多，他们一开始都是从标本做起的。我爸爸要是知道了肯定会发笑的，他肯定觉得这工作比殡仪馆的工作好不到哪里去。但那是在爱尔兰，这里可不同。

伊拉斯莫斯的幸福感一部分是来自他觉得自己教了耐德一些有用的东西。看到耐德的手在皮和骨头之间穿梭，他想起了他自己还是个孩子的时候也这样努力过，他做的第一个标本是一只松鼠。他高兴地看着耐德，耐德另一边，博尔哈维医生则忙着看一只象牙鸥，他问耐德："你的读写能力怎么这么好？"

"我运气不错，"耐德一边说，一边将手里的脊椎骨和面前的速写进行对比，"有一年冬天有个雇主教我的。"

这时，瞭望员从上面传来的喊声打断了他们的对话："前方有浮冰！"他们跳起来，赶紧跑去看。只见那浮冰变成了一群白鲸，在水中闪着白色的光。他们目瞪口呆地看了一会儿，然后耐德向伊拉斯莫斯和博尔哈维医生讲述了他是如何学会读和写的。

他说，他 1847 年离开了爱尔兰，那是正值饥荒最严重的时候。除了他弟弟丹尼斯和他姐姐诺拉，他的家人都在饥荒中死去了。他们三个登上了一艘前往魁北克的移民船，船上已经拥挤不堪。他们从魁北克市向下游航行，到了格罗斯岛的隔离区，诺拉被人带走了。

"我们都快饿死了，"耐德盯着水面说，"我和丹尼斯都生了病，不过那时我们还不知道。诺拉快死了。那些人就把她抬下船，说她要到岛上的医院去治疗。我和丹尼斯被强行送到了另一只比较小的船上，船上到处都是和我们一样的爱尔兰人。船沿着河向上行驶，到了蒙特利尔。我们从此再也没有见过诺拉。”

他说，蒙特利尔已经有很多像他们一样的病人，当地人就把他们撵到了金斯顿，后来丹尼斯死在了金斯顿。

“那时你多大岁数?”博尔哈维医生问。

“十二岁，”耐德说，“到了金斯顿差不多就十三岁了。”

他被留在了贫民医院里自生自灭，后来就整天在街上瞎逛，无家可归，靠偷东西活着。一些农场主让他在他们那里干活，十分辛苦。他十六岁的时候从农场逃了出来。对这段艰难的日子，他只是简单地讲述了一下。

“我当时就想离开那个毫无人性的地方，”他说，“我以为如果我能到美国，生活就会完全不一样了。”

他穿过圣劳伦斯河，进入纽约州，从文森特角到了肖蒙，然后他又去了沃特敦。后来，他听说布朗地带的荒地那边有伐木的工作可以做，他便穿过北部的荒地到了那里，一路上经历了各种危险。在萨拉纳克莱克湖边的森林里，他在一个伐木工棚里找到了一份工作，但不是做伐木工。那里的人也和他一样是移民，他们嘲笑他身体太单薄了，但还是雇了他做厨师的助手。

第二个伐木季过了一半，厨师走掉了，耐德便承担了给整个工棚做饭的任务。就在那年的某一天，他在下萨拉纳克湖边买杂货的时候碰到一个波士顿来的律师，他脸色苍白，想在这里过冬，希望这样能治好他的肺结核。他正想找个人做他的厨师，于是便把耐德雇了下来。

整个冬天，律师都把自己裹在毯子里，站在门廊上盯着北方，一边晒着太阳，一边在冰点之下的冷风中打哆嗦。这段时间，他教给了耐德很多东西，这样耐德就可以读书给他听，后来还可以根据他的口述进行记录。耐德到那里的第二个冬天，工棚又雇了另外一个厨师，这样耐德就能一直陪着那个律师，一直和他的那些书待在一起了。

“他为我做的事情对我来说真的太重要了，”耐德说，“我一直对他心存感激。”

“那你为什么离开了呢?”伊拉斯莫斯问。

“他去世了，”耐德说。

他才二十岁，但和他一个小时的谈话中，这个二十岁的孩子的口中，却这么多次提到了“死”这个字眼，他们死了，她死了，他死了，他死了。他们一边站起来往厨房走，耐德一边用几句话讲了讲他怎么沿河向南到了费城，他找不到职员的工作，最后不得不在码头的一个小酒店里做了个厨师，泰格伯先生正是在那里发现他的。当然，他被辞掉是由于那次打架，但他对这件事只字未提。

“我似乎总是安定不下来，”耐德说，“无论走到哪里，我都十分思念家人。”他沉默了一会儿，不知道该如何表达自己的意思。他到哪里去都无所谓了，因为无论到哪儿，他都见不到诺拉和丹尼斯。从某种意义上说，这种漂泊的生活反而给了他希望，丹尼斯的去世他已经亲眼看到了，而诺拉只是失踪了，如果他不停地漂泊，也许她没死，也许她也像耐德一样四处漂泊，也许他们有一天能再遇到。

“这很奇怪，”他说，“既然知道自己在这世上已没有什么亲人，还怎么找到一个生活的地方呢，因为无论在哪儿，都不过是个陌生人而已。”

博尔哈维医生微笑了一下，似乎他已经完全明白了耐德的意思。伊拉斯莫斯想，博尔哈维医生和耐德都用某种方式切断了同家的联系，至于其中内情如何，伊拉斯莫斯就不得而知了。

“码头让我喜欢的一个地方是对这个地方来说，所有人都是陌生人，”耐德继续说，“我开始考虑既然我并不属于任何地方，倒不妨随着商船出海，亲眼看看世界。但那时，你们出现了，给我展示了一个美好的前景。沃利斯指挥官雇佣了我，这就是为什么现在我会在这个人们几乎根本想不到的地方了。这里我们都是陌生人，只是我们彼此是熟识的。”

我们彼此间也是陌生的，伊拉斯莫斯后来这么想到。但眼前这炫目的极光让他暂时忘却了这些事情。船舱外，太阳日日夜夜地闪耀着，船舱里堆满了从爱斯基摩人手里好不容易换来的遗物，装在箱子里整齐地堆在一起，发出淡淡的光芒。伊拉斯莫斯的大脑都被各种事情填满了，要完成的目标，要做的事情，对周围其他人也不那么关注了。他们一行共十五个人，除了和爱斯基摩人有过一个短暂的接触之外，他们几乎与世隔绝，而这十五个人，由于每天生活在一起，开始有点对彼此心生厌烦。一些微不足道的小习惯也被放大了。例如，齐克在饭桌上用他的叉子喂塞宾，还有和齐克讲耐德的事情时他居高临下的眼神，都让伊拉斯莫斯觉得很不舒服。

“恩，当然了，”齐克说。塞宾坐在他旁边的椅子上，齐克的手放在飞盘上，似乎要动，似乎又不动，塞宾就盯着他的手，看他是不是会把飞盘扔出去。“耐德好几年前就把这些都告诉我了。”这是什么时候的事情，伊拉斯莫斯想，是齐克为弗莱切・兰姆的死而忧愁沉思的时候吗？后来，齐克似乎越来越让人难以捉摸了。

有几个船员，以前在布希亚海湾就曾因为女人而吵过架，现在又为同样的原因敌对了起来。来的时候，似乎乔最能让船员们的心情保持积极和平静，他会弹琴或者讲故事给大家带来欢乐。但是自从离开布希亚海湾，乔就一直闷闷不乐，以至于肖恩・汉密尔顿和伊万·罗斯卡挥拳相向时，他竟然完全不去理会，只等着弗朗西斯先生用严格的纪律来管教他们。他自己则漫步走到栏杆边，伊拉斯莫斯正拿着速写本在这里站着。

“他们会好起来的，”伊拉斯莫斯说，“他们只是感觉不安，他们都格外想家。到目前为止，我们的运气真是好得出奇。我们能够从爱斯基摩人那里得到那么有用的信息……”

乔把一块饼干朝栏杆外扔出去，正好在半空中被一只暴风鹱接到。“你凭什么就认为，那些爱斯基摩人把所有知道的一切都告诉了我们?”

伊拉斯莫斯听了他的话颇为吃惊，说:“因为——因为他们一开始不肯说。”暴风鹱得到了食物，拍着翅膀飞走了。“我们必须靠自己找出事情真相。我们得从他们的嘴巴里把事实挖出来。要不是耐德看到了那把煮饭用的壶的话……”

乔发出了一个让人听起来很不舒服的声音。“他们把那些事情告诉我们自然有他们的原因，”乔说，“他们是为了让我们这些人赶快走，让船员们不要再猎杀他们的驯鹿，不要再追着他们的女人不放。难道你看不出来吗? 他们不过是说了几句我们想听的东西。沃利斯指挥官当时很愤怒，又急于找到些有用的东西，因而被冲昏了头脑，要不是这样，他自己应该明白当时的情况的。”

“你是说他们说谎了?”伊拉斯莫斯回忆起了乔翻译欧那利关于船只的那段话时脸上的表情。他当时觉得乔不过是由于先前被欺骗了而觉得有点羞愧才会那样。

“不是说谎，”乔生气地说，“他们对我们说的当然是事实，但是他们知道我们在找什么东西，知道怎样满足我们的欲望，他们因此就在事实的基础上稍微变通了一下。也就是说，根据我们的希望来改造了一下他们要讲的故事。”

“但你是做翻译的，”伊拉斯莫斯说，“你理应看出来，然后告诉我们哪些事是真的，哪些只是误导。”

“我没有理由连动作都翻译，”乔说。他棕褐色的手紧紧抓着栏杆，指甲已经部分破损了。“如果沃利斯船长好好看看欧那利当时的动作，而不是一直看着我——或者说他看过欧那利哪怕一眼——他就知道该怎么去权衡欧那利说的话了。”

伊拉斯莫斯回忆起来，欧那利在宴会上说话时曾经把两个女儿拉到身后，还把周围的其他人赶开了。他不安地问：“欧那利说了什么，有没有你没有告诉我们的？”

“问题不在于他说了什么，而在于他是怎么说的，是在什么情景下说的。我已经尽我所能准确地翻译了每个字，但是我还注意到了其他地方，但你们却没有。沃利斯指挥官也没有。在国内，如果你们和人谈判，你们肯定不会只听对方讲什么，他们的一举一动你们肯定都会看在眼里的。”

“那你认为他们说的船根本就不存在？”伊拉斯莫斯问，“那他们那些壶，还有木头，还有其他的东西，都是从哪里来的？”

“他们肯定是找到了一只船，还看到了死去的船员。我不确定船所有的痕迹是不是真的都已经被抹平了。但他们不想让我们在那里过冬，也不想让我们等到春天的时候去对岛进行一番搜查，这是显然的。如果他们不能讲个让我们非常满意的故事，我们还不一定会去找什么东西呢。”

他停顿了一下，挑了一下大拇指指甲旁边的干皮。“我承认，欧那利的老婆告诉了我一些可怕的事情，”他说，“当时我们两个站的位置和大家不在一起。她说，在船上，在死去的水手旁边，有些被肢解的人，而且被……动过了。骨头上有锯子和刀子划过的痕迹。头盖骨显然被猛击过。”

“约翰·雷的报告里讲过，”伊拉斯莫斯小声说，他想起了航行开始的时候他给耐德讲过的故事，“他见过的爱斯基摩人正好就是这么讲的。”

“还有更可怕的，”乔说，“欧那利的老婆还和我说，她发现了一只靴子，有人曾经拿它做过碗，里后还有几块煮熟的人肉。”

伊拉斯莫斯已经把从欧那利妻子那里换到的那块皮革悄悄地塞在他床铺旁边的书架下面，这个东西他要为自己留着，还没有其他人知道，包括博尔哈维医生在内。回国之后，他可能会把这个东西作为一个惊喜送给他，来作为他们友谊的象征。这个东西与齐克无关，与整个航行的目的无关，是他们两个才知道的。这块皮革一直都给了他很大的鼓舞，让他无论多累，仍然坚持在冰上继续行走。但也许，他并没有真正理解欧那利妻子想要表达的意思。也许这就是她和乔说的那个靴子的鞋底，也有可能所有这些故事都不过是些可怕的谎言而已，乔的担忧都完全是杞人忧天。

“这些你应该告诉沃利斯指挥官的，”伊拉斯莫斯说。他决定不把自己珍藏的那块皮革给乔看，这只会让乔想到爱斯基摩人可能还有很多话没说而感觉更加难受。“而不是告诉我。”

“你以为我不想？我们启程前一晚上我已经试过了。他说，他说——”乔一边说着一边让身子直起来，把下巴缩回去，“我一直都看书上说，爱斯基摩人的记忆力惊人得好，他们自己也以此为荣，他们流传下来的故事准确无误。我想我们可以完全确信的是，他们说的话应该不存在记错了的问题。”

说完，乔便离开往乌鸦窝那边走去了，只留下伊拉斯莫斯一个人纳闷，乔怎么能够这么清楚地记得欧那利说话时的音调变化。

伊拉斯莫斯回去睡了一小会儿，他梦到乔变成了一个爱斯基摩小孩，似乎和那些打猎的爱斯基摩人的小孩一样。他还梦到他自己也变成了一个小男孩，听他父亲读书给他听：

> 离北风的源头不远的地方，那里生活着一些只长着一只眼睛的人，他们眼睛长在额头上。非洲有个种族，他们体内产生了一种毒，能够毒死蛇。印度山中住着一些人长着狗头，他们不会说话，只会像狗一样叫。恒河源头的什么地方有些没有嘴的人，他们靠他们呼出的气息生存。他们旁边还有一些侏儒，住在羽毛和蛋壳做的房子里。

他醒来的时候似乎还能听到父亲的话，他眨了眨眼睛，看看自己在什么地方。父亲为什么要给他年幼的孩子讲那些故事呢？伊拉斯莫斯和他的兄弟们把那些故事记得清清楚楚，这也是他们后来做很多事情的原因。他们切开一条绿色的小蛇时，都想看看是不是有蛇卵、幼蛇或者三个头的怪物。看到什么就是什么，父亲曾经告诉他们，然后把你看到的东西和你已有的知识结合起来。尽管如此，伊拉斯莫斯还是为他有些遗憾，父亲十三岁的时候就到祖父的公司工作。之后，他就没有集中时间读书了，整天站在印刷机旁边，排铅字，上墨，拖大卷大卷的纸，他总是不停地忙碌着，总是觉得时间不够用。我希望你们的生活能不一样，父亲说，希望你们不用工作这么拼命，希望你们能够平静地学习，去想去的地方，我就没法做到，特别是你们母亲去世后，我想离开家几天都几乎不可能了。

伊拉斯莫斯怎能不为了自己所得到的东西而心存感激呢？第二

天早上，他去找乔，希望能够弥补前一天自己失礼带来的不快。他给乔看了他从一只长着胡须的海豹胃中找到的几个小圆盘。“这是大峨螺鳃盖的标本，”他说。

乔似乎已经恢复了以往的好心情，他饶有兴趣地看看这些东西，伊拉斯莫斯解剖完后他就开始将尸体切碎，中间一段时间，他们搞得到处是血。伊拉斯莫斯说：“对不起，你是对的，我当时应该多注意点的。但我们现在怎么办呢？”

“没什么办法，”乔说，“我们只能为我们已经知道的事情感谢上天，而爱斯基摩人也同样感谢上天，因为我们终于走了，而我也应该感谢上天，因为我们没有做更多坏事。”

之后便没有那么晴朗的天气了。连下了三天雨，还有暴风，伊拉斯莫斯没法工作，倒是有了许多时间来回想乔说过的话。一天下午，齐克来到甲板上，让船员们晚饭后到船舱里向他汇报情况。泰勒船长正要问个问题，齐克却说：“你们集合，马上。”

他们按照往常的次序围坐在船舱里的桌子边，齐克坐在一头，两边是伊拉斯莫斯和博尔哈维医生、泰格伯先生、弗朗西斯先生，泰勒船长则坐在另一边，尽管空间狭小，他们还是想和他齐克离得越远越好。塞宾趴在地上，有点惹人烦。齐克把一张纸放在桌子上。

“我以前就应该关照到这个事情的，”齐克说。这张纸上写得满满的。“我拖了这么久，很抱歉。这是个很常规的事情，大部分航行中领导者都会让船员签署这个文件，我衷心希望你们现在能签一下。”

“我要签吗？”博尔哈维医生问。齐克点点头，把纸推到他面前。博尔哈维医生读了一分钟，然后把这张纸递给了伊拉斯莫斯。

签名人同意齐克阿伊·沃利斯是本次航行中唯一的指挥官，发誓会遵守沃利斯船长经过斟酌后认为最合适的目标，并尽一切所能帮助他完成该目标。

这份合同有些不自然，太过正式，里面还说，如果齐克出现任何不测，则航行交由泰勒船长和伊拉斯莫斯来掌控，船长负责保证船只顺利返航，而伊拉斯莫斯则负责保证本次航行的目标圆满完成。伊拉斯莫斯对此没有异议，他是齐克的得力助手，签署这种合同不过是个形式而已。但问题在下面一段，该合同要求航行结束后，所有人，包括伊拉斯莫斯和博尔哈维医生在内，都要把日记和日志交给齐克，并承诺不在航行结束后一年之内在自己的讲座中或者著作中提到本次航行的发现。

这是怎么回事？伊拉斯莫斯感觉血涌上了太阳穴，塞宾趴在了他脚背上，他用力推了推它，尽管他本来没有打算使那么大力气。自从弗莱切·兰姆去世后，齐克就和他疏远了，但伊拉斯莫斯却没有感觉出来他们究竟有多么疏远。他和齐克本来应该是兄弟的，有谁会把这样的要求强加给自己的兄弟？他自我平静了一下，自信自己能够正常说话时，才把合同递给泰格伯先生，对齐克说："我很不希望和你有意见相左的地方，但是我不得不说这种要求很无礼。你以前从来没有和我提过一个字。你这么做，和'探索之旅'中威尔克斯的行径没有什么两样。我抗议，我表示强烈抗议……"

齐克扬起一只手示意他不要再说了。"这是个形式，"齐克说，"但你当然明白我们应当尽快公布我们的发现，而且是一起公布，而不是各说各的，出现自相矛盾的地方。当然，我希望你们每个人都来帮忙，来将我们的发现公之于众，我从你们的笔记中引用的部分，我一定会郑重声明并表示感谢的。”

齐克直视着伊拉斯莫斯，不理会泰勒船长和船员们的窃窃私语，又说：“正是为了避免出现威尔克斯航行中出现的情况我才这么做的。我们内部不能有什么争端，不能因为我们之间的不和让别人怀疑我们发现的真实性。”

“为什么你不在的时候要威尔斯先生和我一起指挥？”泰勒船长生气地说，“他根本一点都不了解我们船的情况。”

“因为他所想要完成的目标和我的一样，”齐克说，“我必须保证一旦我遭遇不测，有人能够负责把我们发现的遗物以及其他科学发现带回去，当然同时也要保证船和船员顺利返航。”

博尔哈维医生到现在为止还没有说什么话，他从泰勒船长手里面把纸抽出来，拿起齐克准备的笔，签下了自己的名字。“当然我会尽我所能协助你，”他说，“我一直都是这样做的。只是我不得不承认，你觉得有必要签署这个文件，这让我有几分不快，希望你不介意我这么说。”

他机械地点了点头，走到甲板上。只剩下了伊拉斯莫斯一个人，他看着这张纸，这张让他的梦破碎的纸。但是他想，他可以和齐克一起，和他一起进入科学院，而且他们现在已经在一起用拉薇妮亚送的日记本。他们的观察成果可以合起来，由伊拉斯莫斯自己执笔。齐克不喜欢写东西，他习惯把所有的思想都讲出来，然后让其他人去整理。这个合同来自一个年轻人，一个仍然想方设法找到自己位置的年轻人。伊拉斯莫斯年纪比齐克大得多，能不能现在先让步，以后可以再慢慢探讨那些细节问题。齐克肯定不会阻止他写几篇完全关于当地自然史（而与富兰克林和爱斯基摩人无关）的文章。

“我不签，”泰勒船长说，“如果你不在，当然应该是泰格伯先生和我一起掌管船上各项事务，而不是威尔斯先生。”

“很遗憾你是这么认为的，”齐克说，“但如果你不签，我就不得不撤销你的职务了。”

所有人都在叫喊。伊拉斯莫斯现在处的位置很尴尬，他觉得自己现在不应该说话，但这些吵吵闹闹让他满脑都是这个权力移交问题，无法集中注意力在日记上。也许齐克就是靠他们的争吵达成自己的目的，最后船长坚持不住了，如果他不签的话，船员们回国后可能就得不到应有的报酬了。

泰勒船长签字了，接着是弗朗西斯先生和泰格伯先生，他们飞快地爬上梯子，伊拉斯莫斯听到他们在甲板上叫喊。只听到船长在说话，虽然不知道他和谁在说话：“要是有什么更好的方法，我肯定不会签的。我一个捕鲸船长，还能做什么呢，只能在这北极之地低头了……”

他们一走，齐克就对伊拉斯莫斯说：“你呢？我信赖的朋友？”塞宾跳到齐克膝盖上。

伊拉斯莫斯签了字，和齐克握了握手。齐克让伊拉斯莫斯给陆续来到船舱里的人解释一下这份合同，他也照着做了。有些人不会写字，他就把他们的名字写下来，告诉他们在哪里照着写。尼尔斯·简森和艾萨克·邦德都问他：“那如果发生什么不测，泰勒船长还负责吗？”

“那是肯定的，”齐克说，“没什么变化。”

一直好脾气的耐德读了合同，小声说了一句什么，签上了自己的名字。最有一个来的是乔，说：“我想写篇有关爱斯基摩人的报告，是给格陵兰的摩维亚传教者的。可以吗？”

“不会流传到教堂之外?”

“不会,不过他们可能想在北极地区某个地方传教,我的观察成果可能对他们有用。”

齐克表示允许,乔签上了自己的名字。

整晚塞宾都待在齐克的膝盖上,漂亮的爪子搭在桌子上,盯着合同,似乎它也要签合同似的。齐克不时喂它几小块肉,和别人说它舔嘴巴的样子很可爱。

“它多迷人呀!”齐克对巴顿·戴舒扎说,当时伊拉斯莫斯正和他在解释合同的第二段。巴顿看起来有点不安,塞宾跑过来,深情地看着齐克的脸,叫了几声,巴顿就更不安了。

甲板上,博尔哈维医生盯着他的日记本看了好一会儿,却什么都没写就合上了日记本。他拿出装信的盒子,飞快地写信给他在爱丁堡的朋友威廉姆。

> 我很喜欢这次远征,但是我有点鄙视我们的指挥官了。他生活在自己构建出来的世界中,只知道自己的想法,自己的幻想,他基本上还是个孩子。在布希亚海湾,他觉得爱斯基摩人就是他获取荣誉的手段,我想方设法地想搜集爱斯基摩人的生活习惯,但是他却从来都不肯给我足够的时间,也没给我足够的时间制备动植物标本,我搜集到的化石他也一点也不感兴趣。但现在却成了这样,我记录下来的东西都成了他的了,为的是描述富兰克林和他的船员们最后的日子,而他自己搜集到的证据却很少。不要误解我的意思,我在信后附上了一个清单,列出了我们发现的遗物,但是我们从这些遗物中得到的信息并不比雷多,我们真正的发现,或者说可能发现的,反而应当是这个神奇的地

方，这些神奇的人们，但是他却不利用这些——发现成果的发表时间居然要等整整一年。当然，他根本不知道，对新物种进行描述和命名的优先权的认定依据不是发现日期，而是论文发表日期。

第二天早上，伊拉斯莫斯在日记上记下了几条关于鱼的笔记，然后他快速翻过几页，看看他以前记的笔记。他记的东西是不是有太多都和自己相关呢？他画出了鱼的鳞片，列出了鱼胃中发现的东西，但还是很想描述一下自己心中的感受。他给哥白尼写了一封长信。这封信没有办法寄出去，没有邮差，也找不到收信者，哥白尼到西部去画峡谷和印第安人了。但伊拉斯莫斯感觉他们之间有某种联系，这种联系穿越了整个大陆，而齐克做的事情让这种联系更加紧密了。

八月二十日他们进入了巴芬海峡水域，他们打算从这里向北航行，然后向东，沿着浮冰上部的边缘航行，再找到以前经过的一个大弯弧，回到格陵兰。但艾萨克·邦德从桅杆顶上看到了一艘船。齐克，泰勒船长，还有船员们轮流用望远镜观察，发现这是一艘大船，被困在距离他们南面几英里的地方，显然已经被人抛弃，漂浮在那里。齐克让“独角鲸”号尽量靠近那艘船。冰像一片大陆一样横在他们面前。

“我不能冒这个险，我们可能会被浮冰困住的，”泰勒船长说，“我们不应当在这个季节冒险，也不应当在我们已经离家这么近的时候冒险。”

“就算冒险也不是用你的船，”齐克冷静地说。他把小望远镜推给泰勒船长，指着那黑色的船体，上面有一道白色。“英国海军的船都是油漆成这样子的，”他说，“如果不到近前根本看不清，那说不定就是富兰克林的第二艘船。爱斯基摩人告诉我们说有一艘船沉没了，是一艘。”

泰勒船长把远处的船看了一遍。“如果真的是你说的那样的话……那种可能性很小的。你也看得到，那艘船已经被废弃了，我们为何要冒险？”

“因为，我让你这么做，”齐克说。

他转过身，下了船舱，似乎只要他显示出自己的自信，相信自己的命令会得到服从，那他的命令肯定就会得到服从似的。泰勒船长握着的拳头只听到指节嘎嘎作响，但他还是将船向南行驶，靠近了浮冰。不久，他们就被一大块浮冰挡住了，无法再接近那艘船。想到那艘船可能就是富兰克林的，伊拉斯莫斯激动得哆嗦起来。让大家没想到的是，齐克只让伊拉斯莫斯、博尔哈维医生和耐德随他一起登船。

“我需要其他所有人都在船上，如果我们遇到了什么危险，我们的船还能一切正常，”齐克说。

“你至少也带上福布斯吧，”泰勒船长咕哝说，“可能需要他这个木工帮忙。”

“我们不会有事的，”齐克说道。

他们顺绳子下去，到了冰上，小心翼翼地过了裂隙，朝船只走去。齐克说：“如果那就是富兰克林的船，是他的船只之一，如果上天注定我们最后能找到他的船，这就能充分证明我们以前的发现是对的……”

船被冰牢牢地卡住了，他们一边朝船走齐克一边喊，看船上有没有人答应，但一点回应都没有。他们登上船，伊拉斯莫斯感觉不寒而栗，他知道他们都害怕同样一件事，也就是看到里面到处是尸体，不是被冻死了，就是被饿死了。甲板上收拾得干干净净，线整齐地缠绕了起来，船帆也整齐地收好了，但却看不到人的踪影。

齐克指指船舵上方一块黄铜板上刻着的一句话：英格兰期盼着她的每个臣民都履行自己的职责。“这会不会是‘幽冥’号？”他说，“或者是‘恐怖’号？”

他们一边往下面的船舱走，齐克一边就开始谈论如何将这艘船从浮冰中救出来拖回国了。伊拉斯莫斯都快连呼吸都忘记了。如果这是富兰克林的船，如果……如果……如果……他几乎都可以看到在报纸头版对这件事情的报道了。船舱里又暗又霉。博尔哈维医生在一张写字台上发现了一本航海日志，他拿起来，吹掉上面的灰尘。伊拉斯莫斯盯着博尔哈维医生，盯着他这位好朋友的手，他手上长着细细的黑色汗毛。

博尔哈维医生打开本子，坚定地宣布：“是‘果敢’号。”

一分钟前，这艘寒冷中的船不过是一艘船，而现在它不同了，虽然还不能带来十分的荣耀，但还是大不相同了。他们都听说过这艘船，它是爱德华·卑路乍航行时用的，于1853年到1854年冬天被冻住。伊拉斯莫斯知道1854年5月卑路乍抛弃了他的船队，那时船只在大约一千英里之外。他和齐克为航行做准备的时候，曾经听说过卑路乍乘一艘救援船返回了英国。他因为做出错误判断而遭到军事法庭的审判，好不容易才被开释。人们想不通为什么他不能等到第二年冻住船只的冰融化，想不通他为什么要放弃。

他们重拾这个行径卑劣的人的故事，齐克的脸色沉了下来。他们正在卑路乍的一艘船上。困住这艘船的冰解冻后，向东漂移了很长一段距离，这的确是个发现，但算不上什么惊人的发现。

伊拉斯莫斯问:“我们要不要把船拖走?”

“让别人来救这艘船吧,”齐克说,“弥补他人的过错不是我们要管的事情。”他拿走了日志,却让船继续随着浮冰往南漂移。

他们又来到了兰开斯特海峡,然后到了北德文郡海岸。齐克为了他们绕路去专门考察那艘船只结果却一无所获而一直闷闷不乐。琼斯海峡东面和北面海域几乎无冰,这让大家脸上都露出了微笑,他们心里都梦想着能够早点到家。伊拉斯莫斯想着自己家里博物馆的那张小床,他放得整整齐齐的标本盒和标本架,想象厨师端过来一盘烤牛肉和甜甜的胡萝卜。博尔哈维医生则想着乘船到波士顿。其他人谈论着自己的爱人,还有他们能用工资买点什么东西。泰勒船长说他想自己的老婆了。也许齐克在想拉薇妮亚,也许他在想别的事情。

在费城,女人们想着“独角鲸”号应该在回家的路上了。亚历山德拉写道:

> 如果一切顺利的话,我在这里也就呆六到八周了。我以前以为我会很希望能离开这里,但实际上不是这样,我以后会很思念在这里度过的时光,这里我可以躲避开我家里的噪音和拥挤。我已经喜欢上了待在家庭博物馆里,已经喜欢上了拉薇妮亚。我们已经做好了昆虫学那本书需要的所有雕版,但林奈和洪堡已经没有再给我其他手绘工作了。他们让我仅是陪伴拉薇妮亚就好了,并为此付给我一点薪水,但我已经说服他们让我,还有拉薇妮亚——我说,拉薇妮亚必须有事可做——去学学雕刻,可以以此来代替给我的薪水。我在缝纫盒里面已经存了一笔足够

花的钱了,我需要的是在离开之前学一门技术。我得依靠我哥哥生活在这个城市,如果我必须这样生活,那我就要充分利用生活能给予我的东西。

拉薇妮亚的哥哥们反对我们的想法,我就举出了托马斯·塞伊的妻子露西的例子,他们的父亲威尔斯先生曾经帮助露西成为第一个科学院的女性成员,这让他们几个兄弟也思考起来。拉薇妮亚让他们看看黑尔夫人的书,这本书是她进城的时候带回来的,书的名字叫做"女性的记录/所有杰出女性速写(从上帝造人到1850年,分为四个时期),附各时期女性作家作品选读"。拉薇妮亚和她的哥哥们说,她想成为一名高级的女性,就像书里的那些女性一样。你们不也想让我那样吗?

我们上周开始上课了。威尔斯先生认识的最好的雕刻家之一,阿奇博尔特先生,拿着雕刻刀和钢板,这些工具多亏他徒弟们的保护,没有一点磨损。他比拉薇妮亚的哥哥们视野更加开阔,他说海伦·道森和梅微瑞克姐妹都是很好的雕刻家,可见,所有的事情都是可能的。直线,曲线,断线,点,我要学的东西很多,而时间却是这么少。我好几次都因为着急让雕刻刀划伤了手。

后来,伊拉斯莫斯想,是不是齐克对"果敢"号的失望是导致后面一系列事情的原因。也可能是因为齐克慢慢理解了乔的话,开始怀疑他们找到的遗物是不是真的有价值。他们正要往东面行驶,这时齐克把全体船员召集到甲板上。

"八月还剩下四天,"齐克说,"九月还有好几周适合航行。天气棒极了,显然航行季远没有结束。到目前为止,我们的航行很成功,这都是源于你们的勤奋工作，我知道，你们很愿意推迟几天返程，这样我们不仅能够带回富兰克林航行的消息，还能够做出具有重大意义的地理发现。”

伊拉斯莫斯正在画远处一处悬崖，只听到肖恩·汉密尔顿脱口而出：“什么？”伊拉斯莫斯也回过头去，盯着齐克。这时两只海豹从水里探出头来，盯着船只。

“我们要到史密斯海峡，”齐克接着说，“去考察一下无冰封极地海域的界限。只是稍微绕个路。大部分浮冰都在我们南面，你们自己都能看到，我们北面基本没有浮冰。我们快速地一起对海峡做个调查，这样在返回之前就能够找到更多有用的东西。我们可以利用这段时间尽量多测量南北距，尽量多绘些地方地图，然后快速转往戈德港。我保证我们四周之内就能到那里。”

“不行！”泰勒船长说。他抓起一个覆盖用的布子，使劲用手捏着，指节像胡桃一样凸起来。“这不可能，你想都不要想！”

弗朗西斯先生和泰格伯先生都支持泰勒船长的意见，艾萨克·邦德、尼尔斯·简森、伊万·罗斯卡等人也提高嗓音说：“我妈妈正等着我呢”，“现在太晚了，已经不适宜航行了”，“我们签合同的时候你没和我说过这个”。齐克拿出地图，开始阐述他的冰穴理论，讲为什么史密斯海峡以北会有开阔的海域存在。

“别这样，”伊拉斯莫斯低声对着齐克耳朵说，“那拉薇妮亚怎么办？”

但齐克却不理会他，而接下来他做的事情正是伊拉斯莫斯害怕看到的。“你发过誓要支持我的，”齐克一边说一边挥动着那份合同。“这次短暂的航行就是为了达成我们此行的目的，我就是这么认为的，你要支持我。你必须支持我。”

塞宾像一枚白色的肩章一样趴在齐克肩膀上，看着众人，不时叫几声。

冰山十分陡峭，几乎与桅杆的上部齐平，但尼尔斯·简森和罗伯特·凯利还是爬了上去，他们设法将“独角鲸”号固定到冰山避风的一面，这样他们就能躲开掉落的冰块。尼尔斯将锚嵌进冰山，罗伯特负责调整绳子的方向。正当他们爬回“独角鲸”号，冰山裂成了两半，发出的声音如射出的炮弹一般。罗伯特跳起来躲避脚下的水。他快被冰冷的水冻僵了，不过博尔哈维医生救了他。同时，船上其他人看着尼尔斯，爱莫能助，尼尔斯掉进了冰川的裂缝中。这一幕后来在伊拉斯莫斯的梦中重现，他醒来时只感觉喉咙发紧，他想，当较大的那块冰山发出一声闷响，滑入水中，吞没了另外一块较小的冰山，填上了裂缝，这时尼尔斯的感受会如何。他们后来连尼尔斯的一片衣服都没有找到。

接下来整整二十三天，他们都在奋力移开那些堵住史密斯海峡的冰层，而尼尔斯被冰吞没的一幕总是在伊拉斯莫斯眼前浮现。他们驶入了一个巨大的盆地，他努力说服自己也像齐克一样对现在所做的事情充满热情。但九月三号晚上，“独角鲸”号周围结了一层不算厚的冰，与埃尔斯米尔一边的浮冰连成了一体，这样他们就无法进入史密斯海峡的格陵兰岛一侧了。乔盯着浮冰，脸拉得老长，他把格陵兰岛看成自己的家，即使是现在所在的这个这么靠北的地方，这个他从来没有来过的地方，他都觉得应该是自己的地方了。而现在陷入这种境地，对他来说是个极大的讽刺。

“我是和你来寻找富兰克林的，不是和你来做这个事情的，”他一边铲甲板上的冰一边对伊拉斯莫斯说。

与此同时，耐德在一刻不停地做吃的，不断地做热汤、热咖啡和饼干送给快要冻僵的船员们。他不停地做干苹果布丁，这是弗莱切·兰姆和尼尔斯·简森生前十分喜爱的食物。弗莱切死的时候耐德没有公开哀悼，而现在尼尔斯也死了，他在餐桌上为已亡的人留了位置，他一直都这样，直到伊拉斯莫斯对他温和地说了几句他才停止这么做。

尼尔斯死于九月六日。九月八日，他们被冰团团围住了，几英尺长的冰柱从桅杆上悬垂下来。九月十日，他们遇到了坚实的冰层。九月十一日，他们发现，即使有无冰封的极地海域，也是在冰层的另一边，他们根本到不了那里。

尼尔斯·简森的死让齐克十分震惊，也因为无法继续向北航行而感到格外沮丧，但他告诉船员他们干得很棒。“我们已经绘制了很长的一段海岸线，”他一边说一边给他们看他画好的地图以及地图上命名的地方。劳雷尔角，瓦奥莱特角，阿加莎角，这些是用他姐姐和妈妈的名字命名的，此外还有兰姆海湾和简森海岬，这让船员们有几分欣慰。当然，让他们最为欣慰的是，齐克命令船只现在返程，踏上回家的旅途。

但是，九月十四日，他们发现他们南面的道路被一大块坚实的冰挡住了，他们进入盆地之后这块浮冰便到了这里。一阵烈风将冰层压向了“独角鲸”号，船被推向了海岸边，他们迎着风雪行驶，天上还飘着冷雨，覆盖了甲板和桅杆。他们想方设法在冰层周围找到一个能够往南的通道，但一次次发现可能的通道都被堵上了。冰片掠过海边，磨得砾石咯咯作响，将石块抛向一边，撞到其他浮冰上，又被弹了起来。到处都是轰隆隆的声音，裂缝会突然出现，像是爆炸形成似的，人们简直觉得他们是被吞噬进了一张巨大的嘴巴里，这张大嘴咀嚼着这里的一切。他们可以移动的空间越来越小。五天来船员们情绪都很波动,齐克几乎没有吃什么东西,他终于认输了,开始寻找一个合适停靠的港口。

伊拉斯莫斯没有提醒齐克找一个面向南边和东边的地方,实际上如果这样做的话会对他们大有好处,这让伊拉斯莫斯后来十分后悔。但当时,他疲惫不堪,齐克也是累极了,其他人都是这样。暴风雪迎着他们的脸庞刮过来,他们几乎看不见前面的路了。前面出现了一个高高的三角形海角,后来还有一些较小的金字塔状的冰块。他们越过海角,发现了海角背面有一个小海湾,这让他们十分高兴。他们旁边是高耸而陡峭的冰山,挡住了他们的视线,无法看到海峡另一边的格陵兰岛,但在这个可以暂时停靠的小海湾的东南角有一小块充满砂石的海滩,还有一小片崎岖不平的陆地。

第二天天放晴了。伊拉斯莫斯还是觉得这不是一个特别适合停靠的地方。这个小海湾的开口面向西北方,这正是最冷的一面。他们把船往海滩边拖,这时,三座冰山移动过来,卡在了一个暗礁上,将他们停泊的海湾堵住了一部分,像个瓶塞一样把他们关在了一个瓶子里。

# 第二部分

# 第五章

# 大量浮冰

(1855年10月至1856年3月)

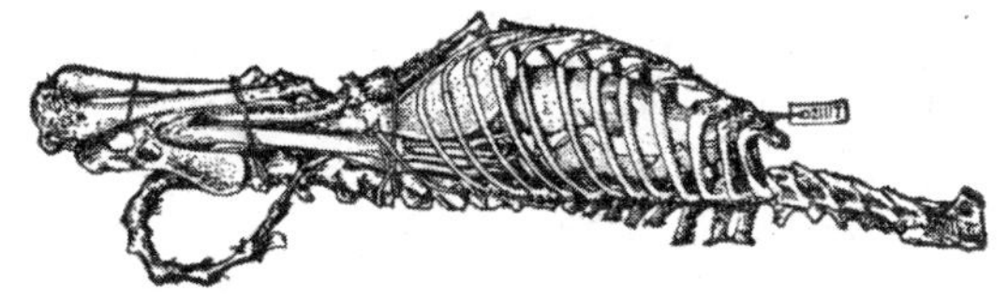

北极天空的美丽简直无法想象。天空似乎就在我们头顶,恒星似乎变大了,行星似乎在不停闪烁,把天文学家都弄糊涂了。一些夜景,我不知道该怎么描述才好。我曾经行走在甲板上,浮冰上,感觉地球上的生命似乎停止了,地球上的动作、声音、颜色和情谊,似乎都不存在了。我看着光亮的半球在我头顶旋转,似乎就是要让我们对那看不见的光之中心产生崇拜之情。我怀着谦卑之心,不由说道:"主啊,您关注之下的人,究竟为何模样?"这时,我便开始想我们曾经所在的那个友好的世界,在阳光和黑影之间循环,想起恒星的闪烁给世界带来了莫大的欢乐,想起那时我们碰到的善良的人;但那些悲伤的记忆又涌入了我的脑海,把我带回到了眼前的恒星。

——埃利萨·肯特·凯恩《北极探险:寻找S.富兰克林的第二次格林内尔探险,1853—1855年》(1856年)

费城的天气晴朗而温暖，花园里的菊花变成了锈色或者金色，香枫的叶子落下来，在草地上闪着光芒。亚历山德拉安安稳稳地待在她宽敞的房间里，每天一丝不苟地写日记。她觉得这是一种纪律。这是对她受教育过程的记录，也是一种告慰父母的方式。她的第一本日记有着黑色的皮质封面，还有镀金的蓟花形装饰，这个日记本是父母送给她的。第一本日记本里写道：

> 今天我八岁了，我有了一盒铅笔，一本《圣经》，还有了这个本子。还得到了艾米丽的承诺，她保证不会动我的画。我得了重感冒。

现在她的日记已经记到了第十七本，从八岁那年开始每年一本，除了她十五岁那年中的几个月，那是她父母遇难了，她什么话都讲不出来。她写道：

> 我已经刻好了一条帕塞伊克河胡瓜鱼。拉薇妮亚上了三节课就不上了，她不希望雕刻刀把自己的手割破了。但我很有雕刻天赋，连阿奇博尔特先生都承认我雕刻的线条很漂亮，很清晰，还说我对光线明暗感觉十分敏锐。从某种程度上来说，我做的事情不仅仅是临摹仿造那么简单，而应该是一种再制作和再创造。我工作的时候，感觉世界上的一切都消失了，我完全进入了我雕刻的场景，进入了一个更加广大的世界。
>
> 我打算练习怎么雕刻手部，但这时传来的消息让大家都无法平静了。首先我们听说被抛弃的“果敢”号在巴芬海峡海域被发现了。一艘美国捕鲸船将“果敢”号拖到了新伦敦。我们本来

期望他们能碰到“独角鲸”号，能给我们带回些信件，但显然是没有。周六，报纸上登载了如何救援凯恩博士的事情。没有人能够讲出很多东西来，运气实在是太好了。救援队离开史密斯海峡打算返回，见到了一些爱斯基摩人，这些爱斯基摩人曾经遇见过凯恩博士一行人，还登上过被冰困住的船只。

哈特斯特恩了解到凯恩和他的船员放弃了他们的船只，向东步行行进，就去了戈德港，遇见了他们，当时他们正准备登上一艘丹麦的船只。报纸首页上全版登载了凯恩博士的报告。他们遇见的爱斯基摩人有雪橇船，住的地方比我们以前想象的更靠北。凯恩博士一行人发现了史密斯海峡格陵兰岛一侧和美国一侧的很长一段海岸线，他还宣布他们一行人中的两个发现了无冰封的极地海面。他们忍受了极度的严寒和饥饿，但除了三个船员外其他人都顺利返回。因此，凯恩成了一位大英雄。与他相比，他父亲的行为显得更加卑鄙。

艾米丽昨天和简一起过来了，我从来没有见过她那么生气。尽管女性反奴隶协会做了各方面的努力，但周五凯恩审判官还是将威廉森投入了监狱，因为他不肯交出他庇护下的奴隶。一份持反对奴隶制立场的报纸认为，“这样的人①显然不可能和一个高尚的探险家相提并论，他的观点把每个州都变成了奴役之州。他是一个新世界的发现者，一个由奴隶船和镣铐组成的世界，他也是这个世界的组成部分”。艾米丽说奴隶们很安全，只是为他们提供过帮助的废奴主义者可能要在监狱待很长一段时间，我不确定这是她亲眼看到的还是听别人讲的。就凯恩审判

① （译者注）指凯恩审判官

官的审判结果来说，全城的人意见各不相同，在每个社交场合人们都会就此问题进行争论。拉薇妮亚和我还有艾米丽在这一问题上观点是一致的。艾米丽问她能不能让委员会借用她的房子开会，拉薇妮亚却不同意了，她说她哥哥和齐克随时都可能回来，她要把房间收拾好随时准备迎接他们。后来，我发现她在哭，她不想让别人看出来，但我知道，她最近根本都无法入睡。

她这么担忧，我也不能说她什么。凯恩博士已经回国，而齐克和伊拉斯莫斯还音讯全无，凯恩博士因为发现了无冰封的极地海域而备受推崇。拉薇妮亚说，我们现在只能希望齐克和伊拉斯莫斯能平安回来，能找到一些富兰克林的踪迹。事实上，如果不仅仅看报纸大标题，而是仔细看看里面的详细内容的话，就会发现，尽管凯恩博士的成就很引人注目，但他们去的地点却是错的，直到到了乌佩纳维克他们才知道约翰·雷的发现地点是他们所在位置的一千英里之外的南部和东部。而且他还弄丢了船只。不过他仍然是个英雄，他无需为他父亲卑鄙的行为负责。他很快会回到费城。拉薇妮亚让她哥哥给她找个机会见见凯恩博士，问问他是否见过“独角鲸”号或者相关的信息。不过显然凯恩博士几乎不见什么人。

后来伊拉斯莫斯还有其他船员才知道他们暂时停靠的小海湾不过是凯恩博士以前已经命名的一个海湾的一角，他们所在的地方离凯恩博士过冬的地方只距离史密斯海峡那么宽。后来，伊拉斯莫斯还把日历、自己的日记还有登载有凯恩博士返程消息的报纸拿到一起仔细看了看，想弄清楚“独角鲸”号为什么会和凯恩博士正好错过。他们当时应该彼此距离很近了，这只能解释为命运的安排。不过他也提醒自己，他们的任务并不是去寻找凯恩博士。他们给“独角鲸”号装备航行物资的时候，海军部就准备了两艘救援船，“独角鲸”号离开费城的时候两艘救援船也驶离了纽约。大家都知道，这两艘船是直接到史密斯海峡去寻找凯恩博士的，而“独角鲸”号则会去威廉国王岛寻找富兰克林。这是两个船队的不同分工，很简单。

“独角鲸”号到史密斯海峡的时候已经很晚了，而且他们到史密斯海峡完全是在计划之外，因此伊拉斯莫斯想起凯恩博士的事情的时候，他觉得一定有人已经找到他了。不过到了这个时候他连想凯恩博士——这位费城同胞——的时间都没有了。仅仅有一次，当时他正在给哥白尼写信，这封无法邮寄的信已经越写越长，他提到他怀疑凯恩博士是不是会到这么靠北的地方来：

> 你往西面旅行的时候有没有这种感觉？世界上所有未曾有人到过的地方都对我们关上了门，我们中的很多人向北航行了那么远，却无法避免不重复他人走过的道路，无法避免重复他人的发现，你有这种感觉吗？也许你到过阿布萨洛卡山脉，进入了风河谷或杰克逊荷尔，回想，当第一个人来到这里的时候，这里会是什么样子呢？我希望我能假装自己是另一个梅里韦瑟·刘易斯，但是距离他的那些日子已经过去了半个世纪。有时我感觉世界上挤满了人。而这里，则是空旷，我们看不到人，但是我们无法确定我们是第一个踏上这片土地的人。我不知道你在哪里。你也不知道我在何方。如果能知道今夜你在做什么，我愿意付出任何代价。

写到这里他马上回去工作了，想到自己浪费了这么多时间就感到很羞愧。有人在角落里哭泣，不会写字的人央求耐德和博尔哈维医生帮他们写遗嘱，泰勒船长经常无故消失，几乎帮不上什么忙。但尽管如此，伊拉斯莫斯还是不想放弃，不让自己陷入绝望之中。但“独角鲸”号并没有足以过冬的物资储备，船周围的冰却越来越厚。

齐克让他做的事情他都照做了，他和别人一起卸下上面的桅杆，将船头、船尾和中间的帆桁捆绑到一起，然后在这个架子上放上木板，这样就可以覆盖上面甲板的大部分，然后在木板上再加上一层厚厚的毛毡。他们在岸上建了一间小棚子，赶快把小船、船桅、船索和船帆，还有所有的煤炭，船舱里的大部分物资，大部分植物和动物标本，搬到棚子里面。棚子旁边，齐克建造了一座小屋，在里面搭起了气象仪器。

尽管到处是飘浮的烟雾，伊拉斯莫斯还是看到了发着光芒的月亮。气温计开始显示温度是十度，然后变成了零度，接着就降到了零度以下。手是冰冷的，脚也是冰冷的，人们在风中缩起了肩膀。所有的人都在抱怨，咒骂说这鬼地方根本不是人待的，但却不得不继续待下去。天气好一点的时候，乔就会在持续时间不长的微光中去打个猎。没有扁脚海雀，没有海鸠，没有雷鸟，不过好在他在所有动物都消失以前猎到了两只麝香牛、七只驯鹿，还有很多野兔。伊拉斯莫斯列出了这些猎物能有多少肉，再加上他们开始囤积的物资和齐克在戈德港购买的咸鱼。也许他可以列出另一个清单，这个清单的一边是齐克冲动的调遣决定，把他们带到了这个难以脱身的地方，另一边则是齐克的深谋远虑，带来了相应的物资。在乔和博尔哈维医生的帮助下，伊拉斯莫斯取出了齐克从爱斯基摩人那里购买的皮毛，给每个人制了一件皮衣。

后来博尔哈维医生写信给他的朋友威廉姆：

我刚开始都弄不清楚那究竟是谁，只见两个穿着毛皮衣服的人围在另一个正在呻吟的人的身边。呻吟的人是艾萨克。他不小心引爆了火药盒，手受了重伤。我从他手部取出了几枚金属片，尽可能把火药冲洗掉，用酵母和木炭制成的敷剂可以去掉剩下的火药。

每个人都冷极了。在这里，早上太阳刚从地平线上升起来，阳光就被半岛遮住了，而下午的时候，阳光又被南面的山遮住了，之后，阳光又被挡在了三座冰山的那一边。沃利斯指挥官太会选地方了，世界上不会有更冷的地方了。沃利斯指挥官不在的时候，人们都把冰山称为“齐克的蠢货”。确实有点蠢。我现在本来应该已经到爱丁堡了，这个时候，我应该是在写文章，和你还有其他人开心地争论，这里走走，那里停停，谈谈话，喝喝酒，想想事情。但现在，我身边和我志同道合的人只有威尔斯先生，不过我越来越喜欢他了。要不是因为有他，因为能够和他一起工作，我想我肯定已经彻底绝望了。

齐克说，把普通船员和长官分开没有什么意义。燃料数量有限，他们必须厉行节约。耐德和肖恩·汉密尔顿把厨房移到了主舱口，齐克重新布置了床铺位置，让托马斯·福布斯移开水手舱和长官舱之间的分隔。

“捕鲸船上都不会发生这种事情，”泰勒船长抱怨道，“如果我们和普通船员住一起，我们还怎么维持船上的秩序?”

“我这么做不是为了显得民主，”齐克说。前一天晚上几个船员脚边的铺盖都冻住了。“我这么做为了解决实际问题，除了厨房的炉子，只剩下这一个小炉子了，要让大家都暖和，最好的办法就是让热空气循环起来。”

不过他嘴上虽然这么说，还是给泰勒船长做出了让步。他和托马斯搭了两个肩膀那么高的隔板，每个隔板从靠船身的地方延伸到距离火炉几英尺处，火炉发射出热量，公平地分给了船头和船尾，空气不仅仅能够在火炉周围流动，还可以越过隔板，尽管隔板两边的声音都能听得很清楚，但大家躺下的时候就互相看不到了。他们会把凳子拉到火炉旁边取暖，睡在船尾的长官们和船头的普通船员就可以见面，如果想聊天的话也可以聊聊天，但至少火炉和炉子管道可以把两边隔开。齐克说这种分隔其实并没有带来什么实际分别，只是一种象征性的隔离而已，但还是挺有用的。长官们明智的话说话时可以压低声音，尽量不让别人注意自己，这样就可以认为是有隐私了。更重要的是，大家都可以取暖了。

伊拉斯莫斯可以看出来，齐克对这个安排感觉非常得意，就像他在家的时候对家里进行布置一样。伊拉斯莫斯只能找到这么个解释，他怎么也猜不透齐克的想法。因为他的错误，船员们被困到了这里，他们的家人在焦急地等待，还有就是他们从布希亚海湾带回来的遗物究竟是些什么东西，不知道齐克是不是在为这些事情发愁，至少表面上伊拉斯莫斯看不出来齐克是怎么想的。总体上来说，齐克似乎对自己做的事情很满意，自己带上了木板、毛毡布和皮毛，还额外多带了些鱼肉，这真是明智的决定。还有他带了乔，给他们提供了很多帮助，显然这也十分明智。说不定他还挺高兴泰勒船长和船员们现在都无法发挥自己的作用了，因为现在“独角鲸”号不过提供了一个庇护的场所，而没有船的作用了。

一天下午，齐克和伊拉斯莫斯在岸边散步，为了安全起见，他们保持在船上的人的视线范围之内，但距离船已经足够远，其他人已经看不清他们在做什么、听不清说什么了。齐克已经划出了一个散步的范围，他让船员用木棒将这个范围圈了出来。对于这个发明，齐克也很得意。齐克一边散步一边问伊拉斯莫斯："他们知道什么？"

"捕鲸人要做的不过是成功捕到鲸然后在冬季到来之前返航就行了，"他说，"泰勒把我们送到了我们想去的地方，在这件事情上他表现得不错，但他根本不懂怎么能够在北极过冬，怎么能够让大家保持健康积极的心态。你有没有注意到，晚饭后他心情一直很不好，我想他是不是病了。"

"他脾气很坏，"伊拉斯莫斯说，"我们是不是让博尔哈维医生给他检查一下？"

"这个事情我会处理的，"齐克说。

但很快，他又忙起别的事情来了，他脑子里总是能冒出新的想法，总是保持乐观积极的心态，身上似乎有着用不完的力量。他自己用冰建造了一个公共厕所。然后他又开始造不知什么东西，船员们很好奇地在一边看着他，才发现他是在厕所旁边建一堵墙来防风。他然后又开始在船和散步地之间造一条小巷，小巷两边有墙，耐德和巴顿加入了他的劳动，和他一起干起来。罗伯特·凯利建造了一个瞭望塔，从上面可以看到小巷，齐克在一旁笑着鼓励他。齐克雕刻了一个女人的头，并不是十分精细。他把他的作品安在瞭望塔的顶端。伊拉斯莫斯想，齐克还真是聪明。齐克从来不求别人帮忙，也不和别人解释他是在做什么。他只是在船员们的注视下自己做事情，并尽量让自己做的事情看起来很有意思，那些没有跟上他节奏的人就会发现自己落后了。伊拉斯莫斯想起了齐克是个很有智慧的人，这是拉薇妮亚爱他的原因之一。

十月的最后两个星期，趁着太阳还没有完全消失，他都一直在玩一个幼稚的游戏。他在浮冰上建了几座微缩的冰屋，还有若干座城堡、宫殿和墙壁。这个微型的村子一天天变大，伊拉斯莫斯又仿造他父亲房子的样子建造了一个模型，后来由于冰块移动，围墙裂开了，伊拉斯莫斯就又建了一个更大、更好的围墙。博尔哈维医生仿造爱丁堡的一座城堡建了一个模型，齐克做了一座独立会堂。弗朗西斯先生和泰格伯先生一起雕刻了一条鲸鱼，几乎占满了博尔哈维医生挖出的一条微型护城河。这个很幼稚的游戏吸引了越来越多的人，就像孩子用沙子搭建城堡一样。但齐克并不是随便玩这个游戏的，他有自己的目的。伊拉斯莫斯注意到人们的兴致高昂起来，彼此的友谊进一步加深，都非常欣赏齐克能够想到这个主意。也许，齐克还是知道自己在做什么的。

伊拉斯莫斯没有在拉薇妮亚给的绿皮日记本里写什么东西，只是会把那些单纯的科学观察结果记在里面，但他给哥白尼的信里，他写道：

> 我给你描述一下我们的一天是什么样子的，这一天可以代表整个秋天的情况，我们每天都是这么过的。七点半船上的钟声把我们叫醒，我们开始洗漱和整理床铺。一些人负责看火。耐德做饭，我们八点半吃饭。然后人们就在大副和二副的指挥下开始干活，清理甲板，擦洗灯具，仔细估算一天需要的煤的重量，小心地看护宝贵的炉子，把雪堆在船身两侧，从最近的冰山上敲下一块来提供淡水，在船桅上晾晒洗过的湿衣服，这些事情都要在午餐前做完。午餐后船员们会轻快地散个步，这是齐克

为了保障他们的健康而规定的。有时他们会在冰上做运动。趁着还有光线的时候,齐克、我、博尔哈维医生和乔,会带着来复枪出去打猎,希望能够捕到熊或海豹,这样就能给我们补充些鲜肉,现在船上储备的鲜肉已经越来越少了。光线太暗了,我们几乎从来没有捕到什么东西。不过这至少给了我们一个暂时离开船上其他人的机会。我们有时会被爱斯基摩人的手工艺品绊倒,尽管没有见到爱斯基摩人,但是我们发现了爱斯基摩人古代聚居营地的遗址,这里有石屋、一辆旧雪橇的一部分、几个石头灯碎片和鱼叉尖。周围是海象和熊的骨头。

下午工人在小睡、玩牌或者修补衣服,齐克全神贯注地研究地图或者书,有时看看他的仪器。博尔哈维医生将前面采集到的标本分类。我们谈论见到的东西,这个地方,这个季节,自然的表现形式似乎成了各种骨头。我曾经随"探索之旅"到过热带,那里是百草丰茂,让人看得眼花缭乱,而这里的一切都是如此独立,如此醒目。这里,虽然危险,虽然不舒服,却是这样的美丽。似乎我生命的意义就是看到这片美景,尽管我当初并没有打算在这里过冬。我站在冰上,看呀,看呀,直到六点钟钟声响起,叫人们去吃晚饭。之后几个小时是我很喜欢的一段时间,我们有了我们自己的"学校"。

关舱门,开舱门,晒干床铺,融化冰块。做饭,睡觉,打猎,研究,睡觉。这就是我每天的日子。两天前乔、耐德和我捕到了一只熊,这只熊又大又脏,毛色黄白相间,它几乎把我们给杀死了。昨天,十月三十日,太阳落下去就很久一段时间不会再升上来了。不过就像我以前想象的那样,这并不意味着以后就一直是黑夜了。虽然晚上的时候天是完全黑的,和家里一样,但其余时候我们还是可以看到微光，虽然每天都会比前一天少几分钟。即使到了冬至，中午还是能够有一点亮光。这里的天空实在是太奇特了，从来没有见过这样的天空。桅杆和支桅索完全被一层冰覆盖，在蓝灰色的天幕下闪着光。

齐克说："我们必须好好地利用晚上的时间。我们可以把自己知道的东西教给别人。"

博尔哈维医生于是教那些不识字的人怎么读信，耐德做他的助手，耐德很耐心，因为他刚学会识字不久。齐克夸奖了他，他说："我是不是能教谁怎么做饭？这样我和他就可以轮流做饭，我就可以有更多时间帮助伊拉斯莫斯和博尔哈维医生？"

齐克同意了，耐德选择了巴顿·戴舒扎。巴顿做学徒的这段时间，船员们吃的豆子硬得就像是石子。巴顿的胡子曾经和头巾冻到了一起，他就把胡子削掉了，成了现在这么一个奇怪的形状。他好脾气地不理会人们的嘲笑，不久烹饪技术就大大提高了。

肖恩·汉密尔顿给别人大致地讲了讲怎么屠宰，博尔哈维医生则用同一只冰冻的动物来讲解如何解剖。伊拉斯莫斯很高兴看到一贯内向的托马斯·福布斯和别人争论面前桌子上的骨头是大腿骨还是腓骨、伊拉斯莫斯隔两周就把所有采集到的标本展示给大家看。

"这是岩藻，"他一边说一边给大家看从戈德港带过来的蕨叶。艾萨克·邦德对各种海草以及它们生长的地方特别感兴趣。

"这是海雀，"他说，"是从兰开斯特海峡带过来的。"巴顿·戴舒扎被这鸟儿翎羽的架构迷住了。

其他人则告诉伊拉斯莫斯捕鲸人怎么称呼海豹、三文鱼和鳕鱼。他懂得他们的知识和他的完全不一样，却同样有价值。他真正了解了船上的人，他们在他心中成为了鲜活的个人，而不是一群做着艰苦工作的人。肖恩·汉密尔顿反应很快，罗伯特·凯利反应稍微慢一些，但有毅力，做事有恒心。伊万·罗斯卡笑起来很有感染力，巴顿·戴舒扎不善于读书，但是画画却很快，而且画得颇为准确。

乔讲了《圣经》里的故事，他已经给爱斯基摩人传道多年，因此讲起《圣经》故事来既通俗易懂，又活泼有趣。他中间还穿插了他遇到的各个爱斯基摩人部落的故事。他还教了齐克一些爱斯基摩人的语言，帮他编写了一本简单的小字典。伊拉斯莫斯看到，齐克已经用旧了的本子里混杂着各种涂鸦、摘要、速写和示意图，齐克记下一些爱斯基摩人的语言的对应词：idgloo＝房子，nanoq＝熊，bennesoak＝鹿（没有鹿角的），Okipok＝快速冰冻的季节。

连泰勒船长、泰格伯先生和弗朗西斯先生都参加到这些有趣的夜间活动中来，一般情况下他们都是习惯把自己关在封闭的空间里的。弗朗西斯先生向所有水手展示了打结的方法，泰勒船长教给了大家一些基本的航海常识。泰格伯先生辨识星星的本领很强，黑暗中他带着人们爬上了冰山顶，空气充满了寒冷，他们的呼吸都形成了一团团雪冰晶组成的烟雾。泰格伯先生向人们指出了天上旋转的星座。

第二次泰格伯先生把星座指给大家看的时候，伊拉斯莫斯脱下了外面的厚手套，在笔记本写下了：11 月 29 日，下午 8 点。只写下这几个字的时间已经是太长了，除了左手的小指以外其他指头都冻住了，第二天早上醒来，他发现自己手上有很多很大的带血的水泡，从指间一直延伸到第二个关节。几天后水泡破了，他的手上到处都是伤口，血淋淋的，一个多星期都没法做事。但博尔哈维医生说，他还算是幸运的，肌肉没有发黑，也没有坏死。齐克让众人看伊拉斯莫斯的手，让他们看手上渗出的血和大大的肿块。

“这就是你们要特别小心的，”齐克说，“如果你们不小心，后果就是这样。”

齐克给人们讲了无冰封的极地海域的相关知识。伊拉斯莫斯觉得人们肯定不喜欢听这些，因为正是为了寻找无冰封海面大家才被困在了这里。但出乎他的意料的是，人们似乎挺感兴趣。他们说他们捕鲸的时候看到过有没冰的海面，周围都是冰，而这块海面却偏偏不结冰，十分奇怪，到处都能看到鱼和其他海洋生物。伊万·罗斯卡和泰勒船长都说他们以前航行的时候曾经看到很多独角鲸游进了一个不大的冰间湖，它们的角直直地朝着天空，身体聚拢在一起，看起来很奇怪。

“无冰封海面的理论起源于很久很久以前，”齐克告诉他们。灯光下，他的胡子发出亮光，颧骨红红的，看起来像一个年轻的士兵。他的热量来自他的身体内部，他似乎常常出汗。船舱里，别人都蜷缩在外套里面，而他自己却将衬衣一直松开到腰部。

他拿着一张绘有洋流的图表。“帕里还有其他人的考察结果都显示，地球上有两个极冷的地方，两个半球各一个，都在八十度纬线附近。这两个极冷点附近的等温线显示，尽管周围到处是冰，在极地地区周围是常年无冰的。”塞宾短促地叫了一声。伊拉斯莫斯对这只小狐狸已经很习惯了，因此根本不在意齐克说话的时候它跳上了架子，不在意它站在桌子上，嗅嗅牛眼灯旁边的裂口，也不在意齐克在屋里踱来踱去的时候它趴在齐克的肩膀上，它看起来很小，眼睛明亮，毛色雪白。

他想，人们的精神看起来不错。他们白天和晚上都过得很充实，他们的学习满足了他们的想象力，因此不会感到枯燥无味。博尔哈维医生拿出了一本阿加西的《鱼化石》，让船员们观看标本板，骨头化石让他们看得目瞪口呆，博尔哈维医生在一旁解释阿加西书中的关键部分。

“自然不是随意的，而是经过了思考和规划，是智慧的结晶，”博尔哈维医生说，“整个造物史都是在神睿智的命令下发展的。”

从灭绝的鱼种，他又讲到梭罗，他是个伟大的搜集者，搜集了大量的海龟和鳟鱼，他十分热衷于阅读各种冒险故事，他是阿加西的好朋友。是伊拉斯莫斯建议博尔哈维医生让大家看看他在康克德搜集到的书和文章。晚上，博尔哈维医生会给大家讲讲梭罗文章中是如何论述人民反抗的，伊拉斯莫斯发现每个人都听得十分仔细。

“有一种法律高于普通法律，”博尔哈维医生说，“也就是良心之律。如果这两种法律出现了冲突，梭罗认为，我们的职责是要顺从内心里上帝的声音，而不是顺从来自外界的权威。”他手里拿着一本翻旧了的杂志，名字是“美学文献”，这是第一期，也是唯一的一期。罗伯特·凯利举手问道：“什么是‘美学’”？

伊拉斯莫斯后来常常会想起这平静的几个月，想是什么结束了这种平静。他想，应该完全是因为艰苦的条件。这种艰苦完全足以打破这个小型社区的平衡。随着冬至的临近，天气变得越来越严酷。从极地地区常见的零下二十五度开始，气温之后降到了零下三十度，而且温度还在继续降低，风穿过衣服和围墙，啃噬着他们的身体。

伊拉斯莫斯和博尔哈维医生在齐克划定的散步区域内一起漫步的时候，他会看到博尔哈维医生的胡子、眉毛和眼睫毛结上了一层白色的霜，他的胡子和下嘴唇上挂着冰柱。他们谈话是为了转移注意力，这样就不会一直想着这里极度的严寒。他们不会谈论家，不会谈论朋友和亲戚，不会谈论女人，谈这些有什么意义呢？这个时候最好是避开一切会引起他们思乡之情的话题。他们想着彼此现在心里在想什么。在星光和月光之下，地面的景物发出微弱的光，看不出他们的边界，他们似乎可以想象出上帝造物时候的样子。博尔哈维医生问伊拉斯莫斯，地球、恒星、行星和卫星都是由旋转的气体云团凝聚而成的，这样的凝聚过程是不是还存在，会不会产生新的人？

伊拉斯莫斯回答说，人的关节十分灵巧，眼睛有着不可思议的复杂结构，从这些奇迹般的事物中我们可能会想象有造物主存在。博尔哈维医生回应说，手和眼睛可能只是外在的表象，造物者和他伟大的设计才是真正的现实。

他们在意见上又出现了不统一。伊拉斯莫斯认为，某些生物之所以被归为一个物种，是因为他们之间的相似度超过了它们和其他生物的相似度，而且彼此之间能够产生可育的后代，所有生物可能都来自同一个个体。博尔哈维医生一边把胳膊在空气中转着圈，一边说，物种是上帝的思想。地球上所有的事情，和上帝造出他们的时候相比，并没有任何变化。在上帝造物的六日里是这样，之后上帝在类似大洪水的灾难后造物时也是这样。每次重新造物时，上帝都会造得更加复杂。

“看看居维叶的发现就可以知道了，”博尔哈维医生说。

“看看莱尔的发现吧，”伊拉斯莫斯反驳道。

谈话变得愈来愈艰难，他们的胡子上结的冰一直结到了围巾，唾液也被冻住了，几乎封住了嘴巴。寒风还冻住了眼泪，几乎把上下眼睑也封在了一起。

十二月二十一日，太阳即使在中午的时候也只能看到一点红色的光。船舱的墙壁开始渗水，人们穿的皮衣上到处是雪和冰，他们从室外到室内的时候，雪和冰就融化了，弄得身上和船舱里到处是水，而一到室外水又结成了坚实的冰。罗伯特·凯利身体最弱，他一直没有办法忘记尼尔斯·简森是怎么死的。伊万·罗斯卡总是看起来一副很瘦弱、营养不良的样子，他们越来越不愿意离开船舱，称自己浑身疼痛，鼻腔阻塞。于是，晚上的学校就这样瓦解了。

伊拉斯莫斯觉得他们一定很饿。或者更准确地说，他们强烈地渴望得到一切现在所没有的东西。肉已经没有了，乔捕不到什么猎物。耐德和巴顿想方设法把饭菜做得好吃一点，但是似乎所有的东西吃起来都是一样索然无味。博尔哈维医生把伊拉斯莫斯拉到一边，说："你知道，你看起来脸色实在是太苍白了。你感觉没什么问题吧？"

伊拉斯莫斯盯着他这位朋友的脸庞，他的脸也苍白得像一个刚煮过的土豆，又看看其他人。每个人的脸色都十分苍白，除了那些因寒冷而生出来的疮口。有四个人说自己呼吸十分困难。

博尔哈维医生对齐克说："如果你允许的话，我想每周日给船上所有人做个检查。"

"没有人生病，"齐克皱着眉头说，"我们都很好。"

"是的，没有人生病，"博尔哈维医生说，"但是，作为随船医生，我想我应该格外谨慎，这样就不会有谁生病到了很严重的时候才发现。"

"我不希望让他们借口装病逃避工作，"齐克说，"我们不能在这里娇惯自己。"

博尔哈维医生两片嘴唇紧紧抿着。他说："我只是认为应该对他们进行定期检查。"齐克摇了摇头。

尽管伊拉斯莫斯同意博尔哈维医生应该小心谨慎，不过他也理解为什么齐克不愿意让博尔哈维医生给大家做体检。如果承认人们生病了，大家势必会紧张起来。黑暗同样会让人紧张，还有他们总要清理床铺和床铺前的霜，这是他们睡觉时呼出的水汽形成的。伊拉斯莫斯想，如果人们看到自己肺部呼出的气结成了很脏的冰，就会十分不安。他把这些冰霜刮下来扔到一边，感觉似乎扔掉的是自己的一部分。

齐克在甲板上放了个盛着雪的盆子，让威西玩耍。它在里面清洁自己的身体。连那些不怎么喜欢他的人也很喜欢看到它常常把鼻子钻进雪里，把雪扬起来扔到背上和后腿上，用爪子在自己身子上擦来擦去。圣诞节前一天，它看着肖恩和伊万把一煤斗冰放入用来融化的漏斗，不过并没有十分在意。肖恩不小心摔倒了，煤斗从手里脱了出去，冰掉了出来，伊万踩在冰上，也摔倒了，重重地伤到了胳膊和腿，这时巴顿正从舱口出来。伊万的胳膊砸中了盆里的塞宾，把它抛了出去，它砸在了巴顿的大腿上，之后又落入了船舱。

它两只后腿都摔断了。一听到它的叫声，齐克赶忙从船舱里奔出来，他一直忙着抚慰它，却根本不能真的帮上什么忙。伊拉斯莫斯知道，他现在应该做的事情是马上扭断它的脖子，但齐克却让博尔哈维医生拿夹板固定住它的骨头，然后用了一整天时间拿一个勺子慢慢地喂它水喝。但即使这样，齐克也不能挽救它的生命。他最后只能把它抱在一块法兰绒里面，把它埋在散步的地方的一堆石头下面。他在石头旁边蹲下来，不肯回到船上来。伊拉斯莫斯不得不出去找他。

“齐克，”伊拉斯莫斯说，“饭已经做好了，圣诞节前夜晚餐。你不能让他们失望……”

齐克一把推开伊拉斯莫斯伸过来的手。“我能不能一个人安静地待一会儿，”他说话时呼出了一大团雾气，摇着头站起来。接着又说：“好吧，让我们去开心一下吧。”

乔曾经悄悄储藏了七只雷鸟，他和耐德一起把他们烤熟，每人半只，这对于每天都吃咸猪肉的船员来说实在是个很不错的调剂。艾萨克、托马斯、罗伯特和巴顿前几周按照份额领到的面粉和猪油都悄悄藏下了一些，肖恩还拿出了一些樱桃干和葡萄干，加上这些东西，他们就可以做出美味的水果布丁了。伊拉斯莫斯拿出了两个梅子布丁，这是家乡的一个邻居给的，博尔哈维医生从药品储配中拿出了两瓶科涅克白兰地，以防止他们消化不良。

他们开心地吃呀，喝呀。齐克闷闷不乐地坐在船头；他们向尼尔斯·简森和弗莱切·兰姆祭上了一杯酒，人们此时异常地安静。不过这些并没有打搅了他们的快乐心情。祭酒后艾萨克恢复了常态，用胳膊肘顶顶巴顿。“讲个笑话 吧！”他大声说，“每个人都必须讲个笑话。”

巴顿讲了个挺粗俗的笑话，是关于一个只有一条腿的人和一个歌手的。托马斯则讲了一个木匠和牛的故事。除了齐克，大家都围拢在桌子旁边。笑话讲完后，弗朗西斯先生和泰格伯先生起头，大家开始唱捕鲸人常唱的歌曲。然后伊万挥挥自己的餐巾，对长官们说：“请到剧院就座。”

甲板上，船罩下面，他们用装肉的桶和箱子做座位，用一排蜡烛围起来作为舞台，为长官们悄悄准备了一出滑稽短剧。他们在寒冷中昂首阔步地走上舞台，皮外套围在腰上，像裙子一样，衬衫扣子松开，塞到下面的衣服里，在他们满是胸毛的胸部周围起到了装饰作用。大块头的肖恩扮演的是一个美少女，伊万和巴顿扮演的是两个非常嫉妒少女的姐姐，一本正经的托马斯是妈妈，罗伯特和艾萨克扮演两位追求者，他们都想赢得美少女的芳心，同时又要躲避她的两个姐姐的攻势。结尾罗伯特和艾萨克皱着眉头，拿着水手刀在空中挥舞。肖恩站在一个蜡烛箱上尖叫起来，弄得伊拉斯莫斯笑得都睁不开眼睛了。

最后一个惊喜是泰勒船长、泰格伯先生和弗朗西斯先生拿出三瓶上好的波特酒。所有人都喝了酒，心里十分感激，伊拉斯莫斯也尝了尝这美味的佳酿，但他心里觉得很奇怪，这些东西是哪里来的呢。泰勒船长早上睡眼惺忪，晚上能够睡得很香，总是鼾声如雷，难道就是因为他偷偷藏了烈酒。伊拉斯莫斯看到齐克把酒放到唇边，看了看，显然他也意识到了这点。

“泰勒船长，”齐克冷冷地说，“这是什么意思？”

“今天是圣诞节前夜，”船长咧嘴笑着说，挥挥一只瓶子，“放松下嘛，庆祝庆祝。这是上好的波特酒，是吧？”

“我们没有带波特酒来。”

泰勒船长耸耸肩。“没有哪一艘船的船长不带些自己的私人东西的，”他说，“我带什么东西是我自己的事情。而我今天想做的事情就是和我们优秀的船员们分享。”

“这个事情你们也参与其中了？”齐克问弗朗西斯先生和泰格伯先生，“我反对这样的事情，非常非常强烈地反对！”

“再来点儿音乐！”弗朗西斯先生说。他把人们聚拢到临时搭建的舞台上，开始跳水手们常跳的号管舞。乔弹起了他的齐特琴，人们又唱又跳，泰勒船长也加入了他们。齐克走了出去，伊拉斯莫斯也跟着他出去了。他们互相盯着看了一会儿，然后又开始盯着月亮看。

月亮周围满是月晕，第二圈的月晕浮在第一圈上，月亮好像是带了个半月形的头饰。

“路上的雪越来越多了，”齐克发愁地说。

伊拉斯莫斯希望自己也能和别人一起玩闹嬉戏。空气中充满了看不见的冰晶，月光因而发生了曲折，让齐克的脸看起来惨白恐怖。伊拉斯莫斯把脸转向了天空。

“想家了？”他问，“这会儿，拉薇妮亚应该已经在点燃圣诞树上的蜡烛了。她应该端上了蛋奶酒，还有姜味饼干，这些东西我妈妈以前也会做给我们吃。也许其他家人也在，有人在弹钢琴……”

“你这是在自我折磨，”齐克说道，“随便你吧。”

“让他们看看你们的牙龈，”一月的一个周日，博尔哈维医生让肖恩和巴顿站在齐克面前，对他说。

他们听话地张开了嘴。“看到了吧？”博尔哈维医生说。齐克朝肖恩倾了倾身子。“他们牙龈后面又红又肿，很严重。”

“我牙齿有点松动了，”巴顿一边说一边伸出右手指了指，“就是这里。”

齐克摇摇头。“我知道，”他说，“我知道我们需要吃新鲜的肉。这星期乔每天都出去猎熊，但却什么都没看到。”然后他又回去看自己的航海图了。他正在精心绘制海岸线，给海岸线上每个地方命名。

“我膝盖和肩膀很疼，”博尔哈维医生后来和伊拉斯莫斯说，“你怎么样？”

“还行吧，”他说。但他还是掀起衣服，让博尔哈维医生看看他身体左边一块很大的暗色区域，看起来像伤疤一样。

“耐德胳膊上也是这样，”博尔哈维医生说：“伊万以前被鱼叉叉到的旧伤开始渗血了。我担心，我们可能真正要碰上麻烦了。”博尔哈维医生和伊拉斯莫斯一起到储藏室，建议齐克把剩下的不多的生土豆和柠檬汁给船员们。他们担心现在什么东西都不够用了。

伊拉斯莫斯把物资清点了一遍又一遍，和清单进行对照，看看还剩下哪些东西。尽管他做了很多工作，计算得非常仔细，但还是少了很多东西。蜡烛已经快用完了，灯油也所剩不多了。乔做了几个爱斯基摩灯，燃料用的是他秋天搜集到的鲸脂，这样蜡烛可以多用些时日，但鲸脂做燃料的灯会冒出黑烟，弄得所有东西上都是烟灰。煤也不怎么够用了，他们不得不定量供给，船舱里也就不像以前那样温暖了。伊拉斯莫斯找到了一些豆子、咸牛肉和咸猪肉。博尔哈维医生却说，坏血病初期的病人最不适合吃这些东西了。他们需要新鲜的食物，现在却一点也没有。

伊拉斯莫斯向齐克详细讲了一下他们现有的储备，齐克怪他没有带来足够的物资。“我们在费城的时候你总是急着出发，”齐克说，“不然我们怎么会落到这种地步?”

伊拉斯莫斯没有办法回答他。最明显的回答是他们本来没有打算在此过冬，但很久以前他就意识到事实根本就不是这样。他越来越发觉，齐克可能从一开始就计划好了要来寻找无冰封的极地海域。除非他们找到了富兰克林船队中幸存的船员，否则他是不会放弃这一计划的。齐克坚持带上足够的物质，似乎知道要在极地过冬，似乎知道会碰到紧急情况。伊拉斯莫斯无法把现在的困境都归于不了解齐克的计划。尽管他列了清单，但是他还是犯了很多错误。他没有意识到这种极度寒冷和空虚乏味竟然是如此可怕，也没有意识到体力劳动在这里是这么难以忍受，更没有想到这里无法靠捕猎生存。

一个昏暗的早晨，博尔哈维医生也来到储物间，伊拉斯莫斯正在第三次清点罐头汤的数目。“这不是你的错，”博尔哈维医生说。

伊拉斯莫斯摇了摇头，说：“那还能是谁的错？如果我计划得更加周密的话……”

“这个要怪沃利斯指挥官，”博尔哈维医生说，“这次航行是他负责的，他却从来没有提醒过我们。”博尔哈维医生用戴着手套的手把一袋面粉挪开，坐在一箱子牛肉上。

伊拉斯莫斯低头看看一排排罐头。“我不能……我不会这样想……”

“抱歉，”博尔哈维医生说，“我很欣赏你的忠心——我只是不希望看到你总是这样自责。他谁的话也听不进去，心里只想着自己的雄心壮志，根本就没有认真地全盘考虑事情。如果他告诉我们要在这里过冬……他不把他的计划向你说清楚，你怎么能够做出合理的计划呢？”

伊拉斯莫斯拨弄着灯里的蜡烛芯。“我必须尽我所能，”他对自己说，“我答应过我妹妹。”一根灯芯沉到了融化的鲸油里，光线微弱下来，只剩下了一团微弱的小火苗。“但为什么他就不肯告诉我们呢？”他脱口而出。

“是呀，这是为什么呢？”博尔哈维医生说。沉闷的气氛中，听到有什么东西沿着墙在快速行走，可能是一只老鼠。“他就知道坐在那里，只管看自己的文章，却让你去搞定他的问题。”

伊拉斯莫斯尽量往好的方面去想。他说：“秋天的时候，他组织船员组织得很好。”

博尔哈维医生说：“自从塞宾死后，他又回到自己的世界不与他人交流了。”

博尔哈维医生说的话没错。几天来，齐克似乎忘记了自己的职责。但是即使碰到了这么多让人担忧的问题，奇怪的是，伊拉斯莫斯有时内心里仍然有几分快乐。动物全部消失了，大地上空无一物，没有植物，没有生物，没有昆虫或是哪怕一小片霉菌。除了人之外，这里唯一的生物就是几只老鼠，总是不断地骚扰船舱和储藏室，侵蚀着他们已经不多的物资储备。但是一天，他和博尔哈维医生站在一起的时候看到天空里闪着亮光，像是起伏的海草。他们站的冰面呈蓝灰色，固定不动的冰山则是更深的灰色，远处的小山看起来很舒服，呈现像天鹅绒一样的黑色。他和博尔哈维医生讨论起他们眼前看到的东西，极地极度贫瘠，又极度丰饶。在他的心中，他们长长的旅程，他们采集到的动植物，都成了美的一部分。这里低矮的柳树和桦树，为了躲开狂风而拥抱着地面，大量的苔藓和地衣还有酸模看起来像是微缩的大黄。这里的小型啮齿类动物很善于挖洞。“这里有一种节奏，”伊拉斯莫斯说。博尔哈维医生表示同意。尽管他们无法适应这个地方，但这里仍然看起来很美。

拉薇妮亚的日记本里——现在和齐克的合同还有什么意义呢？——伊拉斯莫斯开始做大量笔记，以便写一本关于自然史的著作。同时，博尔哈维医生在他的医学日志中写道：

> 到目前为止，出现了坏血病的征兆——
>
> 泰勒船长：下腹疼痛，肝肿胀，右脚痛风。弗朗西斯先生：三个手指关节出现结节，伴有疼痛和僵硬症状。泰格伯先生：前臼齿脱落，其他牙齿松动，牙龈出血。水手邦德：前臂紫斑症。水手凯利：左侧膝盖严重肿胀，幼年时此处曾扭伤。水手福布斯：牙龈出血。水手罗斯卡：鱼叉致伤的伤口处流脓。耐德：舌头脱

皮，双臂青肿。

威尔斯先生身体一侧也有这样的青肿，我自己身上现在也出现了一点。我们的酸橙汁基本上已经喝完了。我现在只能让人们吃点醋和泡菜，或者喝点稀释过的盐酸溶液，除了这些之外我没有什么别的办法了。我们的指挥官倒是没有出现一点儿症状，他让人们每天到指定的散步区域去散步，还让大家保持积极乐观的心态。

他合上日志本，拿起日记本来。他总是喜欢抚摸这本日记，它光滑的侧面是棕褐色的，精致的表面发出大理石一样的光泽。这是他从爱丁堡带来的。无论他在这个本子里面写什么东西，齐克都要看，他就无法把真正想要写的东西写在这里面了，他就抄了梭罗的《冬日漫步》中的六个章节，只是觉得这些句子默读起来很美，用笔写下来也很美。奶油般的月光周围是红色和绿色的月晕，他把头放在本子上，睡着了。

罗伯特·凯利在哭泣。伊拉斯莫斯发现他被卡在了两个板条箱之间，下巴放在膝盖上，眼泪从脸庞上流下来。伊拉斯莫斯轻轻地问他怎么了，凯利回答说他没事。几个小时后，他还在不停地哭泣，博尔哈维医生就给了他一些鸦片酊，扶他到床上休息。接着伊万·罗斯卡说其他人都从来不在意他，他们会一起无情地嘲笑他。伊万说大家都比较喜欢罗伯特，都对他特别好。他在床铺上滚来滚去，不肯吃东西，博尔哈维医生吓唬他说如果再不吃东西的话就通一根管子到他的喉咙里，他这才罢休。肖恩和托马斯挥拳相向，打了起来。巴顿脾气也十分火暴。到处都是争吵，然后就是死一样的安静，空气中充满了不安。

一天晚上，伊拉斯莫斯一个人待在船舱里，听到火炉的另一边传来了一阵笑声，这陌生的笑声听起来让人十分不舒服，似乎是隔着什么东西传来的。他从隔板的空隙中看到几个船员又在演圣诞节时演出的滑稽剧，这次要粗俗放肆得多。艾萨克扮演的是那个成功追求到少女的人，他敞开衣服，朝着肖恩挥动直立的下体，肖恩像少女一样惊奇地转着眼珠。他们后面，巴顿演的是一个十分嫉妒少女的姐姐，他一边扭动着屁股，一边叫道："给我也来点!"艾萨克笑得直喘气。"让我……"巴顿突然不说了，因为肖恩第一个看到了伊拉斯莫斯，用胳膊肘捅了捅他。

"只是寻个乐子而已，"艾萨克说。他整理好裤子，说："你不会反对这个吧?"

伊拉斯莫斯不知道该说什么了。寒冷、压力和饥饿，他自己的下体似乎完全疲软了，每次小便的时候都会从手里脱出去。他想他们演这个是为了娱乐还是有其他目的，这时，齐克走了过来。

"你们在做什么?"他说。他眨眨眼睛，好像刚睡醒的样子。

人们不作声了，显然脸都红了。

"没什么，"伊拉斯莫斯说，"只是……只是为了点小事争吵了几句。"显然是个蹩脚的谎言。

"要是我我就不会这么做的，"齐克说，"我们都感觉不舒服。但是我们必须紧紧地抱在一块儿，我们必须保持乐观。"他转过身去，艾萨克抓起裆部，讽刺地朝着齐克晃了晃。

这是一月二十四日，南方的天边显现出了泛红的橙黄色，然后慢慢地变淡，成了紫色的烟雾。太阳似乎快要出来了，这终于唤醒了齐克，但是齐克醒来后的反应却是伊拉斯莫斯没有想到的。

晚餐的时候，齐克说："一个半月内太阳肯定又会出来了，但最早七月船周围的冰才能融化。我提议春天这几个月我们乘雪橇向北旅行一段距离。不巧我们没有狗，不过我们可以自己拉雪橇，四五月的时候岸边的冰带正适合雪橇行驶。我们可以考察一下北面的海岸线，我么还可以沿着海峡，寻找没有冰封的极地海域。"

泰克船长狂笑起来："你认为我们会像狗一样拉雪橇？这不可能！就像我们不可能和你往北走一寸一样！"

"我说往哪边走你就得往哪边走，"齐克说完就离开了船舱出去散步，外面一片漆黑。

伊拉斯莫斯飞快地随便穿上衣服，跟着齐克走了出去，气愤得连寒冷都忘记了，此时温度计显示是零下五十度。还没有到齐克跟前，伊拉斯莫斯就忍不住吼起来："你为什么要这么做？你这样只会让人们更加焦虑！"

齐克继续慢慢走着，身后有一道薄雾，这是他呼出的水汽形成的。

"你到底想怎么样？"

齐克停下来，扭过头来看着他。"你认为呢？"齐克的脸被他说话时形成的雾团遮住了。"我想要用我自己的名字来命名，"齐克叫道，"给重要的东西命名，你懂吗？我想要我的名字出现在地图上。你的父亲会明白我的想法的。"

"我父亲已经去世了！"伊拉斯莫斯也叫着回应他说，"你为什么要让自己，还有我们其他人，陷入险境？我们碰到的危险情况已经够多的了。"

齐克摇了摇头，脸又在雾团中看不见了。"不要反对我，"他说，

“其他人都能反对我，但你不能。你难道不明白，你和你的家人对我来说多重要吗？”雾团散去，可以看到他的眉毛完全白了。“我在你们家长大，”齐克说话的语气缓和了下来，伊拉斯莫斯此时站在了他旁边。“我知道的所有重要的东西，都是从你们那里学到的。你和你父亲……”

“如果你发生了不测，”伊拉斯莫斯说，“拉薇妮亚就不能活了。难道你不为她担心，不为她想想？”

“我当然为她着想，”齐克说，“我担心她，也担心你和你的兄弟们，担心你们会怎么看我，我一直希望能成为你们家庭的一员，希望你们都以我为荣。如果我乘雪橇北上之行能成功，所有人就都看到我的能力了。”

“无论你怎么样，拉薇妮亚都爱你，”伊拉斯莫斯说。齐克就是这么谈论自己的家庭的？一个恋爱中的男人，一个订了婚的男人，似乎应该更浪漫一点。“你当然应该明白这一点吧？”

齐克结满冰霜的眉毛蹙到了一起。“人们要慢慢接受这个现实，”齐克说，“我们要向北前进。”

伊拉斯莫斯觉得他还有好几个月的时间来说服齐克放弃他毫无意义的计划，同时，他还要让人们精神好起来。二月的第二周，太阳开始出现了，伊拉斯莫斯、乔和博尔哈维举行了一个联欢会，来庆祝新年的到来。他们爬上船后面的山，然后又翻过了两座山。一道弧形的光线割裂了地平线，紫罗兰色和淡紫色的云彩混成了深棕色。一个闪耀着光辉的光盘挣脱了束缚，停留在冰山上。人们以最快的速度解开最外面的外套，灰白色的光线触到了他们的喉咙。巴顿当时就哭了，艾萨克指着雪上巨大的影子。他们精神好起来了，伊拉斯莫斯想。他自己也觉得振奋了许多，之后的几个小时都注视着眼前蓝色、绿色和粉色的光球组成的变幻莫测的景色。那晚，他们的聚餐十分和谐。

伊拉斯莫斯下午三点醒来，听到了一个微弱的声音。他开始以为是在做梦，船舱里很黑，只有一盏鲸脂灯发出微弱的光。火在炉子里燃烧，负责看守的弗朗西斯先生趴在桌子上睡着了。他床铺的帘子是打开的，而其他人的帘子则是合起来的，似乎都睡得很香。伊拉斯莫斯看不到火炉另一边，不过也听不到那边有什么异常的响动。那个微弱的声音是从上面传过来的，的确是这样，他听清了。他穿上靴子和皮衣，顺着梯子爬了上去。

他快要爬到甲板上的时候声音消失了，外面漆黑一片，比船舱里要冷，不过虽然风刮过桅索，发出唱歌一样的声音，但外面并没有想象中的那么冷。他没有带灯笼，他正要回去，这时又听到了那个微弱的声音，是一种人喘气的声音。

“是谁?”他尖声问道。

有人笑了起来。

“说话，”伊拉斯莫斯说，“是什么人?”

又传来了一阵笑声，这次不是一个人，而是好几个人。“是我，艾萨克。”“罗伯特。”“伊万。”

一阵推搡的声音，几句低语，有人咯咯地笑了起来。“好吧，还有我，托马斯。”

“你们怎么坐在这么黑的地方?”伊拉斯莫斯说，“你们在做什么?”他记得艾萨克以前半裸着身子大摇大摆地走来走去的情景。“还有谁?”

从船头传来一个声音:“巴顿。”

罗伯特一直在咯咯地笑，他一边笑一边说："肖恩和耐德也在这里。"

"耐德?"伊拉斯莫斯说。耐德是很理智的。"你们不想活了吗?"

"嘘，"耐德的声音从他身后传来，"小声点。"

他点燃了一小截蜡烛，借着微弱的光终于看到了他们。他们穿着皮衣，外面还裹着牛皮袍子，挤在粗糙的木头墙旁边，因为疾病和劳累而极度虚弱的身体让他们早已无法大摇大摆地走了。伊拉斯莫斯猜他们是在讲故事。他们讲着自己过去的人生，似乎是一个完全不同的世界。有人讲了自己在布希亚海湾的传奇经历，说他在一个帐篷里和一个年轻的寡妇过了一夜，他的胸部有文身，非常、非常、非常的温暖，伊拉斯莫斯对这样的事情虽然嗤之以鼻，不过竟然有几分羡慕，然后托马斯·福布斯，肖恩·汉密尔顿，伊万·罗斯卡都讲述了自己的故事。伊拉斯莫斯一边靠着火炉的烟囱，一边听着他们的故事。

"我们是给自己取暖，"巴顿说，"也是为了庆祝太阳的回归。"

他拿起一只茶杯，茶杯柄已经断了，递给伊拉斯莫斯，伊拉斯莫斯仔细看了看，应该是水吧。他呷了一口，是很浓的酒。不是泰勒船长的波尔图葡萄酒，不是齐克的威士忌，也不是博尔哈维医生的阿德拉药酒或科涅克药酒，这些药酒博尔哈维医生会小心地锁好。他看看人们的脸，长满疙瘩，还有坏血病留下的痕迹，双眼无神，不过此时，他们看起来十分放松。"你们从哪里搞到这个的?"

罗伯特大笑起来，身子都歪向了伊万一边。"这就是你用来放鱼的东西!"他说，"就是你从海底捞上来的鱼还有其他小东西。"

肖恩承认说："是我拿的。昨晚，从储藏柜里拿的。"他举起一只酒瓶，里面有半瓶伊拉斯莫斯用来储存标本的酒精。

“你从我的标本里面把酒倒了出来?”伊拉斯莫斯说,“如果标本不密封了,不在酒精中泡着,就坏掉了,肯定是坏掉了……”

“我们不会那么做的,”耐德说,“肖恩拿的是一瓶还没有用的酒精。”

“亏得是这样,”伊拉斯莫斯说。他又喝了一小口,强烈的酒精烧得他喉咙发热。

“也亏得我没拿那个,我们谁也不想喝泡过死鱼的东西,”巴顿补充说。

人们想笑又不敢笑得太放肆,身子扭来扭去的。“你们这样做可不好,”伊拉斯莫斯说,“暂且不论沃利斯指挥官看到你们喝酒会说什么,喝这种烈酒对你们自己也不好,这虽然能让你们感觉暖和一点,但实际上你们这样反而会被冻伤。”他把蜡烛从耐德手中拿过来,朝着伊万走过去,说:“让我看看你的手和脸。”

伊万拉下他的兜帽,伸出双手。他左手小指看起来像蜡一样惨白,鼻子旁边还有一块很白的地方,伊拉斯莫斯把蜡烛递给肖恩,说:“看看。你们每个人都看看你旁边的人,是不是也有这样的冻伤。”

只有艾萨克有这样的冻伤,大拇指的根部有一块。伊拉斯莫斯让耐德把手放在艾萨克的手上,他则把自己的手放在伊万冻伤的手上。其他人仍在小声地谈话,仍在小口喝着杯子和瓶子里的酒。“我们现在必须回到船舱里去,”伊拉斯莫斯说,“早上我会想好是不是要把这件事情告诉沃利斯指挥官。”

“这不过是个简单的庆祝活动而已,”耐德在伊拉斯莫斯耳边小声说,“我们很少有这样的机会的……”

的确是这样,这点伊拉斯莫斯很清楚。这里,人们脸上露出了微笑,不再争吵,他们的坏心情一扫而光,他们这样做有什么不好吗?

他自己也无法入睡,感觉无聊透顶,早已经厌倦了船舱里的生活,这里的空气要新鲜多了,没有什么争执,舒服极了。他抬起手,伊万的冻伤似乎已经缓解了,没有什么大碍。

“我们能不能再多待一会儿?”巴顿好言说道,“我们很希望你能和我们待在一起。”

伊拉斯莫斯知道自己不能这么做,他知道,他该做的是命令人们马上回到船舱下面,好好地管束一下他们,至少不应该容忍他们在自己面前这样做。但他似乎觉得自己已经跃出了时间之外,似乎这几个月来的压力都消失了。他坐了下来,接过递给他的茶杯。人们拿齐克开起涮来,嘲讽他可笑的雪橇计划,他在一旁默默听着,他告诉自己,他这么做,是为了让船上的人们有个机会发泄一下。喝了酒,他感觉身体暖和了不少。耐德坐在他旁边,把自己的牛皮袍子裹在他和伊拉斯莫斯两个人的身上,这样伊拉斯莫斯觉得双腿暖和起来了,脸也在冷风中感觉温暖了不少。巴顿拿了干肉饼分给人们吃,他们从哪里弄到这些东西的?是藏在储物室里的,藏在一个桶下面较深的地方,是为了雪橇旅行专门准备的。伊拉斯莫斯吃得很香。

人们又聊起他们其他的旅行经历,说自己曾经捕过鲸鱼和海豹,说起遇到的好船长和坏船长。耐德讲述了他在阿迪郎达克山脉的经历,巴顿说他曾经去过葡萄牙。外面很冷,伊拉斯莫斯知道外面很冷,但他感觉很温暖,每次他想起来要让大家回到船舱里,就又有人有个故事要讲,他不想打断。蜡烛烧完了,于是他们在黑暗中坐着听别人讲故事。尽管每个人的故事不同,不过有一点是相同的,就是:我来到了这里,我因为这个来到了这里,我因为那个来到了这里。

舱口门猛地打开了,很多灯光涌了出来,声音也大得吓人。首先看到的是齐克的头发,然后是他的脸、身体和腿,胳膊里夹着一把来福枪，像是从坟墓里出来的一样。

“你们在做什么？”齐克问，“有客人吗？是爱斯基摩人吗？”他头发上还有床铺垫子上沾上的东西，外套敞开着，靴子鞋带没有系上。

伊拉斯莫斯站着，有些不稳，这让他自己都有些吃惊。“一切都很好，”他故作镇静地说，“大家都睡不着，所以到这里来聊聊天，免得打扰了别人休息。我刚醒过来一会儿，就上来看看他们有没有出什么事。”

齐克把灯笼举起来，将伊拉斯莫斯仔细打量一番，然后他弯下腰，把灯笼在坐着的每个人面前扫了一遍，巴顿的眼睛肿着，肖恩双颊通红，伊万手里还拿着酒瓶。“你们在喝酒！”他说，“未经允许，在夜里偷偷喝酒……”他又转向伊拉斯莫斯，说：“你居然也在喝酒。居然还有你！”

伊拉斯莫斯低下头看着自己的鞋子，这时，齐克拿起来福枪，在空中一横，正好打到他胸部，他摔倒在栏杆上，有点喘不过气来。

“你究竟是怎么了？”齐克吼道，“我想方设法，竭尽全力，来照顾你们，希望我们都能平平安安，健健康康，希望春天到来的时候我们能有所成就，而你们，却在我睡觉的时候像贼一样偷东西。你们等着，看看泰勒船长知道这件事会怎么样处理你们，简直是无法无天了……”他怒气冲冲地爬回梯子，一分钟后又回来，似乎更加生气了。

“弗朗西斯先生本来是负责看守的，却睡着了，”他对伊拉斯莫斯说，“或者可能是醉晕过去了吧。他身上能闻到酒味。泰勒船长也躺在床铺上，醉得不省人事，这些都是你的主意吗？还是泰勒船长还有弗朗西斯先生给了你什么好处？我知道他们一直在喝酒……”

“我，”伊拉斯莫斯喘着气说，“我……”

“我们做的事情和船长无关，”巴顿插嘴说，“那些酒是船长自己的，偶尔才给我们喝一点。”

“你们太可恨了，”齐克说，“你们所有人都是。你们根本就一点也不值得信任，没有荣誉感，没有组织纪律性，没有团队精神。”

“他们只是在庆祝太阳重新出来，”伊拉斯莫斯说，“他们的确不应该喝酒，但是稍微喝点儿也没什么害处，真的，你来的时候，我正在劝他们回去睡觉。”

“你们——”齐克说。

他从梯子上下来几个台阶，说：“如果我能的话，一定把你们所有人都扔到外面冰上去，不过那样我就成杀人犯了。不过你们今晚谁都别想到船上睡觉了，既然你们这么喜欢待在这儿，那么就在这儿待到早饭的时候吧。”他狠狠地摔上舱口的门，从里面锁上。

人们含着醉意大笑起来，觉得齐克发脾气的样子很可笑，伊拉斯莫斯想，他们知道齐克此时对这种情况无能为力。这里，所有传统的惩罚手段都失效了，他们得到的衣食分量已经很小了，如果齐克以减少衣食供应为惩罚手段，就会危及到他们的性命了，也不能惩罚他们单独留在海岸上，罚他们在船上哪儿也不许去（实际情况已经是这样了），也不能让他们爬到桅杆上面去或者给他们加派额外的工作，这里实在是冷到了不可思议的程度。他们似乎在生和死之间找到了某个恰好的点，因而很安全，看似矛盾，却是事实。至少他们心里是这么认为的。

“离早餐时间还有四个小时，”伊拉斯莫斯把手放在腰上，说，“这里远远低于冰点，我们得不停地动才能不被冻僵。”

他让大家站起来，人们围成一个椭圆形，无精打采地踱起步来，酒精的影响渐渐退去，疲惫又重新回到身上，脚步也就慢了下来。巴顿悄悄从队伍里溜了出来，靠在一只救生船上，打起盹来。伊万还在走，胳膊却不动，肖恩的手套丢了一只。早餐的时候，看到弗朗西斯先生一脸睡相，闷闷不乐地打开舱门，这时人们都被冻坏了，一些人脚后跟冻伤了，还有一些冻伤了手指、嘴唇、脸颊和下巴。

齐克严厉责备了他们，然后要求伊拉斯莫斯把他储存的所有酒精都上交，博尔哈维医生的白兰地和马德拉酒也要上交，他把所有的酒都严严实实地锁了起来。他还要求泰勒船长把他自己带的酒都交出来，泰勒船长拿出了半箱子的波尔图葡萄酒，不过除了齐克，其他人都觉得泰勒船长带的酒肯定不止这些。

“很抱歉，”伊拉斯莫斯对齐克说。这句话他在散步的地方和齐克讲过，在船舱里和他讲过，在厕所外面也和他讲过。难道齐克打算一直这样生他的气？

齐克冷冷地盯着他，说：“你辜负了我对你的信任。”

“我是想帮你，”伊拉斯莫斯说。

齐克还是不理他，除非是一定得和他讲话，才和他冷冷地讲上几句。晚上，船舱里弥漫着紧张的气氛。乔在那件事发生的时候一直在睡觉，他在木板棚屋下用鹿皮搭起来一个帐篷，后来就一直睡在那里。博尔哈维医生开始读《大卫·科波菲尔》，每天晚上都会大声朗读，他告诉伊拉斯莫斯，这样是为了把大家都凝聚起来，让大家心情好一点。但只有耐德被齐克冰冷的样子吓坏了，为自己做的事情感到羞愧，和伊拉斯莫斯一起向齐克道歉。

又累，又饿，又疲惫，他们就这样度过了三月，和以前的日子没有什么区别。太阳从地平线开始露出头来，顺着远山滑动，尽管天气依然寒冷，但太阳的出现已经足够让人们心情变得好起来。他们吃腌白菜、硬面饼、咸猪肉和咸牛肉，鲜肉都已经吃完了。齐克仍然计划乘雪橇旅行，耐德心里为以前的事情有些愧疚，就帮他把箱子里的干肉饼解冻，分装到小袋子里，也就没有时间帮助伊拉斯莫斯和博尔哈维医生了。齐克给耐德分配了很多事情，他整天忙个不停，帮着齐克记录天文学数据并为接下来的旅行做准备。

一天早上，齐克带耐德去考察北面冰带的情况，他们一离开，船上的气氛马上就不一样了。乔那天下午活捉了两只狐狸，伊拉斯莫斯和博尔哈维医生帮他宰杀和剥皮，大家正等着吃晚饭，这时齐克和耐德回来了，手里拿着一个人的头盖骨。

“我们找到了一个爱斯基摩人的坟墓，”齐克一边说一边把头盖骨像个战利品一样放在绞盘上，“三具已经干枯的尸体，还有这个——这个很有价值吧。”

伊拉斯莫斯在剥狐狸皮做标本，这活儿并不好做，他看了看正在擦去血迹的博尔哈维医生。就在几个月前，齐克还拒绝动富兰克林船员的墓地呢。博尔哈维似乎读懂了伊拉斯莫斯心里在想什么，扬了扬眉毛。那些是英国人的墓地。

乔将刀子插进一只狐狸的腰部，走过来仔细看了看头盖骨，说：“你掘开了一个墓地？”

“墓地已经是敞开的了，”齐克说，“几只熊推开了下面的岩石。”

“然后你把其他岩石给推开了。”乔说。

齐克把手放在头盖骨上，扭脸不看已经被肢解了的狐狸。不过他肯定会吃狐狸肉的，这点伊拉斯莫斯清楚。无论他对塞宾的记忆是多么深刻，他都得吃，没别的选择。

“是这样，”齐克说，“这有什么问题吗？我们的雪橇试好可以用了的话，我会拿一具尸体，带回国内的博物馆。”

“这样做是错的，”乔说，“如果你打扰了他们的坟墓，他们就无法安息了。”

乔盯着齐克，齐克也盯着乔，最后乔离开了甲板。

耐德拿起乔的刀，继续做乔的事情，希望能够割下狐狸身体上好吃而且不会让人特别联想到狐狸的部位。然后他就默默地站在炉子旁边，实际上他更希望帮伊拉斯莫斯剥皮。伊拉斯莫斯曾经教过他，他做了笔记，要从里面把子弹或者刀形成的洞缝起来，在里面尽量多涂抹一些明矾和砒霜，在腿骨周围包一些麻絮来将骨头和皮肤隔开。

但伊拉斯莫斯在一个人做事，甚至没有问他想不想帮忙。晚饭后，伊拉斯莫斯和他一道去取干净的冰，路上，伊拉斯莫斯说："我很感激你做的事情。"

"你知道什么了？"耐德问。

"我知道，你想尽量陪陪沃利斯指挥官，"伊拉斯莫斯说，"让他不觉得自己是被大家孤立了。他还在生我的气，不肯相信我。我知道你想让情况好起来。"

"他似乎有点不对劲儿，"耐德说，"我们出去的时候，他一直说他感觉所有人都反对他。他需要有人倾听。"

他们到了第一座冰山，一起将冰块敲下来，扔到脸盆里去。"我父亲也会这样，"耐德说，"他生活在自己的梦想中，将自己与其他人隔绝了起来。人们嫌他总是和别人作对。"

"这帮了我们每一个人，我是说你做的事情，"伊拉斯莫斯说，"无论你用什么方式让他平静下来，这都对大家有好处。"

耐德做了个鬼脸。伊拉斯莫斯意识到，每次耐德陪齐克，甚至只是和齐克出去走走，他都会把自己和其他船员，和泰勒船长，和大副二副们，对立起来，这样他很快就会陷入困境了。他们拉着冰往船的方向走，伊拉斯莫斯提醒自己，他和博尔哈维医生以后要注意多让耐德参加他们的活动。

船舱里，泰勒船长坐在船员和长官之间，他以前几乎是坐在炉子上的。他偷偷地瞥了一眼伊拉斯莫斯，把凳子移到了船员们的一边。这几个星期他一直在小声嘟囔着什么——但他在说什么呢？

“你能听到他在说什么吗？”伊拉斯莫斯小声问耐德。

“听不清，”耐德回答。他把冰块往融化炉里面又塞了塞，说：“我在那儿的时候他就不说话了。”

伊拉斯莫斯竖起耳朵，弗朗西斯先生和泰格伯先生往泰勒船长那边走去，他假装没在意。齐克在散步，拿着来复枪，保卫船只不受到威胁（不过实际上并不存在什么威胁），伊拉斯莫斯觉得，齐克根本没有在意船长溜到另一边去了。伊拉斯莫斯听到船长对船员们说，他们不会拉着雪橇继续走。这个齐克听到了吗？冰一融化我们马上离开这儿。然后是一阵低低的笑声。博尔哈维医生进来，问道：“你哪里不舒服吗？”这是伊拉斯莫斯才意识到，他一直在抓着自己的胃部。

其他人都去睡觉了，伊拉斯莫斯和博尔哈维医生坐在船舱里的桌子旁边，一盏猪油灯发出噼里啪啦的声音。他们无法大声谈论现在发生的各种事情，其他人可能还没睡着，会听到他们的谈话。

“做点事情吧，”博尔哈维医生说，“这样可能感觉好受些。”

他的手放在伊拉斯莫斯的前臂上，呼吸深而慢，慢慢地吸气，呼气，吸气，呼气，看着伊拉斯莫斯的眼睛。伊拉斯莫斯感觉自己呼吸的频率慢慢和博尔哈维医生的频率一致起来。他拿出文书夹，给哥白尼写信说头盖骨的事情，这件事很敏感，让人感到十分不安，不过写着写着，他就写到耐德想方设法让齐克平静下来这件事。博尔哈维医生打开梭罗的《康克德和美利马科河上的一周》。自从齐克惩罚喝酒的人之后，他在日记本上就只是抄写一些读过的东西了。他抄写了这样一段话：

但是不断旅行并没有多少用处。磨破了鞋底，脚酸痛了起来，少顷，人就会完全疲惫，心里只想少走些路程。根据我的观察，旅行者的后半生颇为凄凉。真正的旅行并不是一种娱乐，而是一件十分严肃的事情，是人生旅程的一部分，需要很长时间的准备。

他把日记本转了转，这样伊拉斯莫斯可以看到他在写些什么。“这本是梭罗给我的，”他说，“这是他自己花钱出版的。”

伊拉斯莫斯不明白，问道：“那你抄写下来是为了……”

“因为这些很值得学习，”他朝着齐克床铺的方向看了一眼，伊拉斯莫斯第一次意识到，原来博尔哈维医生的日记，是一种隐性的抵抗。

首先倒下的是巴顿，然后是伊万和艾萨克。肖恩和托马斯非常虚弱，弗朗西斯先生从梯子上摔了下来，膝盖上的一块肉被磕了下来，怎么都好不了，只能整天卧床休息。还能站起来的人则照顾起其他人，做饭，送饭，清理垃圾，清洗绷带，共同面临的危机又让他们团结了起来。他们还没有到快要饿死的程度，他们还有食物，虽然这些食物并不十分健康。乔曾经跟踪到一只熊，但是最后还是跟丢了。他感觉船的南边可能有海象，但是却一只都没有看到过。除了那两只奇怪出现的狐狸，他再没有捕到其他东西。

伊拉斯莫斯成了博尔哈维医生的主要助手，整天穿梭在病人中，看到弗朗西斯先生病情恶化得这么严重，感到十分震惊。他的伤口不断流血化脓，不肯愈合，反而越来越深，一个星期后骨头都暴露出来了。泰勒船长在他身边坐了几个小时，开始伊拉斯莫斯为他的善举十分感动，不过泰勒船长走后不久，他靠近弗朗西斯的时候闻到一股白兰地酒的味道，才意识到，弗朗西斯的昏迷不仅仅是感染的结果。

到了外面，在离齐克很远的地方，伊拉斯莫斯抓住泰勒船长，使劲晃动着他，说："你在做什么？你自己要把自己喝死，我不管你，但是你怎么能把烈酒给那个可怜的人。对他来说，这是最糟糕的事情，没有什么比这更糟糕的了。"

泰勒船长吼了一声，推开了他。"你把手再放在我身上试试！有胆子你再碰碰我！弗朗西斯已经是个死人了，已经没几天活头了，为什么还不能让他过得舒服点。博尔哈维医生有鸦片酒，他是为你，为他的朋友们，准备的，我们都会死在这里的，他希望你们最后的日子会好过一点。白兰地能够让弗朗西斯先生，我的朋友，感觉舒服一点。"

两天之后，弗朗西斯先生在睡梦中去世了。托马斯身体很虚弱，无法工作，耐德和罗伯特设法做成了一个简陋的棺材。泰勒船长、伊拉斯莫斯和齐克把死去的弗朗西斯先生抬到储藏室，尽管没法埋葬他，齐克还是读了下葬前的祷文。之后，伊拉斯莫斯收拾起弗朗西斯先生的个人财物，简单地看了看他的个人日记，递给了齐克。

3月2日：雪和雾。我一点力气也没有。

3月3日：雪更多了。睡了一整天。

3月4日：风，很大的风。整天都无法入睡，一直觉得很累。

3 月 5 日：风雪交加。膝盖很痛。

3 月 6 日：天空晴朗，很累。膝盖更疼了，开始有异味。

3 月 7 日：更冷了。医生换药的时候我晕过去了。

3 月 8 日：感觉很糟糕。

3 月 9 日：感觉很糟糕。如果我能见到艾伦就好了……

那天，伤感的仪式后，伊拉斯莫斯开始铲冰。这时，他在海岬的尽头处看到了五个人影。他赶紧回到船舱，提醒大家注意，把所有能动的人都召集到船头，这时五个人已经来到了船边，神情严肃地盯着他们。齐克用爱斯基摩人的语言向他们打招呼，不过他还是需要靠乔翻译才能听懂他们回应的话。

其中一个人叫乌图尼阿，另一个叫做阿瓦托克，其余三个人比较年轻，伊拉斯莫斯没记住他们的名字，他们跟在乌图尼阿和阿瓦托克后面，似乎都还只是孩子。五个人都穿着皮衣和马裤，脚上是高高的靴子，是用白熊腿上的皮做的。伊拉斯莫斯看到他们脚上还遮盖着熊掌，熊掌伸出来，像是脚趾甲长得太长了似的。走路的时候他们会在雪上留下熊的脚印。

乔和他们说了几句话，然后转过头来翻译道："他们想上来。"

"让他们所有人都上船太危险了，"齐克说，"告诉他们只有一个人，年纪最长的那个，可以上来。其他人只能暂时待在下面。"

甲板室里，乌图尼阿饶有兴趣地拨弄着乔的帐篷，似乎很喜欢。他打开帐篷门，把头伸了进去，说了一句什么，乔笑了起来。乔打开舱门，领着乌图尼阿顺着梯子爬了下去，伊拉斯莫斯想他肯定走不惯梯子，不过没想到乌图尼阿走得很镇定，像是经常爬梯子的样子。到了里面，他打开窗帘，拿起几本书，抚摸着火炉。伊拉斯莫斯看到他把一把木制勺子塞到了自己的外套里。

乌图尼阿从火炉和挡板间挤过去，谁也没来得及阻拦他。不过博尔哈维医生觉察到有事情，赶快来到了甲板下面，在乌图尼阿到来之前让病人坐在椅子和箱子上，这样，乌图尼阿看到他们的时候，他们都是坐得好好的了。乌图尼阿笑了笑，说了几句问候的话，乔翻译了一下。然后乔善意地补充说："不用害怕，他很友好。"

真的是这样吗？似乎客人对这里的一切并不感到惊奇，他们对"独角鲸"号不觉得惊奇，对船员的数量以及他们现在的状态也不觉得奇怪。博尔哈维医生小声对伊拉斯莫斯说："你怎么看？似乎他们一直在监视我们，知道弗朗西斯先生死了，觉得这说明我们力量已经被削弱到了足够的程度，靠近我们不会有什么危险了。"

博尔哈维医生在乌图尼阿身后示意人们坐直身子，脸上要有笑容。但是最后，乌图尼阿坐在桌子旁边，他说的第一件事，根据乔的翻译，是："你们的人都生病了。你们有肉吃吗？"

他面前是一盘子咸猪肉，还有豆子和面包，这是齐克吩咐耐德特别准备的。乌图尼阿用手指戳了戳这些食物，并没有吃。"只有这些吃的，"齐克说，然后他慢慢地将自己的话翻译出来。他抬头看看乔，问："我翻译的对不对？"

乔点了点头。"告诉他，"齐克补充说，"或者告诉我怎么说，我们想要和你交换鲜肉。我们有针和线，还有木桶板。你们有多余的肉吗？"

乔翻给乌图尼阿，然后听他怎么回应。"他们有一些海象肉，"乔向齐克报告说，"乌图尼阿说如果你允许其他人上船，他就和我们做交易。"

齐克想了想。"他们不能到这里来，但他们可以到甲板室去。"

乌图尼阿听了乔翻译给他的话，耸了耸肩膀，站起身来，走到甲板上，和下面的人说了几句话。他们从浮冰上跑过来，绕到一排小冰丘后面不见了，一会儿他们驾着一辆沉甸甸的雪橇出来，八条狗拖着这辆雪橇。伊拉斯莫斯想，他们不可能是在那儿藏了很长时间，不过他们可能在更远的地方待了好几天，可能是在海岬的另一边。想到船一直是在别人的监视之下，这种感觉还真是很奇怪。

几个爱斯基摩人爬进甲板室内，拿着好几大块的鲸脂和海象肉，伊拉斯莫斯和博尔哈维医生把病人们一个个从船舱带到上面，让他们斜靠着墙。耐德和肖恩在甲板上的炉子底下放了一小把煤——现在煤对他们来说是十分珍贵的——还拿了一只铁水壶。为了交换五块木桶板，爱斯基摩人拿出了几块肉，耐德赶紧拿去煮了。他们吃呀吃，喝着肉汤，撕扯着还半熟的肉。之后，齐克低声对乔说："问问他们的狗换不换。"

乔和他们讨论了一下，说："他们不肯换。"伊拉斯莫斯想，他们说了那么多话，到了英语里就只有这么几个字了。但是齐克觉得自己已经懂了不少爱斯基摩人语的单词，并没有觉得有什么不对劲。

"这个冬天很难熬，他们的一些狗死了，"乔接着说，"他们不能没有这八条狗了。"他又和乌图尼阿谈了几句，和阿瓦托克也聊了几句，擦了擦嘴巴，和齐克说："他们是来打猎的，他们从史密斯海峡另一边过来，我想应该是从一个叫安诺托克的村子来的。他们得把雪橇和狗带回去给他们的家人。"

"他们家有多远？"齐克问，"为什么我们以前没有见过他们？"

"在海峡的那一边，有好几天的路程，"乔说，"他们觉得这边不会有爱斯基摩人了。他们就是来打猎的。"

乌图尼阿又说了些什么，这次说的比较详细，乔脸上的表情没有什么变化。他问了一个很短的问题，然后又重复了一遍。乌图尼阿说了一个词，伊拉斯莫斯觉得听起来很熟悉，乔转过头来朝向齐克，他的眼睛都圆了。

“他们问我们是不是‘克恩波斯’的朋友。”

“什么?”齐克跳起来问。

“他是这么说的。他说去年冬天，他们在海峡的另一边认识了几个白人，应该是凯恩博士和他的船员。他管他们住的地方叫做‘木头冰屋’，和我们住的这个一样。他们运气不好，没有猎到什么东西，生的病越来越严重。乌图尼阿替他们打猎，然后和他们交换。去年春天，这些人放弃了船，向南边去了。”

齐克低下头看着自己的脚，看了很长时间。伊拉斯莫斯后来明白了，齐克要真正明白这些信息的意思，要好几周的时间。而现在只能平静地说出自己的看法。

“我想和他们签订个协议，”齐克说，“如果他们能够继续给我们一些食物，或者还能给我们几条狗，我们就用铁、木头和其他他们需要的东西和他们交换。我需要他们的帮助，还希望能够借一下他们的狗和雪橇。我会也给他们提供帮助来作为回报，就像凯恩博士那样。告诉他们，我是凯恩博士的朋友，也希望和他们成为朋友。”

他们又谈了一会儿话，一些齐克似乎能够听懂，但大部分还是需要乔翻译。“你愿意和他们交朋友，他们表示十分感谢，”乔说，“他们会将一半的海象肉给我们，来作为和平的象征。至于你的提议，他们要和家人商量一下。他们说现在他们必须回家了。他希望我们身体健康。”

齐克把一些随身小折刀作为礼物送给他们，乌图尼阿则从靴子里拿出一把象牙手柄的刀送给齐克。

“这把刀的刀刃肯定是用凯恩博士他们的箍桶环做的,”齐克一边说一边把刀在手里转来转去,“我们怎么知道他们没有把凯恩博士的全班人马都杀了?”

乔摇摇头。“如果他们想那样做的话,”他说,“他们也可以把我们都杀掉。但他们没有那么做。相反,在我们找不到什么东西维生的时候,他把海象肉给了我们。为什么你觉得他们怀有敌意呢?”

告别时人们一阵忙乱,结果发现一只铁水壶不见了,两把勺子和一盏灯笼,还有栏杆上的一大块木头,也不见了。第二天,伊拉斯莫斯发现储藏室的门被撬开了。丢失的只有一把斧头和一桶鲸脂,但是弗朗西斯先生的棺材被挪动了几英寸。伊拉斯莫斯想,看来可能是爱斯基摩人围在棺材周围往下看,轻轻地用戴着熊掌的脚趾头碰了它一下。

# 第六章

# 谁听到鱼儿的哭泣？

（1856年3月至8月）

不幸的是，许多本应该在我们日记本中记下来的东西被省略了。尽管我们决定以后把所有经历的东西都记录下来，但这样的决心似乎坚持不了多久，因为遇到重大的事情，我们往往会将写日记的事情抛之脑后，因而记录下来的反而是那些不重要的事情。很难随时把我们感兴趣的事情记录下来，因为我们对记录这件事本身就没有什么兴趣。

——亨利·大卫·梭罗《康克德和美利马科河上的一周》(1849年)

伊拉斯莫斯把一张鹿皮放在自己膝盖上，在昏暗的灯光下仔细地查看，终于发现了一处伤疤，他把大拇指指甲放在伤疤的两边。“是像这样的东西吗?”他问。他的对面，桌子的另一边是博尔哈维医生，他们周围是从爱斯基摩人那里得到的兽皮。他们几乎是膝盖对着膝盖。在这间储藏室里，油灯形成了一个黄色的圈，这个圈之外一片漆黑。

博尔哈维医生也用他的大拇指扒开了一处口子。“富兰克林那次到大荒原航行的时候，理查德森曾经这么做过。或者说是我朋友威廉姆·格林斯通这么说的。我们试试吧。”

他们把指甲伸进去，向内挤压，就像是要挤出伤口的脓一般。两个人弄出来了一只又白又胖的蛆，形状和大小都类似一颗蚕豆。

博尔哈维医生盯着看了看。“就是这个，”他说，“这是处在第三龄的皮蝇。”

“试试?”伊拉斯莫斯说。

“理查德森说这个尝起来像醋栗。”

他们把蛆扔到嘴里。“很不错，”博尔哈维医生试着嚼了几下，说，“吃起来很新鲜，有点甜。”

伊拉斯莫斯吞咽了下去。科珀曼河的印第安人应该会吃这种东西吧?

“理查德森说他们把这些看成宝贝，我们也应该这样。毕竟它们是鲜肉。而且要是没有它们，理查德森等人都饿死了。理查德森真是个自然学家。”

伊拉斯莫斯又挤出了一只蛆，这次吃得更有滋味了。幼虫在冬眠以前会钻出很多小洞，他们一张皮一张皮地寻找这些小洞。他们一边寻找一边谈论些让人开心的事情，例如打猎。博尔哈维医生回忆说，在苏格兰沼泽地曾经猎过松鸡，在斯匹茨卑尔根岛猎过海豹。伊拉斯莫斯说:“用鱼叉捕鱼很有意思,我小的时候常和我兄弟们这么做。”

“是吗?”博尔哈维医生问,“怎么样做呢?”

伊拉斯莫斯数数他搜集起来的宝贝:十八,十九,二十。“我们都是在早春的时候去的,这时候冰刚刚融化,水草还没有长起来,这时鱼儿都会聚拢在比较暖和的水下面。这时它们和我们差不多,还没完全从冬天醒来,游得很慢。我们会补好船上的洞,修好鱼叉,收集一些油松根,然后就驾着船到我们家不远的一个湖上去。”

他把冰冷的手放进皮外套里。“哥白尼做了铁皮箱子,从船头挂在外面。一个安静的晚上,很晚的时候,我们在箱子里点上火,推到湖中间去。”

他想起了那些夜晚无人知道的美,沉默了一会儿。现在哥白尼会在什么地方呢?

“火光会照亮水面,”他接着说,“船的周围有一圈光,这样我们就能看到几英尺深的地方。一些鱼就在我们旁边,肚皮朝向我们,其他鱼儿游泳的样子就和夏天时一样。还有鳗鱼和海龟,鱼真是太好叉了,我们都有一种犯罪的感觉。燃料用完之后,我们就在星光下回家了。早上会烤一条大鱼做早饭,就是有条烤鲈鱼我都不会换的。”

博尔哈维医生把蛆放在一只锡盘上,做了个鬼脸。“这是在谋杀鱼,”他说,“我之所以想见梭罗的原因之一是,以前他曾经写过一篇文章来讲述叉鱼的乐趣,而之后他开始为鱼的命运鸣不平。在某篇文章里,从他对鱼的描述来看,他似乎认为鱼是有灵魂的,讲了鱼的品德和它们多灾多难的生活,还说鱼的世界有它自己的文明,只是我们不知道而已。‘鱼儿哭泣的时候有谁知道呢?’他总是为一些最为奇怪的事情而忧心忡忡。”

“你认识不少有趣的人,”伊拉斯莫斯说,“梭罗,阿加西,爱默生,他们有的很有名，你有没有希望过自己能出名？”

博尔哈维医生又吞了一只蛆，说：“你是说，像沃利斯指挥官那样？”

“我……”伊拉斯莫斯有几分愧疚，但还是说，“我想我的确是那个意思。”

博尔哈维医生摇了摇头，说：“我没那么想过。我一直明白我天生就不是那样的人，从某种意义上来说我很幸运。我想要的只是有机会去做一些有用的事情。对我来说重要的事情是我能够在探索自然世界方面做出自己的贡献，而不是让人们认可我。我觉得我天生就是个普通士兵，像我们这样的人才有足够的时间和个人空间来做些真正的工作，似乎事实一向如此。你呢？”他和善地笑笑，问道：“你有没有渴望出名？”

“我渴望烤牛肉，”伊拉斯莫斯也朝着博尔哈维医生笑了笑，说：“不过就出名这件事而言，我说不清，我觉得我和你差不多，我希望我做的事情能够得到别人赞许，但很不喜欢别人专门指出我个人。我们能把这些美味拿给他们吗？”

他们把盘子拿到船舱里，现在超过一半的人都已经体弱到只能待在船舱里了。肖恩从牙龈里拿出了一块什么东西，他开始以为是以前吃的食物残留下的，后来才知道是他自己的肉。伊万和罗伯特牙齿都掉了，咀嚼起来很困难，泰格伯先生患上了胆绞痛，泰勒船长也患上了尿路梗阻，刚刚开始好一些，他被这个病折磨了很久。几乎所有人都患上了痔疮，这让他们脾气很坏，他们营养不足，还得了坏血病。

“我们给你们带来了一点好东西，”博尔哈维医生宣布道。

乔还站着，他看看盘子：“哦，不错，从皮子里拿出来的？我听说过，我自己应该想到的。”他拿了两只，然后把盘子递给了肖恩和伊万。

“这是什么？”肖恩问。

“这不重要，只管吃就是了，”乔回答说。

“如果我不知道它究竟是什么它就休想进我的嘴，”肖恩嘟囔道。博尔哈维医生向他们解释了一下，大多数人都表示拒绝，不肯吃这些蛆。齐克轻松地吃了，乔吃得很平静，不快不慢，经过人们的劝说，耐德也吃了几只。伊拉斯莫斯和博尔哈维医生吃掉了其余的几只，回到了储物间。

“这个主意不错，”博尔哈维医生说：“但是如果这些需要吃它们的人却不肯吃，就无济于事了。我们可以让耐德偷偷放到汤里，但是如果烧煮了的话营养价值就没了。”

他们又搜集了一些皮子，开始干起活来。“如果冰面裂开得足够大可以猎海豹就好了，”伊拉斯莫斯说。

“不久之后所有的动物都会回来的，”博尔哈维医生说，“我们只需要再坚持几周就行了。”

但四月十三日，齐克宣布他不想再等了。“如果爱斯基摩人不来，我们就去找他们。必须有人帮助我们打猎，我们必须有狗。”

他在桌子上摊开史密斯海峡下面一段的地图，地图是英格尔菲尔德绘制的，有一些地方画得不准确。然后他将这张地图与自己绘制的埃尔斯米尔海岸地图拼接起来，这样就可以显示出他们被冰困住的地方。“我们从这里穿过，这次行动由我、博尔哈维、乔和耐德来实施，”齐克说。伊拉斯莫斯和博尔哈维医生互相看看。齐克补充说：“穿过海峡到格陵兰岛大约有四十英里，从爱斯基摩人自己描述来看，他们的村子应该不会很远。我们会用一辆中等大小的雪橇，这样就能尽量多带些肉回来。如果运气好的话我们还能带几条狗回来，这样回来的时候就有狗来拉雪橇了。”

“实施这次行动的人员，”伊拉斯莫斯说，“当然……”

“我必须带乔一起去，”齐克说，“因为他会用来福枪，还会翻译。我也希望有医生陪伴在你们身边，但是我们此行可能碰到的危险更多，因此博尔哈维医生必须去。你需要留在这里，因为泰勒船长和泰格伯先生都生病了。”

但这分明不是仅从现实需要考虑而做出的决定，而是一种惩罚，伊拉斯莫斯觉得很失望。齐克因为他曾经在甲板室和人们晚上喝酒而遭到了惩罚，故意让他和他的好朋友分开。“让我去吧，”他说，“让耐德留下来。”他碰了碰博尔哈维医生的肩膀。

“你不能去，”齐克说，“为什么你不理解呢？我需要你留在这儿，照顾他们。”

博尔哈维医生往前走了一步。“如果伊拉斯莫斯需要留下来照顾他们，为什么不让耐德留下来呢。我们出去并不需要带厨师，在冰上行走是不是带一个身材更高大、更结实的人比较明智呢？”

“我需要一个我能信得过的人，”齐克说，“他应该能够接受我的指示而不是总向我问这问那。”

都是我的错，伊拉斯莫斯想，要是我能平息他的怒气的话，他就不会想要去找耐德了。

耐德端起肩膀来，说：“我会去的，很高兴能去。”

“要和他去，我感觉有点害怕，”博尔哈维医生后来向伊拉斯莫斯承认，“我不想去，但这是我的责任，不然乔或者耐德出了什么事情怎么办？”

他们于四月十六日离开了船。齐克向留守在船上的人讲了一番话，耐德握着伊拉斯莫斯的手使劲按了按，博尔哈维医生拥抱了他，在他的耳边说：“会不会有人因为自己是侏儒族的人而自杀，而不是尽力让自己成为族里最高的人呢？”伊拉斯莫斯还没明白这句话是什么意思，他们一行四人就套上雪橇，朝着那个只是听说过名字的地方出发了——安诺托克。

他们不在的时候，伊拉斯莫斯想方设法让船上的人身体好一点。他比其他人身体状况好些，可能是因为吃了蛆的缘故，这之后四月的每一天他都会吃，而其他人却碰都不碰一下。每次他吃蛆的时候都想起博尔哈维医生。他放任自己仔细去想他几个月来一直都怀有的梦想，就是等到他们最终回到费城后，他会劝说博尔哈维医生留下来定居。他家对面，隔着一条小溪的地方有一栋小石头房子已经空了好几年了。博尔哈维医生可以住在那里，只要散个步就可以走到他们的家庭博物馆。伊拉斯莫斯会给他一把钥匙，他们可以在那儿见面，处理带回来的标本，其他一些时间，他们可以一起吃饭，然后坐在火炉旁边，一起读书，共饮红酒。那时他们就再也不会分开了。

他在心里如此装饰这栋小石头房子：这里有最舒服的椅子，最整洁的亚麻桌布。突然，某种野生生物从不远处跑过，他从白日梦中惊醒过来，然后迅速投入到捕猎之中，动作极为准确迅速，连他自己都没料到竟能这样。他射杀了一只海鸥、三只松鸡，还有两只驯鹿，这是十月之后第一次成功捕猎到野物。人们吃了肉，身体渐渐强壮了起来。伊万第一个恢复了身体，帮助伊拉斯莫斯猎到了一只海豹，这只海豹刚从冰面上凿了一个洞来透透气就被抓住了。又出现了一只海豹，紧接着后面是好大的一群，从冰面下爬出来，来沐浴久违的阳光。肖恩和巴顿又捉到了两只。巴顿曾经在纽芬兰岛的一艘捕猎海豹的船只上工作过，他教会了其他人怎么搭配新鲜的鲸脂片一起吃海豹肉，海豹的肉又黑又油。

伊拉斯莫斯猎到了第一只麝牛，鲜美的牛肉激起了人们的食欲。

他们清理了船梁上和墙上一个冬天积累下来的油烟，清扫了肮脏的角落，洗净了床单、袜子和衬衫。只有泰勒船长和泰格伯先生还在船舱里自己的床铺上不肯下来。伊拉斯莫斯记得，他父亲曾经说过，当大象被疾病折磨得筋疲力尽的时候，它们会仰面躺在地上，将草抛向空中，似乎在恳求大地回应他们的祈祷。大象诚实，理智，公正，敬畏群星、太阳和月亮，这些品质在人的身上已经不多见了。这个时候，伊拉斯莫斯真的很愿意把这两个人换成两只有用的厚皮动物。他对他们软硬兼施，但是他们就是不为所动。

齐克走后，他们两个就彻底崩溃了，似乎他们已经完全被失去弗朗西斯先生的悲痛所占据，似乎他们再也没有理由相信自己能逃过和弗朗西斯先生一样的命运，尽管大地上出现的生机已经预示着春天的来临，他们的悲观却未有丝毫改变。泰勒船长床铺上的枕头下面别着一小片纸，他在上面画了一座墓碑的样子，写道：

尼尔斯·简森

弗莱切·兰姆

乔治·弗朗西斯

__________

__________

__________

__________

狗　　　塞宾

他和泰格伯先生不肯去打猎，不肯修船，也不肯出去散步。他们躺在床铺上，毫不避讳地喝酒、读书，似乎这样就能获得拯救似的。泰格伯先生翻出了一本《潘登尼斯》，泰勒船长则找出了博尔哈维医生的《大卫·科波菲尔》，在冬天里最艰难的日子，博尔哈维医生曾经大声朗读过这本书，他便从停下来的地方接着读下去。如果有人来到他们床铺边，问："我们应该怎么办？你们下什么命令？"泰勒船长和泰格伯先生就耸耸肩，说："你们想做什么就做什么吧。威尔斯先生让你们做什么就做什么。反正都无所谓。"

五月五日，十日，十五日。还是没有看到齐克一行人归来的影子。伊拉斯莫斯很担心。他完全只是担心他们个人的安危，完全无暇顾及他们能够从爱斯基摩人那里带回些什么东西。天气已经不像以前那么刺骨的冷了，气温又回到了零上。光线让人感觉温暖了许多，照亮了周围的一切。伊拉斯莫斯醒来，走出船舱，周围一片白色，晃得他睁不开眼睛，让他一阵头晕，这时才发现夜晚也是个不错的时候，晚上太阳会低低地挂在天边，将云彩染上一抹抹的红色和黄色。轻柔的雾环绕在小山周围，雪又重又湿，就像家乡早春的雪一般。家乡呀，有一天他会和朋友一起生活在家乡的怀抱里。他想象，如果问博尔哈维医生，如果从小到大听到了很多真理和谬误参半的故事，就像是各种矿物掺杂在花岗岩中，那对一个人来说意味着什么呢？博尔哈维医生可能会回答说，那意味着，你从中学会了去理解你能想象的任何东西都是可能的。

船仍被牢牢地困在冰里，但是冰山的周围已经出现了水，浮冰上的雪不见了，有的上面还开始湿润起来。原来和陆地紧紧相连的冰开始与大陆逐渐分离，海浪侵蚀了冰的下面，使冰开始渐渐融化，上面悬崖上的石块掉落下来。他们所在的海湾还没有融化的痕迹，甚至连一处裂缝都看不到，但到处都能看到冰层将要融化断裂的迹象。

五月十七日，伊拉斯莫斯把船上的人都召集起来，现在船上的大小事物都由他来负责，他也接受了这一职责。他完全抛弃了齐克要向北行进的想法，天空的太阳和鸟儿让他觉得有点头晕目眩，他说："我提议我们现在拆掉储物室。冰可能说不定哪天就融化了，我们应该马上做好拖船的准备。"

"这样一旦出现第一个裂口，我们就能马上出发离开这儿了，"艾萨克表示赞同。

他们把储物室里的东西堆到冰上，把最不可能用到的东西移到船里。伊拉斯莫斯、肖恩和巴顿在托马斯的指挥下拆掉了甲板室的一半，将另一半大致封了起来。伊拉斯莫斯开始在小木棚里睡觉，不时有微风吹进来，很快其他人也搬到这里来睡觉了，他们原来睡觉的地方实在是太憋闷了，只有泰勒船长和泰格伯先生还坚持睡在下面。

托马斯说："我们是不是应该改造一下隔板？我们现在不是那么需要炉子了，而且沃利斯指挥官回来的时候肯定也想看到一切恢复了以前的秩序。"

"现在先不做这个，"伊拉斯莫斯说，"这个花一天时间就足够了。我们可以等他回来，看他想怎么样。"

他们的精神状态好了起来，于是他们把秋天用冰做的小村子还残余的部分拆掉，开始仔细地重新建造。一座白色的希腊教堂立了起来，看起来十分典雅，旁边是波士顿图书馆的模型，对角线的另一边是一家小酒店，托马斯建造的这个酒店和他们出发的时候离码头最近的那家酒店一模一样。肖恩建了一个火车站，巴顿也不甘落后，做了一个日式花园。伊拉斯莫斯觉得他们比齐克做的表现得更为轻松活泼，也更加灵巧，可能是他们知道无论建造什么都会很快消失的缘故，而不像以前，建造的东西一冬天都能看得到，然后慢慢变脏，倒下，被雪掩埋；现在的东西会焕发出生机与光芒，会在几个星期后融化，因而他们在建造时就更加轻松灵活，让想象力任意驰骋。

五月二十一日晚，一个声音从远处传来，惊醒了伊拉斯莫斯。他飞快穿上衣服，奔到外面，浅蓝色的午夜光芒让人觉得有几分不真实，他看到两个人影，正向他爬过来。他快速朝那两个黑色的人影走过去。他走得飞快，他和两个人影之间的距离近了，又近了，但还是只能看到两个人。是两个人。一个是耐德，身体弯着，但还是站着的，每走一步都要休息好一会儿，另一个人靠在他身上，几乎是靠他背着的，是齐克。

他们的脸上黑黑的，满是血迹，伊拉斯莫斯说："等等，等一分钟。"还没来得及触摸到他们，甚至没来得及确定乔和博尔哈维医生距离他们还有多远，他就飞奔到船上，召集起巴顿、肖恩和艾萨克，从船上把最小的一辆雪橇抛下来。耐德和齐克被背上重重的包裹压得直不起身子来。船员们到他们身边的时候，他们已经完全倒在冰上了。齐克已经昏迷不醒了，耐德的状况也很糟糕。

伊拉斯莫斯凑近耐德的耳朵，着急地问："他们两个在后面多远？你能告诉我他们应该从哪个方向过来吗？雪橇是在他们那里吗？"

耐德无力地把头靠在了伊拉斯莫斯的脸上。

"你还能讲话吗？"伊拉斯莫斯向后退了一下，问："你已经回来了，五分钟后我们就把你们接到船里面去——他们还离得远吗？""乔不和我们在一起了，"耐德呻吟着说道，"他留在了格陵兰。博尔哈维医生……"他的颧骨重重地碰在了伊拉斯莫斯的嘴上，几乎撞裂了伊拉斯莫斯的下嘴唇。乔留在了格陵兰？这怎么可能？伊拉斯莫斯又把头向后缩了缩。

"下……"耐德低声说，"下格陵兰岛。我们在那里，博尔哈维医生，雪把他眼睛弄瞎了，我们停下来。齐克和我，我们把身上的东西卸下来，让他拉着绳子，我们把雪橇上的东西拿下来，想安营下来。我们，我们，我们觉得让他抓着绳子比较安全，这样他就不会走到别的地方去了，他看不到我们，我们在卸东西。"

"卸东西，"伊拉斯莫斯重复道。他把一只手放到自己流血的嘴唇上。他感觉时间似乎已经停止了，但如果时间停止了，为何他还会流血？

"冰裂开了，"耐德小声说，"浮冰，雪橇下面的浮冰。有的地方有冰，有的地方没有。雪橇陷了下去，他也被带了下去。太快了。我还没有碰到他的手，他就不见了。"

之后的十一天，齐克都处在昏迷状态，醒来之后两周身体状况也很差。可能是脑膜炎，伊拉斯莫斯想。耐德的身体状态稍微好些，但非常疲惫，也非常伤心，根本不想讲话。伊拉斯莫斯从他们的睡袋里找到了一些线索，逐渐明白了究竟是怎么一回事儿。

雪橇陷下去之前，耐德已经把睡袋卸了下来，里面装着他们大部分物资供给，还有博尔哈维医生的小药箱，还有防水布包着的日记本，尽管他身体已经十分疲惫，他还是把这些东西都带了回来。伊拉斯莫斯看了看箱子里的东西，他还不是在为朋友的死哀悼，不，现在还不是时候，他还不想承认博尔哈维医生真的是死了。他只是在找里面有没有什么东西能够救治幸存者。软膏，石膏，几罐药片，油绸，做绷带用的麻布，绷带，外科手术刀。还有许多小瓶子，装着吐酒石、氯化亚汞、海葱糖浆、鸦片酊。这些对伊拉斯莫斯没什么用，但他出声地念着这些东西的名字的时候，仿佛听到了博尔哈维医生的声音。他离开这里，去照看一下病人，然后回到了自己的床铺，开始浏览博尔哈维医生的日记。在离开"独角鲸"号之前，博尔哈维医生写道：

> 我朋友梭罗写的《瓦尔登湖》的最后几页一直都给了我莫大的安慰。"这是尼罗河，还是尼日尔河，抑或是密西西比河的源头？还是我们能够找到的这个大陆周围从北到西的通道？"梭罗这样写道。"这是人类最重要的问题吗？难道世界上失踪的只有富兰克林？想要找到自己丈夫的女人只有富兰克林的妻子？格林内尔知道他自己现在何方吗？倒不如做个孟果·派克，刘易斯，克拉克，或是弗罗比舍，探索自己土地上的河流和海洋，探索自己土地上的高纬度地区，如果需要的话就在船上带些腌肉来作为食物，把空罐头盒堆起来作为标志……那个"探索之旅"可谓场面威风，花费不菲，可是它的意义在什么地方呢？它只不过是间接地承认了一个事实，就是在那个道德尚存的世界，存在着大陆和海洋，在这个世界看来，每个人都是一个地峡或者小岛，人们甚至还没有完全弄清楚它们；人们乘着政府建造的船只，在寒冷、风雪和食人族的威胁下航行数千英里，五百个人只为了协助一个人，这样的探索比单枪匹马地探索私密的海洋、大西洋、太平洋要容易。"

这些话让伊拉斯莫斯忍不住哭了。他感触太多了：他年轻的时候参加了"探索之旅"，而现在，为了寻找富兰克林，他又来到了这个地方。如果他和博尔哈维医生真的把梭罗的这些话放在了心上，他们现在肯定是安然无恙地待在费城，互相交换甲壳类动物的笔记。

之后博尔哈维医生跨过了海峡，这段时间他没有写什么。之后他写道：

> 这真的是太艰难了！冰丘一次又一次地挡住了我们前进的道路，我从来没有体会过肉体上这么剧烈的疼痛。但是我们还好最后还是安全的。耐德被雪晃得眼睛看不见了，不过治疗开始对他产生了作用，我们跨过海峡的后两天，我用硼酸溶液给他洗了眼睛，滴了一些吗啡，用绷带包住了他的眼睛；我们让他坐在雪橇上，拉着他走。这旅程实在是太艰难了。
>
> 白颊鸟，一只像燕雀的鸟，似乎是拉普兰铁爪鸟，灰白色的红翅鸟，还有美国田云雀（居然会有这种鸟，这真的是最北之地吗?），还有穗即鸟。长着红色喉咙的潜鸟，象牙色的海鸥，白色的矛隼。田云雀高高地飞起，又振着翅膀飞下来，越靠近地面，歌声的节奏就越快。这些唱着美妙歌声的鸟儿让这片贫瘠的土地焕然一新！突然一切都焕发出了生机，最常见的是海鸠，当地人会大批地捕杀它们，他们请我们共同享用，我们接受了邀请，心里十分感激。
>
> 冠军花，辣根菜，地衣，开始在雪下生长了。一块冰下面，一株虎耳草开花了，一棵委陵菜开始变绿。在一些干燥的石头上，雪已经融化蒸发了，我发现了两只蜘蛛。

下面就什么都没有了。没有讲到乔是怎么不见的，没有讲格陵兰岛的爱斯基摩人是什么样子，也没有提到齐克想要得到狗和其他帮助有什么结果。当然,也没有一个字是讲回来的旅程中他自己是什么样子的。

这之后他应该是眼睛失明了,伊拉斯莫斯想,白色的光太过刺眼了。不仅眼睛失明了,而且疼痛十分剧烈。这是哪天的事情呢?为什么他眼睛看不见还要走路,像狗一样被拴在雪橇上?为什么不让他坐在雪橇上,像拖耐德一样拖着他走呢?

齐克卧床的一个月中,伊拉斯莫斯努力为返程做准备。耐德还是不能说话,或者说是不愿意说话。人们在争论乔和博尔哈维医生为什么会消失,伊拉斯莫斯只能把耐德之前告诉他的话说给他们听,说乔离开了他们,博尔哈维医生在一次事故中遇难了。伊拉斯莫斯一直在为博尔哈维医生的死伤心难过,一直在想最后究竟发生了什么,心思完全被占据了,但还有很多事情要做。泰勒船长和泰格伯先生仍然不肯履行自己的职责。伊拉斯莫斯靠在泰勒船长的床铺旁边,说他必须起来,他们人手已经不够了。这时,他看到博尔哈维医生的名字已经出现在了泰勒船长那张画着墓碑的纸片上,他默默地离开了。

他做各种决定,列出清单,让身体好的人轮流去照顾病人,还分派了打猎小组。他焦急地等待齐克恢复过来,但是首先恢复的是耐德。散步的时候,耐德扶着他的胳膊,第一次和伊拉斯莫斯讲述了发生的事情。

耐德说,史密斯海峡的冰实在是太凶狠了,和他们以前见过的不一样,体积特别大,把雪橇像个玩具似的压碎了。根本就没法睡觉,几天里他们每天要走二十小时,眼睛被白光刺得几乎看不见了。耐德的眼睛损害得最严重。他们漫无目标地走了十一天,最后到达了海岸，但还是不知道自己究竟是在什么地方，但博尔哈维医生找到了一些痕迹，是一辆雪橇留下的浅痕，乔根据这些痕迹把他们带到了一个小营地。

那时他们感觉自己真是太幸运了。在这个营地，他们见到了乌图尼阿和阿瓦托克，以及其他三个曾经到过“独角鲸”号的人。还有一些其他人，包括四个女人和几个孩子。他们正在吃海象肉。看到齐克等人前来，他们非常吃惊，不过还是把自己的食物和他们分享，把他们带到了棚屋里。这是一个很大的宿舍，是用石头做成的，外面铺着草皮，与其他地方的爱斯基摩人的帐篷不同。他们围在一堆鲸脂生的火旁边，身上的皮衣逐渐滴下水来。

他们给虚弱的齐克等四人提供了住所，他们一直住了两个星期。耐德的视力开始恢复，乔、齐克和博尔哈维医生同主人们一起打猎，捕到了鸟和海豹，还打到了两只海象，他们在温暖的棚屋里美美地享用了起来。齐克问阿瓦托克能不能给他们一些狗，另外能不能帮他们往北走，他会付很可观的报酬的。或者说耐德根据乔告诉他的话是这么理解的。

耐德知道的很多情况都是从乔那里打听来的。他们一到村子，乔就开始帮他们翻译，和以前没什么两样，但齐克不让他翻译。他说不需要乔帮忙，他已经努力学习过，现在他自己就可以懂得爱斯基摩人的语言了。

“关于这点我不是很确定，”耐德对伊拉斯莫斯说，“我不知道他究竟能听懂多少，不过似乎他做得不错，他真的不想要乔帮他。他说要是总是让乔在他和主人们之间进行翻译，他就无法和他们建立起真正的友谊。你不能说话，齐克对乔说。所以乔就有时间给我翻译了，也有时间和阿瓦托克单独谈话，听他讲故事。他告诉了我一些，听起来像爱斯基摩人的童话故事。”

耐德认为乔和乌图尼阿的友谊真正建立起来是在一起出去打猎的时候，他知道也只有这么多了。在安诺托克村的最后一个晚上，阿瓦托克最后，而且是非常坚决地，拒绝了齐克的要求，说他们没有多余的狗，也抽不出人手，而且告诉齐克，这个时候不适合向北航行。就在这个晚上，乔溜走了。耐德、齐克还有博尔哈维医生第二天醒来的时候发现阿瓦托克和其他人已经在雪橇上装了一大堆海象肉，但是乔不见了。

齐克将乌图尼阿的解释翻译给耐德和博尔哈维医生，他的脸色十分凝重。“这片土地是你们朋友的家，”齐克翻译道，他的脸扭曲了，似乎有什么很酸的东西放在他的舌头上一样。“尽管他自己的同胞还住在离这儿很远的南边。他借了一辆雪橇和几条狗，向家乡出发了。我们希望他旅途一切顺利，也希望你们旅途一切顺利。这些肉是给你们的。你们的朋友已经回家了。”

耐德和博尔哈维医生并不感觉十分惊奇。他们都知道乔有多么厌烦齐克。齐克层出不穷的要求和装模作样的行为，齐克的计划、问题和地图，都让乔不厌其烦；耐德很多次看得到乔和乌图尼阿聊天，一边聊一边笑，还一起吃东西。“是沃利斯指挥官喜怒无常的情绪让乔离开的，”耐德说，“还有他的漫不经心。乔是我们中最重要的成员，现在他走了。我几乎可以体会到乔的感觉：尽管他的家在格陵兰，这里距离他的家很远，尽管是和爱斯基摩人在一起，他并不认识乌图尼阿的部落，但他至少有个机会能脱离我们了。当然他要抓住这个机会。如果我有机会回家，我也肯定不会放过的。”

耐德和齐克还有博尔哈维不得不在没有乔的情况下返程。他们带着珍贵的海象肉，但齐克想要得到的东西一件也没有得到。耐德说回来的路比去时的路更难走，雪橇上的东西摇摇晃晃，浮冰从下面升上来。经过了一段平坦的冰面，他们到了一个像迷宫一样的地方，弯曲的冰墙内高达十英尺的冰块隆起来，他们无法前进，反而倒退起来，只能不断地在原地转圈。齐克不愿意扔掉一部分肉来让雪橇轻一点，他说这是他们此行唯一能够展示的成果，而且“独角鲸”号上的船员们需要这些肉。

“实际上你们并不需要，”耐德痛苦地说，“我们怎么会不理解，如果爱斯基摩人能够找到食物，你们就应该也能找到食物。”

第四天，博尔哈维医生的眼睛完全看不见了。到处是雨雪，耀眼的太阳，狂风，还有突然袭来的寒冷；他们的皮衣湿透了，他们得靠不断地走动才能保暖。齐克说要是博尔哈维医生坐在雪橇上，他会被冻死的。他必须不停地走。也许这的确是事实。但另一个事实是，雪橇太沉了，几乎拉不动。博尔哈维医生根本不可能坐到这一大堆肉上面去。齐克却不肯将这些他唯一的收获舍弃哪怕一点点。

齐克重新调整了队伍的形式，博尔哈维医生被安排在了雪橇旁边，耐德和齐克自己在他前面几英尺处，这样三个人形成了等边三角形的三个顶点，然后他们用绳子绕在了博尔哈维医生的腰上，然后再连在耐德和齐克腰上，就形成了等边三角形的边，这样博尔哈维医生就能在耐德和齐克的引导下前进了。耐德承认这个方法是有效的。但完全看不见东西的博尔哈维医生不断地被地上的突起绊倒，脸上露出痛苦不堪的表情，但也许正是这样不停地走才让他能活着。

或者，如果齐克能够腾空雪橇，能让博尔哈维医生坐在上面，套上所有的皮衣，也许他能活到现在。或者如果他们在卸下雪橇上的东西去短暂休息前没有松开系着博尔哈维医生的绳子，或者如果他们选择了其他任何一个地方休息……

“腰上系的这条绳子不够长，”耐德盯着白色的荒原说道。伊拉斯莫斯完全被汗浸透了，水滴从身子的两边滴下来，似乎是双臂在哭泣。博尔哈维医生经受了这么多……“如果不松开绳子，我们就无法卸下雪橇上的东西，”耐德继续说，“也就是这几分钟我们松开了他，但为什么冰就恰好在这个时候裂开了呢？”

伊拉斯莫斯记得，他对他的这位朋友的第一印象是这样的：博尔哈维医生思维敏捷，思想的闪光点多得像银色的三文鱼。灵魂能够存活吗？他的身体飘荡在鱼儿之间，而灵魂也许能够自由地浮动。

“这不是你的错，”伊拉斯莫斯说。的确不是耐德的错，严格意义上来说也不是齐克的错。但是如果乔还在，就不会发生这样的事情，他会知道该做什么，而乔的离开是谁的责任？难道不该怪齐克吗？汗水在他胸口凝结了。沉到冰面下的本来可能是齐克。本来应该是齐克的。他满腔愤怒，又生出种种悲凉。如果那天晚上他没有和人喝酒，没有被齐克发现，他本来可以在博尔哈维医生身边救他的。

六月十五日，齐克身体好了起来，可以站起来重新掌管船只了。他把所有的人都召集到甲板上，包括泰勒船长和泰格伯先生，感谢他们在他外出和生病期间良好的工作表现。伊拉斯莫斯站在他旁边，双手塞在口袋里，竭力耐心听着而不喊出来。博尔哈维医生去世了，齐克却在这儿，这个他妹妹深爱着的人，所有人的领导者，所有人都需要他。如果我袭击他，伊拉斯莫斯想，他心中已经歇斯底里，表面还十分平静，如果他倒下，撞到了头……但是就算齐克死了也没什么用处，只能让他暂时感觉好过一些。他把手指伸到衣服里面，伸到大腿旁边，这时，肖恩问：“但是乔和博尔哈维医生究竟出什么事情了？”

齐克讲的情况和耐德告诉伊拉斯莫斯的很像，但是又有很大差别。根据他的说法，在去格陵兰的路上，乔没有发挥什么作用，而是又一次挑拨了齐克和爱斯基摩人之间的关系。爱斯基摩人本来开始愿意把狗给齐克的，甚至愿意在向北前进的路上陪伴他们，但后来因为乔的缘故，都开始反对他了。齐克暗示说应该是一个女人的问题，他怀疑乔和安诺托克村里的一个女人勾搭上了。

齐克还说返回路上发生的悲剧也是乔的错。乔不在，其他三个人拉不动雪橇，他们顽强地拼命拉着，想要把新鲜的肉带给"独角鲸"号上的船员们，但是他们累极了，这是他们失败的主要原因。即使乔在那儿，博尔哈维医生也可能陷下去，这是命运，没有人能阻止，但是三个人会有足够的力量把他和雪橇拉出来。

"事实就是这样，"齐克冷冷地说，"当团队崩溃，没有人再遵守命令时，一条链上如果有一个薄弱环节，就会给每一个环节都带来危险。"

人们沉默了，伊拉斯莫斯咬着自己的嘴唇，看着齐克盯着船周围的荒原，荒原上到处是高高的冰堆，装有牛肉和猪肉的木桶堆成了金字塔形状，装有面粉、苹果干和豆子的桶堆成了四边形，西洋山菜根酱瓶子则堆成了一个小塔，一共十二瓶。"是谁下命令拆掉储物室的?"齐克问。

"是我，"伊拉斯莫斯说，他很惊奇自己还能说出话来。两只长着长长尾巴的鸭子走过，向着北方生产和抚育后代的地方前进。博尔哈维医生看到了一定会很开心的。"我想你会希望做好准备，冰一融化就可以出发。"

"我很欣赏你的勤劳，"齐克说，"但是我希望你们没有把牛肉压缩饼或者其他航行用的物资给堆起来。"大家都盯着他。"爱斯基摩人答应我们过几周他们会来找我们的，一些人，还有一些狗来帮我们拉雪橇。我们会利用冰融化的时间向北快速行进。”

“我从来没有听说过这个，”耐德脱口而出，“他们什么时候答应你的？”

“你听不懂他们的话，”齐克说，“你只知道乔告诉你的那些事情。他们不久就会过来，我们中的一些人会向北行进。”

人们什么都没说，他们默默地站了一会儿，然后离开到船舱下面去了，伊拉斯莫斯觉得，似乎大家都认为齐克的话太荒唐了，他们一致不去理会。他好久都说不出话来。那天晚上，伊拉斯莫斯还在想他是不是听错了。他翻开了博尔哈维医生的日记，这时，齐克悄悄地进来了。伊拉斯莫斯说话之前尽力用手护着日记本。“为什么你还在想要向北行进？”伊拉斯莫斯说。为什么他当时没有问这个问题呢？“这太荒唐了，这不是什么好主意。”

“既然你这么说了，”齐克回应道，“自从一月你就这么说了，你一点热情都没有。但是我要说的是，我们这次航行是否成功主要取决于这次北上之行。”

“什么成功？”伊拉斯莫斯合上这本宝贵的日记本，说道，“尼尔斯，弗莱切，弗朗西斯先生，他们都已经去世了，现在，博尔哈维医生，博尔哈维医生……”他猛地擦掉眼角流出来的东西。

“这个我要拿走，”齐克一边说，身子一边弯向写得密密麻麻的日记本。

“不！”伊拉斯莫斯说：“求求你了——它应该是我的。”

齐克把他的手推开。“现在这本日记属于这次旅行的记录，”他说，“因此是我的。”

六月的最后几个星期里，亚历山德拉写道：

我的生活发生了这样的变化，真的是太奇妙了。我命运的改变是因为阿奇博尔特先生的手腕受了很严重的伤，我却因此而受益，我应该如何利用这个机会呢？

他每天晚上都会带着他的秘密包裹过来，我们一直工作到深夜。我们用了伊拉斯莫斯家里的博物馆，尽量让里面有足够的照明，但比起威尔斯兄弟们灯光明亮的雕刻室就差远了。威尔斯兄弟们是分组工作的，每块版都有几个人来做，一些专门负责雕刻景观，一些人雕刻动物，还有一些人专门负责雕刻人物。而这里却只有我们两个，全力以赴地工作着。

我们之所以要这么拼命是因为凯恩博士无情的逼迫，当然可能是由于他的出版商逼他的缘故，我们也不知道究竟是什么情况。自从凯恩回来的这几个月，他已经写了差不多九百页东西了，大部分是直接从他的日记里拿出来的，也有一些是新写的。现在就剩下前言和附录没有写了。汉密尔顿先生负责将凯恩写的东西变成漂亮的图画，然后我们再根据他的画制版，他现在和凯恩住在一起，这样他们就可以日夜工作了。

尽管凯恩的写作过程还在继续，出版商蔡尔兹先生已经开始将最前面的几章发表了，他将几页样张给了报社，来扩大舆论。蔡尔兹选择的题目是“北极探险：寻找S.富兰克林的第二次格林内尔探险，1853—1856年”。他计划九月出书，但是制版进度远远落后。这种慌乱却给我带来了好处。阿奇博尔特先生这边是最慢的，没有人知道他的手腕受伤了。他一拿起雕刻刀，手腕就开始剧烈疼痛，手指就没有了力气，变得十分麻木，他几乎没法控制自己的手了。

他大部分时间都在指导工作组里的其他人，告诉他们如何雕刻悬崖、天空、船只和人物。每个阶段过后他都会进行检查，指出错误，要求改正。本来所有的动物都应该由他来雕刻的——他十分擅长雕刻动物，但是他讲他得对所有人进行监督，因而就没有办法安下心来工作，他说他自己要做的部分会放到晚上去做。晚上他就悄悄地把雕版所需的颜料带到这儿来，给我。他有妻子，还有六个孩子，还有一个成了寡妇的亲戚带着孩子住在他们家，家里除了他的工资，就没有别的经济来源了。

这个事情真是谁也无法相信。他会这么依赖一个还在学习阶段的女子，而我能够得到这样的机会来做这么重要的工作，这对我们两个来说都实属不易。我们心里都明白，我还没有做好准备来做这么重要的事情。他无法直接改正我工作时犯的错误，这是多么令人懊恼呀。他来来去去地踱着步，手腕上冷敷着东西，口中说着"轻一点，轻一点"，或者"这里刻得深一点，用点劲儿"，或者"你看不出来汉密尔顿画里面的额骨是什么角度吗?"除了说这些，别的他什么也做不了。这是我工作最努力的一次。我做的一些东西还不错，我自己也能看出来。有时我能够让线条既吻合汉密尔顿的画，也能够和其他已经做好的版保持一致。但是有时，我的笨拙却显露无遗。我希望自己雕刻的东西得到承认，不过同时，我也很高兴没有人会知道，我自己学徒时做的东西居然公之于众了。

既然现在面临这么一个状况，阿奇博尔特和我就尽量让对方都感到舒服一点。但是有两次，他来的时候脸色苍白，表情十分痛苦，告诉我林奈看一块版的时候表示不满意。阿奇博尔特的东西做得怎么样，取决于我做得怎么样，公司的声誉也取决于我做得如何。但想这些都没有用，我只能全力以赴，尽力而为。

我仍然没有机会见到凯恩博士，有一支军队正为了他日夜工作着。这个人改变了我的生活，让拉薇妮亚的世界变成了地狱。她问，他为什么已经回来了？齐克和伊拉斯莫斯呢？她发怒了，然后又为自己的不理智自责起来。我曾经发现她大白天睡在角落里。我唤醒了她，她哭泣了起来，手拧着裙角。她知道我的秘密，但并不反对，甚至还不时地鼓励我。但她自己却什么都做不了。我似乎根本帮不上她。

我们还是没有齐克的消息，一天，两天，一月，两月，一直如此。尽管捕鲸船已经驶往了巴芬湾北部，但是却没人看到“独角鲸”号。

“我们的朋友们骗了我们，”齐克回来的时候说。他去了三天，去寻找爱斯基摩人，他的脸被阳光晒黑了，头发上沾满汗水，十分凌乱，看起来几乎全白了。

耐德站在伊拉斯莫斯旁边，一边整理几把辣根菜一边问：“你看到爱斯基摩人了？”

“我一个也没看到，”齐克回答道，“海峡那边的冰层已经开始动了，到处都是大块的浮冰，已经没有办法穿过海峡了。这点爱斯基摩人应该是知道的，他们根本就没想帮我们，他们只想摆脱我们。而且他们如愿以偿了。现在我们是不可能在本季找到他们了。”

耐德说：“既然他们就是想摆脱我们，那他们还来这里做什么？”

齐克反驳道：“这是你的看法。最好还是留着自己去想吧。”

耐德转过身去，忙炉子的事情了。泰勒船长和泰格伯先生仍然不做事，但是身体已经恢复到可以包裹着毯子坐在太阳下看着齐克了。泰勒船长说:“但这是个好消息,不是吗? 如果海峡那边冰层已经破裂了,那肯定很快我们就可以出发了……”

齐克回应道:“我不这么认为。我顺着冰带南边走去寻找没有冰封的海面的时候,发现海峡所有的地方都还是冰冻着的,只是出现了一些起伏和破裂,我们和巴芬湾北部的可航水域之间仍然被坚实的冰覆盖着。”

泰格伯先生呻吟了一下,把头放在了膝盖上。

齐克接着说:“在冰破裂之前我们至少还有六个星期,显然我们不能浪费这段宝贵的时间。我们没有什么理由不向北航行,来探索一下海岸。我们将会分成两组,一组负责看守船只,让船做好出发准备,另一组则向北行进。有人自愿报名吗?”

没有人说话。

齐克一张张脸看过去。齐克看到伊拉斯莫斯的时候,他故意将目光移开了。

“有点热情比较好吧,”齐克说,“明天早上我会在储物室贴一张纸,我希望你们之中有六个人愿意加入探险之列。请你们自己考虑吧。”

从周二到周三,纸上仍然空无一字。耐德趁齐克在检查储备的时候将伊拉斯莫斯拉到一边,说:“没有人会签字。当然现在也没有人签字。在经过了这些事情之后,我再也不会和他到任何地方去了。其他人也不会。我已经和其他人讲过了。”

耐德的眼睛直视着伊拉斯莫斯,伊拉斯莫斯明白他的意思。耐德告诉了大家他在安诺托克看到的景象,显然相比起齐克的说法,大家更愿意相信耐德。

星期三，晚饭时，齐克腋下夹着地图来到饭桌前。他问："嗯，你们谁愿意和我一道去？"

泰勒船长说："我们必须和船在一起。我和泰格伯先生。看守船只是我们的责任，我们要让船只随时做好出发的准备。"

七位船员一齐站起来，耐德往前走了一步，代表大家说话了："这太危险了。"真是个勇敢的小伙子，伊拉斯莫斯心想。"我们不可能有什么收获。冰层断裂的时间可能会早于你的预期，冰裂开的时候我们必须在这儿。"

齐克的脸白了。他手攥着地图，对伊拉斯莫斯说："现在就剩下我和你了，我的老朋友。没有这些找各种理由推三阻四的人，我们行动可以更加迅速。我们这周四出发怎么样？"

伊拉斯莫斯内心斗争了一分钟。他对齐克和拉薇妮亚的责任，他对耐德和其他船员的责任，无论他怎么选择，他都会让某一方失望。最后他说："这个想法实在不怎样，这件事上我不能支持你。我投票表示愿意留下。"

齐克站起来，地图散得到处都是。"这不是个投票的问题。谁说了要投票决定了？"

伊拉斯莫斯说："我要留在这儿。"他希望自己说这话的语气能像耐德一样坚定。

"你不能这样，"齐克说。他转过身去，看着其他人，又问了一遍人们愿不愿意去。最后说："你们会后悔的。"

"以前你去哪儿我们就跟你去哪儿，但你看看，你都把我们带到什么地方了，"泰勒船长说。

泰格伯先生说："我们可以认为这艘船不过是个船的残骸，因为它现在已经动不了了。根据海洋法，一旦船变成了残骸，指挥官对船上的人就没有指挥权了。”

耐德深吸了一口气，站稳了说：“‘独角鲸’号已经算不上是一艘船了，尽管可能泰格伯先生说这艘船是残骸也不完全准确。这些是我们的家，甚至可以说是个监狱。”

这算是叛变吗？伊拉斯莫斯想。齐克会不会非要给他们下强制性的命令，他会不会威胁他们，他们会不会反抗？

“我会再给你们一次机会，让你们能做出像个男人的决定，”齐克一边踱步一边说。“我们明天中午在这里会面，我会一个个地问你们愿不愿意支持我往北探险。也许七个人太多了，因为我们船员人数已经减少了。我需要你们中的三个人。谁都可以。”

齐克离开了船舱，沿着梯子向下爬到冰面上，没有再回到船舱里来。那天晚上，船舱里没有人睡着，伊拉斯莫斯在甲板室里翻来覆去睡不着，他知道，他下面，泰勒船长和泰格伯先生已经不再在自己的床铺上睡了，而是搬去船首楼和船员们在一起了。夜很深了，他还听到下面的谈话声，尽管只能听清楚一些短句：“如果捕鲸船像这样被冰陷住了，那么船长就一定要让船员们自由选择去处”，“我们可以使用小船”，“如果他不允许我们就可以囚禁他”。巴顿·戴舒扎，罗伯特·凯利，艾萨克·邦德。伊拉斯莫斯十分想念博尔哈维医生，也许他能告诉自己究竟该怎么做。

中午，他们在船舱里等着。十五分钟之后，他们听到齐克爬到甲板上，然后爬下梯子，来到了船舱。他从自己床铺后面的架子上拿下一个金属小盒子，里面装着他的地图和日记，还有弗朗西斯先生的日志和博尔哈维医生的日记，这是他们死后齐克从他们那里拿来的。他打开了弗朗西斯先生的日志。他用坚定的声音，一个接着一个地喊每个人的名字。大家一个接着一个地说：“留下。”他将每个人的选择记在日记本上，最后转向了伊拉斯莫斯。

“对不起，”伊拉斯莫斯说，“我也必须留下。”

“那，好吧，”齐克说，“既然你们都是这么想的，”他在日志里写了几行字，然后又重新锁回金属箱里。“我会离开四周，”他端起肩膀说，“冰不可能在八月十五号以前裂开，几乎可以肯定会迟于这个时间。我会在八月十五号之前回来。”

“你要一个人去？”耐德说，“你还是坚持要去？”

“我当然要去，”齐克说，“为什么我不利用现在的大好时机，而愿意就这么回去？凯恩博士可能已经先我们到了史密斯海峡的格陵兰一侧，可能在我们之前就和善变的爱斯基摩人交上了朋友，但是谁能说清他向北究竟走了多远？也许再走不到一百英里，就能找到无冰封的海域，我不能因为你们就白白放弃这个机会。”

他转向伊拉斯莫斯。“我对你很失望，”他说。伊拉斯莫斯此刻突然想起了自己的父亲。“但我还是按照你已经签署的协议，在我回来之前，让你和泰勒船长行使指挥船只的权利。”

他又离开了船只，朝着船周围的三座冰山走了过去。伊拉斯莫斯几分钟后跟了出去，他穿过了松软的白色荒原，绕过融化的冰形成的青绿色的水坑，这些水坑到处都是，很有迷惑性，它们像是深海的窗户，不过都很浅，只有几英尺深。他蹚过水坑，靴子被浸湿了，喘着气，齐克的人影渐渐看不到了。他看不到自己的脚了；为什么表层这么湿，而下面会那么坚固呢？为什么冰就这么固执，不肯放他们走？走到第一座冰山那里，伊拉斯莫斯停下来，靠在上面休息。过了一会儿，他接着往前走，在第三座冰山的地方找到了齐克。

“求你了，”伊拉斯莫斯说，“不要一个人去。”

“是你让我不得不这么做的，”齐克说。

“我不能离开船上的人。尤其是今年冬天发生了这么多事情之后。”

齐克发出了一个表示蔑视的声音。“照顾他们不是你的责任，这是我们的责任。我知道他们不会有事情的。”

“但我对你有责任。”伊拉斯莫斯说。他以前承认过这点吗？“拉薇妮亚曾经让我答应照顾你。”

“当我是个孩子？”他往后退了几步，踩进了一个水坑里。他的脚看不见了，似乎是在水上行走似的。“当我还需要一个女人的保护，还需要你的保护？要是她像你一样，我为什么还要想娶她？”

“因为你爱她——”伊拉斯莫斯吼道。然后，他就一直呆呆地站在那里，嘴一直张着，背面是那些“齐克的蠢货”，他靠着最大的一个。

“在这里我不能考虑她，除了现在我必须要做的事情，别的我什么都不能去想。”齐克低下头看着淹没了自己脚的蓝色水坑。“你还可以改变主意，”他轻轻地说，“和我一起去吧——以前发生的事情我可以不再追究，我们还可以发现一些很棒的东西。让我们像兄弟一样吧。”

“像我兄弟一样的博尔哈维医生，”伊拉斯莫斯说，“而他现在已经死了。”

齐克又发出了一声表示蔑视的声音，用舌头敲击着牙床，发出“得得”的声音。“记住了，”他说。一排绒鸭盘旋着飞过，尖利的叫声划破了沉默。“一直以来，你都很清楚地表明了你的感受。如果你父亲看到你现在变成了什么样子……”他转过身，蹚着水走了。

他一个人，没有狗，没有同行者，他无法自己拉雪橇。两天后他徒步出发了，多带了一双靴子，还带了一把来复枪，足够的弹药，用床单将所有的东西绑在了背上。

有时他们会觉得羞愧。至少伊拉斯莫斯是这样，耐德是这样。可能其他人也是如此。因为剩下的七月和八月，他们的生活不能不说是颇为安逸。每天，他们以前用冰搭成的东西白天融化了开始滴水，晚上又结成了光滑的小丘，他们将“独角鲸”号另一堆物资放进了船舱，仔细地重新进行了整理。在温暖的太阳下，这些工作很是惬意。而且他们往返船舱时可以检查一下冰面的小裂缝是不是加大了，这个船身和冰面之间的小裂缝就像是要慢慢张大的嘴。

伊拉斯莫斯对照着旧单子看新的货物清单，找到了更加有效地利用所剩物资的办法。蜡烛已经用完了，大多数木材和许多储备物资也用光了，因此，他就把船舱里靠近船尾的地方来储藏他和博尔哈维医生采集到的标本。装满鸟皮的板条箱整齐地堆在一起，化石也分门别类地放好了，每个都整齐地贴上了标签，各层之间用皮革隔开；装着无脊椎动物标本的瓶子整齐地放在箱子里，里面垫了干草。只有现在，他有了一些空间和时间，他才发现已经搜集了不少东西。这些东西，够他下半辈子忙的了。要是能够不为齐克担心，要是博尔哈维医生也在，那该多好呀。他把他这位朋友的书整理起来，放到一个箱子中，放在化石旁边，在他床铺旁边的架子上只放了几本。

在充满碎石的沙滩上，烟飘在半空中，人们对制作驯鹿皮产生了极大的热情，他们把鹿皮挂在船上脚手架的杆子上，像是一面面旗帜，旁边生了一些小火。伊拉斯莫斯问耐德这些都是谁指挥的，为什么要弄这些。耐德脸红了，脸颊上微微露出了粉色。他朝着一张皮弯下身去，用一根铁管刮去上面的筋膜。旁边是巴顿，他正在火边不远处整理一张白色的皮，而甲板上，艾萨克、伊万和罗伯特则盘着腿坐着，他们旁边一堆皮已经熏好并且晒干了。

耐德说："你不介意吧？我想这样能让大家忙起来。我们衣服穿了一个冬天，已经穿坏了，很难闻。我们每个人都想给自己做一套新的行头，从里到外穿个一身新。这也算是某种可以带回家去的纪念品吧。你教我的东西正好在制作皮子的时候派上用场了。去年秋天的时候乔告诉了我制作衣服的基本要领。伊万年轻的时候在一艘捕海象的船上做过裁缝，他告诉了我们怎么剪成一片片的。"

"不错，"伊拉斯莫斯说，"我觉得这是个不错的东西。这些东西除了做这个也没有其他什么用处。"

"你看到这些内衣了吗？"耐德说，"简直太棒了。"他给伊拉斯莫斯看了衬衫、内裤和袜子，这些差不多就快要做好了。"这是用一头几个月大的小牛的皮做的，非常宽松，非常精致。做的时候把毛的一侧放在里面。还有这些——"他拿起一个带着兜帽的外套，一条裤子，还有一副手套，"这些是用一匹一岁大的小马的皮做的，带毛的一侧就放在外面。"

伊拉斯莫斯看了看，兜帽和背部之间有一些褶皱，袖子似乎安得也有点问题，还有一些地方可以看出来毛安反了方向。他被触动了，他们虽然把这些事情做得笨拙，但他可以看出他们的热忱，他们努力想把从乔那里学到的、并不算完整的爱斯基摩人的知识用起来。"你用了肌腱？"他问道。

耐德摇了摇头。"我们都不会用。但是我们在箱子里找到了一些打过蜡的、用来缝扣子的线，还找到了一些毛织品……这些可以用吧？"

"没问题，"伊拉斯莫斯说，"不过你得知道用了多少，并告诉我。"

"当然，"耐德说。他低头看着衣服说："我和伊万比别人做得快，所以我们给你做了一套，希望你喜欢。"

“太谢谢你们了，”伊拉斯莫斯说，“不过真的不用了。我和博尔哈维医生搜集到的东西足以作为纪念品了，够研究一辈子了。”

耐德清了清嗓子。“这会让他们感觉自在些，”他说，“我想你明白我的意思。”

伊拉斯莫斯十分迷惑：“我不明白。”

“因为……我们告诉彼此，我们做这些东西是为了带回家，带给我们亲戚们看。但一些人也在担心，现在已经很晚了，而冰还是不融化，他们担心再次被困在这里。我们不希望像去年那样被困住，而且是在毫无准备的情况下。”

伊拉斯莫斯觉得自己的脸有些僵硬了。“这只是为了以防万一，”耐德赶忙说，“我并不是说大家对你的指挥表示质疑，也不是说大家认为你做错了什么。但是，你知道，总是要以防万一的。我和巴顿正在打包一些海豹肉和鲸脂，放在了冰带上，那里比较冷。我们做这个也是为了以防万一。”

“这个主意不错，”伊拉斯莫斯说。如果齐克在这儿，齐克能想到吗？晚上还有阳光的时候，在这个本应该睡觉的时候，他会向北走一两英里，想想齐克现在在做什么。他看到了什么，他发现了什么。他带的东西够不够用，他靠一把来复枪和运气是不是能够让自己吃饱。齐克不在，他能够把船管理得这么好，心中颇有几分自豪。他应该料到人们会有这种担心的。但是他甚至没有去考虑他们有可能再被困在这里一年。

“我们八月会离开的，”伊拉斯莫斯说，“我们肯定会的。但是如果做这些准备能减轻大家的焦虑，能让大家感觉好过些……”他突然转过身，走开了。

接下来的一周，伊拉斯莫斯把周围走了个遍，有水坑，有洼地，有湿透了的冰丘，但就是没有裂缝。但他觉得巴芬湾北部的可航行海域应该在不断扩大，他们所在的海峡之下，海浪肯定在将冰块不断地提高。他们犯的错误，也是他们一直犯的错误，是齐克选择的这个地方根本不适合安家。伊拉斯莫斯查看了小山投射下来的影子的方位。船周围有一小滩水，船身反射的热量使得周围开了一个大约两英尺长的口子。

“如果我们能够到达海湾的入口处，”一天晚上伊拉斯莫斯对船员们说，“如果我们越过冰山，等到海湾能通行的时候我们就可以随时走了。”

“这个我们能做到，”泰克船长叫道，“我们有工具。”一想到船可能又能动了，他和泰格伯先生的病似乎立马就好了。他们说自己对怎么使用伊拉斯莫斯一年前买的冰锯和火药桶了解得一清二楚。

他们两个突然来了精神，把金属片接起来，计算了用量，给人们下指令。他们之前的怏怏病态一扫而光。八月一号，他们开始用锯子在冰里面锯平行的隧道，从船首斜桅下面的融化海域向前延伸。爆炸桶在冰面上炸开了一个长宽都大约是五十码的洞；人们把大块的冰锯成了小块的冰，从水中拉出来。这样，“独角鲸”号周围就会出现一个很小的、锯齿形的水塘，有船的三倍大，但是只比船宽几英尺。伊拉斯莫斯干得饥肠辘辘，浑身湿透，他惊奇地看到，小波浪拍打着水塘的边沿，每次都带走了一点冰块。尽管他们不可能打通一条到海峡的运河，但至少每次用锯子锯都能让冰少一点。开放的海域更多了，可能就会有浪，就可以航行了。

他们不断地用锯子锯，用炸药炸，他们一点点地对付这些“齐克的蠢货”，慢慢地接近海岬的端点了。泰勒船长将“独角鲸”号固定在一块坚固的冰上，这样船在他们把货物全部装好之前就不会顺着这条运河移动。尽管史密斯海峡还很远，尽管他们还没有真正把自己从被困的小海湾中解救出来，更别说让船驶入一个更大的海湾了，但船前端系的长长的黑色绸带已经足以让人们的精神为之大大一振了。

八月五号，仍然不见齐克的踪影，但没有人讨论这件事。齐克知道什么时候回来才是稳妥的，他可能迟了一周，甚至十天，但还是能在船出发之前回来。他肯定只是尽可能地往远走。他们整天不间断地工作，强烈的日光照得人有些发昏。他们觉得齐克随时可能回来。八月十日，泰克船长装好了缆绳和绞盘。

船员们轮流转动绞盘，干得浑身大汗，和着肖恩的捕鲸歌，"独角鲸"号被拉到了运河的另一端。他们抛锚之后，耐德和巴顿做了一顿大餐，人们将板条箱放在水边，坐在上面大吃起来。现在情况并没有发生本质改变，伊拉斯莫斯一边啃着一只多汁且肥厚的雷鸟腿一边想。船以前在一个地方，现在到了另一个地方，但是周围仍然是白茫茫的原野，只是他们走过的地方多出了一条线。不过，景色稍微发生了一些变化，这就大有不同了。那座他们几乎看了一整年的冰山，现在在另一个角度了。悬崖底部的冰带现在离船尾大约半英里，这冰带从远处看来似乎有几分美感了。三座冰山恰好在他们旁边，现在看起来变小了一些，周围是一圈圈的水。而储物室不远处的石头冢，下面埋葬着弗朗西斯先生，现在已经看不见了。

齐克还是没有回来。温度下降了，太阳开始向地平线下倾斜，还没有到极夜的时候，现在还不到那个时候。但是已经出现了黄昏。八月十六日，温度降到了零点以下，运河上新结了一层冰。非常非常光滑，伊拉斯莫斯看到了。非常光滑，非常恐怖。他们锯下来的一些冰块没来得及抬走，就又冻了起来，重新和白色的荒原连成了一片。中午太阳晒化了冰，但十七号，太阳第一次落下了山，寒冷逼人，空气似乎凝固了。第二天早上，泰格伯先生脸拉得老长，站在新冻成的冰块上，居然没有掉下去。那天他们锯了更多以前冻成的冰，但明显热情没有先前那么高了。十九号，他们发现就在睡着的时候，白天做的一切都完全白费了。

人们找到伊拉斯莫斯，这时伊拉斯莫斯已经躺下了。他们在他甲板上简陋的小床周围围成了半个圆圈，有耐德、巴顿、艾萨克、伊万、托马斯和肖恩。泰勒船长和泰格伯先生没来，还待在甲板下面，其中的原因伊拉斯莫斯不久之后就明白了。伊拉斯莫斯坐起来，揉揉眼睛，耐德从人群中向前走了一步。

“沃利斯指挥官失踪了，”耐德清了两次嗓子，说道，“我们都知道，他走的时候我们就知道会是这样。他迟了两个星期回来，我们不得不承认他已经死了。”

“他不是死了，”伊拉斯莫斯说。不过他虽然嘴上这么说，实际上这一周以来就一直在担心这个。“他是迟到了。他可能遇上各种各样的事情，他可能现在已经离我们不远了。”

“他是死了，”巴顿在耐德后面说道，“自从我们离开家起，他就想方设法要置我们于死地。现在可航行的海面没有增加，而又出现了很多新的冰，每天都在一点点地增长……”

“这样我们就没法让‘独角鲸’号动了，”艾萨克插了一句嘴。

“我们被困住了，”伊万说。

“又一次，”肖恩补充道。

“燃料都用完了，”托马斯补充道，“我们的供给，你知道的，你有清单。我们不能在这里再过一个冬天。”

伊拉斯莫斯感觉脑袋里一团迷雾。他很疲倦，一直以来都睡得不好。他几乎听到冰又开始重新形成。他可以听到鸟儿拍打着翅膀，为向南飞翔做准备，他几乎可以听到麋鹿离开这个地方，蹄子踏过，踩实了土地。眼睛里像是进了很多煤灰。他有没有希望过齐克是死了？哪怕只是在某一个时刻曾冒出过这样的念头？

“你们想怎么样？”他问，“我和你们一样，不知道沃利斯指挥官究竟发生了什么事情，我不能阻止冰块的形成，对我们现有的物资供给，我也无能为力。如果你们愿意，我可以派更多人去打猎，让一半人破冰，另一半人负责弄到更多物资，这个主意不错，也许我们明天就可以开始了……”

耐德向后退了几步，转过身，从甲板上拿起了什么东西。其他人重复了耐德的动作，然后他们重新站在伊拉斯莫斯对面，他看到每个人手上都拿着一摞叠得很整齐的皮衣。“我们有这个，”耐德说，“每个人都有。我们现在想离开了。”

伊拉斯莫斯没有同意，于是接下来的整个晚上，还有第二天，人们想方设法让伊拉斯莫斯不再拒绝。泰勒船长和泰格伯先生还在挖掘隧道，人们的说话声不时被爆炸声和冰块碎裂的声音打断。耐德和伊拉斯莫斯说，船长和其他官员们不能直接说想要离开，他们如果这样表明态度是不合适的，他们不能下命令让大家放弃船只。但是显然，他们很愿意在伊拉斯莫斯的领导下和大家一起撤退。

人们有地图，这点伊拉斯莫斯很清楚。地图，计划，清单，这些他们都有，他们还有详细的策略。他们已经在他不知情的情况下谈论这件事情多久了呢？也许是从齐克离开的时候就开始讨论这件事情了吧。他现在明白了，这些皮衣本来就是为了返程而准备的。人们从来不相信齐克还能回来。尽管他们希望“独角鲸”号能够从冰层的包围中解脱出来，但他们觉得多做个计划才是明智的。他们每个人的智慧结合起来也是不得了的。

肖恩和巴顿找到了一条可行的路线。他们打算将捕鲸小艇放到大雪橇上，然后从他们被困的小海湾拉到海岬周围，接着到海湾的入口处，然后再沿着冰带拉到塞宾海角那里，甚至还希望能够往南边稍微拉一点。然后，他们会穿过史密斯海峡沿着对角线向东南移动，在坚实的浮冰上就拖着走，而遇到裂开的地方就划着走。在亚历山大海角以南，大概距离“独角鲸”号五六十英里远的地方，他们希望能够找到开放的海域，至少是浮冰不多、可以航行的地方。他们会把船放到海水里，划过约克海角，到了梅尔维尔海湾的近海岸处。他们还希望在那里能碰到捕鲸船，如果不能，他们希望能够航行到乌佩纳维克。

“但是我们还需要好几周才能把所有东西都打包好，准备好船只，”伊拉斯莫斯说，“而且那里的冰再次形成之前我们根本走不了那么远。”

然后他发现他们像是等待奥德赛的佩内洛普，做了很多事情，他们不断地凿隧道(尽管这些隧道晚上又被冻了起来)，而这些不过是他们做的事情的一部分而已。在他睡觉、打猎或者巡查的时候，他们充分利用了这些时间。耐德指挥人们悄悄地做了很多事情。伊拉斯莫斯想，对一个才刚刚二十一岁的人来说，这真是了不起的勇气；连他自己都说不清，自己对耐德是该敬佩还是该生气。在耐德的指挥下，人们破开了他的箱子，挪动了里面的东西，箱子上的标签和箱子里的东西不再对应了。他听到有人在那里走来走去，他们告诉他是在逮老鼠。

他们已经计算好了返程需要多少牛肉压缩饼，需要多少饼干、糖蜜和咖啡，炉子需要多少鲸脂，需要多少火药和子弹，需要多少睡袋。所有的东西都重新整理过了，把返程需要的东西收拾到了一起，准备随时放到捕鲸小艇上。艾萨克和伊万把物资放到用船帆布做成的袋子里，还抹上了沥青和树脂来防水。而且每个人都还整理了一个小包裹来放自己的东西。

“托马斯负责保证船只情况运营正常，”耐德补充说。

耐德带伊拉斯莫斯去看了用防水布遮住的捕鲸小艇，为了不被发现，托马斯在船下面装了一根假的龙骨，用板子和帆布做成了挡浪板。居然还有些木头的刨花来做掩护，伊拉斯莫斯想。以前他曾经有一次注意到了这些东西，托马斯解释说这是为了迎接齐克归来做一点准备，进行一些常规的维修。这辆大雪橇他们从来没有用过，他们在上面做了一个支架来拉船。艾萨克已经做好了结实的缆绳，可以用来拉载满货物的雪橇。而且耐德还做了一张图，显示他们怎么把所有的东西都放在船上，人们该怎么拉。所有该考虑到的他都考虑到了。耐德说，他们就只需要伊拉斯莫斯的领导。

“泰勒船长和泰格伯先生把指挥权让给了你，”耐德说，“只要你一下命令，我们两天内就可以离开。”

接下来的三十六个小时，伊拉斯莫斯备受煎熬。如果博尔哈维医生在这里，他们就能一起考虑该怎么做。但是博尔哈维医生已经不在了。他不应该离开这个吞噬了他好朋友的地方，不应该抛下船只和齐克。看着湿润的冰层，他眼前到处都是齐克还是个孩子时候的样子。齐克和哥白尼一起把一只爬行动物的骨架绑起来；齐克一路紧紧跟着威尔斯先生到小溪边，听他读普林尼的书；齐克在家庭博物馆的书架边走来走去，想着接下来要借什么书。他拼了命想要被重视，希望别人认真对待他。伊拉斯莫斯看着他所做的一切，虽然有时会暂时忽略他。然后他离开了，再次见他的时候已是几年后，他在父亲的公司里，已经成了一个男人，一个所有人都要认真对待的男人。伊拉斯莫斯似乎又听到他父亲说，他值得你们的尊重和敬佩，他虽然有时行为比较古怪，但是他思维却十分敏捷。

他思维很敏捷，这是现在时，还是过去时？他能把齐克扔下不管吗？就算是齐克真的死了，他也不能丢下齐克的遗体不管呀。但是这样他可能真的会让船员们在这里再度过一个冬天，他们必死无疑，“独角鲸”号也肯定动不了了。唯一的一个折中办法是让耐德他们乘小船离开，他自己留在船上，希望齐克最终能够回来。他也许能够活下来，也许有幸能猎到什么东西，说不定还能带来一些关于那些消失了的爱斯基摩人的消息。

“如果没有你，那样就是叛变了，”耐德说，“根据合约，船是应该由泰勒船长指挥，但是你要带领大家返航。而且船可能会沉没。现在由你负责。”

“你们带着大家走，”伊拉斯莫斯和泰勒船长、泰格伯先生说，“我留在这儿，等沃利斯指挥官回来。”

泰勒船长盯着他，眼神里明显透露着不快。“我不会的，”他说，“指挥权应该按照什么顺序移交，这是再清楚不过的了。如果你下命令向南行进，我会想方设法帮助你，但是如果没有你，我是不会承担起这个责任的。如果我就这样回了国，放弃了船只、你还有沃利斯指挥官，我肯定会声名狼藉的。”

“我也不会，”泰格伯先生说。

“那，无论发生什么，都算在我头上。这样你们满意了吧？”伊拉斯莫斯说。

“我们并不是要这样，”泰勒船长说，“这本来就是你的责任。该你做出选择。”

伊拉斯莫斯整理了一些工具，他的皮衣，还有拉薇妮亚绿色的绸缎日记本。他拿上了博尔哈维医生的药箱，因为这个药箱是他的朋友的，也是因为，博尔哈维是一个医生，这是他作为医生来说和他联系最紧密的东西。从布希亚得到的富兰克林遗物中，他挑选了一些，挑选的过程十分痛苦，他挑出了一只小铜壶，一本祷告书，一篇关于蒸汽机的论文，几把银勺子和几把银叉子，还有一个红木气压计盒，他有一次看到博尔哈维医生把这个拿在手里。其余的东西不得不扔在这里了。不过他希望他带回去的这些东西和他在日记里的仔细描述能够让人们相信约翰·雷博士的发现，相信他们遇到了那些见过富兰克林船队最后一面的爱斯基摩人。他把一些小东西整理在铜壶里面，用一片海象皮封了起来。

他从船舱里把标本拿了出来，这些东西太重了，没法带回去，但是他也不愿意这些东西随着“独角鲸”号撞上冰川沉没之后一起沉到海里去，于是他把这些东西又拿回了岸上的储物室。他把放在这里的东西列了一份清单，放在一个锡皮盒子里面，这个盒子里还放了他自己的日记本，博尔哈维医生视为珍宝的梭罗的一本书，还有阿加西关于鱼化石的著作。他又把那块靴子底放了进去，他一直都把这块皮子压在他自己的书架下面，这是他自己找到的一件遗物。然后他又打开齐克的私人盒子，偷出了博尔哈维医生的日记，而齐克黑色的日记本他并没有拿走。齐克死了，他肯定是死了。那个身体不怎么结实、长着一双充满活力的眼睛的男孩子，已经不在了，现在他必须照顾好耐德他们。拉薇妮亚——现在暂时不能想她了。

他把博尔哈维医生的日记本放在自己的锡盒里面，准备焊接起来。在最后一分钟的时候，他把富兰克林的肖像画拿下来，也放在要带走的东西里。他看到泰勒船长的床铺上，除了那个写着去世的人的名字的纸墓碑，其他东西都已经被移走了，现在这个墓碑上名单的下面写上了齐克的名字。

他让人们清理了船只，剩下足够的东西留给齐克，如果一旦奇迹发生，他还能回来的话，这些东西可能会对他有用。他仔细地写了一份声明，说明了他们非离开不可的理由，还有他们计划的返程路线。他还特别说明储物室中有装着标本的箱子，船上留下了物资。我们是 1856 年 8 月 26 号离开船只的。他记得乔曾经告诉过他，爱斯基摩人把这个季节叫做奥索科，指的是冰完全融化和重新结冰之间的这段时期。至多能持续到九月份，而他们旅程还很漫长，很艰难。时间已经不怎么够了。

人们费劲地在平坦的荒原上拖着小船，朝着阻挡他们进入史密斯海峡的海角艰难地行进，然后又朝悬崖边的冰带继续前进。伊拉斯莫斯趁着这段时间，仔细细细地检查了“独角鲸”号的每一寸地方，然后他把他的声明用钉子钉在桅杆上，才向冰面上走去。

# 第七章
# 叫做“因内修特”的精灵
（1856年8月至10月）

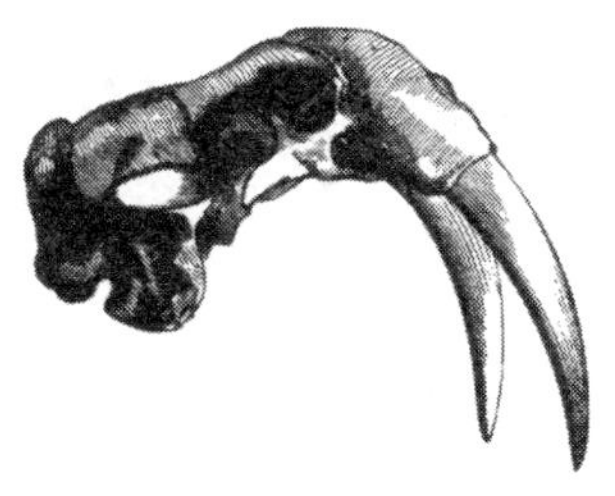

各种重要的事业让我们敬佩、共鸣和效仿，而引起这些感情的程度取决于该事业相应的动机和目标的重要程度。灵巧而又勇敢的走钢丝者，小心翼翼地保持着身体的平衡；消防员不顾自己安危，为了救一个孩子冲进了烈火熊熊的房间。看到这两者，我们心中的感情会有所不同。有的人为了帮助别人而整整忙乱了一天，而有的人为了一个赌注而连续走了一百个小时，这两者的区别，我们都能够区分。小说家、演说家和演员可能都是为了从道德上唤起我们的反应，让我们的心弦和他们产生共鸣，但我们不会受骗去钦佩一些不值得的东西。我们不会仅仅从表面上看一看就做出判断。我们的天性和世界，和宇宙是一起的，我们不会卑鄙地把自己的灵魂让渡于任何欺骗。对那些用他们的灵魂挑战我们的信念的人，我们会对他们说：“停住！崇拜会触动崇拜者的生活。如果你们的目标一文不值，那么你们就不可能通过达成目标做出什么值得钦佩的事情；

如果你们的目标是自私的，那么你就要自己为其付出代价。我们不会愚弄自己，我们会以一种给你们带来公平，给我们带来荣誉的方式来进行叙述。”

——威廉姆·埃尔德《埃利萨·肯特·凯恩传》(1858年)

后来，旅程上的一幕幕会重新浮现在每个人的脑海里。要做的事情很多，疼痛一直不离身，休息的时间少之又少，食物格外匮乏，希望十分渺茫。什么时候会发生什么事情？哪些事情是实际发生的，哪些事情是想象的，哪些是记错了的？这段时间中伊拉斯莫斯没有记日记，耐德和其他人也没有。有些日子，他们离开了冰面，收起缆绳，在冰之间的狭窄的水面上航行，有时在帆布覆盖下的船里睡觉，大家胡乱挤在一起，像是一群小猪。这样的情况下，人们能记住的东西很少，顶多不过是有些模糊的印象而已。

他们从小海湾顺着冰带向塞宾海角前进，然后穿过史密斯海峡，这里的冰层已经断裂，开始抬升，然后到了哈瑟顿海角，这里可以看到浮冰群、水、长久不化的冰、小丘、薄冰和冰脊。他们几乎一直在拉着船走，如果前面碰到了开放海域，人们就不得不把货物全部搬下来，把船从雪橇上卸下来，把船划过去，之后再把所有的东西照原来的样子放回去，接着按照前面的方式前进。他们的肩膀和手被绳子磨破了。伊万不会忘记，呕吐让他感到嘴唇因某种酸性物质有一种被灼伤的感觉。实际上每个人都吐了，他们拉的重量实在是太大了。冰被融雪覆盖，常常没到了膝盖的地方。肖恩不会忘记，他们的踝关节胀得厉害，他不得不把靴子扯开，后来甚至不得不完全撕开，因而剩下的旅途中，他的双脚是用驯鹿皮裹着的。罗伯特不会忘记，他的痢疾一直都不好，让他痛苦不堪，还有就是他在使劲拉雪橇时弄脏了裤子，让他十分丢脸。

在冰面上无助地滑行了一天后，伊拉斯莫斯会停一下，他会想想自己盒子里的那块靴子底，在想为什么他们没有按照那样来加工一下靴子。他的靴子曾经有一次打滑，他差点从悬崖上掉了下去，现在想想真是一次重生，但即使这样他们也没有对靴子进行加工。但现在已经太迟了，他们现在已经没有螺丝钉了。他们不停地摔倒，走得踉踉跄跄的，只有一段路上稍微轻松了点，当时冰面比较平整，风从西北方吹过来。那天他们扬起了帆，滑行了八英里，真是太难得了，但是这样的情况再也没有出现过，巴顿好多年后都会梦到这段日子。

在史密斯海峡格陵兰岛一侧，泰勒船长和泰格伯先生从高处看到他们南面还有很多冰，但是在远处，在结实的冰和向南漂移的浮冰群之间有一条可航行的通道。艾萨克被雪晃得眼睛已经看不到了，他不会记得这个景象，但其他人却永远不会忘记。托马斯不会忘记，夜里，他已经十分疲惫的时候，还是发疯似的填补船的缝隙，修补船的漏洞，他感到十分紧张，因为伊拉斯莫斯告诉他，所有的人都指望他了，他得在没有合适材料的情况下保持船只完好。

在李特尔顿群岛，地面上的冰变薄了，这是下面一条河流动时不断对冰层进行侵蚀的缘故。巴顿不会忘记，在最后几公里时他们一点点地向前挪动，他们用钩子连着船，每走一步，冰都会发出嘎吱嘎吱的响声。他看到他的脚下水在汩汩地流动。尽管他很小心，雪橇的一边还是被卡住了，船的一端突然下倾，朝着冰层更结实的那端倒去。伊万会记得这个时刻——永远，永远，他都不会忘记——因为他被绳子连在和雪橇最近的位置，他的同伴被抬起来，他一下就离开了原来的位置，被拖进了水中，在冰层边快速地上下移动。伊拉斯莫斯抓住他的头发把他拖了上来，他两根指头已经断了，伊拉斯莫斯前额的一处伤口血流不止。海面上到处是冰，海水从船旁边流过，带走了他们装着货物的口袋，伊拉斯莫斯拼命挣扎着想拿回来。装着富兰克林遗物的铜壶也被带跑了，但海豹皮下面的空气让铜壶浮在了水面上，开始伊拉斯莫斯以为他能把这只铜壶拿回来呢。铜壶浮在一块破碎的浮冰下面，就是那块刚才差点要了伊万命的浮冰。尽管伊拉斯莫斯把身子紧紧地贴在船边上，先用自己的手臂划，然后又用桨划，开始肩膀贴着船边，后来不断地低下去，直到头几乎都贴到冰下面了，尽管这样，铜壶还是消失了。那夜，一股强风从东北方刮过来，浑身湿透的人们差点被冻死。

伊拉斯莫斯不会忘记这个地方，是因为在这里丢失了他们千辛万苦找到的富兰克林遗物的证据，也是因为他怀疑正是在这里，冰冻导致血管收缩，从而引发了感染，最终让他失去了脚趾。他把他的靴子脱了下来，把脚用干皮毛包裹着，他本来应该休息的。但那夜，他和泰勒船长在人们面前互相大声朝对方吼叫着，自从离开船只以来两个人就一直在争吵，现在终于几乎完全爆发了。他们互相指责对方该为事故的发生和遗物的丢失负责任，就像以前他们互相指责是对方指错了方向、选错了扎营地点、打猎不成功一样。泰勒船长拿一根钓竿在空中一挥，说："我鄙视你。"这个时刻泰格伯先生不会忘记，虽然他离他的船长一直最多只有几英尺远，但是他却越来越怀疑他的忠诚是否是对的。他很想转过身去，说："你们两个我都看不起。"但是他什么也没有说。这次旅程让他发现，自己是个懦夫，是个爱抱怨的人。

不过事故之后不久，他们站在一座高高的土堆上，看到前方出现了一道开放的海域。他们费尽周折才到了一个充满石块的海滩，最后一次把船上的东西卸下来，在水里浸泡了一天，让连缝处膨胀起来。这个时间不够长，托马斯记得他当时是这么想的。海浪拍打在悬崖上。船最后下水的方式没有问题，但是仍然出现了漏水的情况，托马斯想，这是自己的错吗？本来坐六个人的捕鲸小艇里坐了十个人，而且行李也太多。船仅仅高出水面几英寸，颤颤悠悠地向前划行，感觉就像是在游泳一样。船帆卷起，新鲜的空气带来了微风，他们绕过了亚历山大海角。

耐德不会忘记那个晚上天空中出现的假太阳，这叫做幻日，“幻日”这个名词是博尔哈维医生教给他的，幻日的两边各有一点光亮。耐德还有其他人没有看到博尔哈维医生头身分离的样子，因而免受这个恐怖景象的困扰。博尔哈维医生淹死后几个月他的头就被一只游过的逆戟鲸从身子上切下来了，顺着河流向南移动，最后停在了悬崖下的碎石上。周围到处都是石块，他的朋友们看不到他的头，风刮过他的下颚骨发出的声响也被周围咆哮的波浪声淹没了。

他们本打算在萨瑟兰岛登陆，但是却发现去路被冰封锁了。毫无规律的风把他们刮得一直上下摇摆，雨又大又冷，耐德不会忘记这个地方，是因为这样极端恶劣的天气，也是因为正是在这里他开始发高烧，让他的大脑一片混乱，让他把这次航行中的事情和前两次穿过史密斯海峡的事情混淆了起来。一次是往东，是和乔、博尔哈维医生还有齐克一起的，还有一次是向西，同行的只有齐克。这个他还是分得清楚的。他们像牲畜一样用挽具拉着雪橇，雪橇陷进雪中，就把它拉出来，这些是这次返程时候的事情，还是以前两次旅行中的事情？

一次，他高烧特别严重，无助地躺在他的伙伴中间，不断地对自己重复着乔告诉过他的故事，这些故事一些是以前某个月拉雪橇的时候乔告诉他的，还有一些是他们到了安诺托克、他们围在火边时乔翻译给他听的。他们躺在一座小屋里面的平板上，挤在一堆爱斯基摩人中间，一起吃着海象肉做的肉排。肉沿着冰带堆在一起，海象的头盖骨在阳光下几乎把人的眼睛闪瞎了。乔曾经说过，一个叫做托纳撒克的强大的灵魂，他一边说一边从汤罐里取出一点东西来吃。他是这些爱斯基摩人的信仰。还有许多重要的精灵，其中包括一些叫做因内修特的精灵，他们住在峡湾，没有鼻子。因内修特会躲在大石头后面，等到有人路过就把他抓住，然后把他的鼻子割下来，逼迫他加入他们的部落。如果人逃脱了，就会找一个能干的巫师帮他说情，把他的鼻子要回来，这种巫师当地人称为安哥可可。乔说，鼻子是可以回来的。乔和耐德、博尔哈维医生一起坐在屋子里，乔把乌图尼阿的话翻译给了他们听。鼻子会从天空中飞过来，落在以前的位置，但是被因内修特逮过的人永远都能被一眼辨认出来，因为他脸上会有疤痕。

耐德的高烧，或者是冻伤，或者是他吃了什么腐烂的东西，让他的鼻子长了很多小脓疮，渗出了黄色的液体，然后结了硬皮，接着裂开了，开始流血。他记得自己曾经害怕鼻子会完全消失，之后觉得鼻子肯定会消失，不仅如此，他的脸，他的整个身体，都会消失，如果这不是他的错，那还能怪谁呢？他曾经向伊拉斯莫斯撒过谎；那些皮衣是他做的，他曾经像贼一样偷了船上的物资；他计划了这次返航，将人们组织起来的也是他。在布希亚，是他指出了那几只铜壶，才有了此后发生的这一系列事情。他第一次穿过史密斯海峡的时候，没有救得了博尔哈维医生。他们穿过峡湾和冰川的时候，他听到了歌声，不是博尔哈维医生，而是其他人，他感觉自己被推到了某个人的膝盖边，就祈求他保护自己不受精灵的伤害。因内修特会带来很多麻烦，乌图尼阿曾经说过。他们经常会困扰旅行中的人们。他心中充满了愧疚和恐惧，眼泪留了下来，手盖在鼻子上，想起了他在爱尔兰时他祖母曾经讲过的故事。坏精灵会让粥着火，让面包掉在地上而且是涂了黄油的一面朝下，让奶牛找不到自己的小牛。也许正是因内修特一直在困扰着他们，天气才会如此多变，才有这么多艰难险阻。

好像是某一天晚上，他告诉伊拉斯莫斯，他们的坏运气可能都是因为因内修特。他们经过了部分融化的海水，绕过冰山和浮冰流。

一天，他们停留在一个缝隙中，这时从西北方刮过来一股强风，他们无助地看着海峡另一边的一块浮冰破裂了，以一座冰山为轴旋转，最后把他们所在地的出口堵上了。它撞上了他们停泊的地方的一个角落，浮冰裂成了碎片，他们所在的地方变得一片狼藉，他们周围所有的东西都被抬升起来，撞击到一起，然后重重地落下来。他们的小船像个胡桃壳一样被扔进了一大堆剧烈搅动的冰水混合物中。罗伯特对这次事故记得特别清楚，因为他的胳膊就是在这里脱臼的。泰勒船长让他躺下来，伊拉斯莫斯帮他复了位，虽然当时他疼得快要晕过去了，罗伯特还是记得当时自己惊诧不已，没想到他们两个人还能一起做事。

在哈克卢特岛，他们发现了鸟儿，但是却一只都没有打到。他们在一座冰山旁边打到了一只海豹，但是还没来得及抓住它就沉下去了。他们已经快没有什么吃的了，一周以来他们每天只能吃到几盎司面包屑和牛肉压缩饼，他们都发烧了，身体都很虚弱。耐德小声地说，是因内修特把乔从他们身边偷走了，也是他们把博尔哈维医生绊到了水里。伊拉斯莫斯一直都记得这话，还记得当时听了这话是多么心痛。尽管他为耐德的状况十分担心，也为其他人担心，他们还不知道自己的身体已经虚弱到什么程度，只是他们自己也能大致感觉到自己做事的力气已经大不如前了。提到博尔哈维医生，他内心还是无法平静。他没有时间去想齐克，真是不可思议；他的脚渗出了某些液体，发出了恶臭味，变得麻木，没有感觉，但是他也没空去想。他想的只是如何让大家挨过每一天，每天做的事情都是在向前推船，做饭，吃饭，休息，接着继续向前推船，走过了好几英里。但是当耐德提到因内斯特和博尔哈维医生，他又有点不专心了，不得不想方设法让自己的思绪回到现在这些最重要的事情上来。

诺森伯兰岛，鲸鱼海湾，帕里海角。海水被漂浮的浮冰群覆盖着，从鲸鱼海峡源源不断地涌来。晚上，没结冰的水面上出现了一层薄薄的冰，伊拉斯莫斯还记得当时看到这景象是多么害怕。如果他们被困在这儿，他们必死无疑，耐德肯定是第一个离开大家的。他精神开始错乱，罗伯特和伊万射杀了好几只黑海鸠，耐德坐直身子，鼻子成了血糊糊的、界限并不怎么分明的一块，胡言乱语起来，他似乎在说一次重要的打猎经历，他和乔还有博尔哈维医生和爱斯基摩人一起去打在悬崖上筑巢的黑海鸠。他们用网在空中一划，一端连着长长的独角鲸的长牙。他们一下子就捕到了几千只，像捡豌豆一样容易，鸟被放在皂石做成的锅中烹饪，孩子们卷在了一堆鸟皮中间，把还没煮的鸟腿一只一只拔下来，他们的脸埋在羽毛里，血弄脏了他们的脸颊。但是耐德不肯吃这些黑海鸠，他甚至无法忍受食物放到他的鼻子下面。他说了几个名字，其中只有几个是伊拉斯莫斯知道的——乌图尼阿，梅泰克，阿瓦托克；麦伍克，艾古克，努阿里克，内撒克——后来这些名字，还有和这些名字联系着的人，久久萦绕在伊拉斯莫斯脑中，不肯离去，他还记得，当时很羡慕耐德，羡慕他在旅途中看到的一切，真希望自己当时也在场，也许那样博尔哈维医生现在还会活着呢。

伊拉斯莫斯让船继续向南行驶，他有时能听到耐德在说什么，有时听不到。泰勒船长和泰格伯先生对他的命令一个也不执行，穿过了霍普纳海岬和格兰维尔海湾之后，他们开始越来越有信心，似乎觉得只要能够在完全冰冻之前脱身，他们就能到达捕鲸的地点。他们不断地前进，温度一天天地下降，新的冰在形成，浮冰开始逐渐变得越来越结实，狭窄的通道正在被堵上，尽管泰勒船长总在不停地催促大家，却似乎赶不上结冰的速度。这里是他的海域，伊拉斯莫斯记得他这么说过，他们现在是在他的国度了，伊拉斯莫斯必须把指挥权移交给他。这里他知道怎么样才对航行最为有利。

一天早上，伊拉斯莫斯解开了靴子，不得不相信自己的感觉是对的，十个脚趾头有八个已经发黑坏死了。在博尔哈维医生的药箱里有截肢刀，很锋利，闪着光，但是他不可能把这个用在自己身上，如果冰包围了他们（当然这个现在没人能说得准），他也不可能走很远的路程。泰勒船长也许知道以后会怎么样吧，他似乎感觉到了伊拉斯莫斯一天比一天虚弱。

“以前你不肯领导大家，”伊拉斯莫斯记得自己曾经这样对船长说，“当大家最需要你的时候，你什么都不肯做。现在我们有安全返航的希望了，你又要求指挥权。你不过是想要这份荣誉罢了。”来复枪、弹药和子弹在船上散落得到处都是，但是他有雷管，这让他感到很安全。“如果你不服从我，我就开枪打死你，”他说。

所有人都会永远记得：他们几乎到了不得不只选择一方的地步，而一杆挥动的枪救了他们。几天以来，他们在德利·迪格斯海角附近缓慢前进，然后穿过了冰山下一条狭窄的通道，没有人说话，除了发出命令或者作答。每天晚上温度都会降到零下，尽管中午还是很温暖。有时会下雪。他们划过了一层厚厚的半融化的雪水，雪水从船桨上滴下来，像是在一锅粥里面划船。最后他们终于绕过了约克海角，这里什么也没有，让他们感到十分恐惧。十月三日，到了梅尔维尔海湾。乌佩纳维克还在遥远的另一端，还有好几英里远。

在梅尔维尔海峡，迎接伊拉斯莫斯的是厚厚的浮冰群，浮冰之间仅仅有些很小的、不规则的空隙；这点他已经料到了。他没有想到的是，远处出现了一些黑色的小斑点。似乎是一团小斑点和线组成的东西，摇摆着，向上飘动着，让他的心一下跳了起来。烟？现在他已经非常清楚，冰会改变外界事物在视觉和感知中的印象，远处看起来像是一只熊的东西，走近了会发现不过是一只兔子；近处的一座并不陡峭的小山在远处看来可能是一条巨大的山脉。因此，开始他并不相信看到的烟就真的是烟。这些斑点看起来很远、很大，但如果走近了，说不定只是一些正在打猎的爱斯基摩人。但烟中那几根笔直的线实际上真的是桅杆，那一团实际上真的是船只。他们一边数一边互相说，是十七艘船。他们用脚敲打着挡住他们去路的薄薄的冰层，欣喜若狂地穿过浮冰间的缝隙赶快向前行驶。那些船似乎被冻住了，伊拉斯莫斯他们已经烧了雪橇做燃料，身体很虚弱，没有力气把船拖到坚实的冰上去了。

“我要过去一下，”泰勒船长说，“我到第一艘船上，然后找到足够的人来帮忙。”

“不，”伊拉斯莫斯说，“我们中已经有太多人身体垮了，我需要你和我一起待在这儿。风随时都可能转向，如果浮冰分开了，我们可能会迅速飘动起来。”他自己很想去，但是他知道他自己走不了几步路。“要选最强壮、行动最迅速的人。巴顿，我觉得他合适。”

巴顿跳起来，“我会跑过去的，”他说，“我会一路跑过去的。”

过了四个小时，他回来了，还带来了一些人，他们是设得兰岛的岛民，他们的船是一艘来自苏格兰邓迪县的捕鲸船。外面在下雪，周围一片漆黑，天气极为寒冷，冰在他们脚下吱吱作响。伊拉斯莫斯简单地和船员们打了个招呼，只是说他们的船只遇难了，他们需要帮助。他从那些船员脸上看到了怜悯的表情，他就知道了当时他们穿得是多么破烂不堪，看起来是多么憔悴和疲惫。“你们可以把我们带到你们的船上吗？可以让我们到你们那里去吗？”

这些船员们身体十分强壮，完成所有的事情并没有花费很多时间。他们把船拖到冰上，用拉索固定住，把船上除了船员们的个人物品之外的东西都卸了下来，然后他们快速检查了一下“独角鲸”号船员们的健康状况，让耐德、伊拉斯莫斯和伊万坐在坐板上。他们十二个人一起拖船，轻松得就像是什么也没有拖一样，其他人则扶着那些还能走的人。

月光和几堆火照亮了他们的道路。走近了伊拉斯莫斯才发现那并不是篝火，也不是用来烧饭的火，而是两艘船的残骸在燃烧。这两艘船陷在冰里，被整个切开来，一部分已经沉到了水面下。只有甲板上的铺板还在水面之上。“这是个习俗，”一个设得兰岛人这样回答伊拉斯莫斯的询问。“我们捕鲸人有这样一个习俗。如果一艘船被撞破了，就像这样，那么我们就会把它的残骸烧掉。”在火光中，伊拉斯莫斯看到冰上散落着桅杆，几只已经坏了的捕鲸小艇，还有一整只船整个侧了过来，龙骨露在外面，看起来十分凄凉。

“我们一共有二十艘船被困在这里，”一个设得兰岛人说。他好像叫做玛咖·阿贝纳，至少伊拉斯莫斯是这么理解的，他有非常浓重的口音。“到目前为止损失了三艘。他们的船员已经被接到了其他船上，不过我们还有一些空余的位置。你们的信使过来之后我们船长就开始为你们的到来做准备了。”

他们面前出现了一只高高的三桅船，像个城堡似的。玛咖说这艘船叫做“和谐”号，来自邓迪县，船长是艾莱克·斯达洛克。玛咖去把板子固定起来，然后去叫船长过来，趁这个间隙，伊拉斯莫斯把吊架和捕鲸小艇等拿了进来。之后，很短的时间内发生了很多事情。伊拉斯莫斯和他的同伴们被带进房间，洗了澡，包扎了伤口，换上了干净的衣服，又去匆匆看了一眼他们的东西被怎么放在一起。在船舱里，他们的眼睛被干净的灯发出的光芒晃得睁不开眼睛，烤面包的味道让他们感到震惊。船上的医生带走了耐德，他发烧严重，鼻子状况也很糟糕，让医生非常担心，但是伊拉斯莫斯还是和其他人在一起，因为还没有人看到他脚的状况。

“和谐”号被冰紧紧地压向岸边，里面除了桌子被固定成水平姿势之外一切都是倾斜的。船员们给他们拿来椅子，他们面前摆上了几只盘子，还有红酒，盛在小杯子里，闪着红色的光芒。他们吃了好几分钟，彼此都没有说话。之后，斯达洛克船长才问：“你们的船只是怎么遇难的？你们乘船出来多久了？”

伊拉斯莫斯向前倾了倾身子，正准备说话，不料泰勒船长抢先说：“我是埃莫斯·泰勒，来自新伦敦。我已经做捕鲸船的船长有二十年了。”接着他们快速交换了地点和姓名，两个船长以前没有见过面，但是因为是行驶在同一片海域的原因，因而有很多共同认识的人。伊拉斯莫斯马上感觉到了权力发生了转移。

“哪只是你的船？”斯达洛克船长问，“这季开始的时候我们没在船队里看到你们。”

泰勒船长撅起嘴，说道：“的确，你不会在船队里看到我。因为，不是这季。”他一边端起酒杯表示还想要些红酒，一边告诉了斯达洛克船长发生了什么事情。讲了他们怎么在上一季，而不是这一季，他作为船长参加了寻找富兰克林的旅行，讲了一切是怎么出现了问题，他们被冰围困，这都是因为这次航行的指挥官不肯听从他的建议。而当斯达洛克船长很关切地问起这次寻找富兰克林的航行结果如何时，他回答很简略，显得十分不耐烦，然后他开始滔滔不绝地谈论起他们怎么不断努力，度过了令人绝望的冬天，最后终于逃了出来。伊拉斯莫斯想打断他，但是做不到。他感到有些头晕，身上出了汗。他们在室外待了好几个星期，现在突然到了室内，感觉这屋子实在是太拥挤、太闷热了，各种味道混合在一起。"'独角鲸'号再也无法从冰的围困中逃脱出来了，"泰勒船长最后总结道。

"你们的指挥官呢?"另外一位船长问道。他环顾了一下船舱里面的人。

"他死了，"泰勒船长说，"还有其他几个人也死了。"

他然后转向伊拉斯莫斯，说："这是'独角鲸'号上的自然学家，叫伊拉斯莫斯·威尔斯，是沃利斯指挥官的朋友。沃利斯指挥官委托他在他不在的情况下负责航行的目标得以实现，是他决定放弃船只的，也是他组织了我们这次弃船返程。我只是负责尽量让大家顺利地从冰中间航行。"

这不是我的决定，伊拉斯莫斯想，而是耐德的。这样的决定对谁来说都没什么值得自豪的。他必须让他们知道齐克不是肯定死了，只是可能而已，他生还的希望还是存在的。他站起来刚想说话，就感觉脚下的地板倾斜了，灯缩成了一个金色的球，接着就完全看不见了。他脸朝上平躺在了地上，有人解开了他的靴子。斯达洛克船长和他船上的医生以及其他两个人朝下看着他，互相说着什么。医生动了动他的脚趾，博尔哈维医生以前也会这么做。"这些脚趾得截掉，"他说。

之后，伊拉斯莫斯在大副的船舱里养病，逐渐知道了"和谐"号是怎么被困住的。他和耐德肩并肩躺在一起，他们身体很虚弱，讲不出话来，但是可以听别人讲话。

七月的时候，"和谐"号，还有其他从赫尔、阿伯丁、柯卡尔迪、纽卡斯尔、新贝德福德、楠塔基特和纽芬兰等地来的船只在梅尔维尔海湾缓慢地前进。船队最终进入了巴芬湾北部的可航行水域，然后快速穿过巴芬湾进入了庞德海湾，却发现往南的航道被一片片漂浮的冰堵上了。一股从东边刮过来的风将冰推进了海湾，船队困在里面无法出来，他们根本看不到鲸鱼的踪迹。几个星期以来他们一直在等待，烦躁而又无聊，最后却发现，虽然风转了方向，围困船队的冰被吹开了，向南的航线还是无法通行。

他们想回到乌佩纳维克，于是又去了约克海角。他们发现梅尔维尔海湾仍然被冰山和厚重的浮冰群阻塞着。他们再次向西航行，发现无法再前进之后又一次回到了梅尔维尔海湾，这里的冰更厚。这样来来回回三次，二十只船还是无法找到一条向南航行的安全通道。从东南方向刮来的强风将船挤在了一起，接着又把船压向了约克海角南部弧弯的浮冰边。

他们将一只船的艏斜帆桁和另一只船船尾栏杆叠在一起，将船拖过了狭窄的缝隙，直到风将冰吹到了他们周围。来自新伦敦的"亚历山大"号和来自赫尔的"团结"号被撞坏了，"天鹅"号一端被高高地抬起，伊拉斯莫斯见过这艘船。从九月十五号开始船队就一直被困在这儿。哈斯拉斯先生，也就是每天会来看伊拉斯莫斯和耐德几次的随船医生，常和他们聊聊天，说现在他们只能希望冰能够再次裂开。从西北方向过来的强风可能能够让浮冰散开，如果他们能在新的冰封住航道之前离开，他们可能就能到达乌佩纳维克了。

船员们互相串门，在冰山上举行聚会，弹乐器，赌博，跳舞。同时，船长和大副们也在用各种方式娱乐，在船舱里举行晚宴，每次会持续很长时间。泰勒船长和泰格伯先生从一艘船跑到另一艘船上，因为他们在航行中表现出来的勇气和智慧而在各处备受款待。至少据伊拉斯莫斯了解是这样的，因为一次船上有人在宴会中途出来看他和耐德。这个人是托马斯,他刚从一艘来自新贝尔福德的船上过来,带来了凯恩博士的消息。

“他把他的船留在了冰上自己离开了,”托马斯说,“这和爱斯基摩人告诉我们的是一致的。他和他的船员的返程过程和我们的很像,也是驾驶了三只小船,但是要早一点。他们径直往乌佩纳维克而去,被一艘丹麦船只救了,带到了戈德港,在那里碰上了前来营救他们的救援队。去年十月他们抵达纽约,告诉我这些消息的人说这些事情已经都上了报纸了。尽管他寻找富兰克林的地点完全是错的,凯恩博士现在已经是个大英雄了。”

他看着伊拉斯莫斯的脚,说:“也许我们也会被称为英雄吧。我们到家后,也许大家都会为见到我们而欣喜若狂。”

伊拉斯莫斯看看耐德,他躺在离他几英尺的地方,正在专心地听着他们说话。哈斯拉斯先生已经清理了他鼻子上的伤口,上了泥敷剂,但是左鼻孔的红肿让他的鼻子看起来像是被烧过一样。又紧又不规则的疤痕代替了原来正常的肌肉。鼻孔已经不是一个正常的规则圆孔,它看起来成了一个黑色的、狭窄的裂口。伊拉斯莫斯想,自己脚上的这种畸形至少还能藏在靴子里,而为什么那样明显的畸形会偏偏发生在耐德身上呢,他是这么年轻,这么英俊。

“你觉得会那样吗?”耐德说,“会不会大家责怪我们放弃了‘独角鲸’号,而且还没带回任何证据来证明富兰克林究竟发生了什么?”

托马斯忙转向他,摇了摇他长着疤痕的手,说:“凯恩博士也离开了船只。他不得不这样做,我们也是。”

耐德把脸转向另一边,伊拉斯莫斯知道他在想什么:但是凯恩除了确定已经去世的人之外没有抛弃其他任何人。

又过了几个晚上，一场猛烈的暴风雪降临了，还伴随着一阵强风，风向从西南转向西方然后又转向了西北方。伊拉斯莫斯和耐德听到了上面甲板上人们的忙碌声，船开始慢慢移动，倾斜的船只慢慢正过来，人们开始兴奋地说起话来。第二天一早，斯达洛克船长赶到了他们的船舱，头发竖着，眼睛里充满了兴奋。

"风已经吹开了浮冰，"他兴奋地说，"我们现在已经浮起来了，所有的船都浮起来了。我们会试着穿过浮冰向南走。如果近几天都能保持这个样子，如果在新的冰形成并把所有东西都冻住之前都能这样——我已经和尼克逊船长，也就是'萨拉·比乐普'号的船长，说过这件事情。如果我们能成功，他答应把你们带到他们在马波海德镇[1]他家那里。"

"马波海德镇？"伊拉斯莫斯说。泰勒船长和泰格伯先生从门里挤进来，看起来像是一夜没睡似的。"我们不和你们待在一起？"

"当然不，"斯达洛克船长说，"你们应该想要回到费城吧，对吧？这是我们船队能把你们带到的离费城最近的地方了。"

伊拉斯莫斯转向泰勒船长，说："你觉得我们应该登上去马波海德镇的船吗？"

"你当然应该了，"泰勒船长说，"还有耐德，一起其他想和你们一起走的人也是。伊万肯定会和你们一起的，他的手指还没有痊愈，但是泰格伯先生、罗伯特、肖恩和我会和'和谐'号待在一起。"

"你为什么想要去苏格兰？"伊拉斯莫斯说，"我觉得我们不应该分开。"

"'和谐'号不是要回国的，"斯塔洛克船长说，"现在还不回去，现

① 美国马萨诸塞州东北部一小镇。——译注

在我们的仓库还空着呐,我们还没有什么收获,没有办法付钱给船员们,我们决定去纽芬兰,和鲍林船长一起去。他告诉我说如果我们在那里过冬,我们三月就可以和捕海豹的船队一起越过贝尔岛海峡,然后在回去前有所收获。”

“你不想回去?”伊拉斯莫斯对泰勒船长说,“过了这么久,经历了这么多事情,你还不想回家?”

“我当然想了,”泰勒船长带着几分嘲讽的语气说道,“但我靠什么生活呢?你觉得我还能指望找到沃利斯指挥官,让他把该付给我的钱给我吗?我和你们这些‘发现人’不一样,我得谋生。如果我不采取某种方式弥补损失的话,那这次航行就是一无所获了。如果我们能够捕获足够的海豹,那么我的份额就足够让我在回家的时候能拿出点儿什么东西了。”

他旁边是泰格伯先生,他点了点头。伊拉斯莫斯想,整个旅行中这个人做的就是点头了。从来没有自己的观点,从来没有什么新的主意。

“什么是‘发现人’?”耐德问。

泰勒船长和泰格伯先生用鼻子哼了一声。他们两个都还没说话,斯达罗克船长就看着伊拉斯莫斯说话了。

“这是我对你们这些探索北极的人的称呼,”他说,“你们出发去探索北极,有人资助,排场壮大,穿着特制衣服,觉得会发现某些了不起的东西。你们去的每一个地方,捕鲸船都已经去过了。我们对陆地和洋流还有风的了解比你们还多,而且我们还了解鲸、海象和海豹的习性。我见过来自俄国、英国和法国的探险船,从来没发现他们发现了什么有用的东西。你们此次航行发现了什么东西吗?”

“新航线,”伊拉斯莫斯说,“我们为许多新海岸绘制了地图,包括史密斯海峡的背面。而且我们发现了富兰克林船队的遗物，这个我已经告诉过你们——只是丢了，显然不是我们的错。”

“这就是你们这些‘发现人’做的事情，”斯达罗克船长说，“把自己弄丢了，把东西也弄丢了。富兰克林把自己弄丢了，他的船只和船员也被弄丢了，凯恩博士的船也被弄丢了，你们的船，还有你们找到的宝贵的遗物和标本，也被弄丢了。如果捕鲸船的船长按照你们这样的频率弄丢东西的话，肯定很长时间不会有人雇他了。”

“如果我早知道……”泰勒船长说，“如果我要是知道……”

“美国的探险船至少在航行的时候会记下来沿路发现的鲸鱼和海豹的情况，回去的时候写成报告，”斯达罗克船长继续说，“我们国家的这些‘发现人’呢，显然认为鲸鱼这种东西不是他们这种层次的人应该关心的，他们回来的时候从来不会提到，更不会写在那些花哨的书里面。他们也有嫉妒我们的时候。在巴芬湾的西边，所有的海岬和海湾都是由捕鲸人命名的，而不是他们。”

“是那些我们看到的英国探索船?”泰勒船长插嘴说，“‘果敢’号，就是那个让沃利斯指挥官觉得自己应该首先北行的探险船——我们只是见过它。但是我听说一艘美国的捕鲸船把它带了回去，进行了清洗，然后还给了英国政府。”

“这个我们也能够做到，”泰格伯先生说，“做这件事本来可能是我们的。”

肖恩和罗伯特还有泰勒船长和泰格伯先生一起住在“果敢”号上，“萨拉·比乐普”号这艘船又小又旧，尼克逊船长还是为伊拉斯莫斯、耐德、伊万、巴顿、艾萨克和托马斯腾出了地方。只有六个人，伊拉斯莫斯想。当初离开费城的时候有十五个人。他根本无法想象探险队中只有这么少的一部分人回去。他无法想象该怎么面对那些遇难者的家人，更不知道该怎么面对那些虽然生还但却因为航行未达到目标而不得不再离家半年去捕猎海豹的人的家人。他不能想象，有一部分原因是因为他无法想象自己真的是要回去了。似乎那些捉弄他们的精灵都睡着了，好天气因而可以持续一段时间，所以他们可以有时间逃离出来。船队穿过被冰阻塞的水面，朝着乌佩纳维克出发，然后到了戈德港，在那里各个船只开始分开，驶向不同的目的地。

"萨拉·比乐普"号上的随船医生很肯定地对伊拉斯莫斯说他的脚正在恢复，总有一天能够重新走路的。一些船往格陵兰而去，而"和谐"号带着泰勒船长、泰格伯先生、肖恩和罗伯特去了另一个地方，到这个时候，伊拉斯莫斯才真正理解了他失去了什么。一些船只向东，一些船只向西，他曾经把自己包围在一个保护壳中，希望能够把所有人都安全送回家，现在这个壳像发了芽一样裂开了。

他躺在自己的床铺上，哭了起来。他脚趾上的伤已经算不上重要了。航行的目的未能实现，这虽然有一定的重要性，但这些目标本来都是齐克的，而不是他的。他丢失了珍贵的标本，自己和博尔哈维医生一起搜集的标本，所有的鸟、昆虫、花和蕨类植物，皮肤，鳞片，化石，骨头——没了，没了，都没了。他本来还想写一本北极自然史的专著，现在这个希望也烟消云散了。但是这些损失只是由于运气不好，所有人都得学着承受。

但是"独角鲸"号的船员也没了，博尔哈维医生也没了，这是他唯一一个真正的朋友。他没了，齐克没了，他妹妹幸福的可能也没了。他把这些都弄丢了。拉薇妮亚在家耐心地等待着，他该怎么面对她？没了齐克，她的生活会是怎样？没有了所有他想要的东西，他的生活又会是怎样？他的旁边是船的皮肤，一层木头做的墙，在浪的那边，水的那边，风的那边，生灵在飞翔，在游泳，在呼吸，世界在旋转着，群星在围绕着南北向的一根固定的轴旋转着。很多年以后，他还记得，当时很想一拳打通那堵墙，跳到那似乎在等待着他的海水中。

# 第三部分

## 第八章

# 图德拉米克的皮和骨头

（1856 年 11 月至 1857 年 3 月）

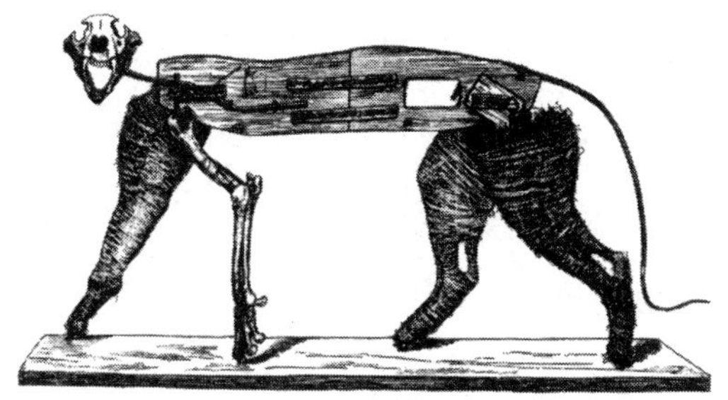

地球上生物在更替中出现了明显的进步。这种进步体现在各种动物之间愈来愈相像，脊椎动物之间愈来愈相像，特别是和人类愈来愈相像。但是这种联系并不是由于不同时期的动物的直接联系。他们之间并不存在直接的亲子关系。古生代的鱼并不是第二代中爬行动物的祖先，人也不是由更早的第三代的哺乳动物而来的。他们之间的联系是更加高级的，是非物质的，他们之间的联系应当从造物者自身来探究。造物者制造地球时的目标是让它能够经历地质学中的各种变化，使得一些动物灭绝后能够接着产生各种不同的动物，是为了让人们能够来到这个星球上。人们是整个动物创造过程的终结，从古生代的鱼出现开始，创造生命的最终目的就在于此。造物者一开始就订好了计划，而且在整个过程中没有发生变化……直到今天，根据这种观点，各种动物交替在地球上登场，分布在地球的各个地方，时间和空间上十分合适，这显然是上帝自己的想法……正是有了这样周密的计划，造物过程才可以根据这样的计划，从一开始就完全遵循既定的目标并始终如一，自然史才能真正有了自己的特点，才能显得高贵，才能有自己的价值，才能根据上帝赋予的永恒不变的规律来调控自然。

——阿加西·古尔德《动物学原理》(1851 年)

雕刻得很精美，亚历山德拉想，连那些她自己做的部分看起来也很不错。她又撅了撅嘴唇，轻轻地吐了一口气，版上的薄纸被吹开了，看到了下面的画。凯恩先生的《极地探险》，这是阿奇博尔特先生给她的，她无法相信她居然能够有机会参与到这本书的创作工作中。她盯着画面和广告来回看，这些广告也是阿奇博尔特先生给他的。

**凯恩博士的伟大作品**

**《北极探险》**

现在超过五十万的人在阅读，有长有幼，有学富五车者，有目不识丁者。这是一本值得每个美国人拥有和阅读的书。

**五百种报纸**

认为它是迄今为止出版过的最了不起的书。

**国外杂志**

毫不吝啬溢美之词。认为它比

**《鲁宾逊漂流记》**

在记述艰苦和困难方面更加忠实，读之无人不为之动容。

**我国最德高望重者**

对它赞誉有加。下面请读读他们的话。

这是我碰到过的所有记录艰难和苦难、记录勇敢精神战胜困难的书中最难得的一本。没有人能像凯恩博士这样，揭开北极地区令人恐惧万分的神秘面纱。他的心对崇高而美好的东西十分敏感，因而他在描述旅行中遇见的景色时，能够在我们面前展示出一幅幅美丽的图画。他在书中讲述了他的日常生活，时时面临着可怕的危险。他用单纯的心去对待这些事情，用积极的心态去面对困难，用诚实来赢得我们的信任。这本书对最年幼的读者也会充满了吸引力。

——普雷斯科特(历史学家)

凯恩博士刚出版的书得到了大家共同的认同和赞赏，因而如果再加以赞美似乎太过肤浅。它记录了一次世界上最勇敢的航行，而且，就科学探索而言，也是最成功的一次航行。这本书的写作方法十分有趣，让读者能够领略到作者的学术水平和人格魅力。

——威廉·卡伦·布赖恩特(诗人)

他船队人数如此之少，船只如此之少，甚至连一个陪同者都没有，在这样的条件下，他探索中能够涵盖到如此广阔的范围，在北极停留的时间能够如此之长，他能够从北极成功返回，在我看来，他的航行是无与伦比的。

他经受艰难考验时沉着冷静，他进行判断时思维迅速敏捷，他面对苦难毫不退缩，他遭遇苦难时足智多谋，他作为北极航行的行动领导者、指挥者和一个人，拥有极高的地位。没有一个人能够像他一样把航行的经历讲述得这么有趣。从出版的角度来说，这本书是迄今为止在美国出版的书中最好的图书之一。

——乔治·班克罗夫特(历史学家)

你问我为什么要选他的书，除了批评家已经说过的东西，我并不想假装自己很客观；我常受到我个人感情的影响。不过，尽管如此，我还是想从文学角度发表一下我的观点，我从小就对以探索发现新世界为目的的航行有着很高的热情，但从来没有一次航行像凯恩博士的航行那样让我这么感兴趣，给了我这么多快乐。我读这部著作时，我感觉到作者就在我脑海中。1858年，他在史密森学会就他刚参加过的极地探险之旅进行演讲时，我也到了现场。我们都感到大为惊奇，一个体力上这么弱的人，在已经经历了这样的艰险之后，居然还有勇气再经受一次。他第二次航行回来之后，我见到了他，他身心疲惫，但是学术上仍然是精神抖擞，正准备出发去欧洲，希望能够把一个支离破碎的学会重新支撑起来，但诸多努力最后无果而终。

作者的形象一直出现在我的眼前，促使我去读他叙述的故事，他的故事很简单，很真实，写得很巧妙，处处给人以惊奇，时时让人充满了敬佩之心。他的航行，还有他对航行的描绘，在所有我见到过的精神和热情战胜体力上的不足的例子中，这是最了不起的一个。他的名字会像亨利·格林内尔的名字一样，成为他的国家的荣耀。

——华盛顿·欧文

作者不仅是一个科学家，一个精力充沛、技艺高超、胆识过人的探险家，也是一个全心全意的慈善家，这三项荣誉，他都当之无愧。联系他已经发表过的作品来看，我们完全有理由把他的名字放入人类英雄中最诚实的人的名单中。这本书的分类和插图堪称一流。

——爱德华·埃弗雷特

我带着浓厚的兴趣读了其中的两册，我的一生中，从来没有碰到过比这更让我感兴趣的书了。看完之后，我对这两本书万分喜爱，对写出这样作品的人充满了敬佩之情。我希望这样的书还能出十几册。

——G. P. R. 詹姆斯(小说家)

这次航行证明了人类的能力和忍耐力，具有纪念碑式的作用。此次航行的目的伟大而崇高，值得称赞，参加航行的人最终以少有的勇气、智慧和毅力完成了这次伟大的探险。它不仅带来了可以经得起真理严格考验的知识，更让更多的人对这种充满艰险的探险，对这种进入极端环境并经受各种艰难的经历，开始产生兴趣。从来没有读过任何一本书，能像凯恩博士的书这样牢牢地抓住我的心，我从来没有这样对经历了可怕磨难的人寄予如此多的同情，也从来没有对人面临困难表现出来的毅力如此的敬佩。这是人和自然的一场竞赛，北极冬天的可怕力量和人类顽强抵抗的力量。探险家们即使在最艰难的条件下也没有放弃自己的目标，让人感到十分欣慰。在这片除了他们没有其他生物的广袤土地上，他们战胜了这冰封的荒原。其他生灵在它毁灭性的力量的威慑下早就逃之夭夭了。

——路易斯·卡思

很少有书能这么有趣，这么富有教育意义；它语言浅显，平易近人，直截了当。它既有浪漫探险小说的魅力，又经过了科学的升华。当我们坐在温暖的炉火旁边，它将我们星球一个遥远的地方带到了我们眼前，这个地方一直被原始的冰层封锁着，默默无闻地沉睡到现在。

——查尔斯·萨姆纳

为凯恩博士的书写评论我觉得无比欣喜。我抱着极大的兴趣读了这本书，对他旺盛的精力表示钦佩，也对他经受的苦难表示诚挚的慰问。

——路易斯·阿加西(教授)

她一直忙于工作，无暇顾及结果如何。她从来没有想象过会有人来读并且讨论这本书，不然她会感觉自己像是撒了谎。她也从来没有想象过这本书对伊拉斯莫斯的影响，因为她相信伊拉斯莫斯已经死了。

捕鲸船队的大部分船只九月回来了，但是却没有带来任何与“独角鲸”号相关的消息，她以前曾经读过一些关于极地的书，因而便肯定探险队已经遇难了。齐克的父亲已经开始组织救援队，准备第二年夏天前去寻找齐克。尽管她一直劝拉薇妮亚相信“独角鲸”号上的人们肯定都安然无恙，但是实际上她自己已经丧失了希望。之后，一艘捕鲸船到了马波海德镇，奇迹般地将伊拉斯莫斯和一部分船员带了回来。

报纸一直在报道凯恩博士的英国之行和他了不起的书，也许要写出这么多溢美之词已经让他们很疲惫了，所以他们竟然没有责怪伊拉斯莫斯抛弃了齐克和船只。按照他们的叙述，似乎“独角鲸”号发生了一场叛变，或者至少是出现了致命的判断失误。他们不断地表达着义愤填膺的心情，追问着泰勒船长以及其他脱离伊拉斯莫斯指挥的船员们的命运。至于被毁容的那个小伙子，还有双脚残废的伊拉斯莫斯，他们似乎对此没有一点怜悯之心。伊拉斯莫斯拿出了自己的日记本给他们看，还拿出了珍藏的那一小块靴子底，说这是富兰克林的一位船员的，记者们却嘲笑了他，说他完全是在撒谎。林奈和洪堡把伊拉斯莫斯接回了家，尽量不让他读到报纸上那些最不堪入目的言论。但是他们无法阻止拉薇妮亚称他为刽子手，也无法让他不知道，每个人，每个地方，都认为他和凯恩博士比较起来要差劲得多。

伊拉斯莫斯住在家庭博物馆里养身体，拉薇妮亚把自己关在楼上，每天躺在床上不肯下来。现在，亚历山德拉在他们家待的时间已经远远超过了原计划，不过就是到了这个时候，她还是无法理解发生的一系列事情。她拿了一本《极地探险》给伊拉斯莫斯，希望能够转移一下他的注意力。他翻了翻，发现凯恩的航线和他们的航线如此相似，不由得更加难过起来。一天，他看书的时候突然抬起头看，似乎是第一次看到亚历山德拉，说："你在这儿做什么？"

她不能说现在这是她的工作。林奈和洪堡曾经恳求她留下来，至少留到拉薇妮亚肯下床的时候。但是她不能把他们讲的话原原本本地和伊拉斯莫斯说。洪堡说："有些事情佣人们不会做。"林奈补充说："你已经是我们家的朋友了。我们愿意以管家的标准付给你工资。"她的眼前出现了橱柜、碗柜和放织物的立柜，还出现了厨师、女佣和马夫的脸。她一直觉得自己是在报答他们家的恩情，而不是一个为了挣钱而干活的佣人。"不仅仅是一点工资的问题，"洪堡看到她的脸色，就补充道："我们并不会真的让你做什么家务事。如果你需要什么帮助，告诉我们一声就行。"

她不能把这些话告诉伊拉斯莫斯。于是她说："你的兄弟们人都很好，答应让我留下来，继续上课，捎带陪陪你妹妹，也陪陪你，如果你愿意的话。”

富兰克林的肖像高高地挂在墙上；一张桌子上摆着一个已经烂了的小药箱；床上是一只金属盒子。伊拉斯莫斯不让亚历山德拉看到盒子里面的东西，但是她还是瞥到里面有一只装信的小盒子，几本书，还有齐克出发时拉薇妮亚送给他的日记本，现在已经沾满污点，好些地方都破了。“我写东西还可以，”她说，“我是不是能帮你把带回来的资料整理一下？”

伊拉斯莫斯拿出一个新日记本，黑色的封皮，没有装饰，侧面是红色的皮革做的，他写道：

> 我尽力让自己从周围的事物中找到一些让我感到舒服的地方，尽力让自己为了能回到家而感恩，让自己看看周围的东西。我的窗外是一片深深的灰色，阳光偶尔穿透这片灰色照射下来，闪亮的树叶神秘地暗了下去，又神秘地亮了起来，镀上了一层金色。树叶中有一只北美红雀，还有一只乌鸦。一群乌鸦盘旋着落在一棵橡树上。夜幕降临，鸟儿们从城市的各个角落回来了，每根树枝上都站着鸟，所有的鸟都同时讲话，噪音大极了，似乎是在说：你在那么？我在这儿。你在那么？我在这儿。晚安，晚安，晚安。为什么我不能单纯地欣赏这些画面？
>
> 以前我一直盼着回家，而现在我却渴望是在“独角鲸”号里我的床铺上，而且所有的船员都在我身边。拉薇妮亚责怪我，所有的人都责怪我，因为我一个人回来了，没有把齐克带回来。我也责怪自己。我知道，其他人也知道，如果不这样我们会面临什么样的危险。“探索之旅”的那几年已经让我深刻地明白了北极

是个什么样子，完全不会有什么不切实际的幻想了。但是我为什么没有看到齐克的想象是多么不切实际？他读到的东西没有将最重要的事情告诉他。他知道航行中我们会碰到艰难，但是却看不到他自己会面临的危险。他似乎总觉得自己是有魔法似的，永远都不会出什么事情。真是孩子的想法。

我想做的就是和我的同伴们聊聊天，但是他们现在已经各奔东西了。托马斯，曾经幻想我们都能成为英雄的托马斯，看到报纸上写的东西羞愧不已，终于加入了一艘商船，已经出发去了加利福尼亚。伊万和艾萨克已经回了家。巴顿在一个农场上找了个工作。只剩我一个了。你在那儿吗？我在这儿；没人在那儿。

这周我终于开始做一些一回来就应该做的事情。我写信给富兰克林夫人，附上了一张遗物清单，还附上了欧那利对沉船的叙述。我写信给泰勒船长、泰格伯先生、罗伯特和肖恩的家人，把分别时他们托付给我的信也附在里面，并答应会关注他们工资中未付的部分。耐德从阿迪朗达克山脉寄来了一封信，我给他回了信，并用我自己的钱付清了他的工资，告诉他只要他需要帮忙就尽管说。他说他的鼻子已经痊愈了，但是畸形无法恢复。我告诉他我的脚差不多快好了，我希望他的伤是在我身上，如果真能这样，我愿意付出一切代价。

最令人难过的是写信给博尔哈维医生的朋友们。在他的盒子里有好几封厚厚的信，写给爱丁堡的威廉姆·格林斯通，还有一封信是写给伦敦的托马斯·科萌德。我给每个人寄了一个包裹，里面有博尔哈维医生写给他们的信，还有我自己写的博尔哈维医生对航行的贡献。他搜集到了多少东西，还有他教给了我们什么东西。关于他是怎么死的，我和他们讲的是耐德的版本，而不是齐克的版本，而且还尽量讲得更加委婉。我说，他在去了解史密斯海峡的爱斯基摩人以及他们赖以为生的动植物的情况时遇难了。一些细节我不得不让他们去看看凯恩博士的书，这真是太让人痛苦了。

我们去过的每一个地方凯恩几乎都去过了，齐克绘出的海岸线都已经在凯恩的地图上了，而且都已经命名过了，那个离我们很近的北面的海，就是齐克留给我们去探索的海岸，已经成为了凯恩地图上的"凯恩海盆"。要告诉博尔哈维医生的朋友们史密斯海峡的爱斯基摩人是什么样子的，我只需要让他们去看凯恩博士的书里面的对应部分，如果要描述博尔哈维最后碰见的那些人是什么样子的，就让他们去看书里面的插图。就是这样；简直让人无法忍受。即使耐德胡言乱语中说出的几个爱斯基摩人的名字也出现在了书里面。我希望能和他比较一下我们的经历，但是他已经去英国了。北极之旅毁坏了他们的健康，他回来之后短时间内写了这么多东西更让他的身体每况愈下。我给威廉姆·格林斯通附上了一张私人的小纸条，告诉他他间接教给我们的知识救了我们，也就是驯鹿皮上的蛆。我没有告诉他我拿着博尔哈维医生的日记本，我再也无法连这个都失去了，我承受不了。

十二月齐克的姐妹来了，亚历山德拉把她们带到了家庭博物馆。她们都比亚历山德拉要高，金色的头发，打扮得整整齐齐，她给她们拿凳子的时候不由得对比了她们华丽的、光滑的、黑色的礼服和自己已经穿旧了的毛葛上衣。她把钱存起来放到缝纫盒里面，但她从来不花钱买衣服，还是只有这件素色的衣服，一件咖啡色的绸缎衣服，还有一件带一点装饰的灰色衣服。她很长一段时间都在外面罩着一件画家常穿的棕色的工作服，所以她穿着什么也就不重要了。她们坐下来，裙子沙沙响着，椅子被覆盖在裙子下面了，伊拉斯莫斯支撑着自己坐起来。

"你身体怎么样?"瓦奥莱特一边说，一边碰了碰他的床。伊拉斯莫斯把盒子放在床下面，盒子鼓起了一个难看的包。

"好点了，"伊拉斯莫斯说。从他回到费城以来这是第一次见齐克的家人。"医生说过了圣诞节我就可能好开始走路了。"

劳雷尔点了点头。"亚历山德拉，"她说，"能再次见到你真好。你在这边呆得还开心吧?"

"一直挺忙的，"亚历山德拉说，"我很高兴能够帮到拉薇妮亚。"

"她现在还……"瓦奥莱特说。

"还是那个样子，"亚历山德拉说。

然后大家都不知道该说什么了。齐克的父母在经过一个月的哀悼之后开始委托别人建造研究海洋生物学的船只，来纪念他们死去的英雄，"齐克阿伊・沃利斯"号的龙骨已经做好了。这真是一个值得敬佩的哀悼方式，是一个十分值得尊敬的家庭。尽管他们还不想见伊拉斯莫斯，他们还是让女儿们来了。但是似乎齐克父母做的事情并没有影响到拉薇妮亚。拉薇妮亚拒绝和她们一起来看伊拉斯莫斯，她躲在楼上，死活都不肯下来，似乎在竭尽所能地做富兰克林夫人为她丈夫做的事情。她给报纸，给史密森协会，给国会议员，写了无数的信，有时写得有些语无伦次。她说，必须再组织一次旅行来寻找齐克的遗骨。她不断地写，然后交给了林奈。林奈答应帮她邮寄，但实际上他把这些信藏到了他办公室的一只保险箱里面。

亚历山德拉倒了几杯咖啡，拿了一些蛋白杏仁甜饼干。沉默了一会儿之后，劳雷尔对伊拉斯莫斯说："父亲让我们给你送来一些地址——是你要的一些船员的家庭地址。还让我们告诉你，在你回来的第一周里，他自己已经亲自给他们写信了。"

"谢谢，"伊拉斯莫斯说，"我十分感激。"

又是一阵沉默。亚历山德拉感到齐克像是就在房间里似的，似乎他随着阳光一起进入了屋子，站在那里微笑，扬起他一簇簇的眉毛。他们都想谈论他，但是却不能，也不会谈论到他，她这样想。他的姐妹们希望了解一下他在最后一段日子里是怎样的情景；伊拉斯莫斯祈祷她们一个问题也不要问；亚历山德拉自己也不知道该说些什么。她站起来，走到窗边，然后又走回来。

她不知都该说什么了，于是说道："我正在学怎么在铜板和钢板上雕刻，你知道吗，拉薇妮亚和我从去年夏天开始学习雕刻，老师是一个雕刻大师。我还在上课，有意思极了。"

瓦奥莱特扭了扭脖子，像只大天鹅，说："你总是很有艺术天分。你记得我们上的皮尔先生的课吗，我记得你的一个姐姐和你一起来的。"

"艾米丽，"亚历山德拉说，"她讨厌绘画，讨厌早上起来学这种东西。"

"还有拉薇妮亚，"劳雷尔补充说，"还有奥斯塔德家的姑娘们，文斯洛夫妇，以及皮尔先生的三个小堂妹。但你总是表现得最好。我们画花儿的时候，只有你的才看起来像是正在生长的花儿。玛莎·奥斯塔德的画看起来像是假花配上了死兔子，让她自己看了都觉得恶心。我还记得你画的。你总是很有天赋。你喜欢雕刻吗？"

"喜欢，"亚历山德拉说，"非常喜欢。"

这话突然唤起了她的回忆，那时她们周六去皮尔先生的画室里上课。画室是一座屋顶很高的屋子，上面长方形的灯照亮了房屋，姑娘们坐在各自的画架旁边，一脸严肃地对着一只标本鸟或者一堆水果皱着眉头，手指弯曲着放在调色板上。那个时候，无所谓谁家里很有钱，谁家没钱。后来，他们到了十八九岁，瓦奥莱特和劳雷尔便不再出现在画室了，而是开始出席各种舞会和社交场合，亚历山德拉的父母出了那次事故之后，这些场合就和她无缘了。但是在画室，皮尔先生对她们一视同仁，会鼓励她们，也会纠正她们阴影处理和倾斜角度不正确的地方，教给她们怎么才能画得像真的一样。她们把立体的东西画在平面上：叶子、蜥蜴、玫瑰还有罐子。有时她们会为其他人做模特，盖着旗子或者常春藤编成的花环，摆的姿势基本上是一致的，但是衣服是穿得好好的，并没有裸露身体。从来没有裸体模特，怎么学习基本解剖知识呢？在家里，亚历山德拉曾经偷偷地点着蜡烛照着画过镜子里面自己的身体。

瓦奥莱特和劳雷尔微笑着，脸上出现了一丝红色，似乎谈到她们共同经历的童年，她们就感觉轻松了一些。伊拉斯莫斯盯着一张纸，瓦奥莱特对他说："我们不怪你，你知道。也许有的人会怪你，但我们不会。"

"你得原谅我们父母，"劳雷尔补充说，"他们也没有怪你，但这一切对他们来说真的太难以承受了。父亲还没有做好准备见你，但是，他知道我们到你这边来了。"

"他……他真是个好人。"大家都尽量不看彼此。窗外没有叶子的树在天空的映衬下看起来黑黑的。"太冷了，"伊拉斯莫斯一边说，一边把被子往上提了提，盖住了自己的胸口。

炉子里的火燃烧着，几个姑娘彼此看了看，点了点头。"我们得走了，"瓦奥莱特说，"你代我们向拉薇妮亚问个好好吗？她感觉好点的时候，我们很希望能够看看她。"

"我会告诉她的，"亚历山德拉说。

她们走了以后，亚历山德拉站在伊拉斯莫斯几英尺外的地方，很奇怪他为什么这么沉默。"你为什么不告诉她们齐克在那边做了些什么？他是什么样子的，他做了哪些有益的事情……"

"做了哪些有益的事情，"伊拉斯莫斯把她说的话重复了一遍。

她等了会儿，但是他却什么也没有补充。他到家的头几天，发了好几阵高烧，胡乱地说着关于齐克的事情。她不知道该怎么理解这些，这两个好朋友在那里，在冰冷和黑暗中，究竟发生了什么事情。

"我感觉我现在正在做的就是等待，"伊拉斯莫斯说，"等着康复，等着学习怎么能够在没有脚趾的情形下走路，等着看看我的生活会是什么样子。"

亚历山德拉拿起了几盏灯，慢慢地拨弄着炉火，渐渐地屋子里变得温暖又明亮了。"你以前觉得你的生活会是什么样子的？"

伊拉斯莫斯朝着炉子靠了靠。"就像我父亲那样，"他说，"甚至更像。就像他的朋友们那样，把探索自然不仅仅当成是一项爱好。"这栋小小的房子，"他指指周围，继续说道，"你没有看到过我儿时这里的样子，和现在不一样。这里一半是动物园，一半是博物馆，父亲放手让我们去做所有我们想做的事情。我们把一棵很高的树种在墙角，种了很长时间，上面还有鸟儿停歇筑巢。这里还有一个养鱼池，一个蚂蚁窝，几只乌龟和蝾螈，到处都是存放标本的罐子，很多带化石的石片，乳齿象的骨头，放植物标本的立柜，每张桌子上都放着摊开的书。很混乱，但是却感觉很美妙，能学会很多东西。"

亚历山德拉环顾了一下这个家庭博物馆，觉得现在还是十分混乱而拥挤。这么多书，这么多标本，这么多仪器和设备——显微镜，切片桌放在窗前，架子，碟子，锌做的小标签，几堆没有捆起来的书，几页从册子上撕下来的纸。但的确，这里几乎没什么活物。

“差不多只要是晴天，”伊拉斯莫斯说，“我们会在吃早餐时聚在一起，我们四个男孩子还有父亲，告诉他我们一天的计划，然后出去开始工作。”

那拉薇妮亚在哪里？亚历山德拉想。男孩子们做计划的时候，她在做什么呢？

“我们选择一些田地或者溪水，在里面收集标本。我们回来之后，三个人负责把搜集起来的东西放好或者切割好，另外一个人负责大声朗读给我们听。胚胎学，鱼类学，古生物学，听起来都让人十分兴奋。有时我们会参观皮尔的博物馆，研究哺乳动物的骨骼和海蛇。晚上，父亲会过来看看我们收集到的东西，问我们学到了什么。然后他会看看我们的笔记本。”

“你还是个小孩子的时候就会搜集这些东西？”也许拉薇妮亚也会搜集吧。也许她只是眼看着自己的世界越来越小，而她哥哥的世界越来越大。

“一直都是这样，”伊拉斯莫斯说，“这是父亲为我们制定的教育计划的一部分。我们必须读法语、德语和拉丁语，学习怎样精确地绘图。我们要把观察到的东西都记在笔记本里，并且自己配上插图。”

“我很想看看那些笔记本，”亚历山德拉一边说，一边想起来她自己的素描本。在勃朗宁的房子里，她只有客厅旁的一个小房间，几乎没有什么隐私。但她一直都有一只锁起来的小箱子。箱子里她放了自己的素描本，里面有她和她姐妹的画像，还有其他她正好碰到的东西，她也画在里面了。这些箱子她现在还留着，放在她的床下。

“在书架上标着‘E’的地方，”伊拉斯莫斯说，“我想你能在那里找到，要不你拿给我……”

她把下面有滚轮的梯子移到书架下面。在一本关于蕨类植物的书和一本关于奥里诺科河的无脊椎动物的书之间，她找到五本用硬布装订起来的本子，侧面是红色的，没有名字。

他看着她拿着本子过来了，说：“我从十岁时开始做这样的笔记。最后一篇是我出发去‘探索之旅’之前写的。”他打开了一篇，说：“看到了吧？这就是我们做过的事情。”

她瞟了一眼一幅画着马蜂窝的图画。从外面看去是一整个蜂窝，还有被剖开之后的切面图，还有各种形态的马蜂。这些图画是用黑色的墨水和淡淡的水彩画成的，有些粗糙但是很生动，下面的标识一看就是出自一个孩子的手笔，还有些歪歪扭扭。

“这本是我十二岁之后记的，”伊拉斯莫斯说，“哥白尼做的要好得多了，他一直都是家庭中真正的艺术家。林奈和洪堡做得更加有条理，图画得也算是挺不错的吧，不过他们在表现细节方面比较弱，对他们来说记笔记是个烦人的事情，他从来不像我这么喜欢记笔记。我从小时候就确定我想要做个自然学家。”

“这些好漂亮，”亚历山德拉说。她用手平稳地拿着，做出想要翻页的样子，问道：“我可以看看吗？”

伊拉斯莫斯点了点头。亚历山德拉打开本子：骨头，鱼，鸟的器官，蠕虫，蜘蛛，蛹，地衣。突然，她眼里闪出了泪花。伊拉斯莫斯躺在那里，那么疲惫，那么憔悴。虽然记下这些笔记的他和现在的这个他只不过相差十五岁而已，但自从他此行回来之后，她就发现他变得苍老多了。她想，他应该是四十二岁了。他的头发稀疏了很多，比以前瘦了，他的脸似乎收缩了，前额上出现了几道深深的纹。他内心的挫败感加剧了他的衰老。但是在这些笔记本里，她看到他以前是个多么充满希望的少年。

“那次‘探索之旅’之后，”他说，“我们回来之后发生的一切，似乎粉碎了我生命的一部分。但是这次旅行，似乎对我来说是个机会。”

他讲起了博尔哈维医生——他们一起采集，在一起愉快地聊天，他们一起度过了美好的时光——亚历山德拉心中涌起了几分嫉妒。

“我本来打算写一本关于北极的书，”他最后说，“也许会是一本很棒的书。”

“你现在还是可以做到的。”

伊拉斯莫斯耸了耸肩。“没有人想要了解我们的航行。彻底失败，虎头蛇尾。齐克遇难了，船只被抛弃，我们的旅行还有什么好讲的呢？有什么凯恩博士没有提到的东西可以说呢？”

“还有北极的自然史，”亚历山德拉说，“并不是写一本游记，不是像凯恩博士那样为了纪念和讲述探险经历，而是写当地的植物和动物，怎么样？”

“这是我本来打算要做的，”伊拉斯莫斯说，“但是现在我所有的标本都不见了，而且凯恩博士在他书后的附录中已经详细地描绘了这些。我只带回了清单，上面列着找到的那些标本，还有就是我日记本中的一些笔记。还有我朋友的笔记，这个我也留着。”

他并没有主动提出让她看这些，这点亚历山德拉注意到了。她可以看他儿时的笔记本，但是却不能看那些对他来说最重要的东西，不能看他最近才做成的东西。

几天后，亚历山德拉走进家庭博物馆，发现那个锡皮盒子被打开了，伊拉斯莫斯在读着一本什么，表面有些斑驳。他旁边的床上堆着阿加西关于鱼类化石的书，旁边是拉薇妮亚曾经塞给齐克的本子，现在已经很破旧了。亚历山德拉本来以为他会把这些东西藏在床单下面，以前她不小心发现他悄悄地在看这些东西来做研究的时候，他就是这么做的。但是这次，他把所有的东西就这样显眼地摆在外面，她走过来的时候也没有特意隐藏，只是把手缩了回来。

“你看到我在做什么了吗?”他说，“这就是这几天我一直在做的事情。我翻了一下我自己的日记”——他边说边碰了碰那个绿色的本子——“齐克没有用这个日记本，他把这个给了我了。”他用另一只手碰了碰另一本上面有些斑点的本子。“然后我读了这个。这是我朋友的。我正在看关于化石鱼的那个部分，把他的叙述与阿加西的叙述对比了一下，这些书也是博尔哈维医生的。我简直不敢相信我居然还真的能把这些带回来了。你知道这些书吗?”

“只是听说过而已，”亚历山德拉小声地说，“你这里没有这些书。”

“这些版制作得太棒了，”伊拉斯莫斯说，“哥白尼也能做成这样，但是我却从来不行。”他翻了翻，大约过了一分钟，又看了看博尔哈维医生的日记。“我的朋友认识阿加西，”他告诉亚历山德拉，“一次阿加西到苏格兰高地去看当地的老红砂岩中的鱼类化石的时候两个人相遇了。他在整理那次旅行中观察到的东西，提到了一种鱼，我正在找——在这儿。”

他指了指一幅彩色石印画，画着一个看起来很奇怪的生物，脊椎十分突出，鳞片重叠着。亚历山德拉盯着里面做得很精致的色彩和纹理。“这太棒了，”她说，“真的太了不起了。像这样的作品——让我明白插图是多么重要，它真的是自然学家的助手。”

“是的，”伊拉斯莫斯说，“如果绘图足够准确，我们就可以把从世界各地采集到的标本进行对比，就不用到每一个图书馆和每一个收藏者那里去查找。似乎拿着这个插图，我就像是手里真的拿着化石似的。”

“阿加西到费城来的时候我听过他的演讲，”亚历山德拉说，“实在是棒极了。”

“我也听了！”伊拉斯莫斯说，“但是你那时应该还只是个孩子。”

他们相视微笑了一下，亚历山德拉想起了他姐姐艾米丽曾经告诉她的故事。“现在阿加西做的事情——”她说，“他的想法很有趣，而且，你读过他投给诺特和格利登的《人种》杂志的文章吗？”

“没读过，”伊拉斯莫斯说，“这篇文章发表时我和齐克正好准备要出发了，我没时间看。”

“你应该看看的，”亚历山德拉说，“你自己见过了爱斯基摩人，你更能对其中的内容加以判断。他将各个地区各自进行的、连续的生物创造的理论用于人类。他说，人类的各个种群与主要地理区域是相对应的，也许他们是土人，像植物一样，就是在他们现在所在的那个地方自发出现的。人主要分为八种，每种从一个特定的动物学区域出现，并且在那里居住和繁衍——其中一种称为极地人，也就是你见到的爱斯基摩人。他似乎是在说，爱斯基摩人是一个单独的人种。”

“我……”伊拉斯莫斯说。他停顿了一分钟。一只白色的蛾子从他眼前飞过，是从书后面一种蛹里面刚出来的。“很高兴能和你在一起，这样我才能和人来谈谈书里看到的东西，谈谈我的一些想法。我很感激你陪我的这段时光。但是……”

让亚历山德拉感到恐惧的是，她看到泪水从他瘦瘦的鼻子上流了下来。

“请见谅，”伊拉斯莫斯说，“我太累了，一直是这样。我不知道该想什么。拉薇妮亚恨我，我非常想念博尔哈维医生——我怎么知道自己该怎么去想阿加西的一些愚蠢的想法呢？我现在想到的就是，他是我朋友的朋友，而我的朋友已经不在了，一切都不在了。”他抬起头来，用双手扑住了蛾子，盯着看了一会，然后让它飞走了。

他尽力让自己恢复平静，亚历山德拉身子转向了窗子。她能看到园子那一边拉薇妮亚的窗户，虽然天还亮着，但是窗帘却是拉起来的。每次她催促拉薇妮亚起床，拉薇妮亚就转个身，说：“你怎么能够理解？你总是那么聪明，你什么事情都会做。但是我，我没了齐克，还算什么呢？齐克是唯一真正爱我的人。”

“你应该写自己的书，”她转过身去朝着伊拉斯莫斯，说，“这是纪念博尔哈维医生最好的方式。也是纪念齐克，纪念整个航行，最好的方式。”

“怎么写呢？”伊拉斯莫斯说，“用什么？我的标本都不见了。”

“托马斯·塞伊记载第一次西部旅行的笔记本全被人偷走了，上面记着印第安人的情况，对各种动物种类的描述，所有的一切。但是他还是继续工作。”她拿起他的日记本，问道：“可以吗？”

本子里的内容比她想象的还要好，几乎每一页上，除了用来描述和叙述的文字，都有速写，画着鸟、骨骼、悬崖和在一条小溪里找到的一根长牙。

“塞伊去世时还年轻，”伊拉斯莫斯看着她翻本子的手说，“他去世的时候还没有丧失希望。”

她伸手拿起博尔哈维医生的日记本：速写更多，更加详细。“凯恩博士回来的时候也不过是有这些笔记和速写而已，”她说，“而他书里面所有的图画都是根据这些绘制和雕刻的。”

“我可不是个艺术家，”伊拉斯莫斯闷闷不乐地说：“哥白尼才比较会画插图。”

“我画东西还不错，”亚历山德拉低下头，看着自己能干的双手，说道，“有了你的素描，有了你的纠正，告诉我色彩是什么样子的，把你记得的细节告诉我。我可能就可以做出些不错的东西。”

他似乎是不由自主地把眉毛拧在了一起，嘴唇撅了起来，有点不屑地吐了一口气。亚历山德拉把日记本放下，转过身去。

“对不起，”他说，“我不是有意的，只是——你真的知道这是怎么一回事吗？”

亚历山德拉抓起一本凯恩的《极地探险》，打开了第二本上有她的作品的一面。她想都没想就把它拿到伊拉斯莫斯眼皮底下。“这是我做的，至少大部分都是。”她又翻到一页，说，“还有这张，这张的背景，这张里的海豹……”她翻动得很快，以至于把一页上覆盖的薄纸都给掀起来了。

她说阿奇博尔特的手腕受伤了，他们秘密地一起做了这些。“没有人知道，”她一边说一边把薄纸重新放回去，“这件事没有人知道，不然阿奇博尔特会丢掉工作的，你的兄弟们也会很生气，你不能告诉别人。但是我可以帮助你，如果你不是这么固执的话……”她想，这样也是在帮她自己。如果他们可以一起工作的话，她就可以有一个她自己的作品了，至少她可以说其中一部分是由她完成的。

“你帮他做他的书了？”伊拉斯莫斯叫道，“你怎么这样背叛我们家？”

她一下子糊涂了，把书抱在胸前。“是你兄弟让我刻这些版的。”

“那是做生意！”伊拉斯莫斯说，“他们不知道我和齐克和凯恩博士是一个领域的。他们以为我已经遇难了，他们不知道我还会回来。”

“那我怎么会知道你会回来?”

“拜托你现在离开好吗?”伊拉斯莫斯说。

他转过身子,拉起枕头覆盖在自己头上。他听到了门关上的声音,然后慢慢睡着了。最近他睡得非常多,他总是不由自主地睡着,醒来的时候觉得头有些麻木,太阳已经开始照亮天空。他拿出自己的日记本,写道:

凯恩博士的《第一次格林内尔航行》几乎像是男孩子玩闹中随便写成的,像是个探险故事,但是他的新书却很好,好到我都不忍心去看了。如果我和他成了朋友,如果我参加了他的航行,而不是和齐克一起去北极,那可能现在又是另一番情景了;但是他甚至都没有考虑到我。他们直接把我忽略了。莫里发表了他的《海洋自然地理》,支持了凯恩博士开放式极地海盆的发现。林格尔德已经发表了一些文章来讲述他的北太平洋之旅,这次航行本来也可能让我加入的。他在珊瑚海底距离水面2.5英里的地方发现了一些小型带壳生物,这是一个非常重要的发现,说明不存在无生物带。没有什么地方水压会大到铅垂线无法进入,或者大到生物无法生存。我父亲以前曾经告诉我,海水里到了一定的深度,东西就不会再下沉了,淹死的人的尸体和沉船会根据其重量的不同而漂浮在某一个层面。这就是我现在的感觉。似乎我在水面之下、河底之上漂浮着,被悬在像水银一样黏稠的液体里。为什么富兰克林夫人还没有给我回信?

那次争吵之后,亚历山德拉尽量躲着不见伊拉斯莫斯,和拉薇妮亚在一起的时间更多了。她们见过彼此疲惫不堪、烦躁易怒、衣衫不整的时候的样子，见过彼此闷闷不乐、兴奋不已、毫无耐心、心碎欲裂时的样子，尽管现在拉薇妮亚变得越来越难以相处，亚历山德拉却把她看成是姐妹。拉薇妮亚没有梳头，头发散乱地披在肩膀上，这让亚历山德拉看得很心痛。让她看了难过的还有散在拉薇妮亚床铺周围的许多纸片，这是拉薇妮亚写的信，请求别人去寻找齐克的遗体，去取回齐克的遗物，去发现新的海域并以齐克的名字命名。但这些都不会寄出去。看到她的兄弟们她就不由得想哭泣，看到医生心中就生出无名的怒火，似乎亚历山德拉说什么都起不到什么作用。亚历山德拉坐在拉薇妮亚的床边，不知道该怎么办。她忽然想到可以去找勃朗宁。邻里所有的人都会找他帮忙，尽管他有点缺乏幽默感，但他有个难得的能力，就是能够安抚丧失亲人的人。在一次滑冰事故中有个寡妇的孩子们遇难了，寡妇把自己关在阁楼里，是他抚慰了她受伤的心灵。她责怪自己怎么早没有想到，她赶快找他帮忙。

在亚历山德拉的要求下，一连几个星期，勃朗宁都经常去看拉薇妮亚，他穿着深色的衣服，拿着《圣经》和几本其他的书进了她的房间。尽管亚历山德拉并不完全了解他们究竟谈了些什么，但是她发现这些谈话真的起作用了。拉薇妮亚不再写信了，每天都会下楼来活动几个小时。她把自己打扮好，开始好好地吃东西，对家庭里的一些事情开始有了一点兴趣。勃朗宁说了什么？拉薇妮亚告诉过她，在勃朗宁的指导下，她又开始祈祷了。就像她还是个小孩子时候做的那样，祈祷给她带来了安慰。林奈和洪堡提议举行家庭圣诞晚宴，她也欣然同意了。

“我没法做安排，”她说，“但如果亚历山德拉愿意……”

“当然，”亚历山德拉说，“我很乐意。”

“那我们两家一起吃饭吧，”拉薇妮亚说，“我们家，还有你家——你哥哥会来吗，你觉得呢？我希望他能来。”

亚历山德拉选择了菜单，咨询了厨师，指挥仆人们打扫房间和装饰圣诞树。房间漂亮起来了，没人介意她为此用了多少钱。圣诞节那天，他们聚集在桃花心木的桌子周围，所有地方都塞满了人，每个房间的椅子都搬来了。林奈和露西还有他们的女儿，洪堡和艾伦以及他们年幼的儿子，亚历山德拉的姐妹们，艾米丽和简，勃朗宁和哈丽特以及他们三岁的儿子尼古拉斯。哈丽特现在又怀孕了，明年一月临盆，她坐在一把特别的扶手椅上，背后垫了枕头。拉薇妮亚坐在桌子的一端，看着亚历山德拉安排好的一切。亚历山德拉坐在她旁边，可以在不打扰她的情况下提醒拉薇妮亚忘记了什么菜或者什么礼节。在很远的地方，桌子的另一边，是伊拉斯莫斯，坐在轮椅上。一边是火鸡，另一边是火腿，白色的盘子盛着蔬菜，热气从盖子下面冒出来。开胃品、酱汁、肉汁和调味品；很多的高脚杯，像是一片银色的海洋。

在烛光的照射下，闪亮的表面映出了很多变形的画面。勃朗宁进行了长长的祷告，亚历山德拉在红酒里看到了火焰，在勺子上看到了人们的脸。“我们失去了很多，”勃朗宁说，“但是还有那么多仍然留在我们身边。”然后他感谢上帝对他们的慷慨，还有这么多家人陪在自己身边，以一种神秘的方式通过长长的循环赐给了他们这么多。勃朗宁说，要接受那些不幸，是多么艰难的事情。船只在河上爆炸，将他的父母从自己和他的姐妹身边永远地夺去了；产褥热让孩子们还那么小的时候就再也见不到威尔斯夫人。我们都经历了这种伤痛。悲伤让家人之间的联系更加紧密，在那地球最北的未知之地也是如此。齐克阿伊离开了我们，但是我们应该感谢伊拉斯莫斯能够回来。

亚历山德拉看到，在这整个过程中，拉薇妮亚直直地盯着前方，直直地盯着伊拉斯莫斯，她的右手放在膝盖上，左手把一只银勺子从后到前、从前到后地移动着，上面的倒影消失了，又出现了，接着又消失了。勃朗宁说："阿门。"拉薇妮亚轻轻地说："我原谅你了。"大家都明白，她这话是说给伊拉斯莫斯听的。"我知道你已经尽力了。"

"是的，"伊拉斯莫斯说。他那头离拉薇妮亚那头很远。"我已经做了我能做的一切。"

一阵沉默，那种随时可能会有人打破的沉默。然后尼古拉斯打翻了一碟子腌菜，洪堡年幼的儿子威廉姆开心地笑了，哈丽特指责了尼古拉斯，勃朗宁把手放在她手上，示意她不要说了。晚餐开始了，一片节日的欢乐气氛，大家都在聊天，拉薇妮亚和伊拉斯莫斯注视着对方，亚历山德拉想，那他们算是和好了吗？在他们之间，她感觉自己似乎被拉得很细很细，光都可以从她的胸中透过。也许勃朗宁把拉薇妮亚父母去世时对她讲的话又重复了一遍——如果家里没了父母，那么他们就必须互相保护。

他们吃呀，喝呀，一盘盘菜端了上来，很快吃完了，盘子又被端了下去。拉薇妮亚很合理地指挥着仆人们做各种事情。"我很高兴你能这样，"亚历山德拉说，"这真是太好了。"

"大部分事情都是你做的，"拉薇妮亚回答道。她眼睛有些暗淡，没有吃什么东西。但是她能来这个地方就已经是个奇迹了。

其他地方如果是在圣诞节晚宴上，人们会讨论凯恩博士和他的书，谈论对富兰克林的进一步搜寻，或者谈论任何与北极有关的事情，就是不谈论政治和奴隶制，以免家人和朋友之间产生什么分歧。但是在这里，人们常常谈论的话题反而变成了禁忌，于是他们不得不绞尽脑汁地想该说些什么，于是谈起书来。简和露西对《大大的世界》有着一致的意见，他们都希望能有一张小说中有人送给女主人公的那种桃花心木的桌子，这是最有名的一幕。

“那把小象牙刀，”简说，“还有四色的密封蜡，粉盒，还有银色的铅笔。”

亚历山德拉感到一阵心痛，她想起了勃朗宁房子里简空空如也的卧室，还有那个她用做书桌的折叠桌。哈丽特也没有自己的书桌，她说了书中自己特别喜欢的几个场景。艾米丽补充说：“男人会笑话这些故事的，我知道你们这些男人就是这样。你们喜欢的是探险故事，那种英雄探索广阔世界的故事。但是这本小说真的是关于专制的，家庭中的专制，被环境限制的专制，讲了当无法逃避的时候该怎样生存。这些永远都不是给我们这些女人看的。”

勃朗宁扬了扬眉毛，把话题转向了更加严肃的书籍。咖啡、布丁和馅饼上来了，亚历山德拉再注意的时候，发现勃朗宁和林奈已经在谈论《汤姆叔叔的小屋》，还有亨茨在《种植园的北部新娘》中对其的反驳。艾米丽告诉林奈和露西她在帮助那些进了城市的逃跑奴隶，也许她是喝了太多威尔斯家美味的红葡萄酒了。

林奈说：“很值得敬佩，但是你能够回答在斯陀夫人书中圣克莱尔问奥菲利亚的问题吗？一旦奴隶全部解放，涌入我们北方，我们能够让他们生活得更好吗？能够给他们受教育的机会吗？我认为我们做不到。他们和我们在本质上就是不同的。”

洪堡加入了谈话。“他们的确是不同的，”他说，“甚至可以说和我们不是同一个物种。卡特林认为，他西行时绘制了一些印第安人的画像，他认为他们是从当地发源起来的，而且已经有很长的历史了，他们的语言而其他语言都不一样，他们肯定就是在当地被创造出来的。阿加西还有其他人也说过……”

“阿加西这种创造中心的想法简直就是一种对神灵的亵渎，”勃朗宁毫不客气地说，“他认为人是在相应所在的地方被创造出来的，不会进行长距离的迁徙，根据他的这种人种多元发生说，人被分成了不同的物种，不同的动物学地理区域创造了不同的亚当，不同亚当产生了不同的人种。这就是说，圣典不过是个寓言，而不是完全符合事实的。这点我不能接受。我们都是从同一个亚当和同一个夏娃而来，只有这一个来源，不同的人种只是后来发展变化的结果。”

亚历山德拉看到伊拉斯莫斯用拇指的指甲轻轻敲打着牙齿。艾米丽反驳了勃朗宁的观点，拉薇妮亚这时抬起了头。

“主要问题不在这里，”艾米丽说，“重要的不是神学——阿加西的多元发生说有害是因为这种理论为奴隶制的支持者提供了事实依据。而且阿加西这个人让人十分讨厌。他来这儿不仅仅是为了做几场演讲，他还想看莫顿博士搜集的头盖骨，想为进一步证明自己的理论搜集更多的证据。我在他住的宾馆里和黑人奴隶一起工作，想借此机会劝他们给经过此地的逃跑奴隶提供住宿。我在大厅里看到了他。一个女仆想告诉他有人路过想见见他。她说得很清楚，但是他却像只大狐狸似的站在那里，假装他听不懂她在说什么，一遍一遍地让她重复她刚说过的话。你们怎么能信任这样一个人提出的理论?”

伊拉斯莫斯又开始轻轻敲打起自己的拇指盖，然后，从切完火腿之后第一次开口说话：“这是真的吗？你说的关于阿加西的事情。”

“至少我知道的是这样，”艾米丽说，“他毫不掩饰自己对其他种族的态度。和莫顿博士一样。”

伊拉斯莫斯摇了摇头。“莫顿在学院表现得很出色，”他说，“但是他在办公室有个墓地——我认识他这么长时间以来，我尽量不去看储藏柜里面有什么东西。没有人见过。”林奈和洪堡表示同意。

“这真是个糟糕的嗜好，”伊拉斯莫斯继续说，“有几百个印第安人头盖骨，另外还有几百个来自埃及墓地，世界各地的人偷坟掘墓，拿了头盖骨给他——但是我不记得这和阿加西有什么联系。我只记得阿加西的演讲。还有那些为他而设的晚宴。”他沉默了一会儿。“我们能不能谈些让人感觉更舒服的事情？”他把轮椅椅子从桌子边推开了一点，然后朝着客厅滑过去。

伊拉斯莫斯没有说的是，他没有见过阿加西是因为他没有接到参加晚宴的邀请。在“探索之旅”之后，他作为一个自然学家并不出名，因此，尽管有他父亲的关系，他还是没有接到邀请参加晚宴。但是现在这些都不重要了。现在他大部分注意力都集中在这双鞋上面，里面有用来代替脚趾的小垫子。一天深夜，他确定不会有人打扰自己了，就打开锡盒，然后打开放在隐蔽的隔间里的化石储藏柜。他把鞋子沿着床摆开，鼻孔里充满了皮革的味道，一只小尺码的女式靴子，一只新的男式靴子，一片靴子底。

他学着用一根拐杖支撑着自己，用自己残废的脚走路。在好一段日子里这占用了他所有的时间。后来他渐渐地走得比较稳当了，但是仍然无法忍受奇怪的降雪和刺骨的寒冷。到了这个时候，他才真的开始为圣诞节的谈话烦心。他读过阿加西发表在《人种》上的文章，也曾经根据世界各地动物学地区以及其中的人类定居地的情况对其中的表格进行了研究。极地地区的部分有了一只北极熊、一只海象、一只格陵兰海豹、一只驯鹿、一只露脊鲸和一只绒鸭。还有被阿加西称为北方净土之民的脸部和颅骨，其脸部特征与伊拉斯莫斯以前见到的都不同，可能是根据普林尼的描述想象出来的。阿加西写道，人类各个种群之间的差别要大于猴子与同属中其他物种的区别。

伊拉斯莫斯翻着长长的《圣经》注释和关于地质学、古生物学的文章，发现阿加西的观点挑战了种群内部一致的观点，他想要证明同一个种群中的个体有着不同的来源。总结概括部分十分混乱，图画歪曲了事实，可能是有意的，也可能是无意的。爱斯基摩人看起来像是畸形的古代守护神，而黑人看起来像黑猩猩，只要是曾经到世界各地旅行过的人，怎么会相信这些？他知道，有牧师叫喊这本书是对上帝之言的侮辱。他并不能对神学做出判断，但他认为，如果不承认人类是自然的一部分，不承认全部人类都属于同一个物种，那么这样的科学便不是好科学。他的脚现在和矮人的脚一样了，但是他还是他自己。

他盼望能够和博尔哈维医生进行一次讨论，这样的愿望一直都存在。什么是生命？生命从何而来？也许可以将物种分组，各个物种之间存在一定的结构关系——但这种关系是怎么产生的呢？他和博尔哈维医生谈论的时候肯定会发笑的。他很感激能有博尔哈维医生的回忆，也很感激那段能听到博尔哈维医生说话，但是却看不到他脸庞的日子也已经过去。

他的朋友们又逐渐回到了他身边。他躺在床上，无法入睡，他会看到博尔哈维医生浓密的棕色头发，夹杂着一点白发，非常非常直，在风中跳动着。接着他脑海里出现的是他长长的、厚厚的鼻子，最高处是平坦的，看起来很好看；然后又出现了他窄窄的眼睛，上下眼皮似乎离彼此太近了；他宽阔的嘴，嘴唇很薄，很灵活；还有他的手，手指很长，灵活地做着各种动作，似乎是他敏捷思维的反映。他说过，世界有一定的模式，我们的思维就是用来理解上帝制定的这个模式的。这些话在伊拉斯莫斯的耳中回想，于是他在书架中翻找他父亲的一本旧书，是莫顿的《美洲头盖骨》。

他感觉自己像只梅花鹿，用尖尖的蹄子平衡着身体，迈着小步。他把书在桌子上撑开，把莫顿对三种爱斯基摩人的理解抄写了下来：

> 格陵兰岛的爱斯基摩人很狡猾，重肉欲，不懂得感恩，生性顽固，冷酷无情，他们对自己孩子的慈爱可能完全是出于自私的目的。他们那些恶心的食物大部分都是生吃的，而且没有经过清洗，似乎只考虑现在是否有食物，根本不想以后……他们贪吃，自私，忘恩负义，简直没有哪个国家的人会像他们一样……

当然那些人是看起来很奇怪，但在他的印象中，他们并不是像莫顿描写的这个样子。凯恩博士在书中对爱斯基摩人的描写也不是这样的，或者不全是这样的。就是亚历山德拉做的那本书。是她姐姐提到了阿加西的另一面。为什么他哲学上的唯心主义会导致这样的结果呢，博尔哈维医生、阿加西和梭罗也都是唯心主义呀。他希望博尔哈维医生的脸可以永远清晰地映在脑中；他几乎要丧失那些珍贵的记忆了。

所有的事情都很令人费解。他桌子上还放着另一件让他颇为费解的东西，是弗莱切·兰姆妈妈给他的回信，是他发给三位去世船员的信中收到的第一封回信。信是用铅笔在稿纸上写成的，从信里可以看出，他母亲很痛苦。

> 我有两个儿子。大儿子随着捕鲸船出发，淹死了。我不准弗莱切出海。他跑到了你那边。现在是这么个下场。没有他我

该怎么办？没有儿子养我，我靠什么生活？我希望你已经考虑了如何处理弗莱切未付的工资。我现在非常非常需要生活费。

他可以自己把钱给她，然后以后再和齐克的父亲来讨论这件事情；他可以为尼尔斯·简森的母亲和弗朗西斯的母亲也这么做。但是钱不能解决所有问题。他已经把事情都搞得乱七八糟了。

他的生活处处都让他自己想不通。圣诞节晚宴后，他没想到亚历山德拉会主动找林奈和洪堡，主动要求做一些雕刻的事情。她还没有承认她帮凯恩博士做过事情，她看伊拉斯莫斯的眼神似乎是在乞求他不要透露她的秘密。她只是说阿奇博尔特先生认为她的努力不会白费。

他的兄弟们没有做什么，只是答应去问问阿奇博尔特先生，伊拉斯莫斯理解，而他们却还不理解的是，阿奇博尔特先生肯定会支持她的。伊拉斯莫斯想，她简直就是在敲诈。而且她兄弟还不能把她撵走，因为那样的话他们就还得另外安排人来照顾他和拉薇妮亚。快到周末的时候他们答应了把一小部分雕刻工作交给亚历山德拉做，还在房间里专门给她留了个地方。但伊拉斯莫斯知道他兄弟在责怪他不能早点承担起家庭的事务，不然他们就能让亚历山德拉离开了。

要是这样，他就得和拉薇妮亚单独相处了。他们怎么待在一起呢？她每天会下楼来，每天晚上都和他一起吃饭，但是让大家能谈得起来的是亚历山德拉，她寻找吃饭的时候可以谈的中性话题。他们只有一次谈到了齐克。“如果你知道我是多么想念齐克，”拉薇妮亚说，“我余下的生活会是怎样，真的好难想象……”

“我知道，”伊拉斯莫斯说，“要是能让事情不这样，我什么事情都愿意做。”说谎，他想，自己就是在说谎。

他们坐着。她说的话，说明她已经原谅了他，她来吃晚饭，说明她愿意与他和解，但她却尽量不去看他。她似乎长了一对半透明的眼皮，像是猫眨眼用的薄膜。似乎在那层膜后，是因为失去了心爱的人而产生的无比愤怒。伊拉斯莫斯想，如果能选择的话，他宁愿死去的是自己而不是齐克。“对不起，”他说，一遍又一遍地说，“真的对不起。”佣人们来来去去的，假装没有注意到他们言语里流露出来的痛苦，有女仆阿格尼斯，厨师帕金斯夫人，园丁卡多萨和马夫本托。两年前他几乎分不清楚他们谁是谁，而现在他知道他们的习惯和脾气，连各自穿什么样的裤子都知道。他得认识他们，他要依靠他们，依靠亚历山德拉。他们一起帮助他和拉薇妮亚回到这个世界中来，他们都对这个世界太陌生了。

整个费城，从商人到开酒馆的，都对凯恩博士的书十分热衷。商店里展示着白色的皮暖手筒和爱斯基摩人风格的夹克衫，理发师模仿爱斯基摩女人的顶髻给顾客做发型。在码头边，人们会点一道叫做“凯恩博士之餐”的菜肴，最上面有一支木制的鱼叉。市面上出现了一种叫做“冰和黑暗”的热白兰地饮料，还有一种叫做“凯恩露”的啤酒，一种叫做“丁尼生纪念碑”的带有杏仁酱的甜点，这是根据凯恩的书中几幅让人印象深刻的图画来做成的。没有人提到伊拉斯莫斯和他的航行，不过人们还在谈论富兰克林。

在英国，富兰克林夫人强烈要求第二年夏天再进行一次航行，前往布希亚海湾和威廉国王岛，可能会雇佣“果敢”号，它曾经安全抵达朴次茅斯。她在一次演讲中讲到，最近一次美国到北极的航行失败了。伊拉斯莫斯听到这样的话觉得心中一阵剧痛。她又说，不过和约翰·雷一样，这次航行显然找到了她丈夫船只的证据。她为他们的损失感到悲痛，同时也十分感谢他们做出的努力。我们必须派一艘英国船只到现场去。

伊拉斯莫斯想，她也许可以直接写信给他的。哪怕只有一句感谢的话，感谢他列出的遗物清单也好。但是她却没有理会，从报纸中去了解相关的信息，从来没有向他询问这些信息正确与否。“显然”这个词真是看得令人十分心痛。

然后他从林奈那里得知，除了他之外，费城所有人都已经知道，凯恩博士十一月中旬已经离开了伦敦前往哈瓦那，希望那里温暖的气候可以治愈他一直以来不肯消退的高烧。从圣托马斯到古巴的路上，他得了中风，现在在哈瓦那卧床休息，已经部分瘫痪，丧失了大部分记忆。

听到这个消息，他跛着脚来到溪边，这是他第一次单独外出。他的脚下，湍急的褐色水流掠过郁金香，卷起了细枝和垃圾，流过一段后，又将这些东西留在岸上，在干草上积累起了像帽子似的一堆。

“你的脚好多了，”亚历山德拉说，“我们该出去走走了。”

她打开了家庭博物馆里面的两扇窗，空气中已经可以嗅到春天的气息，树已经展开了小小的、嫩绿的叶子。湿润的空气吹起了伊拉斯莫斯桌上散乱放着的清单。

“我想去看看科学院，”她说。“如果去看看那里的菌藻植物，应该对我雕刻有些帮助。不过我不是很想一个人去。如果你愿意的话，我们可以把那些东西当做是你想要检查的标本。你想去吗?”他觉得如果让伊拉斯莫斯认为是他在帮她，而不是自己在帮他，那么他同意的可能性更大。

他皱了皱眉头，说;“你真的需要去吗?”

"这会有很大帮助的，"她说，"而且对你也可能有用。你可以将植物标本馆里面的北极标本和你采集到的标本进行对比。"

"那可以，"他说，"而且天气不错。你觉得拉薇妮亚会和我们一起去吗？"

"今天她不行，"亚历山德拉说，"我早上吃饭时问过她，但是她想和园丁待一段时间。"

"那行，"伊拉斯莫斯说，"她又开始对园艺感兴趣了，这是件好事。"

"是的，"亚历山德拉表示同意。

他们乘马车走在岸边，景色很美，两岸罩着一层绿色的烟雾，正在开花的蓝色海葱覆盖了大地。到了科学院，他们在马车里待了十分钟才下来，伊拉斯莫斯仔细看了看这栋建筑，它和以前看起来不太一样了。"太奇怪了，"他说，"我参加'探索之旅'的时候，科学院从以前第十二大街的斯维登堡会议厅搬到了这里。我回来之后发现一切都变了，我什么都找不到了。这次也是这样。"

"这次有什么不同吗？"亚历山德拉问道。

"多加了一层，"伊拉斯莫斯说，"它比原来高了二十或者三十英尺，整整在上面加了一层。"

她带着他往里走，她走得比较慢，和他离得不远。他一直不停地小声说着什么，她只听到其中一部分。正对着百老汇大街的演讲厅现在是图书馆的一部分了，而老会议厅现在则摆满了书架，所有的标本已经经过了重新排列。到处都是人，但伊拉斯莫斯都不认识。在图书馆工作的年轻人可能也没有什么恶意，不过，伊拉斯莫斯自我介绍后，他说："我当然听说过你。我想你应该想看看凯恩第一次北极之行搜集到的东西。"

“这个……”伊拉斯莫斯说，“我并不专门来看那些的，我想看一些菌藻植物。还有所有的北极标本。我不清楚我想看的这些东西在哪里。”

“让我指给你看，”年轻人回答。他把他们带到一个排满深色抽屉的房间，里面到处都是土和霉菌的味道。“所有的标本都在这儿。大多数标本都是凯恩博士带来的，这点我想你肯定很清楚。”

“没错，”伊拉斯莫斯轻声说道。在屋子的另一头，一只做成标本的狗站在一张台子上，耳朵直立着，尾巴很有弹性地卷曲在背上。它旁边是一副有关节的骨架，姿势也是一样的。“你们在哪里弄到这些的？”伊拉斯莫斯问。他把亚历山德拉拉到靠标本和骨架更近一些的地方。

“这是图德拉米克，”年轻人自豪地说，“皮和骨头都在。这是凯恩博士在乘雪橇旅行时的忠实伴侣，他后来设法把它带回了家。整个夏天凯恩博士写书的时候它都在生病，后来就死了，凯恩博士就把它送到剥制师那里。我们非常高兴能得到这个标本。”

“简直是栩栩如生，”亚历山德拉小声说道。她看看伊拉斯莫斯，希望这里看到的东西不会让他太难过。她一点也没有想象到会是这个样子，她本来只是想让他放松一下，重新回到科学的世界。她想象的是他们会一起弯着腰仔细观察石松和水苔的标本，让他能够去思考自己的工作。伊拉斯莫斯放下拐杖，抬起头，说：“做得很棒。我自己也有一些类似的狗标本。我是不是现在可以看看标本，我想和自己从北极带回来的标本清单对比一下。”

“当然，”年轻人说，“你可以对比同一地区采集到的标本，或者可能你在其他地方注意到了什么不同的东西——你的航行和凯恩博士航行的范围并不是完全一样，对吧？”

"是的,并不完全一样,"伊拉斯莫斯回答道。

"我们非常欢迎你看看这些东西,"他转身离开,而伊拉斯莫斯却朝另一个方向走去。

在图德拉米克旁边,一扇打开的门通向另一个房间。亚历山德拉跟着伊拉斯莫斯走了进去,她看到这里的骨架更多。骨头,骨头,又是骨头。伊拉斯莫斯顺着架子慢慢地走。人的头骨和颧骨挨在一起,一排接着一排。然后是熊、鹿、松鼠和老鼠的头骨,几百只鸟、鱼和蛇的头骨,还有两只河马的头骨。

"这是莫顿博士所有的标本,"年轻人说,"他去世后他的朋友们从他的遗孀那里全部买了过来,然后赠给了我们。这里的头骨超过一千六百个,人类头骨差不多有一千个,剩下的是其他物种的。你一定认识莫顿博士吧?"

"是的,"伊拉斯莫斯说,"但是我不知道你们得到了这些。"他查看了一下架子,盯着标牌看了一会儿,说,"这里不是应该有爱斯基摩人的头骨吗?"

"那些只是莫顿博士的一个朋友借给他的,"年轻人说,"没有那些,收藏就不能算完整。但糟糕的是,他的朋友把那些头骨要回去了。如果我能够有一两个这样的标本的话……"他停顿了一下,又说:"你有没有正好收集到一些这样的标本?你有没有考虑捐赠给我们一些?"

伊拉斯莫斯摇了摇头,年轻人就离开了。伊拉斯莫斯一句话也没说,跛着脚回到标本室,来到图德拉米克那里,开始工作。

这天剩下的时间他们都在记笔记,将这里的标本和伊拉斯莫斯记忆中的标本进行对比。亚历山德拉一边把东西拿来拿去,一边鼓励着伊拉斯莫斯,让他不受门口好奇地盯着他们看的陌生人的影响。

她想，这里是属于他的地方。和费城所有其他自然学家一样，他也完全有权利待在这里。亚历山德拉看着他专注工作的样子，心中有几分自豪。门厅那边的人盯着他看，小声耳语着，如果他们知道她为凯恩博士的书做的事情，那他们肯定也会盯着她看的。似乎她和伊拉斯莫斯之间的争吵已经平息了，当他们一起研究凯恩博士的这只狗的时候，她觉得自己和伊拉斯莫斯离得很近。最后，尽管他根本没有来得及看什么菌藻植物，她还是感谢他陪她过来，伊拉斯莫斯说："该表示感谢的人是我才对。"

接下里的几个星期，伊拉斯莫斯都一直在想图德拉米克，它的骨头和身体，它的眼睛和关节窝，他活着和死后的样子。不久信到了，让他暂时忘记了图德拉米克的事情。泰勒船长的家人希望知道他工资未付的部分出了什么问题。伊拉斯莫斯把这封信转给了齐克的父亲。之后，哥白尼的信姗姗来迟，信上有不少污点，在送信的过程中被磨旧了。

我终于收到了洪堡的信。你知道我知道你回来了是多么开心吗？我迫不及待想告诉你一切。在谢伊峡谷，我见到了阿那萨齐人的遗址。我考察了整个加州，看到了霍皮人的村庄，还有印第安人的大地穴。在萨莉纳斯山谷，离索莱达不远的地方，有一个地方几乎被太阳烤焦了，我把这个地方画了下来。你乘着小船艰难地驶过冰河的时候，我正骑着一头骡子在艰难地跋涉，当时温度在110华氏摄氏度以上。我们有好多话要讲，不是吗？我都等不及见你了，我会尽快回到家，希望这段时间你能不断恢复。洪堡说你碰上了些麻烦，不管发生了什么，都要坚持，我很快就会到家。我会给你带些种子回去。

第二天，托马斯·科萌德，博尔哈维医生的朋友，寄来了一封信，对伊拉斯莫斯寄给他的包裹表示感谢。其中有一部分似乎很奇怪，似乎不像是现在这个时候应该说的话。他说在伦敦见到了凯恩博士，"也就是你北极航行的队友"，说凯恩博士受到了多么隆重的欢迎，说富兰克林夫人多么悲伤，凯恩博士离开的时候每个人都去送行了，他们都很担心他的健康问题。紧接着，住在格林斯堡的威廉姆·格林斯通的信也来了。

我真不知道该怎么感谢你在如此困难的情况下把简最后的信寄给我。他能有你这样一个朋友真是十分幸运，所有认识简的人都十分感谢你做的事情，希望你能尽快从伤痛中恢复过来。简一直都非常非常希望能够参加北极航行，虽然他遭遇了那场可怕的事故，但是这之前他能够看到这么多东西，我为他高兴。

我常常想起他——不仅是在爱丁堡，那些我们都熟悉的地方，实际上，我一听到什么有趣的消息，都会想起他。我们这些学者和致力于科学的人之间，我想你们之间应该也是，会经常讨论华莱士关于物种继承的沙捞越法则。华莱士一直都在马来群岛的波罗洲，但他对动物分布的见解引起了赖尔、达尔文和胡克等人的很大兴趣。我想现在不应该再认为不同的动物品种说明了他们是从不同来源分别繁衍起来的——尽管我知道简因为受到阿加西的影响，还是会有这样的想法。要是我能够和他就这个问题讨论一下就好了。同时我要谢谢你把他的信寄给我，还要谢谢你描述了格陵兰的陨石的情况。

他一直把博尔哈维称为“简”，伊拉斯莫斯看了看博尔哈维的笔记本，发现他们一直以“简”和“威廉姆”互相称呼，却想到自己和博尔哈维虽然相处了那么久，但分别的时候，对彼此来说，还只是“博尔哈维医生”和“威尔斯先生”。

三月十四日，伊拉斯莫斯和亚历山德拉站在勃朗宁家里二楼大厅的三个窗户前面，艾米丽和他们一起站在左边一扇窗户前，勃朗宁和哈丽特以及他们刚刚出生的女儿，米里亚姆，站在中间，简和小尼古拉斯站在右边，盯着下面的胡桃街。下面站着很多邻居，上面站着很多陌生人，房顶上也站着很多陌生人。勃朗宁已经把这些可以观看的地点出租了出去。没有人说话，街道上空无一人。伊拉斯莫斯能听到传来的鼓声，但是队伍还看不到。整个早上一直下着小雨，每家阳台上的绉绸窗帘都被浸湿了。窗户旁边，人们在风中挤在一起，屋顶上竖着一把把黑色的雨伞。

街道看起来像是一条没有尽头的黑色隧道。伊拉斯莫斯知道，在街道那边，沿路所有的地方都像这样挤满了人。他感觉很冷，脚趾头很痛，或者准确地说，是原来有脚趾头的地方很痛。他后面是一张小樱桃木桌子，还有一摞报纸，上面详细地介绍了凯恩博士的遗体穿过美国境内时的情况。伊拉斯莫斯可以想象出来遗体到达这个地方以前的所有路线，像是一个跨越了美国全境的迷宫。

班轮把凯恩博士的遗体从哈瓦那，也就是凯恩去世的地方，送到了新奥尔良，棺材被隆重地安放在市政厅。接下来的一周，汽船将棺材沿着密西西比河和俄亥俄河一直送到路易斯维尔，人们站在堤岸和码头上为凯恩送行。在路易斯维尔，报丧的钟声和枪声宣告了凯恩的到来，这里举行了更多的正式纪念仪式，还有一场游行，然后遗体被送进了莫扎特礼堂。在去辛辛那提的路上，轮船遇到了另一只船，上面挤满了治丧委员会的人，每个人都戴着悼念者的徽章。到了辛辛那提，迎接的队伍一直从码头排到了火车站。到了齐尼亚，人们拥挤在铁轨两边，耽误了本来就行驶缓慢的火车的前进。那天整个下午和晚上，人们静静地在火车沿路的每个车站等候着。在哥伦比亚，凯恩的遗体被安放在国会大厅，人们发表了数次长长的讲话来纪念他。在俄亥俄州和西弗吉尼亚州的一些小城市，凯恩博士的遗体只是放在火车上，并没有从上面抬下来，人们就来到火车站，丧钟敲了起来。在巴尔的摩，这里聚集了迄今为止最多的人，举行了一次最为盛大的游行。

星期一，灵车到达了费城，得到了仪仗队的迎接，有警察，有炮兵，还有从城市各行各业选出来的治丧委员会成员，不过都没有把伊拉斯莫斯包括在内。凯恩博士的八个朋友伴随着灵车，他们把遇难的“前进”号的旗帜盖在这位指挥官的棺材上，在独立大厅，将凯恩佩戴的剑和一捧鲜花也放在了棺材上。人们穿过大厅，向凯恩的遗体致以敬意，一直持续到今天早晨。现在，队伍终于来到了这里。

先看到的是警察，还是警察，然后是第一队，分在灵车两边的是费城耶稣礼拜堂的人们。小尼古拉斯看到骑马的人就兴奋起来，不由得扭动起来，然后被拉了回来，挨了几句骂。伊拉斯莫斯看到灵车四个角上有四支鱼叉，上面分别竖着一面国旗。灵柩上有一顶黑色的拱形华盖用来挡雨，鱼叉上的丝绸带子垂下来，马的皮毛湿了，闪着亮光。艾米丽问道：“他那个糟糕的父亲也来了？”勃朗宁说：“没有，他今天没来。”

鼓继续敲打着，车缓慢地移动，队伍向前前进着。伊拉斯莫斯在手里揉着那份介绍游行情况的报纸。几乎费城所有有头有脸的人都接到了邀请，包括市长、市参议员、哲学协会成员、医学工作者、宾夕法尼亚大学的学生、共济会成员和消防署工作人员，还有其他很多人。

“粮食交易所的人？”勃朗宁说，“为什么他们会叫粮食交易所的人来？”

伊拉斯莫斯没有回答。在这么一大群人中，没有一个他的位置。也没有他的朋友们的位置，没有什么人，什么东西，来纪念那些死去的人。他听说，至少弓术爱好者协会的人每月聚会的时候会纪念一下齐克。

亚历山德拉压了压他的胳膊，他伸过去手，感激地握了握她的手。他现在能依靠的唯有她，他的兄弟们在安慰拉薇妮亚，自从凯恩的遗体到了费城，拉薇妮亚就不肯出门一步。她曾经说，如果她也来这儿，就是对齐克的不忠。

似乎亚历山德拉知道伊拉斯莫斯在想什么，她说：“我肯定他们是为了你的健康着想，才没有叫你去。要让你走这么远的路，在这样的天气下，还和这么多人一起……”

伊拉斯莫斯看看自己的鞋子。“我已经用拐杖用得很好了，”他说，“你知道的。”

灵车几乎看不到了，下面是爱尔兰协会成员，圣安德鲁斯大学的人，还有苏格兰蓟协会的成员。他想，他们穿过这个地方要花几个小时的时间。到了教堂，棺材会放在石头台阶上的棺材架上，队伍从棺材旁走过，然后所有的人会涌进教堂，倾听葬礼仪式。会有不断的溢美之词，夸赞凯恩的善行、光荣和才能。似乎凯恩根本不曾丢失了船只，似乎他的航行中不曾出现纷争和叛乱。他发现队伍中有人在唱一首莫扎特颂歌。一位德高望重的牧师在诵祷文，唱颂歌，明天在报纸上将会看到祷文的内容，不过伊拉斯莫斯现在已经听到了。

> 我的朋友们，我们在这里聚会，来履行我们庄重而又悲痛的职责，为的是一个人，这个人，在他仅三十五年的短短的一生中，在人性和科学的双重激励下，到达了我们这个星球的每一个地方，包括那些几乎无法到达的地方……死亡让我们看到了人类的崇高品质。无比悲痛的人们经过几天时间来到这里。哀痛的人们穿着丧服，越过海洋，沿着河流，穿过城市，来到这里，其中有学富五车的人，有出身高贵的人，有道德高尚的人，在这里，他们真诚地要致以他们的诚挚的敬意，他们没有别的目的，只有尊敬和爱戴。

接着还是祷告，歌唱，哀乐，祝福。凯恩博士曾经探索和命名过海岸线，他曾经与冰雪不屈不挠地奋战，他发现了爱斯基摩人，他没有屈服于黑暗的冬季，他经过那英雄史诗般的航行，让大部分船员都安全地回来——这些都颇为值得赞许，但这为什么就会让伊拉斯莫斯自己的航行黯然失色？他也把船员们带了回来，他也做了自己能做的，他已经尽力……他把自己的手从亚历山德拉那里抽了回来。

“拉薇妮亚待在家是对的，”他说，“我再也看不下去了。”

他从窗户边走开，小心翼翼地来到沙发床旁边。他的掌心已经湿润了，看着自己的掌纹，想起了自从回来就一直尽量不去想的场景：齐克快要死了，齐克死了，所有的一切都发生在那片广袤的白色荒原。死亡的到来或是暴力，或是安静，也可能两者都有，可能是一只熊，可能是不小心摔倒了，可能是掉进了冰里。他在冰山上跌跌撞撞走着，可能是慢慢地饿死了；他或是心中充满怨气，或是明白不得不接受这一切，便不再浪费力气去抱怨。他听到齐克脚下冰裂开的声音；他看到齐克拼命地寻找一只能抓住的手，或是一根能握牢的绳子，但是什么都没有，只有一片破裂的浮冰。然后，齐克向上看着天空，慢慢沉下去，他的胳膊放在身子一边。上面，没有人来救他，甚至没有人在看。只有一只暴风鹱，停歇在一只海象的头上，看着他最后吐气时吐出的气泡，冰渐渐地封上了洞。

现在人们如此隆重地为凯恩哀悼，而齐克最后的日子却无人看到，无人知道。伊拉斯莫斯想，我应该在那里的，不管怎么说，我都应该陪在他旁边的。

# 第九章
# 从手中脱落的硕大石块
## （1857 年 4 月至 8 月）

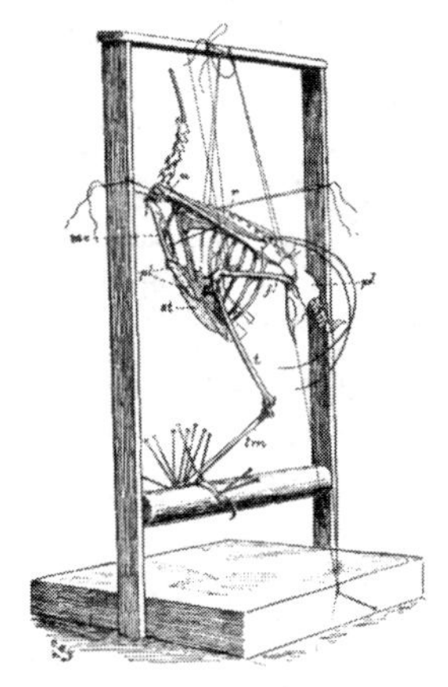

如果有人在启程去一次长途航行之前，问我有什么建议，我会参考他对哪一方面的知识比较感兴趣，他的知识会通过航行得以增长。无疑，能够看到各个国家，各个人种，能给人带来很大的满足感，而且从中得到欢乐的同时，并不会找来什么麻烦。必须盼望此行能够有所收获，相信无论路途是多么遥远，都会有果实收获，会有好处产生。显然，可能会遭受很多损失，例如要远离老朋友，再也看不到那些熟悉的地方，那里的每个记忆是如此让人感到亲切。但是在疲惫不堪时，那种渴望回家的快乐弥补了这些损失。

也许在所有的事情中，没有什么比第一眼看到原始人在当地的状态更能给人带来惊奇，就是人在最开始阶段，在那个最野蛮的状态。一个人的思维会回溯几个世纪，然后问这样的问题：我们祖先也是这个样子吗？这些人的符号和表达比家养的动物还让人难以明白，这些人没有家养动物的天性，也没有人类的推理能力，也几乎没有艺术能力……总之，在我看来，似乎没有什么比到一个遥远的国家进行航行更能让一位年轻的自然学家进步的了。它不仅让人们的需要和渴望更加强烈，而且将两者结合起来，正如J. 赫歇耳爵士所说，一个人即使所有物质上的需求都被满足，他还是想有更多经历。

——查尔斯·达尔文"贝格尔"号航行日记(1839年)

哥白尼面色微红，留起了胡子，头发也长长的，他快步走进家庭博物馆，用胳膊搂住伊拉斯莫斯，搂得很紧，几乎要把伊拉斯莫斯从鞋子里提起来了。

“啊，小心！”亚历山德拉喊道。

哥白尼吃惊地看了她一眼，然后随着她的眼光看伊拉斯莫斯的脚，然后慢慢地把他放到椅子上。

“对不起，”他说，“可我看到你真的是太高兴了！”他弯下腰，抓住伊拉斯莫斯的右脚踝，然后把手顺着脚滑下去：跗骨，跖骨，但趾骨几乎全部不见了。“疼吗？”他问。

“不疼，”伊拉斯莫斯说，微笑了一下，这种微笑亚历山德拉已经很久没见过了。“和亚历山德拉·科普兰问个好吧。”

“洪堡写信告诉我你的情况了，”哥白尼说，“你给了拉薇妮亚很多帮助，你是我们家难得的好朋友。很高兴见到你。”亚历山德拉觉得，他似乎已经忘记她和拉薇妮亚还是孩子的时候他们曾经见过面。他握了握她的手，然后转过身，说：“可拉薇妮亚在哪里呢？我很想见到她。”

“我去叫她来，”亚历山德拉说，她希望她已经起床并梳洗好了。

哥白尼开始整理堆在花园小道上的箱子，亚历山德拉看到了他画的画：派克斯峰，大特顿，落基山脉，大盐湖，碱性沙漠，洪堡山脉，约塞米蒂谷，船长岩，还有他在每个地方碰见的印第安人。这些画真是不可思议，光线强烈，颜色炫目。但是现在，她只能看到伊拉斯莫斯脸上的笑容，还有拉薇妮亚脸上表情的变化。

拉薇妮亚对亚历山德拉悄悄说，哥白尼能回家真是个让人安慰的事情。毕竟他是她最喜欢的哥哥。她又开始计划家庭三餐：用香草和萝卜做调味料的烤羊羔，浇着奶油的鸡肉。她说，所有这些都是哥白尼爱吃的。他已经很久都不在家了。她把事情都做完之后，有时会和亚历山德拉一起去找她的哥哥们，听他们讲探险的故事。

哥白尼每幅画里都有一个故事，也能在他的素描本里找到一些踪迹。亚历山德拉看到，这像是一本带有图画的日记本，是那些温暖的、懒散的下午画成的。一页上画着佛特瓦哈瓦哈，哈得逊湾公司的一个贸易站；另外一页上画着一群北美野牛，一群人在晒干牛肉，然后把牛肉压成肉糜压缩饼。落基山脉里跑着几只长着黑色尾巴的鹿。有几千张素描，只有几个字对其进行描述，正好和伊拉斯莫斯的日记相反。

伊拉斯莫斯拿出了自己写的东西，博尔哈维医生写的东西，还有在航行中他给哥白尼写的长长的信。亚历山德拉看到这些东西给伊拉斯莫斯带来了很大阴影，有时伊拉斯莫斯不得不离开去暂时安静一下，留下哥白尼一个人。有时，她下来吃早饭的时候，看到伊拉斯莫斯似乎是一晚上没睡，后来在家庭博物馆，伊拉斯莫斯承认所有的谈话都给他带来了噩梦。他说齐克每天都出现在他的梦中。在冰河上，在那条船上，钉着一张纸，上面写着已经遇难的人的名字，形状像一块墓碑石，他已经看到无数遍了。不过，随着他们谈话的深入，伊拉斯莫斯也会逐渐兴奋起来。哥白尼给他看了一张素描，上面画了一种鞋子，这双鞋子让他安全度过了落基山脉的冬天，那年冬天，他穿了一双羊毛袜子，袜子外面是一层厚厚的垫子，然后一双鹿皮平底鞋，最外面是野牛皮靴子。伊拉斯莫斯给哥白尼看了耐德给他做的一套皮衣，现在已经有些破旧了，说：“我也许可以写本书。”

也许这本书不会像凯恩的书那样，这本书不是根据日记本里的内容写成的探险故事，也不会是对北极的简单描述。伊拉斯莫斯说，通过故事的叙述，他希望这本书可以让读者也感受到整个旅程，就像是随着一只想象出来的船只从一个地方到另一个地方，从一个季节到下一个季节。他会描述一系列的画面，这些画面构成了一个自然史，在一年中的各个时间发生在特定的地方。伊拉斯莫斯说他自己不会出现在故事中，他将会把自己抹去，将自己隐藏起来。这样，读者读起来就像是在盯着精描细绘的风景画，像是他们自己在航行，但是不会有什么不舒服的地方，也不会遇到什么争执。

“为什么不加些彩图呢?”哥白尼说，“我自己可以做这些事情。”根据伊拉斯莫斯的素描和描述，再结合自己对冰河和光线的了解——他可以画一些系列画来介绍各个部分，这不是很好吗？每个系列可以和一个地区所有重要的特征结合起来，代表所有的动物和植物，虽然是想象的，但还是表现了事实情况。

伊拉斯莫斯把手伸进口袋里，拿出了一块手帕，里面包着一块已经萎缩了的皮革。他把它打开，说：“像这样的？这能代表全部吗?”

“这是什么东西?”

伊拉斯莫斯告诉他在布希亚海湾碰见的爱斯基摩人，最后一天时，部落首领的妻子偷偷给了他这个东西。他没有说他把它藏在了什么地方，也没有说乔关于这皮原来的靴子说了些什么。

“你给别人看过吗?”

“只是给一些记者看过，”伊拉斯莫斯说，“我刚回来的时候，每个人都在问我问题，我想解释清楚，告诉他们发生了什么，我们找到了什么，我说，虽然其他东西都丢了，但至少还有一件富兰克林航行的真正的证据。但是没有人相信我。”他停顿了一秒钟，接着说：“也不完全准确。亚历山德拉、林奈和洪堡看到了，我想他们相信我。我不确定，我感觉身体很不舒服。头几个星期里发生的事情我记得的不多了。”

哥白尼把它放在手掌上。“但这个是真的，”他说。他用沾着锈迹的螺丝钉将皮革立起来，这样这块皮现在有点像是一双靴子的一部分了。“它就在这儿。”

伊拉斯莫斯的脸红了。“这是我自己的错，”他说，“我没有把它放在清单上，因为我想秘密地把它放起来，为自己放起来。我偷了它，是真的。而且我找到这个东西的时候没有人看到，我是怎么找到这个东西的没有书面记录。一个记者说我伪造了这个东西。还有一个说我可能是在其他地方发现这个东西的，可能根本不是靴子的一部分。可能是格陵兰岛一个水手的靴子的一部分，或者是凯恩博士的航行中留下来的，是在史密斯海峡找到的。”

“上面有没有什么标记说明它是富兰克林他们的？”

“没有，”伊拉斯莫斯说，“只是从我找到它的地方和把这个东西给我的人来看，它应该是富兰克林的船员的。”

他又一次责怪自己为什么没有把这件事情告诉博尔哈维医生，几个月来他都为了这件事情责怪自己无数次了。他隐藏了这件事情，和他的这位朋友没有完全真心真意——他怎么会这么做？他在等什么？

哥白尼手掌上的七根螺丝钉轮廓十分完好，显示出了原来的形状。“这真是糟糕，”哥白尼说，“似乎通过这个方法能让大家理解你们的发现。我理解你的意思，我似乎能看到它原来的主人，能想象到整个航行。这就是我那些画的意思，有时一张图能够捕捉……所有的一切。那个地方给人的感觉。”

伊拉斯莫斯和他兄弟们的计划让亚历山德拉感到十分高兴，但也让她感到是自己该离开的时候了。拉薇妮亚比以前更加安静，想的事情更多，话更少了，但是也更加善于料理家事，而且由于哥白尼的缘故，她和伊拉斯莫斯似乎也可以平静相处了。勃朗宁说，亚历山德拉也帮到了她自己的家庭。她的家人十分感激每个月她给的钱。但是这还能持续多久呢？

她自己也没有答案，她在做的植物画雕版已经做了一半了，没有其他的事情让她做。不过，正如勃朗宁指出的那样，她还有很多方法可以帮助自己的家人。似乎有一张责任和义务的网，她有时很想逃脱……但是没有人能够逃得了。拉薇妮亚和她的哥哥们连在了一起，也许以后永远都会是这样。她自己也是一样，要永远和她的兄弟姐妹们连在一起；她不会结婚，这点她能感觉到。经过镜子的时候，她会看看穿着灰色衣衫的自己，头发紧紧地梳在后面，想那些不认识她的人肯定一眼都不会看自己的。

一天，她对伊拉斯莫斯说："你的脚好了，你和哥白尼有很多事情要做，这儿不需要我了。"

"但是你不能走，"他抓着她的手说，"现在不能走。"

"我们真的需要你，"哥白尼说。

"我需要你，"伊拉斯莫斯补充说，"哥白尼准备画的那些东西不过是一些概括性的画，从某种意义上来说就是每章的开头部分。但我们还有几百张画要画，要详细地画出植物、动物和相应的各个部分，就像你现在做的那些。你不想做我们的搭档吗？"

"我不是在代替你，"哥白尼补充说。可她觉得他就是在代替她做的事情。

"几周来我们一直一起工作，"伊拉斯莫斯说，"我觉得我们会一直这样。我们一起工作得很愉快。"

伊拉斯莫斯坐在一个角落，一直在写东西，偶尔提一些建议；亚历山德拉拿着笔和墨水在另一个角，在画莎草、海草和海鸥；哥白尼已经在用蓝色、绿色、金色和白色的颜料作画，冰山从梅尔维尔海湾上的冰川上崩解下来——他们的确合作得很愉快，但是亚历山德拉觉得这不过是几周的事情，之后哥白尼会接管她的事情，为伊拉斯莫斯做事。但是也许事情不一定像她想象的那样。不过哥白尼和伊拉斯莫斯都没有谈到钱的事情。

"让我再想想，"她说，"我去问问家里人的意见。"

五月下旬，哥白尼带伊拉斯莫斯去见了两个画家，他们在同一个阁楼工作室工作。他们对着天窗一起喝红酒，开心地聊天——真是开心，伊拉斯莫斯想。他出去得很少，很想念那些有别人陪在身边的日子。聚会结束后，他拄着拐杖沿着山顿街走着，觉得这一天过得很开心，也为自己精力逐渐恢复感到开心。他嗅了嗅紫丁香，还有漆树特别的味道，看着刚刚擦洗过的路边石。他沿着路边石慢慢走着，没有哥白尼那么敏捷，哥白尼总是很快地走到前头去，然后又转回来；但至少他一直在走了。甜甜的空气涌进了他的肺里。那些画家喜欢他，觉得他很有趣，问了很多关于他的书的问题。

在百老汇大街，他们上了公共汽车，车上几乎空无一人。他们路过沿街铺面，商店的展示橱窗从眼前闪过，鸽子飞起来又落下去。哥白尼指了指鸽子群飞起来时下面起伏的阴影，他问水是不是也会在冰面上形成阴影。他们正开心地聊天，这时司机打断了他们。

"你是伊拉斯莫斯·威尔斯吗?"他盯着伊拉斯莫斯的脚问道。伊拉斯莫斯点了点头，还在想哥白尼刚才解释的事情。水形成阴影……"我名叫戈弗雷，"司机说道。刚开始他们觉得他似乎没什么。

“威廉姆·戈弗雷,”他补充道,“凯恩的戈弗雷。”

威廉姆·戈弗雷,就是凯恩在《极地探险》中那么痛苦地写过的抛弃他们和背叛他们的人!伊拉斯莫斯和哥白尼互相看了一眼。“这是我今天要跑的最后一班车,”戈弗雷说,“我想和你谈谈,如果你有几分钟的话……”

他们说好了半个小时之后见面,在附近的一个小酒馆。反正这也不会有什么坏处。伊拉斯莫斯坐在一个靠海滩的窗户旁边,看着外面的梓树,上面开着像泡沫一样的白色的小花,琢磨这个陌生人会和他讲些什么。“这个主意不错,”哥白尼说,伊拉斯莫斯表示同意。“你们可以交换下笔记。”

很快戈弗雷就溜进来坐在他们旁边。“请我喝一杯吧,”他说,“几杯饮料,这个钱你还是有的。”他的鞋子里散发出一股马粪的臭味。

哥白尼去拿酒的时候,伊拉斯莫斯和他谈起了他们都看到过的景象。“爱斯基摩人,”他说,“那些帮助过你们的……”

戈弗雷歪着身子挨向他,抓起哥白尼递过来的啤酒。“沃利斯指挥官是什么样子?”他突然问道。亚拉斯马斯还没来得及回答,戈弗雷就说,“和凯恩一样坏吗?他有那么坏吗?你知道,我在那里都经受了些什么……”

他说,凯恩博士撒谎了。他的书就是个谎言,真正发生的事情被掩盖了。他自己并不是一个背叛者,相反,好几次他都救过凯恩的命。“雪橇滑落下去的时候我把他从水里拉了上来,”戈弗雷说。他的声音高昂了起来,不少人转过头来看他。“一次他射一只熊的时候失手了,熊向他扑过来,是我把熊杀死了。”

一辆马车从窗边经过,两匹漂亮的栗色的马,后面是一个穿着蓝色丝绸衣服的女人，面孔有一半遮掩着，很像伊拉斯莫斯记忆中母亲的样子。戈弗雷还在说话，他看起来很粗俗，脸上有很多疮口，让人越来越无法忍受。

“我得到了什么？”戈弗雷大口喝着啤酒继续说。他伸手举着酒杯，示意要再加满。“什么都没有。比什么都没有还糟。凯恩毁了我的名誉，没有人肯雇我，瞧瞧我现在的样子，只能在街上给你们这些人开车。”

“很抱歉……”伊拉斯莫斯说，但戈弗雷没有理睬他，继续滔滔不绝，为什么他拒绝执行凯恩的命令，为什么一部分船员自己离开……不知道是啤酒坏了，还是因为戈弗雷的抱怨，伊拉斯莫斯感觉有点反胃。他的声音把他这一天的快乐都撵跑了，让他又回到了那个黑暗的冬季，又看到了泰勒船长船头那张画着墓碑石的纸，还有上面死去的人的名字，新的名字还在不断地被加上去。伊拉斯莫斯正想找个理由离开，这时戈弗雷说：“你知道，被人冤枉是什么感觉。而且北极那种地方真能把人逼得发疯。”

他身子弯向伊拉斯莫斯，眯起了眼睛，说道：“告我真话——是不是你杀了他？”

人们就是这么想的？人们认为他不仅抛弃了齐克，而且还杀了他？伊拉斯莫斯站起来，但哥白尼把他拽回了椅子上。

“你怎么敢这么说？”哥白尼说，“是我兄弟拯救了那次航行，是他让大家安全返航。齐克做的事情是他自己的决定，他遭遇到的事情是他自己的选择，你没有权利……”

戈弗雷喝完了第二杯啤酒，把杯子放下来。“呃，抱歉，”他对伊拉斯莫斯说，“请原谅我做出这样的猜测。但是，你知道，凯恩对我们航行的描述与真实情况简直是千差万别……我对你的了解都是来源于报纸。我怎么知道你真的做了什么。”

“我已经做了我能做的一切，”伊拉斯莫斯说，“信不信无所谓，你自己看着办。”他又站起来，知道酒馆里所有的人都在看着他们。“我们得走了。”

戈弗雷抓住他的胳膊。“别走，”他说，“我知道你看不起我，每个人都是这样——但是你和我有共同的地方。”

又有好几辆马车走过，带来了许多相貌堂堂、衣冠楚楚的人，他们谈笑着，计划着，做着各种各样的事情。他们在做什么？他们从伊拉斯莫斯身边走了过去，让他觉得自己又与正常社会隔离了。他和戈弗雷没有共同的地方。一点也没有。

“也应该给我举行个听证会，”戈弗雷继续说，“在美国民众面前，举行一场公正而不偏颇的听证会——我正在写一本书，我的书。你愿意帮助我吗？我需要钱。你们当然有能力给我点同情……”

他怎么就不能不说话，这个讨厌的人怎么就不能不说话……伊拉斯莫斯手插在自己的口袋里，把几张纸币放在桌子上，和哥白尼一起逃走了。之后他沮丧了好长时间，那天晚上，他在日记里写道：

> 这个人太糟糕了！但戈弗雷让我不由得想我们这两次航行有何不同。也许我把自己做的事情和别人已经印刷出来的东西进行比较就是个错误。八个船员离开船只乘小船踏上旅程的时候，戈弗雷和凯恩心中都有无比的愤怒，四个月后，离开的船员被冻僵了，三三两两地回到船只，凯恩却心存报复之心。按照戈弗雷的说法，凯恩根本没有像圣人一样不计前嫌地欢迎他们，凯恩是一个铁石心肠的独裁者，直到他们几乎已经完全撑不住的时候才救他们。戈弗雷心中燃烧着怨恨和自利，但是他说的话

可能有些是真的。

如果凯恩根本不像我们想的那样是个英雄，是不是我也并不是那么失败？世界上人们知道的只是凯恩对航行的描述，而不是戈弗雷的描述；就像人们只知道威尔金斯对“探索之旅”的描述，而不是其他人的——如果齐克没有遇难，那么世人对我们航行的了解也就限于齐克的描述了。

哥白尼说我们应该和他设法再谈一次，在不喝酒的情况下。他可能在史密斯海峡观察到了我们没有看到的东西，这样可以有助于我们绘制当地的图画。但是我无论如何都不想再看到他了，不想再听到有人把我和他相提并论。如果知道像戈弗雷这样的人，一个连话也不会说的人，也在写书，那我还怎么写？

哥白尼正在完成第一幅画，非常漂亮。他的主顾来家庭博物馆和他要一组西方油画的时候，哥白尼让他看了看还没有画完的梅尔维尔海湾，主顾的呼吸一下子就卡在了喉咙口。“这是一套中的一本，”哥白尼说，“为我哥哥写的一本书画的。”

“你画好的时候，”他的主顾说，“颜色都上好之后，是否能够全部交给我来卖……”

“这个问题我们以后再谈，”哥白尼说，“等到事情都做完了。”

他谈论书的样子就好像书已经完成了，实际上伊拉斯莫斯还在继续写。他的勇气不仅来自哥白尼，也来自亚历山德拉，她画的画幅幅都十分漂亮。晚上，他躺在船上，想着她的脸，她的手，她手上的墨迹，她工作服袖子下苍白而又强壮的胳膊。她脖颈后面，在一圈滑而直的棕色头发后面，几缕被梳了起来，露出了她脊椎处隆起的地方。

在“独角鲸”号上，他几乎不会想到性，那时总是太寒冷了，太疲愈了，太饥饿了，太担忧了，以至于他几乎记不起那种肌肤相亲的感觉，那似乎是另一个世界的事情。这之前，当他还很健康，船舱里来来去去的只有男人，一直有光，根本没有隐私可言。有几次，他们停留在岸边，去打猎或者在做短暂停留，他会在几块石头的掩盖下抚摸自己——但他会想到的是华盛顿的红发女人，前大街的一个女人，还有拉薇妮亚朋友们如花的脸庞。而现在，他一个人躺在床上，想象着亚历山德拉的样子。

伊拉斯莫斯没有意识到亚历山德拉心中的困惑。她想，可能是两个兄弟都在，才让她觉得有些奇怪。哥白尼的身体宽广结实，性格和顺，他会把他的手放在她肩膀上；伊拉斯莫斯做事专注，会从她的手看到她的眼睛，说话的样子似乎两个人是完全平等的，哪个才是她想要的呢？也许，两个都是吧。即使这时她也知道，哥白尼散发出来的这种魅力对周围所有人都是如此，并不是只有她自己才会被吸引到。只有在那些让人意乱情迷的夏日早晨，她才会在床单上翻来覆去，盯着镜子中赤裸的自己的身体。只点着一支蜡烛，投射到她身体上的光反射到镜子中，她想象着在别人眼中她是什么样子的。晚上，有人出现在她的梦中，既不是伊拉斯莫斯，也不是哥白尼，而是两者的结合体。白天她不工作的时候，她会和拉薇妮亚坐在一起，谈论虹膜移植问题。

她最后不得不红着脸和伊拉斯莫斯说起她的经济状况。他看起来十分吃惊，甚至觉得有点羞愧——他自己曾经想过钱的事情吗？“我有收入，”他说，“我的收入超过了我需要的。我真笨，居然没有意识到洪堡和林奈已经不付工资给你了。对这个项目来说，我们三个都是作者，你付出了当然应该得到工资，这样才公平。”

他们四个坐在花园里，一边吃馅饼一边听伊拉斯莫斯朗读，心还在滴血。天气很凉爽，柳条椅和房子之间宽阔的绿色草坪软软地延展着。房子旁边，很久以前种植的牡丹一簇簇开放着。伊拉斯莫斯把书放在膝盖上，翻过一页。伊拉斯莫斯读到迪斯科岛上炎热夏天的来临时，拉薇妮亚若有所思地点点头。她说这是一件礼物。她几乎可以看到悬崖，看到浮冰在朝她飘过来。虽然伊拉斯莫斯没有直接写到齐克，他让她看到了齐克最后的日子中看到的东西，她对此十分感激。伊拉斯莫斯继续往下读。一辆马车出现在车道末端，一个男子从马车里走了出来。之后发生的一切像是一场梦一般。

男子将钱付给车夫，几个箱子被搬到草坪上。然后，另一个弱小的身影从马车上走下来，穿的衣服有些与众不同。那个人从车上抱下一个孩子。那男子指给他们一个箱子，两个人就坐在了上面。男子沿着车道两旁的牡丹走过来。粉色的花，米色的花，他走的时候触到了这些花。伊拉斯莫斯连拐杖都没有拿就从椅子上站起来，一下摔倒在地上。拉薇妮亚向那个男子奔跑过去，被她裙子的边绊倒了，接着哥白尼和亚历山德拉弯下身子去扶伊拉斯莫斯。

亚历山德拉不知道接下来几分钟的事情是怎么发生的。齐克和拉薇妮亚怎么在车道中间拥抱，怎么去了日光浴室，哥白尼怎么扶起伊拉斯莫斯，把他扶进了家庭博物馆的一间小屋，她自己是怎么走到一堆盒子那里，到坐在那里的两个人面前——所有这些都胡乱地塞在她的脑袋里。她打量着眼前的两个陌生人——一个女人，爱斯基摩女人，和一个小男孩，然后用平常和其他人说话的语气和他们说："不要进来吗?"然后她把他们带进房间，吩咐仆人们该怎么做。

齐克应该是个鬼呀，但齐克真的就在这儿。他把胳膊搂住不停哭泣的拉薇妮亚，并平静地和亚历山德拉打招呼，问和他同来的人是不是可以待在这儿。拉薇妮亚抚摸着他的胳膊，他的脖子，他的脸，说：“可以，只要你想，怎么样都可以。”

“这是安妮，”齐克说，“还有这是汤姆。他们是从格陵兰来的。”他把拉薇妮亚的手紧贴在自己的脸颊上。“他们有爱斯基摩语的名字，不过这是他们和我在一起的时候用的名字。”他亲了亲拉薇妮亚的手指。“他们说英语，我教他们的。安妮救了我的命。”

亚历山德拉沿着楼梯往上走，似乎没有察觉到别的什么。走到一半，她停下来，发现后面没人跟上来。原来两位来访者站在楼梯下面，抓着栏杆，小心翼翼地不敢迈出第一步，似乎是在看冰的厚度够不够。安妮穿着马裤，一件带兜帽的上衣，而且虽然天这么热，她还是穿着软靴，所有衣物都是皮质的，可能是鹿皮，也可能是海豹皮，或者某种亚历山德拉叫不上名字的动物的皮。汤姆穿的衣服也差不多，皮衣闻起来有点味道，也可能是人身上发出来的味道吧。她把裙子提起到脚踝上面，好让安妮和汤姆看到自己的脚；她慢慢地走，让他们知道每一步都很安全。

从哥白尼的房间里穿过厅堂到了一所闲置的房间，她对安妮说：“你待在这儿吧，和你的……”

“这是我儿子，”安妮说，“名叫汤姆。”她似乎完全能听懂亚历山德拉的话。

亚历山德拉往自己的房间走去，整理了几件贴身衣物和灰色的外套。她回来的时候看到安妮和汤姆在看着窗户，手掌压向玻璃，似乎想要够到外面的空气。亚历山德拉打开吊窗绳，安妮把手掌放在空气上，就好像玻璃还存在似的，然后微笑了一下。亚历山德拉递给了她件灰色的外套，她摇了摇头。

“你会慢慢住习惯的，”亚历山德拉说，“在这种炎热的天气下，得穿这样的衣服。”汤姆把自己的身子伸出窗户，安妮也像他一样从窗户探出去。“安妮!”亚历山德拉说。她碰了碰安妮的外套，安妮从窗户抽回身来，皱了皱眉头。亚历山德拉把衣服放在了床上。

到了楼下，她尽量不看齐克。他的眼睛和手上有深深的伤痕，左侧耳朵一部分已经不见了。他的衣服撕烂了，有的地方打了补丁，粘上了不少污渍。她慢慢地认出，这衣服是“独角鲸”号船员穿的那件漂亮的灰色制服。

“我把他们安置在第二客房，”亚历山德拉说。她看着齐克的手抚摸拉薇妮亚的背和肩膀的样子，觉得一阵恍惚。他在这里做什么?他怎么还活着?伊拉斯莫斯去哪里了?“我给安妮拿了一件我穿的衣服，但是她不肯穿。”

“这件事我会处理的，”齐克说，他站起来说道，“你们先待在这儿，我一会就回来。”

亚历山德拉在沙发上一动不动地坐着，拉薇妮亚肩膀靠着她的肩膀不停地哭泣。齐克去了家庭博物馆，拉薇妮亚把亚历山德拉拉到楼上。她们发现安妮坐在地板上，汤姆坐在她膝盖上，她的头放在窗台上，身上穿着亚历山德拉的衣服。最好别想是齐克说了什么或者做了什么才让她穿上这件衣服的。上身很宽松，袖子太长了，白色的领子和她闪闪的黑色皮肤形成了鲜明的对比。她们进来时她转过头，毫无表情地看着他们。“提克?”她说，“提克在哪儿?”

我没有杀了他，伊拉斯莫斯想。他在花园里摔倒了，是什么样的感觉让他这样?愧疚，震惊，恐惧，夹杂着快乐和如释重负——我没有杀了他。

他站在标本箱旁边，用拐杖支撑着身子，感觉呼吸都有些困难。

哥白尼坐在窗户旁边，齐克绕着家庭博物馆转来转去，看在熟悉的东西中出现的陌生之物。“我以为你死了，”伊拉斯莫斯说。

“哦，我没有，”齐克说，“你也看到了。”

伊拉斯莫斯觉得他看起来老了很多。更加结实，也更加稳重。而且，让人恐惧的是，他看起来十分平静。为什么齐克既不拥抱他，也不打他，也不要求他给个解释，自己也不做任何说明？一句话也没有。他转向哥白尼，说：“你什么时候回来的？”

“两天前，”哥白尼说，“我听说伊拉斯莫斯回来了我马上就赶回来了。”

“我已经尽可能等你回来，”伊拉斯莫斯说。他怎么为自己辩解？“所有人都肯定你是死了，而且他们非常害怕再在那里过一个冬天。他们背着我做了筹划——他说我必须带领他们向南航行，因为你让我负责。我不得不带领他们，我以为你死了。”

“我相信你是这样的，”齐克说，“我相信你做了力所能及的一切。我在戈德港听到了关于你的消息，听说你至少是让一部分船员安全回了家。”

“所有人，”伊拉斯莫斯说，现在他说话的声音清楚了些，“每个人都做了自己的选择——有四个人要离开，我阻止不了他们。”

“是的，”齐克说，“不管怎样，我原谅你了。不管你做了什么，我都相信你已经尽了自己最大的努力。这件事反而成了一件好事。我一个人的时候，单独待着，让我更加了解自己，了解了你从来不明白的事情。”

“告诉我，那是什么？”伊拉斯莫斯说。

“为什么要告诉你？”

齐克的脸绷得紧紧的。很长一段时间，没有人说话，伊拉斯莫斯每一秒都在想，打我，打我。“就让这些事情揭过去吧，”齐克说，“为什么还要我和你讲这些事情？”

哥白尼清了清喉咙，说：“可你在哪里？你是怎么活下来的？”

“这个，”齐克说，“这说来就话长了。”

显然他现在不打算说这件事。他在家庭博物馆里走来走去，盯着亚历山德拉画架上的一幅关于化石的画，没有看哥白尼的那幅，低头看看在长条桌上翻开的书。他摸了摸博尔哈维医生的日记本，又摸了摸拉薇妮亚以前给他的绿色绸缎面的本子。“我奇怪这些东西发生了什么事情，”他说，“我回到‘独角鲸’号上的时候，发现我的盒子被人打开过了，博尔哈维医生的日记本不见了，我觉得非常……好奇。”

“我以为你死了，”伊拉斯莫斯说，“我想尽量把能保留的东西保留下来。”他不能忍受齐克脸上质问的表情。“你带来的是什么人呢？”

“你凭什么批评我做的事情？”齐克问，“你抛弃了我。”

“我没有批评什么，”伊拉斯莫斯说，“只是在提问题。”

“你难道想让我痛苦地度过整个冬天？在这样一个地方，如果不接受帮助，对别人就是一种侮辱。安妮的家人把我带到他们家。”齐克转身朝着那一堆手稿。“你在写什么东西？一个简单的回忆录？”

“不是回忆录，”伊拉斯莫斯说。他是什么意思：安妮的家人把他带回了家？“是一点儿不同于回忆录的东西。”

“你保证过航行之后一年内你不写东西的，”齐克说，“把那些日记本还给我。”

“时间已经过去一年了，”伊拉斯莫斯说。他的语气连自己都觉得惊奇，但是他却阻止不了自己。“你不见了，而且不管怎么说，总之，我们的航行还一本书都没有，这本书里没有讲到你，也没有讲到我，也没有讲到富兰克林的遗物，没有讲到任何发生在我们身上的事情。这本书只与那个地方有关——是那个地方各个季节发生的事情连起来的一部自然史。”

“如果你喜欢的话就写吧，”齐克说，“不过很难想象有人想读这种东西。他们听到我的故事，我要说的话，他们是不会想读你写的东西的。”

齐克从口袋里拿出一本黑色的日记本，航行时伊拉斯莫斯经常看到这个日记本。“所有东西都在这里。”他一面说，一面敲了几下本子已经破旧的封面。齐克每敲一次，伊拉斯莫斯就觉得自己的一部分被溶解了，然后又重新形成，变成了威廉姆·戈弗雷。“我往北的旅行，我所发现的所有东西，我回到船上之后发生的事情，我和爱斯基摩人一起生活的日子——所有的东西。”

一下，两下，三下。“我要娶拉薇妮亚，”他补充说，“我会马上安排这件事情。我不想一个人生活了。你的脚怎么了？”

“我的脚趾头被切除了，”伊拉斯莫斯说。至少拉薇妮亚会幸福，至少还能这样。“冻伤了。你的耳朵呢？”

“一只北极熊。”

伊拉斯莫斯的眼睛离不开那本黑色的笔记本。齐克一个人往北走的时候没有带这本日记本，他把这本本子留下了，说要轻装上阵。伊拉斯莫斯打开箱子去拿博尔哈维医生的日记时，他看到了齐克黑色的本子就在里面。

两个星期后，齐克的书的摘要出现在了费城的报纸上，还有记者的一篇短篇报道：

探险家重走凯恩的路线

被他的同行者抛弃

被魔法预言者拯救

详细描述与爱斯基摩人在一起的日子

有爱斯基摩人在费城

齐克阿伊·沃利斯,被同行者抛弃在北极后安全回国,伴随他的还有两个见过凯恩博士的爱斯基摩人。我在沃利斯指挥官父母家和他谈了话,他高兴地迎接了我。当问到那个每个人都想问的问题时,他回答道:"我的船员们做的事情没错。我向北航行的时候,曾经规定了一个返回的日期。过了那个日期三周,我才回来。我曾经委托行使指挥权的人决定,为了让船上的人能够安全返回,他们必须撤退。这恰恰是我想让他们做的事情。他们没有办法知道我当时还活着。"

他还活着,不可思议。而且有很多事情要说。他的朋友们曾经说过在布希亚海湾发现的东西,还有爱斯基摩人拥有富兰克林船只上的遗物的事情,关于这些他没有什么可补充的——前面威尔斯先生曾经讲述过的事情是真实准确的,关于船队如何在冰上度过冬天的描述也是真实准确的。但是当其他人逃回安全地带的时候,他则和史密斯海峡的爱斯基摩人一起度过了一年的时光,这一年十分不可思议,发现了很多凯恩博士错过的东西。

这些善良的人五月把他带到了乌佩纳维克,在那里他知道了凯恩博士的死讯,一个丹麦商人给了他一本《北极探险》。在回国的船上他读了这本书,认为凯恩对凯恩海盆西侧的描述基本准确，但是他自己的探索更加细致。凯恩地图的修正版见第三页。沃利斯指挥官正在将他在格陵兰北部定居点和爱斯基摩人相处的日子记录下来。同时，为了惠及读者，他愿意慷慨地提供他日记的一部分。

1856 年 8 月 30 日

人们都不见了。我简直不敢相信我错过了他们。“独角鲸”号被冻住了，陷在一条运河里，一动也不能动。让人难过的是，他们显然费了很大劲想让船能够航行，但最终失败了，不得不说这让我有几分欣慰，因为至少他们还留给了我一个过冬的容身之所。船上所有的东西都谨慎地清理过了，物资被摆放在一边，这样万一我能回来便可以用。威尔斯先生留下了一封信告诉我发生了什么。我十分感激，但是，只差了四天！差一点我就能赶上他们了，但是如果他们等我等到这个时候，可能就要留下来再过一个冬天了。今天我开始工作了，我决定先将船舱中的一块隔出来，用苔藓和泥潭密封起来，这样更容易保暖，然后再从其他地方取一些墙板做燃料。剩下的时间我得打猎，尽量为过冬多储备些食物。现在正是猎海象的绝佳时间，希望靠我一个人能够猎到海象。这个时候海象很肥硕，麝香牛也是，兔子也不少。去年我犯了个错误，去年这个时候我想方设法想逃离这个地方而没有花足够的时间来储备物资，今年再也不能犯这个错误了。

今天冬天我得待在这里，这是无可置疑的了。现在能做的事就是面对它。尽量利用现在能利用的一切，从中得到欢乐，甚至学到一些东西。这是我生存的希望,要像爱斯基摩人一样生活。要证明一个愿意向北不断探索的人在这里还可以生活得相对舒服。这里有书,有食物,有住的地方,可以绘地图,可以写日记。我可以做鲁宾逊。

1856 年 10 月 10 日

我把隔板重新做了起来,这次更加靠近船尾。我用新皮革布置了床铺,重新建了门,我用他们留下来的木头建造了一个甲板室。我把靠近岸边一侧的吃水线以上的覆材都卸了下来,切成块,然后垛叠起来。我把肉放在桶里,然后又装了几桶鲸脂和油。我擦拭了枪,把所有的弹药放到一个干燥的地方,进行了清点,弹药越来越少了。我制作了新靴子和新外套。我修理了炉子。一切都非常温暖舒适了。甲板下我的小室可以很容易就暖和起来,所有都按照最方便和最有效的方法组织起来。现在只需要照顾我自己一个人,没有争议,没有那些整天闷闷不乐的人,没有那些假装生病逃避艰苦工作的人,因而一切都不难。太阳的主要部分看不到了,但天空还闪耀着红色、黄色和蓝色,冰发出绿色和紫色的光。打猎很顺利,似乎猎物是自己送上门来似的。我已经为过冬做好准备了,为一切都做好了准备。

1856 年 10 月 21 日

刚才还什么也没有,现在忽然出现了雪橇的痕迹,像是在沙漠中看到了脚印。我正在做晚饭的时候他们出现了,三个人,分别是奈萨克、玛如马哈和奈萨克的妻子。我去安诺托克的时候见过奈萨克,但另外两个人我是第一次见到。他们三个人都和凯恩博士待过一段时间,奈萨克的妻子活泼而聪明,从凯恩博士和他的船员那里学了不少英语。她自称安妮,这样用她的英语和乔教过我的爱斯基摩语我们就能交谈得很顺利,她说他们来是要带我去他们过冬的地方。他们不想把我留在危险中,我不清楚他们是怎么知道我在这里的。

我告诉他们我很安全,过得很好,我很感激他们愿意主动提供帮助,但我能照顾得了自己。他们自己到一边商量了一下,然后回来,让安妮和我说。他说他们——还有我——没有其他选择。她说他们是他们的安哥可可——"安哥可可"这个词在爱斯基摩语里意思是本部落的巫师——派来的。她解释说巫师可以看到一般人看不到的东西。最近村子里一些孩子生病了,两个已经去世。巫师认为这是我的缘故。

她问我是不是还记得乌图尼阿,他去年见过我们,乔待在安诺托克的时候曾经和他交过朋友。我对他印象很深刻,我觉得他虽然给了我们礼物,但却从来没有把我们的事情放在心上,他把我自己非常需要的雪橇和狗借给了乔,从这点就可以看出来。现在我才知道,乔把我发现陨石的事情告诉他了,就是乔告诉我不要碰的那块陨石。巫师知道含铁的陨石已经被毁后就认为是我打扰了石头里的精灵。他说孩子们生病了是因为精灵发现我还在这个国家而发怒了。

我该说什么呢?我和安妮说这就是一块石头而已,是我不小心从手里滑落的。我没什么恶意。她说没人怪我,人们理解我,知道这只是一个事故而已,不会因此惩罚我的。但还是要做出补偿，要安抚精灵，我就要把船上所有可以移动的铁制品拿给他们做礼物，还要到他们的村子去，让他们照顾我。巫师说如果我死在船上，就会污染这片土地，因此我必须让他们保护我。

我让他们把铁器拿去。什么东西都可以拿走，我以后都用不到了。但显然这还不够。看起来似乎要是我不和他们走的话，他们就会把我强行拉下船，所以我必须得去。也许这也不是一件糟糕的事情。我想他们对我没什么恶意，我可以有个温暖的地方住，有人陪伴，有食物过冬。而且有谁有过和爱斯基摩人住在一起的机会？我可能会看到没人看过的东西，迄今为止还没有白人在这个地方住过。安妮尽可能让这个邀请显得吸引人，她说，我们非常欢迎你。

同时，奈萨克和玛如马哈把从船上卸下来的东西装到雪橇上。铁器上还堆了我储藏的肉，我想我到他们村子要以一个强壮的捕猎者的形象出现，而不是一个乞丐。我还拿了两个较小的船帆作为礼物。除了我个人的东西其他都要放在这里。我祈祷伊拉斯莫斯拿走的富兰克林的遗物已经安全回国。希望船员已经安全回国。几个小时后我们就要走了。

1856 年 12 月 23 日

安诺托克的样子和我第一次来的时候完全不一样了。一般这个季节爱斯基摩人会到伊塔去，凯恩博士曾经在那里和他们见过面。但自从我到那里，打猎就一直很顺利，屋子经过修葺和扩建之后几个大家庭就住在这里。新鲜的海豹皮覆盖着墙壁，熊皮给地面保暖，鲸脂灯稳定地燃烧着。安妮说安哥可可认为我待在这儿会吸引动物,由于他们救了我,而且一直照顾我——我和奈萨克、安妮、他们年幼的儿子还有她两个弟弟生活在一起——精灵已经得到了安抚。

陷阱可以捉到狐狸,尽管天色昏暗,我们还是用鱼叉叉到了很多海豹。我们还猎到了熊,尽管我以为到了这个季节熊应该都不见了,但事实并不是这样。星期一正值月圆,我们正在猎海豹,这时我们旁边的一座冰山突然倾斜,移动了位置,一只个头很大的熊从旁边的雪里面爬出来,显然是被打扰了好梦。我们带的狗开始追他,我开了第一枪。一般来说猎物应该归我,皮应该是我的,但是奈萨克的长矛最终结果了它,我很幸运,当时熊向我扑来了,我左边耳朵大部分都不见了。伤在慢慢痊愈,不是特别疼。奈萨克帮我用雪止了血,给我演示了怎么剥熊皮,怎么叠成雪橇的形状,如何剁下熊的腿、肋骨、脊梁骨和肩胛骨,然后在冰上堆成几堆,让它们冻起来。我们用已经冻住的熊皮将肉拖回了家。

1857 年 1 月 28 日

昨天发生了一件很不可思议的事情。爱斯基摩人管这种事情叫做索噶斯特,或者至少我听起来是这样的。两天前的一个巨浪,再加上狂风,将海湾打开了一个缺口,并将几百只寻找生存空间和食物的独角鲸推了进来。海湾不久就再次结冰,这些独角鲸就被困住了。空隙越来越小,它们不断挣扎着,争着到水面上呼吸氧气,把其他同伴挤到水下,彼此之间空隙越来越小,它们的尖牙像一片长矛丛林一样立在海面上。而且更妙的是,这居然发生在离我们这么近的地方。

安妮的儿子第一个看到了，马上跑回了家，激动得几乎说不出话来，他非常聪明，我教了他不少英语，管他叫做汤姆。我们拿上所有的武器，赶快跟他过去，越快越好，以免出现裂缝把所有独角鲸都给放跑了。显然运气之神眷顾的是我们而不是它们。我们站在岸边，只需要把鱼叉叉向最近的一只独角鲸，把它拉出来，然后再叉下一个。而且还活着的独角鲸会把已经死去的同伴的尸体顶上来，这显然又给我们提供了额外的帮助。

一共二十七只独角鲸！太值得庆祝了。汤姆成了英雄，我也是。不是因为我做了什么，而是因为这个季节实在太慷慨了。这次是七年以来第一次索噶斯特，也是七年以来冬天打猎最成功的一次。人们认为是因为我的出现，更准确地说，是因为我在他们村子里得以存活下来，才有了这次好运。因此我得到了特殊的待遇和关照。安妮用我猎到的北极熊的皮给我做了裤子，用海鸠的皮做了贴身内衣，把夏天存在海豹皮袋子里的海鸽肉给我吃。鸟肉上抹了鲸脂，真是无比的美味。奈萨克也对我十分慷慨和热情。他们不仅在物质上给了我诸多关照，而且还很愿意和我待在一起，很愿意和我分享他们知道的东西。男人和女人都愿意花几个小时回答我的问题。

1857 年 3 月 14 日

我离开时既有几分不情愿，又有几分兴奋。食物都吃光了，该去新的地方打猎了。我们现在每天差不多有十二个小时是白天，狗十分强壮。这是乘雪橇进行长途旅行的最佳时期，他们决定陪我到乌佩纳维克，反正现在他们也要走了，这是安妮告诉我的。但是他们从来没有走过这么远，从来没有，是他们的安哥可可吩咐他们这么做的。他从来没有直接和我说过话，一直都是通过安妮。他说天气这么好，每个人都身体健康，因为他的视域中所有部分都已经得到了满足。但他认为如果他们不把我安全送到乌佩纳维克，精灵还是会与他们做对，乌佩纳维克这个地方他们只是听说过，从来没有人去过，因此这个地方就不算是他们的国度了。安妮和我说这个的时候有点不好意思。我想他们都认为我想一直在这里住下去。而且我怎么能告诉他们这恰恰是我求之不得的——他们要自己花精力和时间，用自己的技能，还有自己的狗和雪橇，把我送到那个恰恰是我想去的地方，这个地方凭借我的一己之力是到不了的。

这几个月来，我终于有时间去回想我在这里的第一年中犯下的错误。其中的一个是他们第一次来找我们的时候我没有和他们进行深入的沟通。凯恩博士的船只被冻在了史密斯海峡的这一边，因此他们有更多机会和这些爱斯基摩人直接接触。他们一直在给他提供帮助，如果我去年冬天对他们提出更加迫切的要求，他们可能也会帮助我们的。也许有了他们的帮助，我们去年冬天就能逃离北极了。相反，我们只见了他们两次。现在似乎很清楚了，就是我们中的某一个人——我不想去猜测究竟是谁——让那些人认为我们不是好人，让人们不愿意和我们接触。直到就剩下我一个人了他们才又接近我，让我有机会去适应他们的习惯。白人要想不必太费劲就在这儿生活，就要采取爱斯基摩人的生活方式。我们带来的大多数东西都没用。爱斯基摩人的衣服、打猎技巧和饮食习惯才能让我们在这儿生存下去。我想凯恩博士也发现了这点——但是他从来没有在他们中间生活过，而我迄今为止已经和他们生活了六个月了。

1857 年 4 月 30 日

乌佩纳维克，终于到了！丹麦商人欢迎了我，并把凯恩博士去世的消息告诉了我。这是多么让人悲痛，他逃离了北极，却这样去世了！他们还告诉我说我船上的人早已安全到达了乌佩纳维克，现在应该已经回去了。海象群在向北移动，爱斯基摩人得跟它们而去，他们不喜欢待在这里，他们和这里的人以前没有接触过，两个地方的人习俗有很大不同。离别时我送了礼物给他们，礼物大多是一把刀子或者一盒针，我把我的法兰绒衬衫切成口袋那么大的小块，分给孩子们。

雪橇向北走之后，有两个人留了下来，安妮和她的儿子汤姆，他们同意陪我回家，尽管离开他们的家庭是个十分艰难的选择。他们是他们种族的典型代表，聪明而又和善，是前往文明世界的大使。有了他们的帮助，我就可以展示他们文化的趣味和辉煌。而且也许我们可以一起告诉其他旅行者以后探索北极时应当如何做准备。

伊拉斯莫斯身子趴在他的工作台上读这些东西，觉得胃里不断搅动着。他几乎可以听到齐克在说，这才是王牌，你搜集了骨头和嫩枝，但却丢掉了，你和你的朋友，就是这样；而我带回了人，不是头盖骨，不是罐子里面的大脑标本，而是活生生的会呼吸的人。

他又把这些文字读了一遍，齐克的讲述中哪些是真的？齐克在给拉薇妮亚讲事情的时候他曾经扫了几眼齐克的日记。看起来很新，并没有比伊拉斯莫斯离开“独角鲸”号时打开齐克的盒子看到这本日记本时更旧。没有油污的痕迹，没有水渍，也没有血渍或其他污物。也许这是他春天在去乌佩纳维克的路上写成的，也许这些全部都是他回国的船上写的。或者也许只有他徒步旅行的那部分不是当时写成的，其他都是真的。

他非常想问问安妮和汤姆齐克和他们生活在一起的时候是个什么样子。有几次，齐克去接受采访或者回家睡觉的时候，伊拉斯莫斯想接近那两个爱斯基摩人问个究竟。每次拉薇妮亚都在旁边不肯走。“你不能让他们太劳累了，”她说。她不愿意让他和他们有哪怕一分钟待在一起的机会，而她自己同样不愿意和他单独待哪怕一分钟。

从家庭博物馆看去，他看到有陌生人在房间里走过。他眼睛很酸，头很疼，肋骨下面有个地方很痛。他喝了点白兰地，希望能感觉好受一点，但是结果除了让他感觉头晕之外没有什么别的效果。接下来的几天，他都没有出门，吃不下东西，也睡不着。他记忆中从来没有感觉这么难受过，他肯定自己是发高烧了。有个人出现在石板路上，穿过花园，打开家庭博物馆的门，是齐克。他表面上是来看伊拉斯莫斯病情如何。然后，他用一种平静而冷漠的语气说伊拉斯莫斯让他的妹妹感觉很难受。“你在的时候她感觉不开心，”他说，“特别是你像现在这个样子。”

伊拉斯莫斯把一杯水放到自己干裂的嘴唇边，说：“我说不出话来，我病了。”

齐克走了，他从椅子上滑下来，躺在桌子下面。的确，他看着拉薇妮亚的时候她就会回避。他曾经碰见拉薇妮亚和齐克在植物标本室里拥抱在一起，在花园里手紧紧地握着，靠在彼此的肩膀上。她本来很开心，但一看到他，她嘴唇就紧紧地抿起来，脸颊上泛起了不快的神色。他想，齐克必定是告诉了她一些什么故事。肯定是一些很不堪的事情，以至于拉薇妮亚都不信任她哥哥了，有伊拉斯莫斯在的时候，她都无法开心起来。

他把脑袋放进枕头套里，枕头都可以挤出冷水来了——他为什么会发高烧呢？最后，等他感觉好了点，他换上干净的衣服，去吃晚饭。蜡烛，鲜花，亚历山德拉静静地坐在桌子的一端，拉薇妮亚坐在桌子的另一端；哥白尼和齐克坐在他们中间。他坐下来，小声说了句抱歉，看着眼前一盘酱汁牛肝，这是他最讨厌吃的东西，这点拉薇妮亚一直都很清楚。她从来没有给他做过酱汁牛肝。盘子里的东西闪着光，发出一阵难闻的气味。为什么齐克不肯待在自己父母家里，待在他本来应该待的地方？他带来的爱斯基摩人还在楼上；他把胳膊放在拉薇妮亚的椅子上；他的纸散落得到处都是。他津津有味地吃着牛肝，又问伊拉斯莫斯身体怎么样。

伊拉斯莫斯推开椅子，身体发颤，有点想呕吐的感觉。他站起来，桌子的表面似乎漂浮了起来，闪着光，晃动着，玻璃杯似乎和勺子在跳舞。他觉得自己在追那颗拯救了齐克的陨石，掉进了一个像餐桌这么大的冰洞里。他睁开眼睛，看到了海鸽在周围飞快地游动，像鱼儿一般敏捷，优雅得让人难以置信，它们在空中虽然有些笨拙，但是到了水里却能像天使一般飞翔，他突然明白为什么它们呈这样的形态，和海象和鲸鱼一样，水里才是它们的家园。现在他发现对齐克做出了错误的判断，这也是一样的道理。齐克一直想要的家是这里，伊拉斯莫斯在这里失去了地位，他就趁机进来。

“拉薇妮亚，”伊拉斯莫斯说。她看了他一眼，眼睛闪着一层透明的膜。他清清喉咙，用拐杖支撑住自己。他想给她的就是让她有机会和她所爱的人生活在一起，因为他自己没有这样的机会。而且，如果他不能忍受她和齐克在一起的样子的话……“不好意思，我得先走了，”他说。

接下来一周，他打算搬出去，直到拉薇妮亚和齐克结婚并有了自己的房子。哥白尼想说服他放弃这个想法。“我知道这是我的家，”他对哥白尼说，“我知道这不是什么好主意，但是我一直感觉很生气，我无法忍受看到齐克一直这样出现在我周围，而且我生病了，我不想和拉薇妮亚有争吵……”

“不过是一顿饭的事情，”哥白尼温和地说，“她让仆人做了牛肝是因为齐克喜欢吃。”

伊拉斯莫斯把褶在皮带下面的衣服整理了一下，说：“已经好几周了，我不想让你们担心，但是我无法控制了。”

亚历山德拉也不清楚发生了什么事情。“我得走了，”她说，“当然我得走了，拉薇妮亚再也不需要我了。但是你不必走的。”

“我无法思考，”他说，“无法工作，无法睡觉，无法吃东西。”她皱了皱眉头，但还是帮他整理了一些东西。伊拉斯莫斯收拾东西时故意很慢，希望拉薇妮亚能够走进来。她也许会把手放在他手上，说：“你要去哪里？为什么不待在这儿呢？”

拉薇妮亚躲在自己的房间里，一声不吭。伊拉斯莫斯走到她房间门口的时候迟疑了一下，想要敲门，又不敢。然后，他想了想，继续向前走，到了安妮和汤姆的房间。想进去说声再见。他几乎没怎么见过他们。齐克负责他们的一日三餐，他们就在房间里吃，并不出去。齐克每天会带他们去散步，晚上，他回到自己父母家以后，他会把他们关在房间里，让哥白尼——而不是自己，伊拉斯莫斯想——去看看他们怎么样。

他们的房间从里面看像是顶夏天的帐篷，皮毛挂在墙上，垂到了地上。安妮坐在窗前，汤姆坐在他膝盖上，她旁边的地上一盘炸鸡几乎没有碰过。“提克在哪儿?”她问，“他什么时候回来?”

“在他父母那儿，”伊拉斯莫斯说，“他一会儿就回来了，”他不知道安妮是不是理解齐克和拉薇妮亚的关系，是不是理解他自己的奇怪处境。

“我要离开一段时间，”他说。这和她有什么关系呢?“我想和你道个别。”他觉得自己可能对她什么都无法了解，这时，一只黑色的蛾子从膝盖旁边一张皮毛下面飞了出来。

“再见，”她回答说。她漫不经心地逮住了蛾子，把拳头张开一条缝，盯着这个不断拍打着翅膀的小东西，然后把它放飞了。伊拉斯莫斯碰到这样的事情也会这么做的。为什么他们不应该聊聊天呢?

“你为什么要来这里?”他问，“是齐克非让你来的吗?”

“我必须来，”她解释道。她的眼睛跟着蛾子飞翔的路线:窗户，天花板，窗户，橱柜，窗户，窗户，窗户。“他说自己也是个巫师，他不是带来了铁、熊还有独角鲸吗，他和我们在一起的时候孩子们不是很乖吗。但是他需要我们和他一起回来，见见你们，这样你们才能理解他去过什么地方。”

她说这话的时候声音居然模仿了齐克的音调和节奏。蛾子在一排书上上下飞舞，发出一串有节奏的声音。然后又飞上了天花板，接着又向窗户飞去。“他必须带我来这儿，否则我的种族就会有灾难发生。他说你们的船也有一个精灵，因为被留在冰上而十分生气。我必须到船诞生的地方来，这样精灵就不会惩罚我们。他说这就和他打扰了精灵是一个道理。”

她的英语很好，伊拉斯莫斯想。齐克教了她这么多。“你相信吗？”

她耸了耸肩膀，汤姆从她膝盖上下来，藏在那块飞蛾曾经躲藏的驯鹿皮后面。伊拉斯莫斯有一个问题没有问：为什么你们都想让齐克离开他们的国家？如果他问，她是可以回答的。他们让齐克活下来是因为安哥可可让他们这么做，他们的努力得到了回报。但是一旦冬天过去，他就不能和他们待在一起了。他对他所在的地方毫无感觉，会给他们带来坏运气。她的部落就好像是一个人，他们每个人是这个巨大的人的四肢、器官和骨头。如果说她自己的家庭是部落的一只手，齐克就好像是多余的一根手指。他们曾经很欢迎他。但是他却不明白他们是怎么结合到一起的。他把自己看成单独的个体，这种错误的想法让他们觉得又可笑，又可怕。他昂首阔步地到处逛时，就好像一只手的指头离开了手一样。

她本可以解释这些。但她没有，而只是又耸了耸肩膀。亚历山德拉的衣服并不适合她，但她的肩膀看起来很漂亮。“我理解他为什么一定要带我一起走，他说他不能一个人离开。这就是我家里人让我来的原因。”

伊拉斯莫斯来到林奈的家。他本来可以租个更加舒服的住处，甚至可以买座房子——但是他觉得这不过是暂时的。他想稍微放松一下，而且希望同时能够得到一些家庭的温暖。不过，他仍然想自己这样做是不是正确。他的书和衣服几乎没有办法放进安排给他的小客房里，唯一的一个女仆来收夜壶的时候动到了他放在小桌子上的纸，皱起了眉头。他想念亚历山德拉，他离开家的那天她就去了勃朗宁家。他想念哥白尼，想念他们三个一起工作的日子。但是不管怎么样，大家都觉得是他自己愿意这样做的。

他坐在这个又小又热的屋子里，看着苍蝇不断地撞向窗户。日子一天天过去，终于，最糟糕的一天到来了。齐克和拉薇妮亚今天下午要结婚了，就在他自己的房子里。会有一个小型仪式，仅有齐克的父母、他的姐妹和她们的家人、伊拉斯莫斯的兄弟和他们的家人参加。所有人，但是没有他。拉薇妮亚写了一个字条给他：

> 你为什么要这样做？这还是你的房子，我不会不让你回来。我想让你参加我的婚礼。但是不希望你带着痛苦来参加。如果齐克能够原谅你，如果我可以原谅你，那为什么你不能接受我们在一起的新生活呢？

他曾经对林奈说过："我有什么可以选择的呢？"林奈看着他床边堆着的书，说："你必须做你认为最好的事情。"

伊拉斯莫斯送了一套银茶具作为拉薇妮亚和齐克的结婚礼物，并让林奈告诉大家他又发烧了。现在，似乎他的谎话成真了，他头疼得厉害。女佣给她拿了一杯咖啡，太浓了，而且忘了拿糖碗。等她拿了糖碗回来，却没有拿勺子。他说："凯特，你为什么要这么做？"

"做什么？"

她的脸很宽，有很多雀斑，让伊拉斯莫斯想起了耐德·科德。尽管她从很小的时候就来到美国生活了，但仍然有爱尔兰口音。她勤奋，聪明，脾气好，只是和他单独待在一起的时候才会显得有些闷闷不乐。他说："你知道的。"

“我拿给你的东西难道不是你想要的吗？还需要其他什么东西吗？”她虽然嘴上这么说，却知道是因为什么，她是故意的。

“请你离开，”他说。

他用卷起来的纸将糖放进了杯子里，然后开始给耐德写信。他大脑很乱，不知道该从何写起。他首先写了自己的房间——桌子，床，苍蝇——然后再写到其他事情。关于齐克回来之后发生的一切，齐克带回来的两个爱斯基摩人，还有他现在隐居在这里，以及他无法参加的这个婚礼。还有关于报纸的文章，虽然这篇文章没有直接批评他，却让整个城市都厌恶他了。他把要一起邮寄给耐德的三页新闻折起来，然后在信里面承认他偷了博尔哈维医生的日记本，并看了一眼齐克的黑色封面的日记本。六页。八页。他的手有点酸了。

停顿了一下，他写下了弓术爱好者联合俱乐部给齐克举办的派对。它既是一个欢迎派对，也是一个单身派对，所有弓术爱好者联合俱乐部的成员都盛装出席。

> 你可能还记得那些服装。泰格伯船长把你招进来的那天你见过。所有的人都穿着绿色的上衣和白色的裤子，带着各自的弓和箭。这是一个弓术爱好者组成的俱乐部。以前我也是这个俱乐部的一员。

他把齐克讲的话告诉了耐德，齐克说让他十分懊恼的是他给俱乐部带的爱斯基摩人的弓箭弄丢了，虽然错并不在他，他还是为此懊恼不已。然后就是喝酒，疯狂地互相敬酒，女人们在跳舞，有人给了齐克几支箭，开玩笑地问他新婚当晚有什么打算。他写了自己和亚历山德拉还有哥白尼一起做的事情，他们在一起写书，后来这件事被迫搁浅了。然后他发现自己很想在信中向耐德倾诉他在这里度过的孤寂的夜晚。

房间的墙像纸一样薄，星期天晚上——只有星期天晚上，而且是每个星期天晚上——他都会听到林奈和露西行房事发出的声音。尖叫，呻吟。他不能想象露西现在是什么样子，她头发垂下来，嘴巴不再撅着，她一定在做什么事情让林奈发出那样的声音——他知道，他们想再要一个孩子。也许这就是为什么他们做得像时钟一样准时。这声音让他想起了齐克和拉薇妮亚，他们终于在一起了……但他最后还是没有写这些事情，而是描述了他和威廉姆·戈弗雷奇怪的会面。十八页，二十一页。最后他写道：

现在大家就是这么看我的；好像我和他一样似的。

齐克和拉薇妮亚婚礼后的第二天晚上，亚历山德拉在勃朗宁家的厨房里一边做饭一边沉思。她把饼干从炉子上拿起来，想自己应该算是被解雇了。她和拉薇妮亚从来都不是平等的，她们之间没有真正的平等。她们做的事情就是一起等待，等待，等待，等待。这种等待把她们联系了起来，就像是一场灾难的幸存者之间的那种联系一般，所以她们一直是有关系的，但她始终都只不过是一个拿了工资来陪拉薇妮亚的人，从来不是一个真正意义上的亲密朋友。这点拉薇妮亚已经表现得很明显了。齐克一回来，拉薇妮亚就不再怎么理会她了。亚历山德拉提出要离开去勃朗宁家的时候，拉薇妮亚说："你一直对我很好，但是当然你想回去做自己的工作，既然现在你能做你自己的事情了。"

她们在一起的日子结束了。她学了很多东西，心里自然充满了感激。她决心让自己和伊拉斯莫斯的关系不因此结束。他们一起工作的时候，她觉得他们之间的关系便是她想象中的友谊。他们有共同的思想，共同的工作，共同的阅读习惯，和共同的兴趣。他们可以互相吐露心声，但也尊重彼此的隐私。她每天都很想念他。

在做现在这些食物之前，她已经给珀西姐妹做了吃的，有果子冻炸鸡、新鲜的饼干、黄油、梅子果酱和柠檬水。勃朗宁要照顾住在街对面的两个老太太，现在这几乎也成了亚历山德拉的责任。她们不是真的疯了，只是很守旧，与他人隔绝，这六个月来，她们一直觉得人们想毒死她们。他们只肯吃勃朗宁给她们的食物，而且只有勃朗宁在的时候她们才会吃。勃朗宁会早晚给她们送吃的，以前是哈丽特做的，现在是亚历山德拉来做了。她们吃的时候他会耐心地在一边等待。

亚历山德拉想，这是勃朗宁的人生，现在也变成了她的人生。许多人需要帮助，他把自己、自己的妻子和自己的姐妹都投入到这件事情上，但似乎还不够。勃朗宁认为他能够指挥她，这已经让她厌倦了。

不管她要花多长时间做饭、照料孩子或者做家里其他的事情，她觉得都应该有属于自己的时间。如果她少睡一会儿，如果早点起，甚至可以在勃朗宁起来备课之前就起床，如果她能在家里人要求她做什么事情之前偷偷找一段时间做自己的事情，这样她才能感觉拥有自己的生活。如果她拥有一些属于自己的时间，那么她会更情愿地做别人要求她做的事情。不能轻易放弃争取做自己事情的时间。

她收拾好厨房，准备做下一顿饭，这时，她决定把自己留在家庭博物馆里的工具和材料拿回来。匆匆离开拉薇妮亚家之后，她只见过伊拉斯莫斯两次。他看起来情绪低落，似乎根本没有在工作。但她想，虽然他们的境遇完全不同了，但还是可以秘密地工作。静静地工作，偷偷挤出一些时间，偷偷找一个地方。他们还是可以做一些有用的事情。她搅拌了一下汤，这是勃朗宁最喜欢的，然后告诉他她第二天要离开一天，他得想办法应付她不在的这一天。

哥白尼在花园里画画。齐克和拉薇妮亚去进行短暂的蜜月旅行，他正在利用这段自由的时光。他把宽松的平纹细布做的衬衫上的扣子解开到胸部，上臂沾上了颜料，头发上有蓝色的颜料，挂满汗水的脸也沾上了颜料。

"亚历山德拉，"他说，"看到你真是个惊喜，"他把一个阴影加深，然后退后几步看看效果如何。他旁边还有另一个画架，上面是他从伊拉斯莫斯和博尔哈维医生的笔记本上复制下来的素描。"你怎么想起过来了?"

她扇了扇扇子，这种温度简直石板都要化了。"我有些画图的材料留在家庭博物馆了，"她说，"但是我想以后是不会再在那里工作了。我想把那些东西带回家去，看是不是在家能做点事情。"

"是的，你不会在那边工作了，"他说，"我也不会了。"他用一块布擦了擦手，指了指他的画，是一座庞大的冰山，在阳光下闪耀着。他刚在画的前景处画了一堆已经损坏的桅杆和一只海豹。"这幅画画完之后我就要走了。"

"你要去哪里?"

"我有一些朋友住在山顿大街的供膳寄宿处，我会在那儿找间屋子，然后和他们一起用顶层的工作室。我没法在这儿工作，齐克和拉薇妮亚在周围，让人感觉太怪了。"

他带亚历山德拉去了家庭博物馆。"你肯定不会相信的，"他说，

"别太惊奇。"

尽管哥白尼已经这么告诉她了,但她进入高高的双层门之后,还是大吃了一惊。里面很黑,由于外面天色很亮,突然进到这么黑的地方,她眼睛什么都看不到了。两只大黑狗一下子蹿到他们面前,头撞到了她大腿上,舔着他的手。"是齐克的,"哥白尼说,"他结婚那天把它们带到了这里。"她在自己的裙子上擦了擦手。这里怎么这么黑呢?大部分窗户都被皮子遮盖住了。安妮和汤姆躺在地上,下面有一块像帆布似的亚麻布。为什么他们躺在地上?

"你好,"亚历山德拉有些迟疑地说,"对不起,我并无意侵犯。我不知道你们待在这儿。"

安妮比以前更瘦了,她的头发很脏。"提克让我们住在这里。"两只狗大步跑到她旁边。"提克在哪里?"

"你几天后他就回来了,"哥白尼说,"我保证。"地上有几盆水,他弯下腰,把一块布放在一盆水里,给安妮擦了擦脸。"好点了吗?"他问,"有没有感觉好点?"

"我感觉自己像是烧着了,"安妮难过地说,"实在是太热了。"

汤姆咳嗽了起来,吐了口痰。这里的木家具以前很光滑,现在则有了不少污渍和水渍,还有狗爪子划过的痕迹,下面散落着几缕头发。

"他们是不是生病了?"亚历山德拉小声对哥白尼说,"究竟发生了什么?"她的东西被移到了一排架子上,伊拉斯莫斯的书摆得到处都是,哥白尼工作的地方什么东西都没有了,只剩下一些箱子。不知是谁把植物标本台纸放在了一个发出恶臭的满满的夜壶旁边。

"伊拉斯莫斯一走齐克就让他们住在了这里,"哥白尼凑近她的耳朵说道,"我想他认为他们最好待在这里,而不是待在自己的房子里。但他们总是从一个地方挪到另一个地方，想让自己舒服点。但似乎除了冷水其他什么都帮不上忙。他们都发烧了，我不知道这是他们对这种天气的自然反应，还是有什么更严重的问题。”

“他们要住在这儿?”她问，“一直住在这儿?”

哥白尼耸了耸肩膀。“如果我能有地方让他们去，如果就这件事情我能说点什么——但我不能，是齐克负责照顾他们的。”

这里的空气污浊得她都无法呼吸了，她整理好了东西，她以前就把刷子整理好了，竖在一个罐子里，现在露在外面的尖头已经有些坏了。放她的画的架子上面有脏手印，但是画架本身并没有损坏。哥白尼找了个小盒子让她放笔。

他们默默地做事，一句话也没有说，汤姆不停地咳嗽，安妮喘气声很重，狗也喘着粗气。他们一到外面，哥白尼就说:“我不知道齐克在想什么。我真的想不通。这个地方完全不适合他们，他们在这儿太难过了。而且家庭博物馆也被糟蹋得不像样子了。如果伊拉斯莫斯看到了……齐克一回来，我就走。”

“他们去哪儿了?”亚历山德拉问道。

“华盛顿，”哥白尼说，“齐克在会见史密森协会的人。他们为他开了个小聚会，庆祝他的发现，他觉得拉薇妮亚会喜欢参加这样的聚会。因为安妮和汤姆的缘故，他们只去四天。这段时间我成了照顾齐克带来的这两个爱斯基摩人的最佳人选。似乎我知道怎么照顾他们似的，他们这么想就是因为我曾经和西部的印第安人打过交道。但是安妮和汤姆与我碰到的所有部落的人的习惯和脾气都不一样，我不知道该给他们吃什么东西。我不知道怎么帮助他们，也不知道怎么才能让他们过得舒服一点。”

“这真让人难过，”她说，“我能做什么吗?”

“除非你知道该怎么照顾他们，”他说，“除非你知道他们喜欢吃什么东西。我给他们吃的肉他们不喜欢。安妮想要一点绿色植物，她说这能让她感觉好些。”

“给他们一些草药怎么样?”亚历山德拉建议说。

哥白尼摊开双手，说:“如果你知道什么，就尽管说，我会去试试的。”

“花坛里有一些艾菊和薄荷，”她说。她带他过去，用他的手帕在烈日下一起搜集了一些。

“我会很想念这个地方，”哥白尼说，“我从来没有想过，我在回来的时候，会没有家了。”

叶子从损伤处散发出怡人的味道，驱散了亚历山德拉从家庭博物馆里带来的气味。“这个——会一直这样吗? 你和伊拉斯莫斯真的会把这房子永远让给拉薇妮亚?”

“也就大概一年时间吧，”哥白尼说，“我这么想。齐克的父亲已经答应给他们建造一座新房子，就在他费芒特公园旁边的那块地上。但是建造房子得先做计划，然后还得花时间装修——谁知道要多长时间。这段时间，如果我们待在这里，我们如何迎合拉薇妮亚? 她经历的事情太多了。”

“你和伊拉斯莫斯也经过了很多事情，”亚历山德拉说。

他们在花坛里并排跪下来捡艾菊和薄荷。她可以闻到颜料的气味，闻到他身体里散发出来的淡淡的气味，还有他鼻子呼出来的气息。如果他抓着她的手，就像齐克回来就抓着拉薇妮亚的手那样，会是怎样一番情景呢? 她正想着，哥白尼伸过去抓一根嫩枝，上臂正好从她的手腕处经过，就像是弓和箭相交时那样。她一下呆住了，想自己可以轻易地把自己的手移动几英寸，把自己的手指放在他的手上。

这之后，什么事情都有可能发生。她知道，他喜欢她，甚至觉得她很迷人。但是他每个人都喜欢，他从不掩饰自己对在西部时身边印第安女人和墨西哥女人的喜爱，对他在剧院里碰到的女子的喜爱也毫不避讳。而她想要的，她想象中自己想要的那个人，是应该完全属于她的。

“我想让伊拉斯莫斯重新开始写他的书，”她一边说一边站起来拍拍裙子，“还有我自己也是。你会支持这件事情吗？如果他知道你还在作画，在支持他做的事情……”

“我的确一直在支持他啊，”哥白说道，语气里透出几分惊奇。

“我知道，但是……”她转过脸去，不看他被太阳晒黑的脖子，瞥了一眼花园。他很强壮，心肠很好，但却不是很可靠。“你已经外出了将近五年，也许你还会走。你妹妹的丈夫不在的时候你帮个忙也是很正常的事情。但是等他回来了——伊拉斯莫斯需要你的帮助。”

“我会帮忙的，”哥白尼说，“我说过我会的，以后我也会的。他们一回来，我就让齐克照顾他的爱斯基摩人，我会把全部时间都放在绘画上。”

亚历山德拉把装着草药的手绢合上。“把这些东西在一夸脱开水里浸泡一分钟，”她说，“让安妮和汤姆趁热喝下去，他们就能发发汗。”

她再次走进家庭博物馆，把手放在安妮滚烫的额头上，然后又放在汤姆的额头上。“齐克很快就回来了，”她说。她盯着周围杂乱不堪的一切，很快走了出去。

耐德·科德在七月的一个晚上收到了伊拉斯莫斯的信。他前一阵给一群吵闹的猎人做了很长时间的饭。炖兔子肉，猪肉派，爆炒鳟鱼，野蘑菇，鱼肉片。他的炉子很好用，做饭的材料很好，老板人也不错。有的主顾不太好应付，他们会大声抱怨，如果激动地跑到厨房来，一看到耐德的脸会被惊得退后好几步，耐德就会解释说他打猎时出了事故，别人就会相信他。在这边森林里，他的故事成了另一个传说。“一只母熊扯掉了我半个鼻子，”他说，“它以为我死了，就走了。”

他一边用褐色的肥皂洗手，一边想，自己很幸运。很幸运能到这里来。旅馆后面，山一层层地升起来，岩石和岩架像骨头一样凸出，山上覆盖着树，星星闪耀着，很明亮，和北极的星空一样。在费城，他什么都没有，只在码头旁边的酒馆里有几份糟糕的工作。因为他的脸的缘故，只有那些最差的工作才会考虑他。有人问他是不是得过麻风病，如果他告诉他们发生了什么事情，他们就会茫然地看着他。他便心血来潮回到了阿迪朗达克山脉，他在伐木营认识的一个叫基涅·福莱特斯的人提到过一个村庄，就在西边最高的一座山峰上，他打算到那里去。他那位朋友说那里有几个旅馆是专门为那些想在荒野中度过一段时间的人开的。

餐厅杂乱的声音停止了，猎人们去睡觉了。他把围裙挂起来，换上了自己的鞋，开始沿着奥塞伯河往自己在约翰河附近租的小木屋走去，有很长一段路程。

进了木屋，他点了炉子，又点了两支蜡烛，然后打开了来自费城的信，当天晚上就给伊拉斯莫斯回了信。

尽管我现在住的地方和你上回给我写信的地址不一样了，你的信我还是很容易就收到了。这是个小地方，大家互相之间都认识。你说的事情让我感到不安。我已经在这里定居，开始了新的生活。我也希望你能有新的生活。

沃利斯指挥官以这样的方式出现——当然我并不是希望他死掉，我很高兴他还活着——但不明白你为什么一定要因此受苦。你做的事情都是我们让你做的，你带我们安全返回，应该受到尊重。报纸上的那些文章听起来似乎沃利斯指挥官是在讲探险故事，而不是客观地讲述他看到的东西。为什么他能想讲什么就讲什么，还被别人相信？我知道他是怎么对待陨石的，尽管乔已经建议他应该怎么做，但是似乎他做了错事反而得到了好处。我待在安诺托克的时候见过奈萨克，还记得他，我觉得他并不是一个愿意随便就让自己家人离开的人。你觉得是不是沃利斯指挥官以某种方式欺骗了他们？是爱斯基摩人让他成了个英雄，要不然他做的事情并不比你的多，他只是空有些故事罢了。是爱斯基摩人让他变得与我和你不同，与凯恩博士不同，我想这点他很清楚，我想他觉得他自己必须把他们带回来。这一些都让我对他很怀疑。

我觉得如果你耐心些，你的名誉不久就会恢复，你家人对你的感情也会恢复。也许你离开那里一段时间会有好处。这里，没有人会谈论我们或者其他航行，他们都忙着驯服这片荒地，没有人需要什么解释。

做饭的工作对我来说并没有什么令人兴奋的，但是已经很好了。不上班的时候我还会做做你教过我的事情；一些猎人想把他们猎杀的动物的皮带回家，我就尽力帮他们把皮做好。我最近做得很成功的是鹿皮，我终于能够把软骨从耳朵那里取下来而同时保持整张皮子的完整。我自己也随手做了一些小骨架，只是为了好玩：一只蝙蝠、一只狐狸和一只蝾螈。你人比沃利斯指挥官好多了。知道他把那两个爱斯基摩人带到家里，我并不觉得奇怪。他就是能做出这种事情的人。我希望他失去的不仅是他的耳朵。如果你想要找我，就到这个旅馆来，至少这季我会一直待在这里。

八月初在斯库基尔河畔亚历山德拉见到了伊拉斯莫斯。“知道他挺好的我很高兴，”她说。她把耐德的信整整齐齐地叠起来。“你们刚回来的时候我很担心他，他的脸看起来太可怜了。他说你比齐克好，这点我赞同。而且日记的事情我同意你们两个人的意见。我看到报纸上的文章的时候有同样的反应。我离开拉薇妮亚之前看到的所有关于齐克的东西，我觉得好像都是假的。甚至他和拉薇妮亚在一起我都有些怀疑。我无法理解他。我从来没有信任过他，从一开始就无法信任他。”

伊拉斯莫斯看着石头后面在逆流中游水的鸭子。迪斯科湾爱斯基摩人划着他们的小船经过，“独角鲸”号的船员们会扔给他们一些食物，就像是现在河边散步的人会给这些鸭子一些食物一样。

“他已经给他的书起了个名字，”亚历山德拉又说，“我想他是模仿了一些著名的探险书的名字，所以将他的书的名字定为‘“独角鲸”号的远航’。哥白尼告诉我说他已经写了一百页了。”

伊拉斯莫斯摇了摇头。亚历山德拉似乎感觉到了拉薇妮亚婚礼以后他就一点工作也没有做，她就让他下次多写几页带过来，她自己也答应带一些画来。她把一幅鲸鱼嘴部的画展开放在面前的长椅上。

“这个不错，”伊拉斯莫斯说，“已经非常接近了。要是你把鲸须板这里画得更深一点……”

她低下了头。“我知道没有你我做不对的，”她说，“而且这是我唯一能抽出时间做的。在家里要找出时间太难了。”

“你至少还做了些什么事情，我却根本什么事情都不能做，”伊拉斯莫斯说道。

“一定会有某个地方，”她说，“我们可以去的地方。”

“我们也许可以用家庭博物馆作为工作室，”他说，“也许我们可以不打扰拉薇妮亚，也许我不一定需要见齐克……”亚历山德拉用一只鞋在泥地上画了个弧。“你不觉得这是个好主意？”伊拉斯莫斯接着说。

“你和哥白尼谈过没有？”亚历山德拉问。

“为什么要和他谈呢？”伊拉斯莫斯反问道。亚历山德拉看起来很不开心，看着她的样子，伊拉斯莫斯自己虽然也很难过，却也不由得为她难过起来。

“也许他是不想让你不高兴，”她说，“但是你应该知道。”

然后她就把齐克把家庭博物馆变成安妮和汤姆的住处的事情告诉了他。他尽力去想象，但是怎么也想象不出来——几大包皮子，水潭，狗靠在桌子边。珍贵的书和标本被弄得乱七八糟，安妮和汤姆都生病了。这个地方，齐克还是个孩子的时候就知道这个地方，而且一直非常珍惜。

“对不起，”亚历山德拉说。

“我父亲知道了肯定会从坟墓里爬出来，但那也没用，阻止不了他，是吧？”

“你得回去，”她说，“那是你的房子。”

“有些事情……”他说，“我无法解释，但是我十分确定的是，如果有我在，拉薇妮亚和齐克在一起就不开心。她觉得我不信任他，她不理解为什么我不信任的人会是齐克。”

“如果那样的话我们需要先暂时这样生活一段时间了，”亚历山德拉说，“我想是这样。他们正在造一座自己的房子，他们不久就会离开的。”

“你说他们很快会怎么样?”他想到了安妮和她年幼的孩子，“他们真的病了?”

“他们看起来情况很不好，”她说，“但我不知道他们是怎么了。”

“齐克……”他说，“齐克……哥白尼让我们在他的新工作室工作，但是真的没有足够的地方，已经有他的朋友们了，很拥挤。他说齐克从华盛顿回来以后因为见了政治家和史密森学会的成员而趾高气扬，而且所有人都强烈要求他展示一下安妮和汤姆。他在东北部的各大学会进行了巡回演讲。一天晚上，先是个口技表演者或者称为骨相学者，后面则是个巡回演讲的教授，讲了生理学，展示了埃及遗址的石蜡模型。接着齐克穿着用北极熊皮做的裤子，像展示霍屯都人的维纳斯一样来展示安妮。这个想法真糟，但是哥白尼说齐克就是会这么做。他会在费城举行第一次展览。但是安妮和汤姆现在已经生病了……”

“你觉得他会不会因为他们生病而打消他的想法?”

“没有什么能阻止他，”伊拉斯莫斯说，“从来没有什么能阻止他。如果他在这儿进行演讲，你会和我一起去吗？我得去看看他在做什么。”

“如果你想让我去，我就和你一起去，”亚历山德拉说，“而且我也想去听听，还有，要不问问林奈和洪堡，在他们雕刻公司那里找个地方？我只需要两个相隔不远的桌子。我想他们总有个角落用不着能给我们。”

她看着河水，没有看他，但是他能感觉到她脸上的渴望。“我不能像现在这样生活，”她说，“尤其是在有机会做真正的工作之后。我无法忍受这样的生活了。”

“我会问问他们，”伊拉斯莫斯说，“如果这个方法行不通，我就在其他地方租个工作室。”

他的手指不由得悄悄放在了她的指节上。她的手洁白光滑，指甲剪得很短，她的手掌虽小，但指头却特别长，指甲很弯。

他一回到阁楼，就开始想起了这个情景。完全不像他回到家的头几天时那些黑暗的梦，而是在清醒的状态下的想象，浑浊的斯古吉尔河变成了银河一样的溪流，鸭子变成了海鸦和海鸠，柔软湿润的植物变成了低矮的柳树。亚历山德拉此时也陷入了想象之中，她只能从伊拉斯莫斯讲述的他的故事里来想象那个画面，细节少了很多。她想象一艘船经过了厚厚的冰，船沿着某条路线前进，他们两个站在船头，浮冰从他们身边飘过。

# 第十章

# 爱斯基摩人标本

（1857年9月）

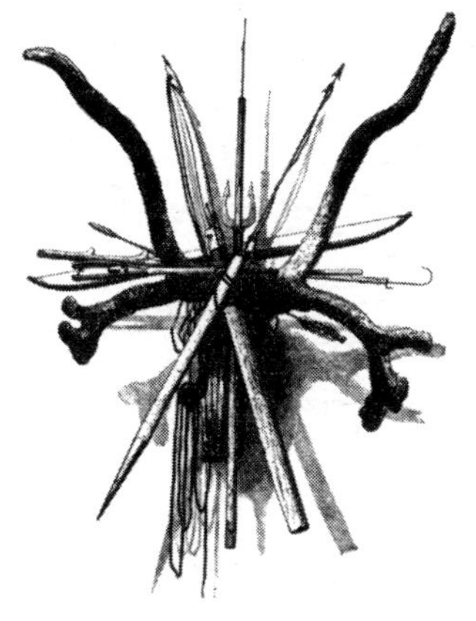

可怜的人，悲惨，却又快乐，没有人去想未来，出现问题无法逃避时就去战斗，尽情享受当下的快乐，虽然是那么少！他们是一种动物，一种最明智的动物，他们比莎士比亚笔下的卡利班怪物要好一千倍，比起北极熊，他们的近亲，借给他们裤子的动物，他们要先进得多。

——埃利萨·肯特·凯恩《北极探险：寻找S.富兰克林的第二次格林内尔探险，1853—1855年》(1856年)

在剧院的楼廊上，妓女像闪耀的鱼一样，分散在穿着黑色衣服的男人中间，亚历山德拉褐色的绸缎衣服相形之下显得十分单调乏味。离她大约两个座位的地方有个穿着黄绿色礼服的女人，衣服下面有柠檬色的荷叶边装饰，正在和一个看起来很不错的男人谈生意。亚历山德拉听到他们约定在楼梯平台见，时间就在演讲之后。男人压低了声音，女人摇了摇头，头发里做装饰的白鹭羽毛颤动了一下。"二十块，"她说。男人点了点头，走了。亚历山德拉看到这样的交易真是惊奇不已。

"这肯定有一千人，"伊拉斯莫斯看了看人群，说，"也许更多。"

"太可怕了，"她说："齐克真会推销自己。"

城市到处都是宣传齐克的展览的海报，路灯灯杆上，酒馆门上，商店窗户上，公交车上。一幅简朴的木刻上齐克拿着一支鱼叉，还有安妮，手里拿着一串鱼，靴子亮闪闪的，汤姆从后面偷偷地探出头来，画的背景上是一条峡湾，一部分被山切断了，上面是一个大标题：

**我与爱斯基摩人在一起的日子**

下面齐克阿伊・沃利斯写的说明文字，炫耀着自己了不起的发现。

两个爱斯基摩人标本！

比卡特林・乔在伦敦和巴西展出的

苏人和福克斯人更加富有异域风情！

来亲眼看看爱斯基摩人展示他们的风俗！

齐克用较小的版面在报纸上登载了这幅广告,然后向他的朋友以及商业上有联系的人发送了邀请函,亚历山德拉觉得他组织这第一场展览就像是在打一场战争。下面还会有巴尔的摩、华盛顿、里士满、纽约、普罗维登斯、奥尔巴尼和波士顿等站。

伊拉斯莫斯说:“你能看到拉薇妮亚吧?”亚历山德拉看了二楼的包厢,终于在正中间找到了她,两旁是林奈、洪堡、齐克的父母和姐妹。她摸摸她头发,然后摸摸脸,摸摸胸针,鼻子,头转来转去,似乎所有的观众的表情都表现在她脸上了。亚历山德拉想,大家都被最近一连串的灾难弄得紧张兮兮。爱尔兰海岸边跨越大洋的电报电缆断裂了,当时铺设的时候场面十分隆重。费城南部两列火车相撞,多位乘客遇难。上周一艘从古巴轮船驶往纽约的轮船沉没了。俄亥俄州一家银行倒闭了,加上已经发生的灾难,引起了金融恐慌。很多地方的银行都关了门;股市一片混乱。报纸上到处都是商人和股票经纪人破产的消息。亚历山德拉家没什么钱,迄今为止没受到什么影响。洪堡和林奈的雕刻公司还很稳定。伊拉斯莫斯主要的收入来源是他父亲的投资,因此受了一些损失。齐克父亲的公司遇到了麻烦,这让齐克的未来,还有拉薇妮亚的未来,有了一些不确定的色彩。这样齐克这次展览能够收到多少钱一下子变得重要起来。剧院里挤满了想要通过这次展览放松一下的人。

在煤气灯的强烈光线中,齐克穿着爱斯基摩人的全套盛装大步走了出来,调整了一下两个大箱子的位置,然后在讲坛上站定。如雷的掌声响起来,接着齐克镇定自若地开始说话,令人惊异。就像他带着笔记似的,但亚历山德拉看不到他看了什么笔记。他说得很快很好,首先为观众大致讲了一下“独角鲸”号之行的状况。

他们第一次看到梅尔维尔海湾和兰开斯特海峡,他们碰到了爱斯基摩人，找到了富兰克林的遗物，发现了“果敢”号，在暴风雨中沿着埃尔斯米尔前进，后来被冻住了，第一次去安诺托克。亚历山德拉注意到他没有提到博尔哈维医生遇难的事情，没有提到其他去世的人，也没有提到伊拉斯莫斯。他一直用的是“我”和“我的”，偶尔会说“我们”和“我的船员们”。除了自己他没有提到别的名字。伊拉斯莫斯坐在亚历山德拉旁边，心中十分不安。

二十分钟，她觉得大约是这么长时间。齐克花了二十分钟讲前面一段旅程，然后又用了十五分钟讲自己独自徒步向北行进之后返回无人的船只的事情。“现在，”齐克说道，“现在是我北极经历中最有趣的一个部分。只剩下了我一个人，冬天就要来了。我得为自己做些准备。”

然后他开始从箱子里往外面拿东西。他打猎用的来复枪，海豹皮，一盒子船上吃的饼干，一罐子干豌豆。他黑色封面的笔记本，看到这个伊拉斯莫斯呻吟了一声。他在讲话时引用了其中几句话，然后开始大声朗读安妮、奈萨克和玛如马哈到来的那一段。“安哥可可是这个部落主要的顾问，”他解释道，“也是部落的巫师。他的主要任务是解释所有部落中发生的灾难的原因——安妮的部落的安哥可可认为部落里孩子们生病是因为我。所以，一个迷信改变了我的命运。从那天开始，随着这几个人的到来，我开始了一段新生活。”

他描绘了到安诺托克的旅程以及他到那里的头几天的情况。然后他说：“不过你们一定要见见我待的地方的一些人。”他向后退了几步，吹了声口哨。

舞台后出现了一阵嘎嘎声，接着鞭子的声音。出现了两条狗——不是他自己的黑色猎犬，而是毕尔格猎犬，带着鞍子，看起来很可笑，不听话地跑来跑去。显然齐克不愿意让自己的狗来做这事情。他们后面拉着一辆小雪橇，汤姆蹲在水平横梁上，安妮抓着上面，挥动着一条小皮鞭。安妮和汤姆都穿着皮夹克，兜帽立了起来，遮住了他们的脸。雪橇来到了讲坛的前面，齐克喝了一声，毕尔格猎犬停了下来，急切地等着齐克喂给它们饼干吃，然后躺下来，下巴放在爪子上。齐克在台上走来走去，它们的眼睛一直跟随着他。安妮和汤姆直盯着台下的观众，尽量让眼睛避开台上的强光。

“这就是救了我的人中的两个，”齐克说，“你们可以叫他们安妮和汤姆。”

他们站着不动，齐克又说了一些事情。安妮和汤姆属于约翰·罗斯 1818 年发现的爱斯基摩人，被称为北极高地人。齐克说他们一共只有几百人，分布在从约克角到伊塔一带。他们的人数一年比一年少，他们生活艰难，孩子们生了病；他担心他们快要绝种了。他们像游牧民族一样生活，停留在适合打猎的地方，集合成聚居地，每个群落之间大约有一天的路程。他们的食物一起分享，就像一个大家庭一样。他们没有木材，没有弓箭，没有小舟，从这个角度来说他们和布希亚、和格陵兰南部的爱斯基摩人不同。他们以自己的方法用骨头代替了木头——鱼叉杆是骨头做的，雪橇部件是骨头做的，支撑帐篷的杆子也是骨头做的。“一辆真正的雪橇，”齐克说，“是将横梁用皮带系到雪橇的滑板上，然后再将象牙条绑到滑板上。”他接着解释他们是如何基本靠海洋里的动物生存的。

“‘爱斯基摩人’这个词来源于法语，意思是‘吃生肉的人’，”齐克说，“但吃生肉本身并不恶心，因为在那种极端的天气下，身体需要血液和生食物中的汁液。”他从旁边的箱子里拿出一个纸包，打开，里面有一条特拉华鲱鱼。他用小刀切了几下，鱼成了三片。他把两片给了安妮和汤姆，第三片留给了自己。毕尔格猎犬呜呜叫了几声。齐克把鱼肉放进嘴里，嚼了起来，安妮和汤姆一个在他一边，也同时嚼了起来。观众惊得吸了一口气，亚历山德拉看到观众的反应让齐克非常满意。

“在我两位朋友的帮助下，”齐克说，“我想向你们展示一下我在这些了不起的人之间生活的点滴。”

下面亚历山德拉看到了箱子里的大部分东西。他这些东西不可能都是从北极带回来的，其中一部分肯定是在安妮的帮助下尽量用这里的东西制作的。里面有一张长手柄的网，汤姆一把抓住，拉到一个箱子的顶上。他做出快速扑动的动作，齐克在一旁描述怎么捕捉海鸠。“海鸠一下子就有几百万只，”齐克说，“等网满了，爱斯基摩人会用手指按住每只鸟的胸部，按到鸟心脏停止跳动为止。”

皂石灯——这是哪儿来的？灯芯是用苔藓做的。齐克用鲸油把它装满，用一根火柴点燃，然后让安妮用木头点着，告诉观众他们得想象几块鲸脂在慢慢融化。他说在小屋中，这些灯会发出光和热，可以用来烧食物，烘干湿衣服，孩子们在旁边嬉戏，无论外面多冷，屋子里都很暖和。他拿出几张皮，让安妮展示她部落的女人们是怎么把皮的内层刮掉好让皮毛柔软易穿着。“这种新月形的刀叫做乌罗，”他说，安妮跪着坐在地上，脚塞在大腿下面，皮毛展开放在面前，用刀刃刮皮毛的内层。伊拉斯莫斯坐在亚历山德拉旁边，双手紧紧地靠在胸口上。

“你还好吧？”她问。她的眼睛离不开舞台。

“我软化皮毛时完全就是这么做的，”伊拉斯莫斯说，“我有一把刮刀，和她的乌罗很像。”

齐克说：“皮毛干燥之后，女人们会把皮毛一点点地在嘴里咀嚼，这样皮毛就会变得柔软。”安妮把皮毛的一个小角放到嘴里，咀嚼起来。“线是用肌腱做的，这个我无法展示给你们看，”他说，“但是针是放在这些漂亮的盒子里的。”安妮拿起一个象牙圆筒，把一块上面带着针的皮子穿进去。

齐克抓起汤姆的手，一人拿起一支鱼叉。接着，他和汤姆躺下来，假装是守在冰上的洞旁边，等着海豹到水面上来。他们一边模仿，齐克一边大声讲解，十分流畅，观众们都不由得伸长了脖子向他们望去。亚历山德拉想，他们看的恰是齐克想让他们看到的。并不是现在真的在台上的东西：不是一辆摇晃不稳的临时雪橇，两条耷拉着耳朵的毕尔格猎犬，一个疲惫不堪的女人和一个紧张兮兮的男孩，他们只是根据齐克的指示像玩偶一样做着各种动作。不是他们，也不是一个需要讨生活的人，而是北极所有的神秘、未知的景观、动物和另外一个种族。

她的脸是湿的？她是在哭吗？齐克继续表演，亚历山德拉想起了自己和父母最后在一起的那几天。船慢慢地驶离码头，挥着手说再见，觉得肯定几星期后就会再见。然后传来了一个声音，一阵可怕的声音。空中腾起巨大的烟雾，船沉入了水中——她父母，所有人，都不见了。就这样不见了。

她转向伊拉斯莫斯，他用手遮住了脸。她轻轻地碰了碰他，说：“你得看看。”

他抬起头来，但只看了一秒钟就低下头看着自己的鞋子。“我不看，”他情绪激动地说，“我恨这个。我一生中最恨的事情就是被人盯着看。我无法忍受有人盯着我看。我知道她现在是个什么样的感觉，我们所有人都在盯着她看。真让人恶心。甚至比恶心还难受。我从‘探索之旅’回来的时候每个人就这样盯着我看，我这次航行抛弃齐克自己回来的时候人们也这么盯着我看。而现在，我们在盯着她看。”

关于他的这一面她知道吗？她不再看他，眼光转向了舞台。她觉得看到安妮和汤姆有些开心，又为这开心感到愧疚，她想把他们画出来。

安妮满脸是汗，已经把兜帽拿下来了，汤姆从雪橇上下来，揪着一条狗的耳朵。齐克从箱子里拿出一个木头人像，人像还穿着夹克和裤子。“孩子们会玩娃娃，”齐克说，“和我们的孩子是一样的。”汤姆松开了狗的耳朵，拿起娃娃，紧紧地放在自己胸口。齐克把一根绳子绕在安妮的指头上，说：“这个部落中女人和小孩最喜欢玩的游戏叫做阿加罗坡克，和我们的翻线游戏很像，只是更加复杂。”

他和安妮说了一句什么，然后退后了几步。安妮的手像鸟儿一样快速翻动，然后停下来，只见她手里拿着一个网状物。“这代表驯鹿，”齐克说。

亚历山德拉想看看是不是有轮生体的植物，却不知道对安妮来说，舞台上似乎突然布满了美丽的动物，不知道对安妮来说，这天晚上似乎是把齐克带给他们的安诺可可让她着了魔，让她进入了一种恍惚的状态，她似乎在舞台上，又似乎不在舞台上。安妮也有了让安诺可可可以在黑暗中看到东西的神秘之火。在她看来，齐克的捕鸟网不再是一个扫帚柄和打着结的棉线，而是一只独角鲸的长牙和有褶皱的肌腱。她能感觉到自己指头上从海豹皮上刮下来的脂肪。她是在自己的家里，又是在这里，做着自己在梦中被要求做的事情。

她要看看眼前这些人，在她面前坐了好几层，要把他们记住，这样她回去了可以告诉她的族人她看到了什么。他们尖尖的脸，衣服的颜色像鸟的羽毛，他们拥挤在一起，互相保持距离，尽量不碰到彼此，也不分享食物。天气变化的时候，他们的工具、做饭的东西还有他们的屋子都无法移动。梦中她听到了自己母亲的声音，唱着歌，这首歌在她的族人第一次见到白人的时候就有了。

当几只浮动的岛在一个夏日到来时，她的妈妈还是一个小女孩。这些浮动的岛长着白色的翅膀，经过约克角旁边狭窄的空隙而来。浮动的岛上挂着小船，小船向下放到海面上，从船上下来了几个病怏怏的人，穿着蓝色的衣服，没人能听懂他们在说什么，但他们拿出来了一些像冰一样的东西，里面能看到人的样子，还拿出来一些可以吃的东西，很干，没什么味道，还有他们衣服的一部分，不是皮做的。

"刚开始的时候，"她妈妈说，"我以为他们是空气中的精灵。"在浮动的岛上，她妈妈看到过一个肥肥的、粉色的、没有毛发的动物，还有一个眼睛藏在两块椭圆形的、不会融化的冰后面的人，还有几个很大的可以坐的东西，看起来像是被冻住了胳膊。先走到冰上的两个人戴的帽子像煮饭用的锅。通过这些人，她妈妈的族人知道了他们并不是世界上唯一的人。

后来过了很久，安妮长大了，她妈妈教给她的东西让她能够应付前来的陌生人。凯恩博士和他的船员让安妮懂得了他们难懂的语言，安妮知道了世界比她以前知道的要大得多，尽管很多地方很不幸，甚至受了诅咒。那些来访者说，其他地方，没有海豹，没有海象，没有熊，天空中没有绚丽的各色光芒。她无法理解那些地方的人是怎么活下来的。他们像孩子一样，要靠她部落的人才能有衣服穿，有饭吃，有雪橇和狗用，他们的东西对他们来说一点用处也没有，也没有女人在身边。他们像孩子一样用自己的名字来命名见到的景观，假装是自己发现了这些地方，而她的部落几代之前就知道这些地方了。

从那些人那里，她知道了他母亲口中的一些东西的样子：有个国家叫做英国，另一个叫做美国；有些人被称为高级船员；船，船帆，镜子，饼干，布，猪，眼睛，椅子。还有木头，木头来源于一种植物，和她部落的人知道的灌木有点像，但是要高大很多。锤子和钉子。后来她的词汇中又多了齐克和她的部落一起生活的时候教给她的东西，然后到这里她又知道了各种各样陌生的东西。在梦中，她的妈妈给了她这样的任务：仔细地看看自己的周围，把所有的东西都记在心里。同时要保护好自己的儿子。

她的手又快速翻动起来，手中的绳子成了另一个形象，齐克说这代表山间的池塘，但她看到的是自己的家。她能感觉到刚猎杀的海豹的热热的肝脏，她嘴里尝到了血的甜甜的味道。在煤气灯的光线中，她看到了月亮和太阳，看到了自己的兄弟姐妹，他们先是吵架，然后开始互相追赶起来，在天空中跑过。她妈妈开始以为那些陌生人来自天空的光的源头。她的手在空中飞舞。

“你看到她在做什么了吗?”亚历山德拉和伊拉斯莫斯小声说，“我看不出她在做什么东西。”

“我得走了，”伊拉斯莫斯说，“我们得走了。我们现在离开好吗?”

他没想到观看这次演出会让他如此痛苦。回到林奈家，露西说：“恩，当然我希望他能提到你。但是还是挺有意思的，对吧？你应该一直看下去的，他让安妮和汤姆唱了一些爱斯基摩人的歌曲。安妮吃生鱼肉的样子……”露西颤抖了一下，但脸上还是带着笑容。

“她生病了，”伊拉斯莫斯说，“她很难过。齐克没有权利那样展示她，就像是在展示一只受过训练的熊……”

“她出汗是因为舞台的灯光太强了，”林奈说，“我觉得他做的事情对安妮他们有好处。人们越能看到爱斯基摩人的生活是什么样子的，就越会尊重他们的生活方式。这怎么会对她的部落没有好处？”

伊拉斯莫斯回到自己憋闷的房间，在床上翻来覆去，想着那个装着找到的遗物却滑落到了冰下的铜壶。在梦中，祷告书、关于蒸汽引擎的论文、银餐具、桃花心木的气压计盒都像是长了眼睛似的盯着他看。铜壶在盯着他看，海象皮在盯着他看，安妮在拥挤的人群的另一边直直地盯着他看，就像是他出去参加他人生中第一次航行时拉薇妮亚盯着他看一样，那时拉薇妮亚还只是个十岁的小女孩，那时他完全没有在意她的想法。

醒来时，他想，在剧院中，只有安妮在看着他。只有安妮——因为只有安妮知道齐克说的事情是不是真的。他去看表演，以为她的行为能够给她一些线索；希望她能打断滔滔不绝的齐克，说：“但事实不是这样的。”但是，她却默默地做着一切，盯着大厅另一边的他。

整整一周，他都尽量让自己不去想自己该做的事情。他去看了哥白尼，他刚去新的工作地点，开始画另一幅画，是七月中旬的兰开斯特海峡。他把伊拉斯莫斯给他描绘的所有东西都画了上去。鲸鱼，白鲟，海豹，海象，在水中搅动着；暴风鹱，海鸽，在天空中盘旋着或者从天空中俯冲下来；海鸦和三趾鸟，护着自己的蛋不受狐狸的伤害。到处生机盎然，还有那不可思议的光。

“我得去巴尔的摩，”伊拉斯莫斯说。

“你能为他们做什么？”哥白尼说，“无论你怎么不赞同，你都阻止不了齐克——大家喜欢听他讲那些故事，他的展览办得很成功。而且他现在十分需要钱。”

他在白鲟的一边加上了一点蓝色的阴影。伊拉斯莫斯觉得这画很漂亮，但是他总是在画里看到安妮，所以就走开了。

他想要工作。这个周末，他想尽力不去想齐克，不去想安妮和汤姆，不去想他们在巴尔的摩做什么。报纸上报道齐克巴尔的摩的展览吸引了大批观众，他尽力不去看报纸上安妮的脸。星期一他去了雕刻公司，看到了亚历山德拉，她站在两张背对背放着的桌子旁边，这两张桌子是林奈和洪堡给他们的，不过带着那么几分不情愿。她有六平方英尺的空间，他也有六平方英尺的空间，在储藏室中间一个久闲置不用的地方。光线很差。他努力根据博尔哈维医生日记和自己相对简略一点的笔记来描绘出他们冬天被限制在船上以前找到的一些奇特的化石。有个颚骨看起来像是鳄目动物的，有个叶片像银杏。亚历山德拉正在画这些。

"那里怎么会有这样的化石?"亚历山德拉问，"那个地方连树都没有。"

"我不知道，"伊拉斯莫斯看着他去世的朋友的素描，再看看他这位新朋友画的画，说，"以前那里应该比较暖和。几年前在火地岛，我在山顶上看到一块鲸鱼的化石。"

"你可以这么说，"亚历山德拉说，"那是大洪水时代留在这里的。这些也可以这么解释。"

"你可以有自己的想法，"他说，"你可能不相信赫尔搜集到的地质学证据。所有这些都表明地球还有这些化石已经有几百万年的历史了。"

他知道，在英国，即使有赫尔、达尔文和胡克讨论种群可变性问题和地质变化的本质问题，还是有一个牧师提出了这样的理论，说地球表面从来没有变化过，生命从来没有变化或者发展过。他说："一个来自伦敦的人一本正经地争论说生物开始创造的时候，地球上所有的化石和其他早期生命的迹象就全部出现了。这个人说这是一种考验。是天堂里的树的另一个版本。实际上，上帝把化石藏在石头里是为了诱使我们对《圣经》中的事实进行质疑。因此，化石并不是大洪水时期留下的遗物，而是——我不知道，可能只是装饰品。”

“你相信吗？”亚历山德拉问道。她拿起树叶，观察着上面对称的叶脉。

“我现在不知道该相信什么了，”伊拉斯莫斯回答说，“所有的事情都是这样。在德国，有人说有化石的石头是陨石。因此，化石代表着来自其他世界的生命。”他低头看看博尔哈维医生日记本中素描的轮生植物，然后再看看自己的日记本。

“我不能待在这儿，”他说。他父亲哄他参加了威尔克斯的航行；齐克和拉薇妮亚哄他参加了他的旅行；耐德哄他离开了“独角鲸”号；亚历山德拉哄他写书。但是现在，他要自己做个小小的决定，这个决定是他自己的。“我得和安妮谈谈，可能齐克逼着她表演那些东西——我要去趟华盛顿。也许她还会告诉我齐克在那里究竟做了什么。也许我能让他取消剩下的巡回展览。”

他的时机赶得不对——总是这样，他想。有时差了一年，有时差了一个月，有时一天。而这次，只是几个小时。他没有考虑到他的脚走起来不方便，因而在行程的每段都会耽误一点时间。他无法提前预见费城最大的银行关了门，储户们急于到其他银行去，以至于所有的交通工具上都人满为患。而且他忘记了九月的华盛顿是什么样子，天气炎热而潮湿，感觉似乎波托马克河都被蒸发到了空中。街上能看见猪。人们叫喊着，到处是建筑垃圾，还有脸拉得老长的人，他们的发财梦已经破碎了。他先看了报纸上的广告，然后根据广告找到了传单，然后接着根据传单的内容找到了海报，最后找到了史密森学会的新大楼。马车把他带到了目的地，他沿着正门进去，看到了大会堂。

走廊里一排排柱子后面一些人正在建造一些漂亮的展览柜，他被吸引住了，做好的柜子后面的箱子也吸引了他的视线，但他并没有停下来，而是朝着大厅后面的楼梯径直走去。人流朝着他涌过来，急切地讨论着，到了他这儿人流分成了两股，小声地和他说着抱歉。他一边向前走一边想象着自己站在齐克旁边，把安妮和汤姆拉到安全的地方，然后将他的故事讲给大家听。就是这一次，在这庄严的场合下，他为自己，为博尔哈维医生，为耐德，为所有人，辩护。

台阶看起来像个瀑布。他挣扎着往上走，心里已经知道这些人是从哪里来的，但心里祈祷着自己弄错了。在器材室后面，几个人从他身边走过，他从水电机、气动测量仪、菲涅耳透镜和大型电池旁边走过。他深深地吸了口气，穿过宽阔的门，进入演讲厅。里面没人。椭圆形的天窗下的讲台上空无一人。座位呈弯曲状排列，像一面打开的扇子，一个人也没有。马蹄铁形状的走廊也空空荡荡的。一根柱子上贴着一幅海报，齐克的演讲是下午四点半到六点半，就在这个演讲厅，就在今天。现在才刚过六点，但不知为什么他还是错过了演讲。

齐克哪儿去了？安妮和汤姆呢？这个演讲厅和一个剧院一样大，大约能容纳一千五百人。他可以想象齐克的声音在光滑的石膏墙壁上回响，安妮和汤姆在天窗的光线下按部就班地按照指示做各种动作。他坐了一分钟，喘了口气，然后向楼下走去。大厅也空无一人了。他不知道下面该去哪里，因而步子也就很慢。到了在演讲厅尽头靠近楼梯的地方，他看到走廊里一个人也没有。木头和玻璃堆得整整齐齐的，每两根柱子之间都放着锯木架和工人的工具盒。他走过几排已经做了一半的柜子，从地面开始一共有三层，但是玻璃门还没有装起来，五金零件也没有装。再往那边是几个已经做好的柜子。一个正在调整柜子门的黑人木工抬起头来看着他。

“需要帮忙吗？”他问，“如果你走路不方便的话……”

伊拉斯莫斯低下头看看自己的脚。“我没事，”他说，“只是要花的时间稍微长一点儿。”

“慢慢走，不要着急，”木工拍打着铜铰链说道，“听演讲的人很多，你很聪明，等到其他人走了之后再走。”

“我没赶上演讲，”伊拉斯莫斯说，然后继续往前走。他想，齐克还有安妮和汤姆可能在任何一个地方。任何一个旅馆，或者在任何一个人的家里。他茫然地盯着堆成山的箱子，琢磨下面该做什么。然后，他明白了自己看的这些东西是什么了。

在家里的时候他曾经在报纸上读到国会划拨了款项来造这些柜子，目的是容纳二十年以来探险家们航行中带回来的标本。他曾经在报纸上看到，最主要的标本来自他以前参加过的“探索之旅”。这些标本在专利局里放了十五年，标签贴得乱七八糟，没有个体面的展览之处。现在，这些样本会在这里找到个不错的安身之所。当时他读到这个消息时在想着别的事情，有点心不在焉。尽管以前这可能是世界上最重要的一则新闻，而现在，似乎那些他为其浪费了自己的青春的东西不再重要了。

## 第七十一柜

美国“探索之旅”在斐济岛搜集的样本……食人族做饭用的壶。

斐济居民是食人族。他们更喜欢吃女人的肉，上臂和大腿是最受欢迎的部位。他们对人肉非常感兴趣，以至于他们对美味食物最高的评价就是说它像死人一样好吃。

搅拌油的器皿……细绳捕鱼网，用木槿的树皮做的……竹笛，以及其他乐器……船桨……跳舞时戴的面具和假发……战争海螺号，在表示敌意时吹起……捕鱼用的叉子……打仗用的大棒子……斐济人的假发……当地用的布料，像头巾一样裹在头上……斐济长矛……斐济鼓，用空心的树干做成的。

他似乎被烫着了一下往后退了几步。这些东西，还有年轻时搜集这些东西的那个他，他记得，又不记得。斐济居民杀了航行的两个成员。他没有参加复仇行动，但他知道发生了什么。从船上，他看到燃烧的村庄里升起的烟雾，听到来复枪的枪声。威尔金斯说这些吃人的人怎么惩罚都不过分，尽管伊拉斯莫斯十分厌恶威尔金斯对待当地人的残暴方式，这次他部分表示同意。但这是在约翰·雷博士从北极带回富兰克林的第一条消息之前，也是在发现了英国人煮饭锅里人的残骸和碎片之前，在乔把英国人的靴子的事情告诉他之前。

他在箱子之间不安地走着。标签描述了珊瑚、水晶、乌贼和对虾，其中一个标签写着："注意这里面是海蘑菇。"这些东西都锁在箱子里，他怎么能够看到？他看着那些已经做好的柜子，每个都编了号，每一层都贴上了标签，每一件东西都有标牌。要是把每个柜子的每一层都摆满东西，哪会有多少英里？架子上会有几千件——几万件——标本。蛇，化石，木头碎片，独木舟，头盖骨，羽毛，拖鞋，所有都放在一起。狗和鱼的标本。异域的鸟类，鲱鸟和巨嘴鸟，鲣鸟很笨，一动也不动地等着别人击中它的头部。

这些标本整理好后会是美国最大的藏品。所有的东西都是最大的，绝无仅有的，最好的。这里已经有陨石，默默地待在两个大箱子后面。标签上说，“这是我国最大的陨石标本，取自萨尔提略。它曾被用做铁砧。人们认为它来自月球。”陨石旁边的另一个箱子上的标签说：“斐济岛居民、新西兰、加利福尼亚、墨西哥、北美印第安人的头盖骨。其中一个头盖骨是万多维的，他是斐济的首领，也是谋杀我们同胞的人。”

伊拉斯莫斯想象着齐克，还有安妮和汤姆，以及一大群追随者。齐克对碰到的东西，只要不是和他有直接关系，就毫不在意。他在齐克这个年龄的时候也是他这个样子。万多维他只是见过几眼，杀了几名船员，被威尔金斯作为人质带了回来。他和伊拉斯莫斯待在不同的船上，伊拉斯莫斯几乎没怎么想到他，万多维在纽约被带上岸的时候他也几乎没有注意到。万多维第二天就死在了医院里。这个人怎么会变成了一个头盖骨，而最后又到了这里？

他和博尔哈维医生讲述“探索之旅”的时候没有讲到这些头盖骨，没有讲到这段日子。可能那时他还是为此感到羞愧。他可以肯定的是，除了万多维的，其他的头盖骨都是从坟里挖出来的，是船上其他人去找的。并不是他。是让一个斐济首领在陌生的异乡死去残忍，还是逼迫一个爱斯基摩女人离开家人，并将她展示在一群好奇的观众面前更残忍？万多维的死现在让他感到痛苦，而当时他却几乎没怎么注意到。他呆呆地看着斐济岛的居民，就像看猴子一样。就像齐克看爱斯基摩人一样，只是齐克更加无情，更加冷漠。另一个箱子吸引了他的注意力：

**第五十二柜**

凯恩博士（著名的美国极地探险家）穿过的衣服，他将这件衣服送给了本博物馆。我们从他的日志里引用了如下内容："穿着需要精心地研究。穿着好后，人似乎像是一个畸形的物体，在冰山上蹒跚而行，行动笨拙，看起来很无助。狐狸皮做的套头衫，或者称为卡坡塔，并没有紧紧贴在身上，但是头和脖子处的兜帽几乎不透风。卡坡塔的下面是一件和它类似的衣服，但是没有兜帽，是一件衬衫，用鸟皮做的。皮要女人在口中一直咀嚼，直到皮变得非常柔软，穿着的时候里层贴近皮肤的地方有绒毛。据说，做这样一件衣服要五百只海雀。下面穿的是熊皮裤子，称为南努克。脚上穿的有鸟皮短袜，鞋底上垫了一层草。这些衣服外面还裹着熊皮。穿上这样的衣服，人能够在零下九十三度的温度下在雪橇上睡觉。附加的东西有一条狐狸的尾巴，放在牙齿之间，保护鼻子，还有用海豹皮做的手套。"

这怎么会在这个地方？齐克可能已经注意到了它，甚至有些嫉妒，伊拉斯莫斯现在明白齐克为什么蜜月旅行时会来这里，为什么他认为讨好史密森学会的官员和科学家那么重要，为什么他的演讲不在华盛顿的某个剧院而在这里的演讲厅进行。

这是齐克的机会，一个他显露头角的机会。七月另外一只船，"狐狸"号，离开英格兰去寻找富兰克林和他的船员，船长是麦克林托克，在富兰克林夫人的支持下前往布希亚海湾和威廉国王岛。他想要完成齐克开始做但是没有完成的事情，如果他成功了，齐克的壮举就会黯然失色了，除了他带回来了安妮和汤姆。对他来说，安妮和汤姆就是他的苏人，是罐子里的双头婴儿。伊拉斯莫斯觉得，齐克正好赶上了一个很短的时间间隙，正好出了名，在凯恩和麦克林托克之间。

伊拉斯莫斯戳了戳箱子，但箱子造得很结实，他完全看不到里面有什么东西。他用自己的拐杖轻轻地敲了敲，接着用的力越来越大。他用一根拐杖支撑着自己，另一根拐杖猛击箱子，似乎他这样就能够把厚厚的松木板打烂，可以找到他被困在里面的自己的生活，这时一双手拍在了他的肩膀上。

“快停下来，”木工说，“马上，你怎么了？生病了？”

他的皮肤很黑，比安妮的皮肤要黑多了。伊拉斯莫斯找不到什么借口。他无力地说：“今年年初我发了高烧，现在觉得似乎又开始发高烧了。”

“现在疾病蔓延了城市，”木工说，“北极来的那个女人和他的孩子病得很重，以至于不得不中途结束演讲。”他领着伊拉斯莫斯到一个矮箱子旁边，说：“坐一分钟吧。让自己安静一下。”

“你看到他们了？”伊拉斯莫斯问。

“不是在展览中，”木工回答说，“但是我看到那位探险家带着他们过来，我看到他们离开了。四位在这里工作的科学家抬着她。另外一位抱着她的孩子。”

“你知道他们去哪里了？有没有正好听说？”

“我想他们先是去了某座大楼里面吧，”木工说，“就是那些年轻人待的地方。那些助理科学家——其实还不过是几位小伙子，至少其中几位是这样的。他们不出去做调查的时候院长就让他们待在大楼里的空房间里。他们每天整理骨头，贴上标签，晚上他们大肆喝酒，顺着栏杆滑下来，在大厅里比赛竞走。他们把这里的东西弄得一团糟。我已经告诉院长，说他们这个样子我无法工作，但是他不肯去约束他们，连上周他把我的一扇门打坏了他都不管管他们。”

“你能带我过去吗？”伊拉斯莫斯问。

“我不和那些人讲话，”木工用手玩弄着伊拉斯莫斯的拐杖，似乎在检查这东西质量怎么样似的，说，“我不想靠近他们的房间，但是我可以告诉你怎么过去。”

每到了一个楼梯平台，伊拉斯莫斯都要歇一会儿，阴沟里发出的臭气透过墙壁弥漫了整个楼梯间，熏得他不得不停下来捂住鼻子。他现在在最大的一座大楼里，热得像是一个吸收了太阳全部热量的长方形火炉。上了一个楼梯平台，他看到了几扇板条门。他想，这些板条门应该是通往闷热的、像盒子一样的屋子的，这些屋子里——会有什么？满腔热忱的年轻植物学家和古生物学家，几大堆布满灰尘的仪器，一些没用的书，还是其他什么东西，他猜不出来。他真希望木工能够说得更明白点就好了。他听到上面传来了笑声，就又向上爬了一层。

通过一扇半掩的门，他看到三个人在激烈地争论，根本无暇注意到他。狗化石，狼化石，博尔哈维医生的声音似乎又在这里浮现了出来：“许多植物和动物的形态是一样的，形成了一个统一的计划。这些计划是上帝大脑中思想的体现，随着时间不同，这些思想的表现方式会有所不同。某个单独的物种可能会消失，但是蓝图永远不会消失，虽然会出现变体，但这些不过是一种核心形式的多种表现形式。”一个瘦而高的人，大约刚二十出头，身子向前倾着，说：“居维叶甚至没有质疑在大型哺乳动物时期人类是否存在。”

“问题是，”他旁边一个长着红色头发的人说，“问题是这些人类骨头和同时发现的狗、河马和熊是不是同时代的……”

伊拉斯莫斯靠着门，身子斜着进入房间，说：“抱歉，很抱歉打扰你们，不过也许你们可以帮我个忙。”

“有人来了!”另外一位年轻人说。他手里拿着个像是人盆骨的东西。“过来吧,到我们这儿来。”

“我在找齐克阿伊·沃利斯,”伊拉斯莫斯说。窗台上,一杯威士忌在阳光照耀下将金色的光线投射在骨骼、书籍和长着巨大犬牙的亚洲猪的头盖骨上。这个屋子像是个俱乐部,混乱而又忙碌,一度让他想起了弓术爱好者联合俱乐部,当时他们送“独角鲸”号出发的时候弄出了不少动静。

“你是他的朋友?”长着红色头发的人问。

“是同事,”他说。他想,他怎么说呢,说齐克是他的妹夫?“我没赶上演讲,但是听说那两个爱斯基摩人生病了。我希望能帮上点忙。”

“他一分钟前还在这儿,”那个手里拿着盆骨的人说,“但我想现在他去找医生了。”

“他们在哪儿?”伊拉斯莫斯问,“那些爱斯基摩人。”如果这些人就是前面抬着安妮和汤姆的人的话,那么现在他们看来已经对他们漠不关心了。

“跟我来,”那个人说。他好奇地看了看伊拉斯莫斯的脚,但是什么也没问,带他到了隔壁房间。

伊拉斯莫斯敲了敲门,没人答应,他推开了门。屋里十分憋闷,安妮躺在一张狭窄的小床上,汤姆躺在另一张狭窄的小床上。屋里其他地方被一张桌子、一把椅子和一堆脏衣服占满了。桌子上是一堆石板,放得有些不稳,椅子上坐着一个脸色苍白的年轻人,已经有些谢顶了,伊拉斯莫斯进来的时候他抬起了头。

“我没听到你敲门,”脸色苍白的年轻人说,“你得体谅我,我几乎听不到声音。”

“我可以进来吗?”伊拉斯莫斯说,尽量将声音发得清楚,“他们是我的朋友。”

“谁是你的朋友?”年轻人一边说一边把手罩到耳朵上。

“安妮,”伊拉斯莫斯大声喊道。他费力地走过桌子,用拐杖把袜子和亚麻布推开。安妮闭着眼睛,伊拉斯莫斯把手放到她肩膀上,她说:“是提克吗?”

“伊拉斯莫斯。你记得我吗?”伊拉斯莫斯回答。

她的皮肤很烫。她身上盖了一床粗糙的被子,一直拉到她下巴的地方。伊拉斯莫斯帮她整理被角的时候发现她没有穿衣服,身上满是汗水。他赶快把她的被子盖好,然后又看了看汤姆。汤姆也没有穿衣服,侧身躺着,盯着自己的手。

“提克在哪儿……”安妮小声地问。

“他就快来了,”伊拉斯莫斯说。他转向那个脸色苍白的年轻人。“谁给他们脱掉衣服的? 这是谁的房间?”

“这是我的房间,”年轻人答道:“我叫菲尔丁,我在这儿工作。今天下午做演讲的探险家是我的朋友。在演讲中,他的爱斯基摩人崩溃了——我想是天气太炎热的原因吧——他问我他们能不能在我这儿休息下,等医生过来。齐克走了以后,她就把她儿子和她自己的衣服脱掉了。当然,我出去了。你认识他们?”

“齐克是我妹夫。”伊拉斯莫斯回答。

“你认识齐克!”菲尔丁说。

“是的!”伊拉斯莫斯又大声说道。他非常生气,他简直不敢想象齐克把安妮和汤姆交给这么一个连人说话都听不到的人来照顾。“他在哪儿?”

“隔壁,”菲尔丁说,“和其他人在一起。”

隔着墙壁，伊拉斯莫斯能够听到几个年轻人的声音。“他不在，”伊拉斯莫斯说。然后他不再解释了，把注意力放到安妮和汤姆身上。在门边他找到一罐水，把自己的手帕浸湿，敷在安妮的头上，还敷在汤姆的头和手上。菲尔丁一直在左右，很礼貌却帮不上什么忙。“你说他们真的是生病了吗?”他问，“隔壁那些人说他们只是被热坏了。”

“你自己有眼睛——你看看他们现在的样子。”

菲尔丁耸了耸肩膀，退回到桌子那边。“我没怎么和女人还有孩子打过交道，”他说，“我一直在这里……其他科学家从来不让我和他们一起喝酒，我们几乎没有什么事情能够达成一致。”他拿起一片薄石板，指着一个像海百合的东西说，“比如就这个东西而言。”

“拜托，”伊拉斯莫斯说，“现在不是讨论这个问题的时候。”他听到楼梯上的脚步声，不一会儿齐克便进了房间。

“你去哪儿了?”伊拉斯莫斯问，几乎在同时，齐克说:“你在这儿做什么?”互相盯着看了一分钟以后，他们都俯下身子看安妮怎么样。

安妮感觉自己是在一个又热又黑的地方，有着红色的条纹，一片嘈杂，能闻到血的味道。她是一只海豹，她升到水面上来呼吸新鲜空气，却遇到了一只熊;熊一直在等着她，她一下被抓住了;她被猛地一击，感觉身上在燃烧。她想让自己再回到凉快的水中，但是却被拖着在冰面上游动。她被咬了。她被吃掉了。她呻吟了一下，转了个身，睁开眼睛，她儿子在看着她。让她觉得最痛苦的是身体被隔开了，让她无法保护自己的儿子。但是她此行一定要一些意义，她和齐克一起到这里来，不能白来。

她妈妈看到过的那块奇怪的可以看到自己样子的冰原来是一个叫做“镜子”的东西，在船上有很多，在这个到处是昆虫和鸟类的大楼里也有很多。她和她的儿子缓缓地靠近镜子，盯着这些奇怪的东西，抚摸镜子中自己的影子。在下面的房间里，她摔倒了，站都站不起来了，看到自己在观看的人们的眼中也有一个影子。她像是一片打碎了的镜子被送到了这儿，让她的故乡以外的世界能够投影在她身上。

“安妮，”齐克说，“你能听到吗？”

“医生来了吗？”伊拉斯莫斯问。

安妮听到他们在说话，却不知道他们在说什么。这种陌生人的语言似乎离开了自己，她想听到别人叫自己真正的名字，用真正的语言和她说话，但现在，这些高大的人究竟在说些什么，她完全听不懂。一个是齐克，他像是一根指着自己的指头，然后变成了来复枪的枪管，这支来复枪给她的部落带来了肉，把食物带给了孩子们。但这支来复枪是一根指头，这根指头是齐克，他不理解自己和其他指头的关系，和手的关系，和手腕的关系，和整个身体的关系，这个身子是她的部落。这个身体似乎一度就是她自己。她每次一咳嗽，似乎就有一颗子弹射入了她的肺部。

她儿子用他们的本族语问他们现在是不是可以回家了。一只熊把手搭在另一只熊的肩膀上，走出了视线。现在只能看到一个白色的影子了，一只白色的小狐狸，跟在后面。狐狸把它的爪子放在一块石头上。狐狸常会跟着熊，熊捕到猎物饱餐一顿之后它可以捡一些残羹剩饭。她又闭上了眼睛。她想，在家里，她的身体会被包裹在皮里，从屋子里抬出去，然后放在地上，用一块石头给她做枕头。有人会在她周围放皂石蒸煮罐的碎片，还会把她的针线和锉刀放在她旁边，这些是她去另一个世界生活所需要的东西。人们会在她身体上面建一座石头墓室。她的颚骨之上，风可能会唱歌。

“他在这儿，”齐克说，“就在我后面。”他转过身，叫医生过来。菲尔丁小心翼翼地让开了。

医生动作麻利，头发灰白，医术一流，他听了听安妮的脉搏，把她的下眼睑拉下来，把手伸到被子下面摸了摸，说："肝脏肿大。脾肿大。"他走到汤姆身边，也同样观察了一下，问齐克这些人离开家多久了，他们一直待在什么地方，他们的症状什么时候开始出现的。齐克描述家庭博物馆的情况的时候医生写在了笔记上。

"在一条河和一条小溪旁边？"他摸了摸安妮脖子的一边。"很可能是瘴气引起的发热，"他说，"一般得这个病的人皮肤发黄，但对他们来说……不过你们可以看到他们的白眼珠发黄了。"

"我能移动他们吗？"齐克问。

"要小心，"医生说，"而且不能远。"他翻了翻自己的包，从里面拿出几只盒子和瓶子。"这是金鸡纳树皮制剂，贯叶泽兰汤剂，催吐用的，氯化亚汞泻药，可以缓解肝脏肿胀，这个泡腾剂是发汗用的——希望这些药能够治好他们的高烧。而且他们需要在一个干净、黑暗和通风好的房间休息。"

"我和一个在华盛顿的朋友聊过了，"齐克说，"他愿意让我们和他一起住一段时间。"

"那些年轻人不行，"伊拉斯莫斯表示反对，"他们自己还几乎是孩子。"

齐克摇了摇头。"不是他们，"他说，"是一个古生物学家，他管理着整整一个部门。他有一间大房子，离这儿只有几个街区那么远，那里有仆人，有空房间。他的孩子已经长大了，他的妻子……对人十分宽容。他以前曾经和从安第斯山脉来的印第安人一起生活过。"

"这听起来很合适，"医生说，"我可以每天过来两次。他们现在需要放血，这种方法一般都会奏效。"他看看安妮和汤姆，又说："不过人种可能会影响到药的效果。"

伊拉斯莫斯斜靠在桌子上，看着齐克拿着脸盆和手术刀，又帮医生用勺子把一种深褐色的液体送到安妮和汤姆嘴里。伊拉斯莫斯看到，他对他们很好。

之后，安妮和汤姆看起来舒服了一点儿。“你们出去一会儿，”医生说，“我想听听他们肠子的状况。”

伊拉斯莫斯和齐克站在一个狭窄的厅堂里，下面有一个楼梯井，他们互相看着对方。“我不敢相信他们都这样了你还把他们带到这里来，”伊拉斯莫斯说，“你得取消其余的行程。”

“我已经取消了，”齐克说。他的头发闪着光，像个头盔。“你来这儿就是为了告诉我这个？我知道他们病了，我会照顾好他们。我不是没有人性。”

伊拉斯莫斯本来打算告诉他家庭博物馆的情况，把亚历山德拉描绘的情况告诉他，说说他对费城那次展览的看法，说说拉薇妮亚，他把拉薇妮亚一个人留在家里就为了给自己以后出名铺路。可是，他想到，每次安妮看到他，她的第一句话都是：“提克在哪儿？”

“让我和你，和安妮还有汤姆待在一起吧，”他说，“我想帮助他们。”

“这里你帮不了什么忙，”齐克说，“我会陪着他们的。”他显然被楼梯的形状迷住了，盯着栏杆下面一直看。“等到他们好一点了，你想来看他们的时候可以过来。但现在你自己也能看到他们病得多严重。你又不是医生，你能做什么？”

他伸过手，用大拇指拨弄了几下伊拉斯莫斯的拐杖。“你该待在家的，”他说，“你一直都应该在家里待着。”

拐杖被提了起来，顶端对准了齐克右腿的膝盖；伊拉斯莫斯自己也控制不住自己，似乎根本不是自己在控制自己。“我应该待在家里?”如果拐棍挥舞一下,就朝右边一下,齐克就会跌倒,跌倒。“我不是……”

“不用担心了,”齐克说。他身子向前倾,靠在伊拉斯莫斯的上臂上,把拐杖推回了地上。“至少在他们恢复健康以前,我是不会再继续这次巡回展览的。”

门从他们身后打开了。“做好了,”医生说,“你们愿意进来的话可以再进来。”

“我想和安妮谈谈,”伊拉斯莫斯对齐克说,“我想让他告诉我她自己想要什么。我想和她单独待一分钟。”没等齐克回答,他就走回了房间。

“安妮?”他说,“我能为你做点什么?告诉我我怎么才能帮得上忙。”

“提克?”安妮又说道。

“伊拉斯莫斯,”他说。

她睁开眼睛。白眼球变成了黄色,他想,她身体其他部分应该也是如此了。他更加仔细地盯着她的脸看了看。医生说的并不完全准确,疾病在她正常肤色之上又加了一层颜色,让她皮肤看起来有些发绿,似乎是沾上了一层地衣的孢子。

“哦,”安妮说,“是你。”

窗帘被风吹开了,然后又落下来,搭在了床边。她把她的头放进微风里,闭上了眼睛。“回家,”她轻轻地说。

他盯着她看了一分钟。她没有再说什么。也许她是睡着了。汤姆也合上了眼睛。窗帘被风吹起来,又落下去,又吹起来,又落下去,不肯给伊拉斯莫斯一个答案。他放弃了,返回厅堂。

“她想要的是你,”他痛苦地告诉齐克。拉薇妮亚想要的也是你,他想。“她一直要找你。”

“我会照顾他们的，”齐克说，“我保证。”

他把一只大拇指放到他眉毛上。伊拉斯莫斯站在他面前，感觉又热又难受。这个没有墙的大厅里一丝凉风都没有。

“我需要她，”齐克说，“我从她那里学到不少有用的东西，我写书时她一直在帮忙。”他咬下了大拇指的一块指甲，从楼梯井扔了下去。“这本书会很好，”他说，“是那种探险故事的书——我和爱斯基摩人的相遇，我最后一次见到‘独角鲸’号。这本书会和凯恩博士的书一样，但更加有趣，情节更加跌宕起伏。”

伊拉斯莫斯感觉自己的胃绞成了一团，什么东西从胃里涌起来。现在安妮和汤姆生病了，躺在隔壁，他们却在谈论这个。他们从来没有谈过博尔哈维医生的死，没有谈过耐德的鼻子，没有谈论过如果齐克不执意北行，哪些事情就不会发生。而现在，现在，他句句都是“我”和“我的”。在费城那次展览也是这个样子。伊拉斯莫斯说：“为什么你写的东西就像是我们根本没参加航行似的？”

“书里你们都提到了，”齐克说，“所占的篇幅都是你们应得的。次要角色。”

“这不公平，”伊拉斯莫斯说。

“什么是公平？”齐克说，“你抛弃了我，这公平吗？我什么都没有，只能讲些故事，这公平吗？你不知道我在那儿是什么样子。我回到船上，发现你们都走了，非常——清楚。我知道了我该相信谁。谁也不能相信。除了我自己。你……”

他眼里透出了惊人的鄙视。“你什么都不算。我的书里面没有你。对我来说，你什么都不算。”

伊拉斯莫斯觉得自己手中的拐杖开始摇晃以来，似乎地板变成了海洋。“我可能是什么都不是，”他说，“但至少我不会把碰到的一切都毁灭掉。你对安妮，对汤姆做的事情……”

齐克把胳膊放在头顶上，将手指一开一合的。“回家吧，”他说，“这里没人需要你。我会照顾好安妮和汤姆的。”

安妮在房间里。他的儿子在另一个房间里。齐克在两个房间里穿梭。在她的家乡，安哥可可在岸边厚厚的冰中隐藏的一个洞里可以看到他想要看的东西。她把床上面的帘子拉过来围在自己身上，想象着冰的样子。医生来了，这所房子的主人来了。佣人们像齐克家的那些佣人一样，既害怕他们，又瞧不起他们。他们给她擦了身体，拿来了食物，但她没有吃。医生把药片和液体从她牙齿中间强行灌下去，像是某种毒药。没有人听她说什么。医生不听，齐克不听，甚至连伊拉斯莫斯也不听，他曾经问过安妮想要什么，她告诉了他，说她想回家，他却转身离开了。她不是已经说了吗？她的身体再也无法回到家乡了，她必须为自己的儿子做自己该做的事情。床上有一层白布，枕头上有白色的枕套。她没有时间，她开始行动起来。安哥可可曾经告诉过她，强大的力量来自奋斗和专心。她要仅靠她思维的力量，把自己的血肉之躯摆脱，把自己变成一具骷髅。每块骨头，每一小块骨头，都清晰地展现在她的眼前。然后，神圣的语言就会降临，让她说出她自己身体里会继续存在的部分。她把最后一块骨头说完之后，她就自由了。她可以自由游动，可以抚摸到自己的儿子。她钻进白色的床单，闭上眼睛，开始了这个脱离肉身的艰难的过程。让我变成骨头，她想。就像家乡独角鲸长长的背脊，像海象的头盖骨，像海豹整齐的肋骨。白色的骨骼。

亚历山德拉做自己喜欢的事情的时间越少，她的家庭就越感激她。有时她根本就不做任何自己想做的事，这几天就会过得特别轻松。当她不再迫切地想找到真正属于自己的时间，她不便不再需要飞快地把家务事做好，一天便有了一个合理的节奏。家人很感谢她，从某种程度上来说，这感觉不错。但是到了晚上，她又因为浪费了宝贵的时间而感到无比困扰，她权衡着那些感谢和自己心里的困扰，不知道该怎么做。伊拉斯莫斯不在的时候，家人占了上风。但是她一看到伊拉斯莫斯，就开始为自己浪费的每一分钟无比懊悔。

在印刷公司，他告诉她安妮和汤姆生病了。这不是什么好事，但至少让齐克取消了展览。齐克在照顾他们，很快就会带他们回来，他会接着做他的书，已经基本完成了。这本书里没有伊拉斯莫斯的位置。

“他的书里，”伊拉斯莫斯说，“我是——他说我是个次要角色。”他盯着亚历山德拉身后看。“这很好，”他说，“我们的书会很漂亮。你画的鳃和鱼鳞很逼真。”

他们在写字台旁边工作了很久，工作状态很好。伊拉斯莫斯一天能写十页，十二页，二十页。亚历山德拉的画越来越多。他们去看哥白尼的时候，发现他第二幅油画已经画好了，他又开始画其他两幅。在工作室里，伊拉斯莫斯和亚历山德拉周围一片嗡嗡声，似乎他们的狂热也传染到了其他所有人。洪堡已经完成了一本百科全书制版的谈判，几乎可以说是非常幸运，因为其他地方的生意都停了。他们对自己做的事情都很满意，于是一天下午，他们在一间大办公室里喝酒庆祝。

亚历山德拉看到这几个兄弟有了新的关系。也许是因为他们现在距离很近，或者是因为伊拉斯莫斯工作很努力，目的很明确，从来没有抱怨给他的地方太小。也许是林奈和洪堡，他们很多年来在家里的孩子中既不是最大，又不是最小，似乎是最安生、最无趣的，现在能够为家里最年长的一个做些事情，心里暗暗感到高兴。特别是林奈，他似乎对自己的新角色十分满意。他经常给伊拉斯莫斯提建议，每周去看拉薇妮亚三次，从来没有批评过亚历山德拉做的事情。

现在林奈和拉薇妮亚在一起，他们一边喝雪利酒一边等他。亚历山德拉知道，林奈来了肯定会说拉薇妮亚很好，只是不想见伊拉斯莫斯，这时场面肯定是十分尴尬。的确令人尴尬，但是会过去的。林奈六点半进了办公室，他推开洪堡递给他的酒，倒在一把扶手椅里，脸色苍白。

“怎么了？”伊拉斯莫斯问，“她——不舒服，又？”

“齐克回来了，”林奈说，“我一到那儿他就走了进来。”然后他深深地吸了一口气。

“安妮死了，”他说。他把自己的手放在伊拉斯莫斯的胳膊上。亚历山德拉从来没有见过他们两个人有过身体上的接触。“你离开之后两天她就死了。”

“她死了？”伊拉斯莫斯说，“她怎么会死？”

林奈闭上了眼睛，接过了洪堡又递过来的酒。“是的，她不应该死，”他说，“真是太可怕了。他把汤姆带了回来，汤姆身体在恢复，但仍然很虚弱。”

亚历山德拉想到在家庭博物馆最后一次看到安妮和汤姆。她不是应该知道此行会有什么后果吗，难道他们都不知道此行会有什么后果吗？“不过拉薇妮亚和齐克会照顾他的，”她说，“不是吗？他会给他们找个家，等到他好一点了，就送他回自己的家。”

“拉薇妮亚很不开心，”林奈说，“她问齐克谁更重要，是她还是那些爱斯基摩人。如果你听到她的声音——可怕。而且，而且……”

“她怎么了？”伊拉斯莫斯脱口而出，“他还是个小男孩，现在他妈妈没了。她应该记得这是怎么一番情景。”

“糟糕的地方还不在这里，”林奈说，“她让一个女佣把汤姆放到家庭博物馆，他只能和那两条狗做伴。齐克居然没有阻止她，他说她想做什么都行。”

“齐克阻止不了，”伊拉斯莫斯说，“不是吗？”

林奈撅了撅嘴唇。“我觉得只要他想做的事情就会去做。他声称他是在华盛顿照顾汤姆，我倒是想看看他除了他自己还是否照顾过其他人。后来他承认得在华盛顿多待几天是为了料理安妮的遗体。”

“他把她埋在那里了？”伊拉斯莫斯问道。

林奈大口喝了一口酒。“根本没有埋，”他说，“甚至没有遗体。史密森学会的人——有人会做这样的事情。我不知道是怎么一回事，我也不想知道是怎么一回事——我想是和齐克待在一起的那个人想这样做的，他对骨头和头盖骨了解很多。齐克允许他这么做。然后，他们，把她做成了骨头标本，放在博物馆里。齐克在那里看着。”

伊拉斯莫斯呻吟了一声，亚历山德拉想起了图德拉米克的骨头和皮。又想起了安妮，她第一次看见安妮的时候，她正斜靠在窗玻璃上。亚历山德拉为她把窗户拉了起来，她感激地把头放在窗户外面，吸了吸新鲜的空气。

“他这么做是为了拉薇妮亚，”林奈继续说，“至少他是这么说的。这个骨骼标本会放在一个玻璃盒子里面，就放在大厅里凯恩的展览品的对面。你知道他是怎么一个人，他觉得这样能让自己出名。每个人都想买他的书，这样他和拉薇妮亚就不需要靠他父亲生活了，他们再也不用为什么东西发愁了。”

“他是这么想的?”洪堡问。

“我不知道。不过拉薇妮亚说她不关心怎么处置安妮的遗体，她说齐克和安妮的事情她都知道，她从来不曾被愚弄，她不傻。”

洪堡扬了扬眉毛，哥白尼说，“他这么做当然并不在我们意料之外，不是吗？他和她一起度过了六个月，而且是在几乎一年没有见过女人的情况下。我们是不是可以认为……”

“我不知道你是怎么认为的，”林奈说。亚历山德拉盯着伊拉斯莫斯。“我认为他没有做对不起拉薇妮亚的事情。安妮对他来说，就像他说的那样，只是救了他命的部落的一个成员而已。如果她还是他的其他什么人，那么他还可能这么忍心，去展览她的骨骼?”

“什么也不可能阻止齐克的野心，”伊拉斯莫斯说。

他想，她已经死了。他们几乎还没来得及熟悉彼此。有一分多钟的时间，他几乎无法听见林奈在讲什么。等到他终于狠下心来去听的时候，发现林奈还在说齐克的计划：让汤姆再去华盛顿一趟，安排史密森学会的人去照顾他。也许有人愿意收留汤姆，并且教育他。

哥白尼转向伊拉斯莫斯，说：“你得有所行动。”

“我知道，”伊拉斯莫斯说。他伸过手去抓住林奈的手，说，“这不是你的错。”

“我们每个人都有错，”哥白尼说，“齐克回来的时候，你应该反击，不应该让他告诉大家航行中是你做错了事情。我们不应该怀疑你。我们不应该离开家。”

“我知道，”伊拉斯莫斯说。他们曾经怀疑他？“我知道。”他盯着窗外，看着河，还有河那边已经不属于他的房子。

在暮色中，在那间房子里，拉薇妮亚也在朝着他们的方向望着。某个地方，也许在溪水边，齐克在烟雾中踱着步子，正是这烟雾让安妮染上了高烧。她想象，在其他某个地方，她的哥哥们聚在一起。他们什么时候首先为她想过？哥白尼穿越过大陆，伊拉斯莫斯到过地球的最南端和最北端，没有人问过她是不是愿意被一个人留下来等他们回来。伊拉斯莫斯给了她什么？他给了她一只妈妈的鞋子，给了几本奇怪的书，还让她上一些奇怪的课，还有，给了她一个承诺，一个他不曾遵守的承诺。齐克曾经告诉过她，他最需要伊拉斯莫斯的时候，他却让自己失望了。因为伊拉斯莫斯，他不得不一个人向北旅行，因为伊拉斯莫斯，他最后不得不和安妮一家人待在一起，后来还把安妮带回家来。

窗外，安妮的影子在她面前浮现了出来，每天晚上这个时间都会如此；黑色眼睛格外深邃，胳膊和喉咙处皮肤光滑，安静的声音让齐克着迷。安妮在这里如此无助，完全只能依靠齐克——哪个男人能够抵抗得住这样的情况？她的存在让拉薇妮亚不知所措。但是她一直很耐心，很耐心，希望仅靠她的欲望能让齐克从安妮身边离开。她赢回了他，但却发现她想打发走那个死了的女人的儿子时，他眼中却流露出了伤心和失望。难道，在分别了这么久以后，想过一点正常人的生活，有什么不对吗？

伊拉斯莫斯没有带齐克回来那天，她停止了祈祷；后来在勃朗宁的帮助下又开始祈祷；再后来，她的祷告应验了，齐克回来了，她又停止了祈祷。现在，她又开始祈祷，祈祷自己能怀上个儿子。

# 第十一章
# 噩梦骨架
（1857年10月至1858年8月）

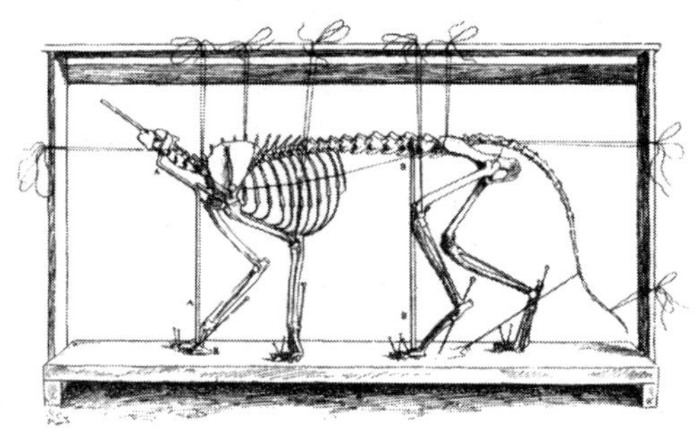

一位一流的标本采集者应当具有以下优秀品质：他必须对动物学，特别是脊椎动物，具有一定的总体性了解；他必须善于射击，善于打猎，有很好的体力和耐力；他必须善于使用刀具，工作细致，不放过任何一个细节，如果没有这样的品质，他做出来的标本肯定会有瑕疵，无法让人满意；除了上述品质，他还必须有充沛的活力，只要有鸟皮要剥制，他就不能去睡觉，如果他脑中对这种制作标本的必要性产生了怀疑，最终标本还是会占上风。

——W. J. 霍兰《动物剥制和动物学标本采集》（1892年）

黑暗中，他们的声音吵醒了他：低语声，窸窸窣窣的声音，什么东西掉到了地下。墙上的肖像画在月光中闪着光芒，隔着玻璃，画里的人像是冰下的死人，透过冰在往上看，开始他以为声音就是这从冰下盯着上面看的人发出来的。但他能听到脚步声。他旁边的两条狗站了起来，毛也直立了起来。他挺直身子坐在驯鹿皮做的垫子上，很害怕，但下定决心自己要勇敢。他想他们是来杀他的。齐克和他妻子说话时就好像他不存在似的，或者他们觉得他听不懂他们在说什么。他们想让他死，就像他们对待他妈妈那样，他们选择了今晚来结束他的生命。他们斜着身子看着他，而没良心的狗这时却一声也不叫了。

"没事的，"只听见那个女人说，"你们能保持安静吗？"他听到狗在她的手边急促地呼吸着。

男人说："我们需要把你带到另一个地方去，这样你才不会受到伤害。你愿意跟我们走吗？"

汤姆什么也没有说。他认出来这个女人不是拉薇妮亚，她穿的衣服是她妈妈第一天到这里时穿的那件。那个男人是家里兄弟们中的一个，但是他说不出来是哪一个。这个人伸出手来，汤姆闻到他手上有颜料的气味，认出他是哥白尼。

"汤姆？"哥白尼叫道。

他不是汤姆，他的真名没人知道，他从来没和这些人讲过。两天前，他决心再也不说话。但哥白尼让他站起来的时候他照着做了。他走出了这栋充满了死亡气息的建筑，他按照他们的要求坐下来，感觉地面开始动，就像是在雪橇上一样。哥白尼的两个兄弟出现了，一个只在屋里待了很短一段时间。从一个到另一个门，从一个房间到另一个房间，一些人坐着不动，一些人走来走去。他能睡的时候就睡会，吃点东西，什么也不说。墙发出嘎嘎的声音，地板震动了起来，树从他们身边经过，房子从他们身边经过。别人把他的衣服脱掉，换上其他衣服。伊拉斯莫斯和他在一起，他认识伊拉斯莫斯，他有时趴在伊拉斯莫斯肩膀上打一会儿瞌睡。

景色不断变换，但是没有看到他想看到的景色。周围的人们低声谈着话，语气里透出几分忧虑，一起走了很长一段路程。齐克在哪儿？他希望他在其他地方，在很远很远的地方。他本族的人给齐克起了另一个名字，是由一串音节组成的，意思是"遇到麻烦的人"。不过当着他的面的时候，人们告诉他这个名字的意思是"伟大的探险家"，齐克微笑着点点头，努力地重复他们给他起的名字。

他有报复齐克的计划。他的外套口袋里装着一些骨头，是他从齐克囚禁他的地方偷出来的，几根鸟的弯曲的肋骨，蛇的脊椎骨，老鼠的脚骨。他还需要更多。他搜集到足够多的骨头的时候就可以做一个"图皮拉哥"，也就是用各种动物的骨头做成的噩梦骨架，外面会包裹一层皮。到了水边，他就把这个骨架放下来，念起咒语，然后图皮拉哥就会活过来，游过水去，无论那水面是什么样子的，有多辽阔。它会游向齐克，伪装成一种熟悉的动物，长着光滑的皮肤和耳朵。也许它会是一只小鹿。它会让齐克杀了自己。等到齐克剖开它的肚子，把肉割开，发现它的骨头根本不是鹿的骨头，连接方式也不对。然后，齐克就会死去。

因为心中想着这个，所以汤姆一路上很安静。这旅程不像是他和他们的族人一起的旅程，狗拉着他们快乐地前往另一处可以打猎的地方。这次旅行像是后来和齐克一起的旅行，他们被装在了水上的一个盒子里面。现在他们不是在海上，而是在陆地上旅行，但是他还是被限制在一个很小的地方。如果能够得到伊拉斯莫斯的允许，他会把头伸出窗户，让新鲜的空气充满自己整个肺部。树，山。山很大，空气很凉爽，很清新，让他想起了自己的家乡。

天下起雨来，他伸出手接住雨水。他相信，在天空之上，是死去的人生活的地方——那里充满光明、温暖和游戏的快乐，到处都是盛宴、舞蹈和歌声。他妈妈就在那儿。她抛弃了自己的身体，是为了能够从天空中注视自己的孩子。她通过天空中的空隙照射下来，像星星一样。天上的河水从空隙里面流下来，便有了雨。每一滴滴在他身上的雨水都是妈妈在给他传递讯息。

周围的景物一下子不动了。门从外面打开来。他从车上下来，看到一个鼻子不全的人，尖叫了一声，这是他几天以来发出的第一个声音。他猛地蹲在地上，把胳膊放在头上，一动也不肯动。

一直到了奥塞伯河边的木屋里，汤姆还是任谁劝说都不肯睁开眼睛。他的胳膊紧紧地围绕在膝盖周围，眼睛紧闭着，嘴巴一句话也不肯说。他按照哥白尼的吩咐坐在一张垫着红色毯子的小床上，然后就不肯再动了。

“整个旅途怎么样?”耐德问。

“还行，”伊拉斯莫斯说。他碰碰耐德的肩膀，“很高兴能见到你。”然后他又转向汤姆，说:“自从我们带他离开家庭博物馆，他就一个字也不肯说。”

耐德给疲惫的他们几个煮了咖啡，汤姆还是十分紧张，谁也没有办法让他放松下来。他们互相讲了讲过去几周发生了什么事情。伊拉斯莫斯告诉耐德林奈怎么驾着马车回到以前的家里，尽管他做的也就是这些;哥白尼和亚历山德拉如何悄悄地进入家庭博物馆带走了汤姆。他说，每个人都各自编了个谎，哥白尼和周围的人说他要去西部。亚历山德拉和她的兄弟姐妹吵了一架，说她要去辛辛那提的一个女子学院教绘画。伊拉斯莫斯知道齐克会怎么想，会怎么想办法去找他，于是就买了两张到利物浦的船票，要发现他们没有去利物浦应该要过挺长一段时间了。

“我想我们的行踪没有人发现，”他告诉耐德。尽管他因为脚伤的原因很多事情没法做，但他的计划到目前为止进展非常顺利，这些安排都是他的主意。“不过如果没有你，所有这些事情都不可能，我该怎么感谢你呢？”

“没关系的，”耐德说，“我告诉过你我会尽力帮助你，这话不是说说而已的。”

他在小厨房里忙来忙去，尽量不碰到他们。“我给你们找了个房子，离这儿大约有一英里远，”他说，“很舒服，周围人很少，但是要明天才能准备好，今晚我们得待在这儿。”他看到他的客人们环顾了一下他小小的家。“对不起，”他说，“但是应该可以应付一晚的。我已经从宾馆多借了几张床。”

“当然可以，”亚历山德拉说。她黑色的头发，清晰的轮廓，让耐德想起了自己的姐姐诺拉；亚历山德拉过几分钟就斜着身子靠近汤姆，拍拍他的背，也和他姐姐很像。“你能够这样收留我们已经很好了。而且，能够看到你这么健康真是开心，在费城见到你时你病得很重。我想你现在工作不错对吧？”

“够好的了，”耐德说。他没有办法告诉她，他快要丢掉现在这份工作了。他请了很长时间的假去给他们找房子住，宾馆里有很多给他的信，让宾馆老板心生怀疑；还有他要写很多信，要买很多东西。所有这一切都是为了一个他素昧平生的男孩子。伊拉斯莫斯的信里语气中充满了沮丧，他讲的故事听起来让人十分难过。因此，耐德便不好拒绝他们所有的要求。伊拉斯莫斯在信中说，我没有救得了他妈妈，我不能让汤姆再死去。

耐德朝汤姆走去，他身上很脏，一句话也不说，他是这所有麻烦的始作俑者。他想方设法回忆去安诺托克时乔曾经教过他的爱斯基摩语，断断续续地介绍了一下自己。出乎意料，汤姆睁开了眼睛，然后张开了嘴，似乎是看到耐德的鼻子又要尖叫出来似的。

耐德会说的爱斯基摩语很少，不过伊拉斯莫斯信中曾经告诉过他汤姆能听得懂英语，也会说英语。他想到自己到格罗斯岛时的情景，那时他还是个孩子。他和他弟弟被迫与姐姐分开，她发了高烧。他们像牲口一样被塞到拥挤的船里，被沿河向上运输，周围只有陌生人。那些对他们不好的人，那些说的话他们根本听不懂的人。一些人说着很快的法语，根本听不懂，他从来没有听过这种语言；这里的人的英语和他的家乡的英语很不一样，没有人讲盖尔语，没有一点熟悉的家乡的味道。别人讲的故事他一个也没有听过，没有一个人愿意肩负起照顾他的责任。他看着汤姆黑色的眼睛，知道他的眼睛在说，我需要帮助，你能帮我吗？

“当时我们在冰上，天气很糟糕，有暴风雪，”耐德说。他敲了敲自己变形了的鼻孔。“黑暗中因内修特从石头后面出现了，把我掳走了，带到了他们藏身的地方。他们拿走了我的鼻子，强迫我和他们待在一起，但是我祈祷神赐予我力量，最后我终于逃脱了。我回来之后，他”——他指了指伊拉斯莫斯——“就是他，他是我们的安哥可可，他施展了魔法，我的鼻子回来了。但是有一块找不到了，于是就留下了一块伤疤，这是因内修特专门用来标记我曾经被他们逮住过的。”

汤姆松开胳膊，伸直了腿，伸出手来摸摸耐德的鼻子。“痛吗？”他问。这是他自从离开费城之后说的第一句话。

“现在不痛了，”耐德说，“你要吃点东西吗?”他从柜子里拿出一盘烤鸭，这是他在宾馆做的。

“因内修特想带走我妈妈，”汤姆说，“但她把他们打败了。”他身子俯向盘子。

“现在该怎么办呢?”耐德问伊拉斯莫斯。

伊拉斯莫斯坐到椅子上。“我不知道，”他说，“我们只计划了这么多。要感谢你，我们总算有个地方可以待。其他事情——我现在还不知道。”

他们说话的这段时间中，汤姆吃掉了一块鸭肉，把骨头推到一边，开始吃第二块。这些骨头已经被烤得又脆又脏，对他没有什么用了。但墙边，和他前面待的那个地方一样，有很多骨架，有蝙蝠、狐狸和蛇。等到别人都去睡了，他会从蝙蝠的翅膀上偷一节骨头。

耐德给他们找的房子有些透风，但是很宽敞，在山脚下的铁杉中间，距离穿过沼泽地通往北厄尔巴的小路不远。耐德一想到汤姆孤独的眼神，便忍不住一周有六天早晨去宾馆时专门绕路过来，和他们几个人吃早饭。他渐渐和汤姆变得熟悉了。他给他带过一把折刀，一把短柄斧头，还有几只兔子脚。他不上班的时候，就带着汤姆去森林里闲逛。伊拉斯莫斯问过耐德几次要不要和他们住在一起，但耐德说还是他自己住比较好。自从有了“独角鲸”号的经历，他就决心再也不和家人之外的人一起住。

“你可以考虑考虑，”伊拉斯莫斯说，“你想过来住的话我们马上就给你腾地方。”耐德带了一条鱼做早餐，但是一直都拒绝伊拉斯莫斯的提议。

一个星期过去了，伊拉斯莫斯努力去想下一步该做什么。他一边走，一边想，一边想，一边走，这给他带了一种快乐，这种快乐他已经有些陌生了。至少他们在这里很安全。耐德给他做了雪地靴，这样他就可以把拐杖放到一边。宽大的鞋底可以代替他的脚趾，只要一下雪，他就可以不用拐杖了。从他们的房子走几英里，他可能就会到另一个国家。黑黢黢的森林长着密密麻麻的植物，他看到了狼、鹿和豹子，还有潜鸟。雪遮盖了农田，封锁了山顶。他觉得他周围，每一棵树上，每一块石头上，他都能感觉到安妮和博尔哈维医生。一次站在草地上，在月光中看到高耸的山峰将影子投射在平原上，看起来像是一个冰封的海洋。影子的形状像是博尔哈维的脸，一会儿看起来又像是安妮的脸。

有时候他会碰到捕兽器，有时会不小心走到某个隐居者的小屋里，但过了河谷，便再也没有什么会打扰他的东西了。他可以理解为什么耐德选择躲避到这里来，这里的居民只管自己的事情，几乎不问什么问题。他想起了耐德编的借口，于是也编了个借口，说他的脚是因为在冰上捕鱼出了事故才受伤的，还给其他人也编造了新的身份。不过，连哥白尼在这里都不会被认出，所以他就不去找麻烦给大家换个假名字了。但是对那些去买东西时碰到的人，他会仔细地编个谎。他说他们来自巴尔的摩，他是个记者，他兄弟是个画家，他们在西部已经生活了好几年。亚历山德拉是他妻子。他说到这里迟疑了一下：说她是自己的妻子？还是哥白尼的妻子？然后他选择了听起来最可信的一个说法。

尽管冬天很冷，他、哥白尼和亚历山德拉仍像是在家庭博物馆里那样工作，不停地写作和绘画。哥白尼给汤姆做了一个小画架，给了他画笔和颜料，亚历山德拉给了他纸和铅笔。他们教他怎么画画和写东西。

“教我怎么写我父母的名字吧，”他说，亚历山德拉就写了大大的“奈萨克”，但她不知道他妈妈真正的名字，于是就写了“安妮”。汤姆用拳头抓起铅笔，趴在纸上写起来：奈萨克，安妮，奈萨克，安妮，奈萨克，安妮，安妮，安妮。名字周围他画了很多小鸟。他没有用哥白尼给他的画笔，却很喜欢他给他的颜料。第一次画画，汤姆把四处搞得一团糟，哥白尼给了他一件工作服罩在他的外套上。汤姆用大拇指涂颜料，然后用其他几个指头做出精致的羽化效果。他不断地画着这样的场景：冰封的白色荒原，边缘不规则的悬崖，一些黑色的、低矮的块状物体，可能是小屋，还有一些更小的点，有的长着两条腿，有的长着四条腿，应该是人和狗。伊拉斯莫斯说，“这肯定是他心中安诺托克的样子”。亚历山德拉看着汤姆画的画，什么也没说，但一天晚上她仔细地画了一幅狗的简笔画，放在了汤姆的床上。

他睡觉的地方就在主卧旁边几间正方形的卧室中的最后一间，他们在主卧里做饭，吃饭。侧面的房间一共有四间，四个人各自睡一间。如果汤姆到了自己房间，关上门，很长时间不出来，其他人就尽量不去打扰他，让他有自己的私人空间，就像他们给彼此私人空间一样。亚历山德拉想，他们得这么做。如果每个人没有足够的隐私，那么他们就不可能以这种有趣而奇怪的方式群居在一起，他们的新家就像是新哈莫尼的一个缩影①。虽然当地人以为他们是一家子，实际上他们并不是，他们只是生活在一起的四个人，一起分担家务，一起为了完成一本书而工作，三个大人还负有照顾一个孩子的责任。

---

① 美国印第安纳州西南的一个小村，位于埃文斯维尔西北偏西的沃巴什河畔。该小村于1814年由乔治·拉普领导的哈莫尼社会组织创立，是罗伯特·欧文建立的乌托邦社会的遗址(1825—1828年)。这个殖民地因它进步的教育思想和科学思想而出名。——译注

为什么亚历山德拉觉得这和她与兄弟姐妹、与她侄子侄女生活在一起如此不同呢？她觉得，每个时刻，她都是在创造自己的生活。汤姆照着她画的狗临摹了一遍又一遍，还在上面加了鞍子，又加上了很多小路。后来，在她的帮助下，他又画了一辆雪橇。他需要她，她知道。这种需要的方式和她家人需要她的方式不同。但是他从来没有向她提过什么要求。

她把两个披肩裹在身上，穿了一件男式外套，是她在村子里买的，然后一个人出去散步，穿过草地，或者沿着树林中小鹿走过的崎岖的路走，外面很冷，干燥的雪片打在脸颊上，她心中升起一阵喜悦。她穿着耐德给她做的雪地靴，沿着史莱德小溪到了梢丝草地小溪。没有人问她要去哪儿，也没有人问她什么时候会回来。她要劈木材来烧炉子，要和别人一起轮流做饭，要洗很多衣服，但是因为这些事情伊拉斯莫斯和哥白尼也要做，所以这些琐事反而成了一种快乐。她想，在家里的时候她也做这些事情，却感觉自己像个奴隶。因为那是勃朗宁的家，那里，她，艾米丽，简，甚至哈丽特都不过是客人。而在这里，没有人指望别人做什么事情。这里有规则，有要做的事情——但这些事情是大家一起去做的。

每天早上她醒来的时候都充满了力量，感觉有一股电流穿过全身，因为她知道自己想要做什么，她自己都感到惊讶。她从哪里来那么大的勇气敢和家人撒这么大的一个谎？他们沿着黑色的墙到了家庭博物馆，哥白尼就在她旁边，她打开门，尽量不发出什么声音，以免被人听到，就像自己是个惯犯似的。她把他们做的事情称为绑架，至少在某些人眼里是这样的。她已经想好了怎么和汤姆说，她也想好了怎么让汤姆悄悄地上马车，她知道在森林里怎样能够找到河边的路，怎样收集柴火，怎样给炉子加燃料。她知道自己需要睡几个小时，她只需要睡很短的时间；她甚至知道怎样控制好自己的感情来与伊拉斯莫斯和哥白尼两人相处。她没事的时候就待在自己的房间，虽然她知道无论她去他们两个谁的房间都会受到欢迎。她知道这种情况不会持续很久，但还是挺喜欢这种微妙而又略带讽刺性的矛盾，是这种矛盾让他们三个像一个筏子一样浮在水面上。

没有人知道他们下一步该怎么办。他们会完成这本书，在这点上他们已经达成了一致。或者至少他们会尽力的。这之后就是空白，亚历山德拉无法想象之后还会怎么样。伊拉斯莫斯第一次向她提出他的计划时，她主动要求帮忙来解救汤姆，然后一边画画一边帮忙照顾汤姆。这之后会怎么样，她想不出来。现在，画已经画好一半了。

大家正坐着吃鹿肉，这时有人送来了一封信，伊拉斯莫斯大声读了出来。信是林奈写来的，他说齐克已经将汤姆失踪的事情报了警。似乎齐克一开始将汤姆带到家里来不算是绑架似的。齐克认为伊拉斯莫斯和哥白尼有嫌疑，但是没有说亚历山德拉。林奈在信中还说，他答应过帮助他们，但没有想到这会让他这么不舒服。他在信中说："难道你们不觉得你们应该自己向齐克解释吗？"

伊拉斯莫斯做了个鬼脸，亚历山德拉低下头看了看自己的碗。如果这是绑架，那么他们做的其他的事情该怎么说呢？他们留在费城的那一堆事情，他们生气的家人，伊拉斯莫斯乱成一团的投资，他们四个人要靠这些投资的收益来维持生活。有很多这样的困难，但他们还在努力写书。他们周围是一大堆的手稿，伊拉斯莫斯晚上会念给亚历山德拉和哥白尼听。亚历山德拉把很多画钉在墙上，让伊拉斯莫斯和哥白尼看看并提出意见。另外还有哥白尼的两幅巨大的画作。这些画里面能找到伊拉斯莫斯和博尔哈维医生在笔记本里记录下来的每一只鸟，还有海豹、悬崖、鲸鱼和浮游生物群。

伊拉斯莫斯看到哥白尼的画一点点成型，说："就是这样。当时看起来就是这个样子。"

亚历山德拉想，他们都能够清晰地预见这本书会是什么样子，设计，类型，还有文字中插入绘画的形式。汤姆在他们旁边看着他们，听他们说话，自己写自己的字，画自己的画。他画他妈妈，他爸爸，画海象和北极熊。他等着耐德来看他。屋外雪慢慢堆积起来，到处都是一片白色，看起来很像自己的家乡。

有时耐德会带他到森林深处走走，那里有捕兽用的陷阱。他们抓住了海狸、麝鼠和兔子。他们还找到一只被困住的狐狸，号叫着啃自己的爪子。耐德让汤姆杀了它。汤姆看过他爸爸怎么杀狐狸，他站在狐狸上，将它的头和脚钉起来，然后用手使劲打它的胸部，直到它心脏停止跳动。亚历山德拉把汤姆用耐德的刀子剥皮的样子画下来，还画了他怎么把皮毛系在木桩上晾干。伊拉斯莫斯和耐德把骨头清理干净，重新组合起来，告诉汤姆各块骨头的名字。抓到第二只狐狸以后，他们就允许汤姆自己留着腿骨和头盖骨。

"他在学东西，这是件好事，"耐德对伊拉斯莫斯说，"但是我们能一直让他这样吗？"

早上，汤姆被水滴惊醒了，是屋檐上的冰柱开始融化了。他的眼睛发生了变化，似乎一团雾气消失了，这雾气自从他离开家就一直跟着他。他盯着耐德，盯着伊拉斯莫斯和亚历山德拉，他们正趴在桌子上，盯着哥白尼，哥白尼正在忙着画一幅巨大的画，是安诺托克附近海域的海岸线。他说："我想回家。"

伊拉斯莫斯写了两行，把纸收到一边。他抬头看看汤姆。他记得父亲有一次愤怒地看着他，说："你不能自己克服什么东西吗？为什么你要把自己困在这里呢？就因为事情的发展和你想象的不一样？”他一直等着有什么事情发生，告诉他下一步该怎么做，现在，这就是该发生的事情，这就是他们说那么多谎、做那么多事情的意义。“我会带你回家的，”他说。似乎这就是他一直打算要做的事情。“只要时间合适。”

林奈又给他们写了一封信：

上周他们去了华盛顿，去参加史密森学会的典礼，“探索之旅”搜集到的东西都在大会堂里展出，安妮的骨架也在那里，被放在一个中心位置。齐克得到了某个奖项，但是我不清楚具体细节。洪堡和我很好，我们家人也很好，我希望你们也好，不过我不想和所有人都得说谎。

齐克知道你没有去利物浦，但是其他事情都不清楚——我想他不想知道其他事情了。他报了警之后，觉得如果你被怀疑做了坏事，那他和拉薇妮亚也不光彩。现在他和其他人散布了谣言，说汤姆忘恩负义，已经去一艘商船上做了侍者。但实际上没有人对汤姆的命运感兴趣了。大家都在谈论齐克的书。

书店里的显著位置摆着很多摞《“独角鲸”号的远航》。在劳伦家吃完饭时，一个女人朝我俯下身子，开始一本正经地描述北极高地人和奈茨利克人的区别，似乎她真的知道她在说什么似的。我不得不告诉你，齐克的书很有趣，情节生动，文字优美，充满了冒险色彩。如果我告诉你你在里面只是个小角色，发挥的作用很小，你会感到惊奇吗？船上其他船员也是如此。泰勒船长、泰格伯先生、罗伯特·凯利和肖恩·汉密尔顿在我们市待了一小段时间，是为了和齐克的父亲谈工资的事情。看到齐克这么描写他们，他们心里很不舒服，但是说他们早已料想到会是这样。我告诉他们你去英国了，他们让我代为转达他们的谢意，谢谢你把信转给他们的家人，还说他们对你并没有什么恶意，他们捕海豹的航行中收获颇丰，很快会和另一艘捕鲸船出发。他们还说你会想知道一个叫乔的格陵兰岛人的情况，他在为传道士协会写报告，写了一些关于安诺托克的爱斯基摩人的文章，还有他们的民间故事。难道每个人都在写书吗？

拉薇妮亚几乎不和我说话，也不和洪堡说话，我感觉她心情糟透了。齐克的父亲的生意出了问题，不得不放弃给他们建房子的打算。尽管齐克用他的书赚了很多钱，但似乎他还有些我们不知道的负债。她说，如果我收到你的来信，如果我能联系到你——这听起来真是别扭——让我问问你她是否可以在你的房子里多待一年或者两年，或者待到你回来，你什么时候回来？她说，“记得提醒他，我十岁的时候他给了我什么”。我想这句话我听不懂，但是你可以听得懂。她知道我们不喜欢齐克，但是提醒我，她爱齐克。我不知道，她说的爱，是什么意思。

伊拉斯莫斯做好了安排。这次不需要特别的船只，不需要安排供给物品，不需要去和什么人谈话。几经询问之后他决定找一家信得过的捕鲸公司，该公司位于新伦敦，有个船长的船正好要五月中旬出发，他愿意搭载任何乘客到戈德港去，只要有人愿意付钱。其余的路程他得自己想办法了，不过等他到了新格陵兰岛，他会想好怎么处理这些细节问题的。安妮已经死了，他没有办法把她的遗体带回去，不知道自己见到她的家人该如何解释。但是他可以把汤姆还给他们。这是最后一个机会了,他知道自己的运气。他给林奈写了一封信,允许拉薇妮亚在房子里一直住下去。这是他父亲的房子,他们父亲的房子。在冰上,在所有事物都变化以前,他曾经建造了一个他们房子的模型,这就是现在他心中房子的样子。一个小东西,单调的窗户,又封闭又冷。让她和齐克住在那里吧。

他和哥白尼坐下来。从一开始哥白尼就只答应把现在的事情做到下周或者下个月,他已经说过一次只画一幅画。他已经尽量多画了。但是伊拉斯莫斯还是希望能说服他和他一起去送汤姆。"如果你自己去看看,"他说,"那冰,那光,还有汤姆他们是怎么在他们的土地上生活的……"

"这不是我想要的,"哥白尼说。这话让伊拉斯莫斯有些惊奇。

亚历山德拉在房间最远的一个角落专心画一只北极露脊鲸,也许别人根本不认为她在听。她不小心画了很深的一道,咬了咬嘴唇。当然哥白尼会去的,他的本性就是到处旅行。他运气很好,有各种出去的机会。她站起来,打算出去,这样他们兄弟两个就可以私下谈谈。耐德拿着一张麝鼠的皮进了房间,听到他们的谈话,不由得停下了脚步。哥白尼示意他不用走,亚历山德拉也就留下来了。

"我知道你可能很难理解,"哥白尼说,"但是我做不了其他事情了。西部的景象还在我眼中,而你给我的北极的景象,还有我们眼前这些山——这是个很美丽的地方,这个地方在某些方面很像西部,变化很快,光这个地方我就可以花一辈子还画不完。你离开之前我会尽量多画一些,但是我必须把这里的东西画下来。"

"你确定?"伊拉斯莫斯说。他记得他们还是孩子时,印第安部落首领代表团的队伍去华盛顿时从费城经过。哥白尼那时还很小,居然已经会赶快拿出自己的笔记本把他们的神采画在纸上。"汤姆和我需要你的帮助。”伊拉斯莫斯说。

“我知道，”哥白尼说，“我也希望有朝一日能去看看那些地方。但是现在我要在这里，我的眼睛已经被塞得满满的了。我要尽可能先把这个地方画下来。耐德会帮我。”

谁来帮我呢，亚历山德拉想。哥白尼不会帮她，至少他不会为她做比现在更多的事情。他可能认为他自己会待在这里，但很快他就会继续出发，一个人到别的地方去。她把目光从他身上移开，放到自己的画上。伊拉斯莫斯的视线也转移了，但却不是转向她——他觉得在他们的讨论中自己似乎是个隐形人，就像拉薇妮亚在她哥哥中时的那种感觉——而是转向了耐德。

“我想你也许会愿意和我们一起走，”伊拉斯莫斯和他这位老朋友说，“和我一起。”他左脚感觉颤动了几下，他弯下腰摸了摸。

“我要做哥白尼的助手，”耐德说，“我要带他沿着河向下旅行，然后穿过湖，然后在深林里扎下帐篷。我对这个地方很熟悉。他会画画，我会打猎和做饭。对我们两个人都有好处。”

耐德没有说出来的是，哥白尼给的工资比他在旅馆得到的工资要高，他有自己的计划。他已经存了一些钱，还想要存更多。他想要在山里找一处地方开个自己的小旅馆。不仅是为猎人开的，也可以让他们的家人一起住，会有一些健康的户外活动，也会有一些室内的休闲项目。小船会像威尼斯的贡多拉一样到几个坚固的码头，带那些喜欢冒险但是身体素质不是特别好或者不懂得该怎么做的人划过交错流动的溪流。他想，他还会在河边开一家动物剥制公司。

“我一直在尽力帮你，”他对伊拉斯莫斯说。

“你给我帮助很大，”伊拉斯莫斯说。他脸上尽量挤出点笑容，尽量显示自己很感激。他记得，“独角鲸”号上齐克最后一次想北行的时候找人一起去，但是没有人愿意。那种感觉应该也是这样的吧？他对耐德说，“毕竟你已经做了很多——你得做自己想做的事情”。

整个冬天耐德一直梦到同一个梦，他没有和别人说过。梦中，他、齐克和博尔哈维医生又在冰压脊的地方迷路了。周围巨大的冰块显得他们格外渺小，他们兜着圈子，不断地凿出通道，却发现刚才凿出的通道就在前方。他们又冷又饿，身体越来越虚弱，他们爬上去又跌落下来，向上走又向下走，却几乎是在原地踏步，梦似乎一直没有结局，但至少博尔哈维医生遇难的事情没有出现在梦中。现在，他看着伊拉斯莫斯——这位幸存下来的朋友——的眼睛。

“我无论如何都无法报答你，”他说，“你教给了我很多东西。但是我们从北极回来以后，我就发誓再也不会踏上任何一艘船了。”他拉了拉手里的麝鼠皮，把有毛的一面朝向伊拉斯莫斯。“汤姆和我要这个，”他说，“可以吧？”

“当然，”伊拉斯莫斯心不在焉地说。耐德进了汤姆的房间，哥白尼说：“我觉得我和他一样。”

“和耐德一样？”

“我已经出去走得太多了。”

亚历山德拉用交叉排线画了阴影。她想象自己如果能像哥白尼那么说的话会是什么样子，“出去走得太多了”，而她自己总是感觉“出去走得太少了”。他总是从一个地方到另一个地方，他天性如此，没有厌倦的时候。任何一个女人都只能暂时拥有他。她知道村子里的商店老板的女儿晚上会从家里溜出来，到森林里和哥白尼会面。他从来没有带她到这里来，所以他们都假装什么事情也没发生。

“我得留在这里，”哥白尼继续说，“我需要工作。不过你要送汤姆回去，这是件了不起的事情。你不仅帮了他，还对写这本书有益。”

“对这本书有益?”伊拉斯莫斯问道。他几乎已经不再认为他能够在离开之前把书写完。亚历山德拉的画差不多要画好了,漂亮而精确。哥白尼的油画像是通往那个他曾经见过的世界的窗户,无论哥白尼能做多少,他都很开心。这时,亚历山德拉悄悄地站起来从后门出去,走向房子周围的树那边。

“人们住的地方有动物和植物,”哥白尼说,“如果你能够把他们的生活方式写下来……”

伊拉斯莫斯给新伦敦的公司写了信,告诉船长他只要两个位置了。等待出发的这段时间,他收拾东西,制定清单,考虑着哥白尼的提议。他们的父亲曾经说过,凯尔·林奈提出有一个特别的人种,长着尾巴,住在南极地区。伊拉斯莫斯已经亲自看过,没有人住在南极,无论是长着尾巴的还是没长尾巴的。父亲还说,北风的另一边住着北方净土之民。他曾经看到过这些人,但是没有看明白。他还是感觉他有权利让自己不出现在故事中,他毕竟只是个小角色。不仅在齐克的故事中他只是处于次要地位,就是在耐德、安妮和汤姆的故事中也是如此,甚至对哥白尼和亚历山德拉来说也是如此——他不过是推动船前进的浪而已。不过,他书中不仅省略了他自己,爱斯基摩人他也没有提到。

观察人不是他的事情,即使在“探索之旅”中也是这样,语言学家和人类学家做的事情让他觉得不舒服。他一贯比较保守,只做自己的事情,不去打扰别人。他不会像齐克那样去打扰爱斯基摩人的部落,也不像他的好朋友博尔哈维医生一样想趁消失之前把他们的生活方式记录下来。他觉得自己的做法是对的,他把自己的眼睛从人的身上移开,转而去研究植物和动物。

但也许他只是因为害怕才这样?似乎,他不去评价他看到的人,他看到的人就不会来对他评头论足了。最好的事情就是不要再去这些地方，但是他已经去过了，已经造成了伤害，他不得不再去一次。他把汤姆送回去的时候会看到所有人。女人耐心地嚼着皮子，男人们脚上套着熊的脚掌，弯身看着一只海豹用来呼吸的洞，孩子们朝着一大群海鸠把网撒出去。他也许会和他们谈话。他们会和我说话吗？他想。

四月二十六日，亚历山德拉走进他的房间。她灰色的上衣从上到下一共有二十二颗扣子。亚历山德拉解开了前六颗，就像是解扣子要穿工作服似的，伊拉斯莫斯解开了剩下的扣子。第一次看到她裸露的肩膀，他被深深地震撼了，就像是第一次看到冰的时候的感觉——他怎么会忘记那样的感觉？他的拇指在她的锁骨上滑动。他永远不会忘记此刻。他很快就要走了，她也许会待在这儿，也许会到另一个地方去，她还没有把她的计划告诉他。也许，她会像她告诉家人的一样去做个老师。他感受到她的腿，她的手，她的舌头舔着他的脖根；伊拉斯莫斯觉得自己的生命在搏动，在涌动。到了北极，他一个人的时候，他会在天空下回想起这一夜。他把亚历山德拉的头发绕在他的手掌上，拉到他眼前，像窗帘一般。亚历山德拉惊奇地想，哦，原来是这样，原来让拉薇妮亚无论如何都无法离开齐克的，就是这种快乐。

那天晚上，伊拉斯莫斯把那片上面钉着螺钉的皮给了亚历山德拉，这是他从布希亚海湾带回来的，但却没有来得及和博尔哈维医生分享。他松开手，它掉了下去，掉在她裸露的肚子上，金属的部分和她的身体紧贴着，很轻，没有什么重量。金属的冰凉和他手的温暖，这种对比让人感到多么舒服呀。

“这个给你，”他说，“让你记住我。”

她把它沿着皮肤一直向上滑动。几个星期前她就打算来到这个房间，她本来是有另外一个请求的。两件不同的事情，不是完全相关。但她等得太久了，现在所有事情都一下子就发生了。不过，如果她再等，她可能就会错过这一切了。“带我和你一起去吧，”她说，“而不是带哥白尼。”

伊拉斯莫斯不说话。以前，她假装想去科学院，想让他陪她一起去，让他走出了封闭。他过了几个月才理解她这么做的用意。“我很高兴你能在这儿，”最后他终于说道，“这件事情，我是说我们像这样在一起，我很久以来都渴望这个时刻。但是你并不需要因此就觉得必须要做什么。我保证我会回来的。而且，如果那时你还……”

她没有耐心听完他的话，坐了起来，把皮紧紧地攥在自己手里。“我想去，”她说，“你不明白吗？这是我一直想要做的事情。你不在的时候，我给拉薇妮亚大声朗读了帕里的日记，一直希望我能和你一起旅行。而且自从你回来，我们一直在做这本书，我想要自己看看。我想出去走走，我想要亲眼看看这一切。”

她的一缕头发绕过她的脖子，搭到左胸，在肋骨的地方散开。真可爱，真可爱。他凝视着她，然后又低头看看他自己胸前灰白的头发。“看着我，”她说，“我不是来这儿哄你带我走，或者让你感到愧疚，也不是为了其他。我想要和你一起，像这样抚摸你。但是和想去北极的欲望不同，我想出去看看。”

她弯着膝盖坐下来，手从上面搭在两腿之间。“任何一种方式，”她说，“你可以选择任何一种方式。如果你不想我们……我们以这种方式在一起，那么就可以不这样。我可以以你助手的身份去，也可以以你朋友的身份去，任何一种方式。”

在这个房间，这个他们度过了好几周的房间，亚历山德拉把手沿着伊拉斯莫斯胸部的曲线缓缓滑动。她听到汤姆在隔壁把床弄得咯咯作响。他们浪费了很多时间——几个月前他们就可以在一起，但实际情况是，汤姆在伊拉斯莫斯的心中开凿了一条隧道，亚历山德拉才得以进入他的心。她当然会照顾汤姆，她欠他很多。船出发以前他们会结婚，这个他们已经说好了。

“你在想什么?”她问。

“我反应真的是太迟钝了，”他说。

门外，哥白尼在作画。这幅画不在他们的计划之内——而是根据伊拉斯莫斯几个月前告诉他的故事来画的，就是他掉进水里的时候看到的景象。他想快点画完，这样他就可以画周围的山了。但是现在，他的精力完全集中在这层冰上，上面是白色，下面则变暗，呈现绿色和灰色，阳光从一道巨大的缝隙中照射了进来。

“我做决定真的是太迟钝了，”伊拉斯莫斯说，“很慢才能感觉到我周围发生的事情。我在想，我花了那么长时间才理解齐克，我几乎错过了和博尔哈维医生成为朋友的机会，在耐德的逼迫下我才带领大家离开‘独角鲸’号。”

冰的底部覆盖着一层海藻，上面附着幼鱼和甲壳类动物。左下角是三条白鲟，闪着光，身体是灰色的。一只海象正要升到水面上来，它的鳍来回摆动着。几群细鳞胡瓜鱼和水母。海鸦从水里飞向天空。哥白尼把折梯推到一边，这样他可以专心地画一只独角鲸，它的角下面略粗，上面细，就在海象鳍的侧边。

“我行动太迟缓，以至于来不及救安妮，”伊拉斯莫斯说。

“齐克行动太快，”亚历山德拉说，“你想要像他一样吗?”她用手碰了碰他的胸膛。

“我几乎要错过你了，”伊拉斯莫斯说。哥白尼沿着地板轻轻移着梯子，这声音让他们两个还有汤姆都进入了梦乡。

汤姆梦到的情景比哥白尼的画要灰暗一些。也是冰，一层层地叠起来，有些地方碎了，已是暮色一片，而没有画里直射的阳光；已经是寒冷的十月，而不是绚丽的七月。他梦到的情景先于齐克到来之前，似乎他的梦是个历史故事。尽管天气很差，海上的冰层不断加厚，他的舅舅还是驾着一辆六条狗拉着的雪橇离开了扎营的地方，希望能够猎到海豹。他一直没有回来，汤姆的梦中，像真实的场景一样，雾气升腾了起来，然后起了大风，把他们困在屋子里哪儿也去不了。等到天气好了一点，他们出去找他舅舅，他们沿着雪橇的痕迹一直走，到了一个地方，痕迹消失了。在月光中，他们看到一圈刚形成的冰，周围是碎了的冰块，显然有人刚从这里掉下去。人们凿破冰层，把洞扩宽，找来了绳子、鱼叉和结实的钩子。

在梦中，汤姆不再是一个在一旁观看的小孩子，而是那些人中的一个。他的胳膊感到了绳子的拉力，钩子好像够到了什么东西，微微地一颤。他和别人一起拉的时候背上感到一股力量，先拉起了雪橇，然后拉起一条条狗，狗还连在缰绳上，上面有压痕，显然它们拼命想脱离缰绳。他们把狗一条条放在冰上，它们很快就被冻硬了。他把绳子卷起来，把钩子又扔到水里去，手都被冻僵了。

在梦里，他能看到一切，包括那些他以前只能靠想象的东西。在冰下，他看到钩子碰到了一条穿着靴子的腿。钩子像是活的似的，它跳了三下，从腿的地方到了脚踝。轻轻地，轻轻地。他是钩子，他是绳索，他是冰上面强壮的躯体，他小心地拉着。靴子破开水面升了上去，他是正在哀号的女人，他是在旁边看着遗体被抬上来的男人。先是脚，然后是腿，手，胸部，头。嘴张开着，表情很痛苦，指甲已经开裂，应该是使劲抓着冰洞边沿的结果。遗体被放在冰上，变得僵硬而苍白。汤姆弯下身去看他的脸，发现不是他的舅舅，而是齐克。

他一下子被惊醒了。他周围只有墙。床脚堆着他搜集到的骨头和麝鼠的皮毛，以后他会做成图皮拉哥的。他转了个身，头离那堆骨头很近了。他终于逃离了那个地方，他再也不会回去了，那个地方叫费城；在那个地方，齐克还在睡着，完全不知道自己的命运。他的身体在被子下完全展开，一只胳膊几乎要触到地板了，一只脚顶着垫子，他梦到了安妮，脚开始上下摆动起来。

齐克梦到的，不是在那座房子里的安妮，不是在华盛顿的安妮，也不是她的骨架，从玻璃展览柜里面闪耀着光芒。而是那个在安诺托克的安妮，那个形象很陌生，完全是她本来的样子。她对着他微笑，头上的天空到处飞翔着鸟儿。他和她还有其他家人一起的生活是伊拉斯莫斯的父亲让他去探索的对象。他的梦开始变化，他变成了那个家的一部分，真的成了威尔斯先生的儿子，一个威尔斯先生一直想要的儿子。威尔斯的四个儿子还是孩子，睁大眼睛听着蜜蜂的故事，据说如果用新鲜的牛胃覆盖，死去的蜜蜂就能活过来。他们没有理解，齐克也没有，这些故事并不是科学。这些是威尔斯先生想教给他们的东西吗？

在这透风的房子里，四个人又过了几天。然后他们就走了。哥白尼把画家和颜料盒用带子背在背上，进了森林，耐德陪着他，他说他就去一个夏天，就是有蝴蝶而且浓密的树能够遮挡阳光的这短短几个月。伊拉斯莫斯、汤姆和亚历山德拉出发去了海岸。那年夏天，他们听说他们在山里过冬的时候，麦克林托克船长的“狐狸”号被困在梅尔维尔海湾，坚固的冰层让他们无法前进。"狐狸"号被移动的浮冰向南推了一千两百英里。接着，它能够移动之后就马上开始向北继续航行。伊拉斯莫斯知道，他们去的地方恰恰就是他和齐克曾经探索过的地方。他猜麦克林托克的船员会遇到同样的或者类似的爱斯基摩人，知道他会找到他自己和齐克没有发现的通往威廉国王岛的航线。他们会驾驶一辆雪橇，上面挂着一面红色的旗子，是富兰克林夫人亲自绣的，他们会发现遗物、遗体和其他证据，然后满载荣耀地回来，这份荣耀本来应该是他的。

不过，就算这样的事情真的发生了，他也无所谓。经过轻松的旅程，没有灾难，没有人遇难，他们到达了格陵兰岛。一艘苏格兰捕鲸船把他们三个从戈德港带到了乌佩纳维克，然后来了一艘丹麦渔船，接着来了一只爱斯基摩人皮筏。他们没有带什么行李，因而船带上他们也没有麻烦。船穿过悬崖，冰河，低矮的石头河岸，陌生人为他们指路，大雁在什么地方做窝，精灵藏在什么地方，岩架下冰窟在什么地方。

伊拉斯莫斯没有做笔记，他打算以后再做。不过，他旁边，亚历山德拉在一个大大的黑色笔记本上作画，她还是个孩子的时候就在这个本子上画画了。她看到的景象很像她在伊拉斯莫斯的绿皮日记本上看到的景象，那些她在伊拉斯莫斯的指导下重新画出来的景象；但又是如此的不同。她躺在灰色的石头上，眼睛与一丛囊状的小花正好齐平。在费城，她画了这个地方二十多次，而只有现在，才能看到伊拉斯莫斯没有看到的景色，每朵花实际上都是个花萼，很有欺骗性，真正的花瓣隐藏在里面。茎，石头的纹理，冰，天空，浮动的云彩——伊拉斯莫斯看来是一个样子，而她自己看来是另一个样子；而且，她觉得，这就是一切，它们就是它们自己。

伊拉斯莫斯看着她画画。她画的东西对他都不陌生，但她铅笔的每一笔——他给她带来了特别的铅笔，是博尔哈维医生的铅笔——像是剖界面上的凿子，不停地敲击着，一下，两下，岩石变成了尖尖的两片，世界裂开了，开始和他说话。每次下雨，安妮都在和他说话。每次刮风，博尔哈维医生都在和他说话。汤姆不怎么说话，但当他不断地直立起身子，呼吸着他想念许久的空气，吃着他想念许久的食物，伊拉斯莫斯能听到他身体的语言。

八月底，他们找到了汤姆的家人。在安诺托克旁的山上看到了一些两条腿的点，还有一些四条腿的点，是汤姆先看见的。他沿着布满岩石的海岸跑过去，亚历山德拉和伊拉斯莫斯跟在后面，伊拉斯莫斯跑得慢，但是却很稳，他已经适应了自己的脚，可以保持平衡了，已经不用以前那副拐杖，而是只用一根圆头的棍子。他们越走越近，那些点变成了人影，可以看清他们的脸了。走过来的那一小群人中有汤姆的爸爸——不过哪个才是他？——还有曾经和博尔哈维医生一起打猎、一起聊天的人。一个穿着破旧的皮外套的男人从人群中冲出来，伸出一只手，把汤姆搂在胸口，又把他举过头顶。

过了一会儿，人们走向伊拉斯莫斯和亚历山德拉，汤姆给他们做了介绍。来的人是乌图尼阿和阿瓦托克；伊拉斯莫斯还看到三个年轻人，他记得他们曾经来过“独角鲸”号；汤姆的父亲奈萨克，他认识博尔哈维医生和齐克；安哥可可，他脖子上挂了一条皮带，上面挂着几颗长长的牙。他们后面还有几个人，旁边还有一些害羞的女人和孩子。亚历山德拉走了四步，来到他们中间，弯下腰让孩子们摸摸她的头发。一个女人摸了摸她的手背，她把手翻过来，让她看到自己的手掌。女人把三根指头放在上面。伊拉斯莫斯觉得自己也能感觉到亚历山德拉手掌的抚摸，但他眼睛不去看她，而是一直盯着面前的人，重复每个名字，尽量把每张脸都记在脑海里。然后他开始慢慢地说话，每个短语之后都停顿一下，汤姆会重复一遍——他对英语掌握得还不熟练——然后翻译出来，这样伊拉斯莫斯就把自己知道的关于安妮之死的情况讲了出来。

他说话的时候，奈萨克的手紧紧地扣在他儿子的肩膀上，点着头，但一句话也没有说。伊拉斯莫斯说完之后汤姆又说了一会儿。两只大雁飞过，一群海鸦飞过。安哥可可走向前要和奈萨克以及其他人说话，但是过了一会儿却什么都没有说。一片安静，只能听到鸟扇动翅膀的声音。伊拉斯莫斯低下头等着。他现在只能等着被审判，他想。亚历山德拉陪在身边，让他此次航行中几乎所有方面都有了变化，但是眼前要面临的审判是无论如何都无法改变的。他可能不会得到原谅。他又抬起头来，看到安哥可可在严肃地盯着他。他说话的时候，伊拉斯莫斯在他的话里只能听到水流的声音和鸟儿拍打翅膀的声音的回声。

安哥可可不说话了，给汤姆一点时间把他的话翻译给伊拉斯莫斯和亚历山德拉听。汤姆说，他们不怪伊拉斯莫斯没有带回他们的姐妹的遗体。“他们的姐妹”，伊拉斯莫斯一边想这个词的意思，一边看看汤姆，然后又看看审判他的人，接着视线又转移到汤姆身上。“汤姆的妈妈”。他以后再也不是汤姆，那个从来都不是他的名字。那一串音节中，他回应的是哪一个呢？安哥可可说，是他自己决定他部落的人要指引齐克离开他们的国度，他允许他们的姐妹和她的儿子离开他们。是他的错，他的左手扣在胸前带子的长牙上。他说，在她的探险之旅中，她被出卖了；毒药发挥作用之后，她为了挽救自己的儿子，离开了自己的身体。安哥可可指着伊拉斯莫斯的脚，说看起来太小了。其余部分哪里去了？他给了亚历山德拉一把乌罗刀，给了伊拉斯莫斯骨头小刀做的护身符，可以保佑他在坏天气中能够平安。

之后，安哥可可和汤姆说了几句话，然后带着他到了岸边。到了水边，汤姆把他搜集的东西拿出来。一块皮平平地放在冰上，骨头放在上面；安哥可可把皮包起来，一边用皮带绑起来一边念着咒语。

过了几年，齐克浮在拉帕哈努克河上，河面上到处都是鲜血，他的脸和胸部漂在水面上，肩膀和几百个人的肩膀撞在一起，他们像他一样挣扎着想游到对岸去。哥白尼看到了这混乱的景象，他一直在到处跑，而那天正在岸边画画，他看到那些黑色的影子缠绕在一起，不知道那是怎么一回事。那时，一场战争已经打响，人们已经想不起来北极探险的事情，那似乎只是个传说而已，讲述着地球旋转围绕的轴是在北极地区，也是恒星运行轨道的界限所在。

而此时，伊拉斯莫斯和亚历山德拉站在河岸上，盯着水面，汤姆跪下来，让图皮拉哥滑进水里。

# 致　谢

本书中大部分背景人物都是历史人物，他们包括提香·皮尔、查尔斯·威尔克斯、约翰·雷、约翰·理查德森、埃利萨·肯特·凯恩、约翰·富兰克林爵士和他的船员们、路易斯·阿加西、塞缪尔·莫顿以及提到的其他自然学家和哲学家，其外还有乌图尼阿、阿瓦托克、奈萨克、其他和凯恩博士交过朋友的史密斯海峡的爱斯基摩人。主要人物则是虚构的，他们包括齐克阿伊·沃利斯、伊拉斯莫斯·威尔斯、亚历山德拉·科普兰和他们的家人，还有博尔哈维医生、耐德·柯德、“独角鲸”号上的船员、安妮和汤姆，提到的船只也是虚构的。

我要感谢多位19世纪北极探险家的日记和回忆录，特别是乔·贝克、约翰·巴罗、爱德华·卑路乍、安德鲁·费歇尔、约翰·富兰克林、威廉姆·戈弗雷、查尔斯·弗朗西斯·霍尔、艾萨克·海斯、埃利萨·肯特·凯恩、威廉姆·肯尼迪、乔·莱昂、弗朗西斯·麦克林托克、罗伯特·麦克鲁尔、谢拉德·奥斯本、威廉姆·爱德华·帕里、朱利斯·万·佩尔、约翰·雷、约翰·理查德森、詹姆斯·克拉克·罗斯、约翰·罗斯、爱德华·塞宾、弗雷德里克·施瓦特卡、威廉姆·斯科列斯比和托马斯·辛普森。

还有许多其他书对本书的写作也有很大帮助，这些书年代相对较近，大多写于19世纪和20世纪，特别是皮埃尔·伯顿的《北极圣杯》、乔·科纳的《凯恩博士在北极海》、理查德·西里亚克斯的《最后的北极探险》、欧尼斯特·道奇的《罗斯兄弟在北极》、彼得·弗罗伊兴的《在极地的一年》和《爱斯基摩人之书》、山姆·霍尔的《第四世界》、昌西·鲁米斯的《奇特而悲伤的海岸》、巴里·斯蒂芬森的《极地手册》和道格·威尔金森的《长日之地》。

其他对本书的写作有重要作用的书还有阿森·巴里克、弗朗茨·勃阿斯、让·马洛里、塞缪尔·莫顿、理查德·尼尔森、贡特朗·戴蓬森和昆德·拉斯穆森的人类学和伦理学著作，威廉姆·埃尔德的《埃利萨·肯特·凯恩传》，马修·莫里的《海洋自然地理》，威廉姆·里斯的《史密森学会的情况、创始人、建筑、运行情况及其他》，W. J. 霍兰的《动物剥制和动物学标本采集》，乔治·格利登和J. C. 诺特的《人类分类》，这些书都为本书的写作提供了十分重要的背景知识。史蒂芬·杰伊·古尔德的《人类的错误测量》指引我去读诺特和格利登的书，威廉姆·戈茨曼的《新大陆，新人类：美洲和第二次大发现时期》提供了“探索之旅”的初步信息。伊拉斯莫斯·威尔斯记忆中父亲读给他的东西是根据老普林尼的《博物志》改编而来的。

我要向麦克杜威夏令营表示感谢，他们给我提供了场所，让我能够写成这部小说最开始的一些段落。我还要感谢古根汉姆基金会，该基金会资助我完成了该书的创作。我还要感谢戴夫·里德、查理·因纽拉克、马蒂亚斯·匡纳克、里马奇·卡多路和乔里·奥拉奇克,他们向我展示了浮冰的魅力。小道格拉斯·M.奥尔建议我去读读《富兰克林夫人的哀伤》这曲歌谣。得克萨斯大学奥斯汀分校的马克·沙文和我分享了他对埃利萨·肯特·凯恩生平研究中用到的文献资料,还有他优秀的硕士毕业论文,题目是“凯恩的升华:英雄的形成,名人的市场营销”(1997)。

温迪·威尔和卡罗·霍克·史密斯在这部小说的整个写作过程中一直给予很大的支持,提出了十分有益的建议。他们的帮助非常宝贵。兰德曼给出的宝贵建议让我能够完成本书的终稿。玛格丽特·利夫西在整个航行中都陪伴在我身边,如果没有她,这本书根本不可能完成。